良陈美锦（上）

沉香灰烬 著

江苏凤凰文艺出版社

目录

章节	标题	页码
第一章	重回	001
第二章	惩戒	031
第三章	祖家	063
第四章	谋划	089
第五章	希望	111
第六章	识破	139
第七章	伤逝	173
第八章	真相	207
第九章	重逢	223
第十章	迁家	243

第一章　重回

第一章 重回

时值隆冬，才下过一场大雪。

锦朝坐在临窗大炕上，透过窗棂，神情木然地看着院内的青石小径，小径两侧的梅树恣意伸展枝丫，红透满园。远处的青砖碧瓦皆落了白雪，阳光照在雪地上，湿冷的气息穿进屋子里，十分冷清。

锦朝身上的衣裳还是前些年的旧样式，许是洗的次数多了，就连上面绣的海棠花都褪色不少。她将头倚在窗边，橘色的太阳光洒在她的脸颊上，仿佛带了一层淡淡的光晕，只是她两颊消瘦，眼窝也有些下陷，明显精神不济。

当年适安顾家的嫡女，容色名动适安。如今重病缠身，年岁渐长，再加上长期抑郁不欢，已经看不到昔日风采了。

拾叶端着盆热水走进来，看到锦朝一直看着窗外。她走过去屈了一下身，低声道："夫人可别累着了，您身体弱，得好好养着。奴婢替您关了这窗户吧？"

"夫人？"拾叶见她没有出声，又迟疑着问了一句，也抬头看向窗外。

窗外是一株蜡梅，叶子落了，淡青泛黄的骨朵缀满了枝头，开得还不多。更远一些就是柳树，榕树。才下过雪，什么看上去都是白的，总归没什么好看，三夫人却看得这么认真。

锦朝失望地看着窗外，春天还没有来，恐怕她是等不到了。

拾叶心中有所感，那株蜡梅树是多年前七少爷亲手所植。

她鼻头一酸："夫人可是在盼望七少爷？千万莫想了，七少爷他陪着十三少爷在前厅待客呢。"

锦朝垂下眼帘，轻声说："我名义上是他的母亲，这话休得再提，而且，我也没有等他。"

拾叶说话向来不知轻重，不如宛素细致，但是待她却很忠心，不然在她刚被夺了权的时候就可以离开了。

拾叶低下头，有些哽咽："是，夫人。"她帮锦朝擦完了身，端着铜盆出去了。

门帘放下来，屋里檀香深重。

锦朝原来最喜欢香了，当然不是礼佛的檀香，而是各种花露香味。少女明媚，暗香袭人，她自然觉得那人会喜欢她。痴想了这么多年，郁郁不得终，如今又是重病缠身。

原来这么多年她都没忘过。

锦朝几不可闻地轻叹一口气,抬头望着阳光,突然想起多年前,她第一次看见陈玄青的情景。

那还是在她大舅的书房中,突然遇到在看书的他,她还以为是登徒子,当时又羞又恼,咬了他的手跑了。

她当时咬得很用力,陈玄青的左手上自此留下了一道浅疤。他怕旁的人听到声音会过来看,连疼都没敢喊一声。顾锦朝只记住他微皱的眉头,还有温热有力的手。

那时她正是情窦初开的年纪,因为此次初遇而对他动心,他却对她厌烦不已,根本不理会她。

她拖到十七还未嫁,他却娶了自己早定好亲的良家女子。

事已至此,锦朝本该幡然悔悟,奈何造化弄人,她始终难以忘记他手上的那道疤。

后来陈玄青的父亲死了原配,她违背祖母意愿,成了他父亲的续弦,只为了每天都能见到他而已。

忆起当初那个嚣张跋扈、却又愚蠢不堪的顾家嫡女,她就觉得想笑。

她嫁过来后,每次见到陈玄青与俞晚雪亲密恩爱的样子,心中就噬骨般剧痛。

因为嫉妒,她苛待俞晚雪。顾锦朝是正经婆婆,婆婆的嘱咐,俞晚雪不能反抗。

俞晚雪因小错被锦朝责罚,大冬天跪在冰冷的祠堂里抄佛经,因太过体弱,竟生生导致流产。锦朝在太夫人面前辩解,称自己并不知她已有身孕,俞晚雪有错在先,犯错就应该罚。太夫人并没有多加责备,只吩咐俞晚雪好好调养身体,不要多想就好。

陈玄青似乎从那个时候开始,对她与以往相比不一样了。

锦朝那时候已经主持陈家中馈,心智远不是几年前的顾锦朝能比的,却仍然逃不过一个"情"字,但凡陈玄青稍稍示以关心,言语暧昧,她就忍不住心动。

顾锦朝从小是被祖母教养长大的,她比旁的女子更加大胆,受到的礼节束缚也更少。但是这种事情背叛伦理纲常,她是绝对不敢真的去做的,况且当时的她也看得明白,陈玄青怎么可能真心对她?

但是她心中又如猫抓挠痒,对陈玄青恋恋不舍。遂提笔书信一封,婉拒陈玄青。

这封信后来落到了太夫人手里，只是信的内容已经完全换了，字迹是她的，信封是她的，连信上熏香都是她用的百合香。

信中的内容虽然隐晦，却无不暗示她对陈玄青的一番情意，锦朝看着信的内容，脸色一片煞白，这些词句，只是稍微变动，意思就全然不同了。

从那个时候开始，顾锦朝就被夺去手中主事权力，扔进陈家偏院，那时候父亲已经不再理会她，弟弟也早已被驱逐出家门。整个顾家竟然没有一个人肯帮她，大家都嫌弃她丢了顾家颜面，只盼她死在外面才好！

照父亲新抬的姨娘的一句话，若是顾锦朝是个知道羞耻的，就该一条白绫吊死在屋梁上，还死乞白赖着活下去干什么！

后来顾锦朝的生活极度困窘，她心灰意冷，在如此环境下才慢慢磨炼出心境和忍耐，也渐渐明白以前从未明白的事理，内心多年情仇也淡了，什么情爱的，不过就是那么回事。她并不是笨，她只是看不穿而已。

半年之后，顾锦朝的祖母逝世，听到这个消息的时候，她正在给院子里的冬青剪枝丫，剪刀一顿，险些剪掉一串红果。

顾锦朝在祖母死的那天，恸哭倒在灵前，从此之后人便失去了生机，迅速消瘦。

后来也因为重病，加之她毕竟是十三少爷的生母，境况总比以前好了许多。陈玄青竟将她从潮湿的小宅院移出来，照样按陈家夫人的仪制过活。

锦朝看着自己的手指，她只是觉得，没有什么可眷恋的，一切她喜欢的都毁掉了，人没了盼头，活着也没有精神。其实仔细数来，今年她也不过三十七。

倒是陈玄青还是风华正茂，年岁长了更显得沉稳。他处在男子最好的阶段，她却已经衰老了。

去年二月早春，陈玄青纳妾，锦朝坐着等他的侍妾请安，她看着俞晚雪，又看到正跪着的嫩得像水葱一样的侍妾。

她心平如镜。

这么多年纠葛，她早看透了陈玄青，所以只是微笑着点点头，将自己手腕上的镯子褪下来，亲自给他的侍妾戴上，玉人儿皓腕如霜。他似乎怕她会对自己的爱妾不利，突然上前了一步，却又停住。

锦朝看到他蹙眉之间，浓浓的厌恶。她笑着收回自己的手，只是感慨流光把人抛，她也曾经那么好看过，只是如今容颜憔悴，半分颜色也不剩了。

不必紧张，无爱就无恨，锦朝早就对他的一切都没有太强的情绪了。

拾叶又进来了，屋子里太冷，她热了炭盆端进来。锦朝听到咿咿呀呀的戏曲声，问她："府里发生什么事了，怎么这么热闹？"

拾叶说:"十三少爷娶妻,是宝坻柳家的嫡女。七少爷宠弟弟,排场摆得大。"

麟儿要娶妻了,锦朝竟然恍惚了一下。

陈玄麟是她来陈家的第二年生下的孩子。他从六岁开始就不再踏进她的门,她也只在逢年过节时远远看见过他,那孩子长得很好看,有几分像他舅舅。自己的孩子,居然生分至此,简直将她当仇人看待。

把他养大的人,定然是从小便教导他不要亲近母亲。锦朝在麟儿小的时候因为忙于家事,将他交给太夫人代养,自然更加不亲密了。

炭盆暖暖的,锦朝却突然觉得冷,被褥是暖的,她感受到的是从骨头里泛出的寒意。锦朝慢慢地闭上了眼睛,她没有想过要怪谁,怨陈玄青什么,怨他无情?怨他心机深沉?

说起来有点痴妄,她只怨自己看不穿。

只是如今,又有什么要紧呢,且睡过去,慢慢地,就此了却残生吧。

那热闹的唱戏声一直响着,渐渐的,唱到了她的梦里,变成了梦中的景象。

没乱里春情难遣,蓦地里怀人幽怨。
则为俺生小婵娟,拣名门一例、一例里神仙眷。
甚良缘,把青春抛得远!
俺的睡情谁见?
则索要因循腼腆。
想幽梦谁边,和春光暗流转。
迁延,这衷怀哪处言?
淹煎,泼残生除问天。

北风刮得碎雪在空中打转,青砖上结了霜,院子里正有两个穿着青色棉袍的婆子在摊开席子收集积雪。

看到白芸回来,那微胖一些的李婆子停下手中动作,抬头对她笑道:"姑娘回来啦,这风雪下得如此重,跑这一趟辛苦了。"

白芸是二等丫鬟,这些下等婆子都得小心翼翼讨好她。她心中充满了优越感,但嘴上却谦逊道:"只是小姐吩咐走一趟,没什么打紧的。这雪你们收来做什么?"

李婆子忙道:"是小姐吩咐的,让多收点雪水,存在陶罐里用。"

白芸声音不觉一轻:"小姐醒了?"

李婆子说:"醒了没多久,就靠着窗看书呢。"

白芸这才慎重地往屋门走去，她抱着手摩擦，只看见自己呼出的热气变白。挑开帘子走进屋里，立刻觉得浑身暖融融的。炭盆里烧着炭火，右边临门一块屏风，是由白玉和翠玉嵌成的百鸟锦屏，华丽精致，依靠着放了一个景泰蓝缠枝莲梅瓶，里面插着几只半开的梅花。

临窗的大炕上摆着鸡翅木的小几，上面放着一个瑞兽香炉，小姐正靠着绣金色祥云纹的大迎枕，手里拿着书，肘节支在床沿上，身上披着毛茸茸的貂氅，头发没有丝毫装饰，水滑的青丝落在貂氅的藏蓝色缎面上，神态慵懒。而采芙就站在一旁候着。

看到她进来了，锦朝才慢慢抬起头："你可去打听过了？"

白芸点头，走近了一步低声说："厨房的周管事告诉我，青蒲前年就被二小姐要去了，应该是在她的小厨房当值吧。小姐，您怎么突然想起问她了，青蒲当年不是因偷盗您的一只玉镶金的发簪，被您发落到厨房了吗？"

锦朝淡淡地看了她一眼，继续低下头看自己的书。"我的事，容得着你多问？越来越没规矩了。去帮着李婆子和常婆子把雪收起来吧。"

白芸顿时心中一紧，知道自己说错了话，小姐做的事，她多什么嘴。

白芸有些神色不安，外头下着大雪，天气又冷，若是去收集雪水，她这纤纤玉手肯定是要生冻疮的，但是她也不能违逆小姐，道了一声"是"才退出屋子去。

锦朝抬起头，问站在一旁静默不语的采芙："留香呢，怎么都没见着她？"

采芙说："您不是打发她去给四小姐送粽子糖了吗，恐是雪大路滑，路上耽搁了吧。小姐，您这靠窗坐着也冷得很，身子骨还没好完全，还是先回床上躺着吧。"

锦朝摆摆手："去把这炉香倒了，平时若是不必要，屋子里就不要燃香了。"

这香味实在甜腻，她闻着觉得头晕。

采芙道"是"，抱着香炉去倒香灰。她挑开帘子走出去后，锦朝才放下手中的书，看着自己屋中的陈设，右首旁就是雕玉兰麒麟祥云的红木千工床，挂着缠枝莲纹的绸帐，左首旁四扇隔扇后可见一张金丝楠木的桌子，临窗还有两把红漆椅，高几上还有一盆常青松盆景。

锦朝闭上眼睛。

昨晚刚从睡梦中醒来，如此漫长的梦境，仿佛经历了一生，她仍旧沉溺其中，看到这般奢华的场景，她一时没有适应过来。并非场景不熟悉，相反，这是她最熟悉的地方，这是自己在顾家时的宅院清桐院。

她看了看旁侧的两个丫头，这两个丫头是贴身伺候她的。丫头白芸多言，因为失言被老夫人发落过，采芙她却没什么印象了，她对这个丫头并不重视，

应该等年纪大了,被随便赏人罢了。

清桐院,也并非荒败颓唐,而是繁华奢靡的场景。

镜花水月了无痕,梦里那些经历过的事,都被抹去了,一切都还是完好无损的。

锦朝看了一会儿书也确实倦了,没等采芙回来,自己扶着旁边的高几穿了缎子鞋站起来。

采芙说自己偶感风寒,已经病了好几日了。

锦朝记得这件事情,在母亲病重的时候,她听说陈玄青要与另几个世勋贵家的少爷去国公府赏花会,于是迫不及待地拾掇了自己希望能与他相遇。

可惜那天风雪太大,梅花开得并不好,她和留香一起等了许久,都没有看到陈玄青来。回来之后自己就生了场病,接连四五天没去给母亲请安侍疾。

想到此处,锦朝捏紧了手心,自己的行事也确实太荒谬,母亲正病重,还巴巴想着去见心上人,却根本不担心母亲的病,不担心母亲会因为病得太重,而撒手人寰。

锦朝坐在了妆镜前,静静地看着镜中的少女,这块镜子是三舅行商从江苏带回来的,周缘雕刻牡丹鸟兽,极为精致。外祖母送给了她。

镜中少女乌发长至腰际,白皙如玉的面容,一对翡水秋眸似有水光盈盈,嘴唇娇嫩如新桃。

美人之美分多种,有美人柔弱如柳,有美人清高如兰。偏偏顾锦朝是如海棠般娇艳妖娆,这般容貌虽美,看上去却像个摆着赏玩的花瓶。

虽然锦朝跟着外祖母时曾请过西席,通读了发蒙书籍,四书也是涉及了的,可以说比一般的世勋贵女读书更多,但她看起来并不聪慧,而是太过明艳了。

锦朝曾经那样地爱惜自己的容颜,到后来却越来越厌倦。她嫌自己行事太过张扬,后来连长相都嫌弃了,恨不得自己坐在角落里,没有人注意到才好。

顾锦朝摸着自己的脸,镜子里的她是十五六岁的模样。

她醒来两日了,这两日里她昏昏沉沉,只觉得有人在自己耳边说话,但是说的是什么,却听不清楚。前半日身体才好些,强打着精神与采芙等人说话,才得知自己已生病多日。

过去的种种令她忏悔,现在的她,要真正地活着的。

锦朝有些动容,她走到供奉着观世音的黄花梨木长桌面前,跪在绣金攒枝的蒲团上诚心祈祷:"菩萨要是真可怜我,就让我好生悔改,见见我母亲与胞弟。"

她房间里本没有这类东西的，母亲大病久久不见好，锦朝心急如焚，才在自己房里供奉了观世音菩萨，晨昏为母亲祈福，若是有空了，还要手抄佛经烧给菩萨。

采芙很快抱着香炉进来，见小姐跪在菩萨面前正要起来，忙来扶她。

锦朝看了她一眼，头发肩上都是雪，恐怕在雪地里站了好些时候，倒香灰又怎会在雪地里站了许久。

"香灰倒好了吗？"

采芙说："倒在种冬青的花坛子里了，听说香灰养花。"

锦朝透过隔扇看到白芸正站在雪地里，雪还下得大，两个婆子在收席了。她并没有点破，白芸这丫头爱嚼舌根，自己以前也宠着她，到了陈家竟然因与丫头私话闯出大祸，差点连累自己遭殃，这性格也确实该管管。

采芙拿过水貂披风给锦朝披上，听到她轻声问："说我什么了？"

采芙的手一紧，见小姐面色如水，平静从容。她却不知为什么心底有些发寒，连忙笑道："小姐想多了，奴婢只是与白芸姐姐说这雪水该怎么贮藏。"

锦朝"嗯"了声："那你说说，应该怎么贮藏？"

采芙道："用罐子封起来，最好置于地底下，便是草木的阴凉处也可以，不然雪水就要失了灵性，无效用了。"

锦朝直直看着采芙，这丫头比白芸聪明，她以前怎么没发现呢。

她心里清楚，自己原来行事莽撞冲动，脾气也差，稍不顺意对丫鬟就是责罚呵斥，她这几个丫鬟少有对她忠心耿耿的，更多是怕她迁怒。

那个青蒲不就是这样吗，她还是自己从外祖母纪氏那儿带回来的大丫鬟，结果在陈玄青一事上触了自己霉头，自己不喜欢她，便打发她去了内院厨房做杂役。

锦朝没有继续问下去，手指拢过披风的带子，她看到自己素长莹白、根根纤细的手。

"替我更衣，我们去母亲那里。"锦朝吩咐采芙。

不知道母亲现在如何了？她病了这么些日子也没去见见，而且……她还想去见见宋姨娘。

想到此人，锦朝心中一紧，如果不是宋姨娘，她和母亲也不会落到那般田地。

采芙寻了一件绛红色绣菱花纹的袄裙要与锦朝换上，锦朝觉得太鲜艳了，道："母亲正病着，我怎能穿这些颜色花式，你且找一件颜色素雅的来，头饰也不用金银，用一支羊脂玉簪子即可。"

采芙心中有些疑惑,小姐是不喜素雅的,不管什么时候都穿得娇艳,她也没有几件淡雅的衣裙。她应诺去找,找了许久才找到一件淡紫色绣折枝纹的袄裙,替小姐换上之后又梳了一个小髻。

母亲的斜霄院离清桐院并不远,只是雪大,两人走了许久才看到。院子台阶旁正站着给小丫头训话的徐妈妈,徐妈妈是母亲的乳母,从纪家陪嫁来的,在仆人中也算是地位高的。

徐妈妈接锦朝进去,替她脱下披风,抖落了上面的雪花,才道:"大小姐不是病着,怎的这个时候过来了?要是受了凉可如何是好。"她是看着锦朝长大的,言语也多了几分亲昵。

锦朝却很快透过抄手游廊看了一眼院子,寒梅开得极好,一团团簇拥的红色,青石小路两旁种了许多冬青。母亲的屋子幔帐是放下来的,门口坐着两个正在做针线活的丫鬟。

徐妈妈又说采芙:"也不好好照顾小姐。"

采芙没说话,小姐要做什么她如何阻止得了。锦朝对徐妈妈说:"是我要来的。母亲这几日还好吗?是您在一旁伺候?"

徐妈妈陪着锦朝走过去,两个丫鬟站起身向她行礼,顾锦朝隐约记得一个叫品蓝,一个叫品梅,是母亲的二等丫鬟。徐妈妈说:"是我和墨雪、墨玉两位姑娘伺候着,几位姨娘也常来,宋姨娘来得最勤了,只是现在屋子里是郭姨娘伺候,四小姐也一并在里头。夫人倒是还和以前一样,昏睡的时候有大半,醒着也没有精神,不过总归咳嗽的没有那么厉害了,大小姐不用太担心。"

屋子里很暖和,两盆火炉都烧得旺旺的,走过屏风就看到临窗的堆漆螺钿罗汉床,地上铺着沉香色的绣着五福献寿的绒毯,郭姨娘和一个七八岁的女孩子正坐在杌子上。看到她来便站起身,那长得粉雕玉琢的女孩穿着豆绿的袄裙,怯生生地给她行礼:"长姐。"她一对眼眸像极了郭姨娘。

这是她的四妹顾汐,从小便怕她。因她五岁的时候顾锦朝曾欺负过她,还推她撞到了花瓶,虽然没有大碍,但是从此在她面前大气都不敢喘。而她母亲也是几个姨娘中性子最怯弱的一个。

顾汐与三妹顾漪一起养在母亲名下,同住在倚竹楼。

顾锦朝却笑着轻扶她一把:"四妹不用客气。"

最懦弱的一对母女,却是最淳厚的人,不会因为人的失势而捧高踩低。

锦朝又往前走了一步,看到母亲正睁着眼睛看她。她半坐着,拥着绣云纹锦被,因为病重,脸颊瘦削苍白,但是模样秀美。

守在房间里的墨玉连忙替她端了一个杌子,锦朝握住了母亲骨瘦如柴的手,看着母亲温和的表情,情绪万千涌上心头。

郭姨娘与顾汐见锦朝来了，便先告辞离开了。

母亲见锦朝久久不说话，却笑着低声说："我的锦朝像傻了似的，盯着娘看个不停。"

顾锦朝忍不住泪如雨下，喊了一句"母亲"便把头埋在了她的手间。母亲的手好像温和的绸缎，永远不会因为年华而褪色。

顾锦朝想起过去自己如何的不争气，母亲病重至此，她竟然没有尽什么孝道。

母亲终日忙于与各位姨娘周旋，管理顾家内务，因而疏于对子女的管教。但是母亲终究是对她最好的人，她还能看到她，锦朝觉得已经足够了。

母亲抬起她的头，因为力乏，说话又轻又细："锦朝你怎得病了？"

顾锦朝顿了一下，不知道该怎么告诉母亲，她病是因为听说陈家七少爷要去国公府的花会，想去见人家。但是这个消息却并不是她自己听来的，而是她的庶妹顾澜告诉她的。

父亲有三个姨娘，其中出身最好的就是宋姨娘宋妙华了，她原本是太常寺少卿的嫡女，长得貌美如花，最得父亲喜欢。不仅如此，宋姨娘更是十分会为人处世，顾锦朝曾经十分喜欢她。

宋姨娘生了一个女儿，也就是顾家二小姐顾澜，为人聪明伶俐，与顾锦朝十分交好。

只是宋姨娘如何的狼子野心，顾锦朝却一直不知道。

一如梦中的经历，母亲去后半年，宋姨娘就生下了儿子，被父亲扶正。

想想便知道，这个孩子肯定是在母亲病重时怀上的，当时宋姨娘夜以继日地照顾母亲。在这期间，也不知怎地爬上了父亲的床，还怀了孩子，孩子生下就成了嫡子。这份心智还真是不可小觑。

又正逢陈玄青大婚，顾锦朝注意力都在心上人身上，根本没在意。直到陈玄青的父亲陈彦允上门求娶她。

本来顾锦朝还十分犹豫，却是听了顾澜的一番说辞，才决定嫁到陈家。

顾澜当时说："长姐嫁谁不是嫁，若是嫁到别家去，可是再也见不到这心尖儿上的人了。嫁到陈家，能时常看到他不是也好吗？我可是真心诚意为长姐打算的，长姐你可要想清楚。"

顾锦朝听了还颇为感动，觉得自己有这样一个好妹妹。现在仔细想想，顾澜必定早就知道自己的性子，嫁到陈家之后肯定不会善终！

顾锦朝性格娇惯，心上人当着她的面与别的女子亲密，她怎么可能忍得下来！

她嫁之后，顾家只剩下宋姨娘独大，为了让自己的幼子继承家业，养育顾

锦荣根本不尽力,更让他沉迷酒色。

有一日顾锦荣同几个公子去找名伶,亵玩娈童。父亲知道后大发雷霆,杖罚顾锦荣,顾锦荣从此意志消沉,举业无成,屡试不中进士。

有了嫡女的身份,顾澜便能嫁给了辅国将军为正室,得到顾家小半产业为嫁妆,婚后生下嫡长子。

父亲去了之后,宋姨娘说顾锦荣淫心大作,冒犯自己父亲的小妾,因此将他逐出家门。

看到这些纷繁人事在梦境中出现,她只觉得自己无用!

她恨自己竟然如此莽撞大意,母亲的离去不仅没有让她清醒,反而把自己和弟弟都送进了深渊!

她抬起头,淡淡笑道:"女儿只是受了风寒而已,母亲不用担心。"

母亲略一皱眉:"我听你身边的白芸回话说,你去了定国公府的花会?"

锦朝不想让母亲想太多,她病重忧思,对身体不好。

"是想去散散心的,谁知那日太冷,梅花竟然没怎么开,回来便觉得有点头疼。倒是已经没有大碍了,我既已向母亲请安了,您可别再担心了。"又招手问旁边的墨玉,"母亲的药煎好没有?"

墨玉模样清秀,梳双髻。

"熬好了,徐妈妈说等温了就给夫人端过来。"

锦朝说:"你先去端过来。"墨玉出去端药,屋子里只有她们母女二人了,母亲才说:"我平日见你和顾澜交好,知道你甚是喜欢这个妹妹,不过防人之心不可无。宋姨娘虽然日日在我面前伺候,但是我却不敢信她。"母亲说到这里咳嗽起来,锦朝连忙抚着她的背替她顺气。

母亲抓住她的手,目光柔和:"我的身子我知道,病来如山倒。以后我要是有什么不测……你要好好养育幼弟,若是觉得艰难,就找你外祖母,她总是最疼爱你的。"

锦朝眼眶一红,母亲什么都清楚,偏偏曾经的她什么都没听。

母亲又笑起来,抬手替她擦眼泪:"平时总欢欢喜喜的一个人,今天怎么一直哭个不停。母亲以前跟你说这些,你总是听不进去的,转头便又什么都听澜姐儿的。好了好了,一会儿丫头进来看到了。"

锦朝也觉得自己现在情绪波动更大了。

许久没见母亲,又想起自己做过的那些事,只觉得件件都是荒唐的。

墨玉端着药进来,锦朝接过药,慢慢吹凉喂给母亲。又服侍母亲吃了一小碟云子麻叶面果糕,再陪母亲说了一会儿话,母亲也倦了,靠着大迎枕竟慢慢地睡着了。

屋子里明明点着炭炉，她握着母亲的手，觉得还冷得像冰一样，便让墨玉给母亲暖一个汤婆子进来。如果她能够待下去，她必定要好好保护母亲与胞弟周全，弥补过去犯下的错，锦朝看着母亲消瘦蜡黄的脸暗自想到，她要让母亲好好活下去。

一行人回到清桐院。留香早就回来了，眼巴巴等着锦朝进来，笑着扶过锦朝的手，采芙被她不露痕迹地挤到后面，只能默默地站在一边。

留香比顾锦朝年长一岁，今年十六，长得颇有几分姿色，一双眼眸灵动清秀。因为小姐喜欢她，穿着打扮也比别的丫鬟好，头上还戴着一只描金的簪子，一身桃红的凤尾裙，外面还穿了织花布缎袄。

平日小姐看到她总是和颜悦色的，今儿的面色却沉静如水，坐到临窗大炕上就吩咐采芙去替她沏茶来。

留香有些忐忑，难不成是怪自己去了太久？小姐最不喜欢别人耽搁事了。

采芙的茶上来，留香才笑着说："小姐，您知不知我去了这么久，是干什么去了？"

锦朝掀开茶盖，眼皮也不抬淡淡说："你干什么了我怎么知道。"

留香讪讪地抿了嘴，心中却想倒是真生气了，又瞥了一眼采芙，自觉在这二等丫鬟面前落了面子。便稍微压下声音，说："您上次让奴婢打听的事，我问清楚了。我家兄便是在俞家做马夫的，今天他刚好给我送豆豉来，我便向他问起此事。"

顾锦朝放下茶盏，抬头看着留香，顺着她的话问道："你家兄说了什么？"

留香说："您不是关心陈七公子的亲事吗？家兄已经跟我说了，他说早年俞家太夫人与陈家太夫人交好，在俞家嫡小姐四岁的时候，便为她与陈七公子定下娃娃亲。听说信物便是俞家太夫人的一对玉佩。"

说到这里又顿了顿："当年定亲的时候，陈家与俞家势力相差不大，但是如今陈二爷与陈三爷官运亨通，陈二爷任陕西布政使，陈三爷任詹事府詹事，早已经不是当年的俞家可以比肩的。所以奴婢觉得这门亲事成不了。"

陈三爷便是陈玄青的父亲陈彦允，锦朝梦中曾嫁之人。

顾锦朝回想起是怎么回事了。

因为陈玄青在陈家排行第七，大家便称他陈七公子。当时她在花会上不仅没见到陈玄青，还听人说起陈七公子早就有亲事。回家之后就发了好大一通气，砸了几个花瓶妆盒，又叫了自己的大丫鬟留香去打听打听，这定亲到底是怎么一回事。

留香这么快便有兄弟找上门了。

锦朝笑着说:"多亏你心细,不然我肯定要伤心了。你家兄拿了什么豆豉过来?"

留香一愣,没想到小姐问起这个,忙说:"新制的豆豉,值不得钱。小姐若是想要,奴婢立刻回房给您拨一半来。"

锦朝摆摆手,说:"我倒是不爱吃那些,在母亲那里坐了半日也饿了,你去小厨房端几碟点心过来。"

留香领命而去,正逢此时白芸刚踏进抄手游廊,看到她连忙笑笑:"姐姐竟然也回来了。"

留香是小姐的大丫鬟,她们当然得小心翼翼奉承她。虽然留香平日挺傲气,但是也会颔首答应,今儿的面色却不好看,理都没理她就径直走出去。

她心里实在不好受,先是当着采芙的面,小姐给了自己难堪,原本以为打听的消息能得到小姐的赏赐,谁知小姐竟然只是笑一下。又派她出来去拿点心,她是贴身丫鬟,怎的采芙不去反倒是她去。越想越觉得气恼,思来想去觉得说不定是采芙那东西在小姐面前说了她什么。

采芙当自己什么都没看到,垂手立在小姐身边。

锦朝却轻声问道:"你觉得留香如何?"

采芙心中一跳,小姐为何这么问她?

留香是小姐的大丫鬟,轮不到她说什么。但是小姐这话问得不客气,难道是对留香姑娘有什么不满?她斟酌片刻才说:"留香姐姐四面玲珑,很讨小姐喜欢,而且机灵聪明,还识得几个字,这也是很难得的。"

这话理解起来却是另有含义了。

顾锦朝笑笑,她摸着茶杯缘凹凸的花纹,平淡地说:"豆豉新制,得夏天的才好,冬天做出来的总少了味道。"

采芙有些疑惑,小姐也知道怎么制豆豉?

锦朝没有再说什么。

她曾经没落之时整天无所事事,就学着拾叶做这些,拾叶原本是四川潼川人,后来家穷才被卖出来,一路辗转到了保定府。顾锦朝养出一手的好厨艺,她原本女红很笨拙,长年累月地做下来竟然也有了一手好绣工。这些东西,学着学着倒也觉得有趣。

留香确实聪明伶俐,但是太容易见利忘义,若不是她那手仿她写字的功夫,恐怕陈玄青还没有那么容易就扳倒她。

锦朝看着窗外的雪地暗自思忖。

她家兄为了给她送豆豉跑一趟无所谓,若是专门打听来的,那可就值得思考了，留香没有这种远见，她怕的是背后有人作祟。

顾锦朝第二日醒得极早，睁开眼看到的还是雕玉兰麒麟祥云的红木千工床，心中舒了口气，终于是好了过来。前日身体还有些乏力，总觉得似乎不太能控制手脚一样，今天却没这种感觉了。

留香服侍她洗漱穿衣，又换了身淡红色绣莲瓣缠枝纹的遍地金袄裙，头上戴了金累丝嵌宝石花三朵。锦朝随着她做这些，并没有说什么。

留香问道："小姐今天起得这样早，要先去侍候夫人吗？"

锦朝说："好几日没去给父亲请安了，今天要去一次。"又看她拿出一对耳坠，皱眉道，"金坠子就不用了。"

顾家晨昏定省的规矩是孩子们先和父亲请安，再和母亲请安。但是锦朝三五日不向父亲请安也是常事，父亲见了她总要说许多话，要她多看《女训》《女戒》，随着请来的苏绣师父多学女红，顾锦朝自然不喜欢。

今天她先去给父亲请安。

仿佛已有多日未曾向父亲请安了，连去鞠柳阁的路，都有些陌生了。

白芸端了大漆方盘进来，上面放了一碗牛乳粥、一碟花果子油酥、一碟甘露饼和一碟笋干。锦朝看天色已经有点亮了，只喝了牛乳粥，便往父亲的鞠柳阁去。

父亲住的鞠柳阁种了好些柳树，不过这个时候都光秃秃的，三间七架的宅子，堆砌着太湖石做成的假山。迎面的正房挂着鎏金匾额，父亲的两个小丫鬟正端着大红漆的圆盘进去，另一个通房丫鬟碧月朝她行了礼："大小姐来得巧，老爷正在进早膳呢。"

锦朝点点头，碧月帮着挑开帘子，她跟着跨进去。

父亲在东次间进早膳，桌上摆着马鲛鱼脯、酥蜜饼，一碟由鸭胗片、腊鹅肉拼成的小菜。宋姨娘正站在旁边伺候顾德昭用汤。宋姨娘穿着青莲色绣云水纹的袄裙，腕上戴着一对翠玉镯，更衬得肌肤胜雪般白，发髻上簪了两只银步摇。既不失端庄素净，又娇艳得恰到好处。

顾德昭今年三十七，正当壮年，面容端正清秀，穿了一身绣云雁纹的官服，配银革带，过一会儿便要上朝去了。见锦朝来请安，让她坐下了问话："我前几日忙于朝务没得空看你母亲，她的病可要好些了？"

锦朝温和道："总是不见好的，不过咳嗽已经止了不少。"

顾德昭点点头："嗯，你就在你母亲前头伺候着，别人伺候她总是不如你尽心尽力的。但是你已经及笄半年了，也不可荒废了女红。我听教导你的薛师傅说，你已经多日没有去她那里了。女儿家的还是要把绣工做好。"

顾锦朝都一一答应了,父亲眉目间也温和下来:"这样最好,你那性格也该收敛些。你母亲宠爱你,怪我多管了,但是你是顾家嫡长女,言行坐姿,都是要讲究的。"

父亲是读书人,最注重女子的德行。

她原先很不耐烦听这些,但是想起上一次见父亲,还是他病重的时候自己回来探望。父亲那个时候已经瘦得不成样子,侧头看了她一眼便气愤得直喘气,要身边的丫鬟把她轰出去,他顾家没有这样的女儿!

想到当日的场景便痛得锥心,现在能这样心平气和地说话再好不过了。

顾德昭没再继续问话,宋姨娘便笑着说:"今日我特地熬了川贝山药粥,大小姐也尝尝吧,川贝润肺止咳,大小姐日前病了许久,倒是该多喝一碗。"

顾锦朝听着心里一紧,她生病的事情是没有告诉父亲的。自己偷偷去参加国公府的花会,还生了场病,父亲要是知道了肯定又会不满意她。

父亲果然问道:"生病?怎么没人来禀了我?你为何生病了?"

顾锦朝心中一笑,自己过去竟然觉得宋姨娘温恭平和,人家一句话就挑起事端了。

她神色黯淡:"母亲病重,我也是太过忧思,日夜都睡不好觉的。本是想去国公府的花会上静一静心,谁知那日雪大天寒,竟然就伤了风寒。女儿心中也愧疚,前几日都没能在母亲跟前伺候,本来不想父亲母亲心忧才不让身边的婢子说的,今日病一好,便赶早来给父亲请安,再去探望母亲。"

宋姨娘神色一怔,顾锦朝这话说得太滴水不漏了。

父亲"嗯"了声,关切地问了她几句,又让碧月找些进补的药材给她。

宋姨娘也回笑说:"大小姐侍奉夫人十分尽心,我看着真觉得好。时辰也快到了,我便与大小姐一同向夫人请安吧。"

锦朝说:"自然,我也想着和姨娘说些体己话呢。"

她经历过的事也不是白经历的,顾锦朝藏在袖子下的手摩挲着自己的镂雕银手镯,心想她倒要看看宋姨娘能不能翻起波浪来。

顾德昭出门后,锦朝与宋姨娘带着各自的丫鬟穿过种满高大栾树的小径。小径前方有一个小湖泊,湖面早已经结冰了,水榭蜿蜒其上,上面还有一个桐木亭子。

想到刚才的事,宋姨娘觉得有些奇怪,那话不像是顾锦朝说出来的,断断不像。宋姨娘看了一眼锦朝的淡红色绣莲瓣缠枝纹的遍地金袄裙,她如以往一般光彩照人。

"姨娘这些日子伺候母亲,倒是辛苦了,我可得多谢你。"锦朝把目光收回来,笑着同她说话。

宋姨娘柔声道："伺候姐姐也是我的本分，大小姐这般谢我便是见外了。澜姐儿同您这般要好，您也不必和我太客气。"

顾澜和顾汐、顾漪不同，她的生母宋姨娘家世好，从小是放在宋姨娘身边养大的。

顾锦朝说："你是二妹的姨娘，我怎么会跟你客气呢。"

她还是一副微笑的样子。宋姨娘听着只是笑笑。

两人说着话，已经到了锦朝母亲住的斜霄园。

母亲躺在罗汉床上，面容疲倦。墨玉给她端了小机子，给宋姨娘端了牡丹凳坐下。

宋姨娘道："我给您熬了党参乌鸡汤，一会儿厨房的人便送过来。"

杜姨娘笑着说："还是宋姨娘体贴。"

顾锦朝看了一眼杜姨娘，父亲有三房妾室，杜姨娘和郭姨娘都是他原本的通房丫头，母亲嫁过来之后，才抬了她们做姨娘，想与宋妙华抗衡一二。不过她看这两人也没人压得住宋姨娘。

母亲后来还把自己的陪嫁丫头云湘给父亲做了通房，不久就抬了姨娘。锦朝对这个云湘的印象不是很深，此人似乎在她八岁的时候就难产而死了，但是她生前很得父亲怜爱。

稍坐片刻，顾澜同顾漪、顾汐来向纪氏请安了。

顾锦朝听到女孩子说话的声音，却低下头，慢慢地转着手腕上的镯子。

"在路上遇到三妹和四妹，便一同前来了。母亲身体可好些了？"说话的女子声音轻柔，顾锦朝这才抬头看。

顾澜发上绾了小髻，只戴了浅碧色的璎珞珠花，身上穿着藕荷色柿蒂纹的缎袄，水青色的折枝纹综裙。小脸莹白如玉，下巴尖尖。再过半年她便及笄了。

顾漪今年十二岁，性子倒是与她生母杜姨娘不太一样，她不太爱说话。顾汐扯着顾漪的袖子，怯生生地看着顾锦朝，看到顾锦朝看她，竟然露出一个小小的笑容。

顾锦朝惊诧了片刻，昨个看着她不是还怕得厉害，今天怎么还敢对她笑了。回过神来后也对她笑了笑。

顾澜坐到顾锦朝的旁边，笑着问道："看长姐刚才与四妹眉来眼去呢，你们有什么亲密的事，竟然背着我，我可是不依的！"

顾汐小声说："长姐昨天让留香送给我一盒松仁粽子糖。"

顾锦朝这才知道原来是那盒糖的缘故。

顾澜拉着她的手，有些幽怨地看着她："长姐现在倒是偏心四妹了，我和三

妹也要松仁粽子糖！"

说得几个姨娘都笑起来，母亲也露出淡淡的笑容。

顾汐却看着顾锦朝，以为是自己说错了话，羞得脸通红通红，她不知道只是自己有糖的。

顾锦朝说："我也就这么一盒，想起四妹爱吃糖，才给她送了去。我记得二妹、三妹可是喜欢吃些精致糕点的，等一下我让小厨房做一些，给两位妹妹送过去。"

"要说糕点，我那里刚做了些粉果，若是妹妹们和姨娘们愿意，等一下便包一些送到大家住处。"顾澜笑道。

纪氏静静地听着她们说话，她总是担心锦朝的，锦朝的性子太骄纵冒失，和顾澜相比那是远远不如的。她现在总觉得心中愧疚，当时若不是把锦朝送到她外祖母家，又怎得养成那种性子。最近几日看上去倒是守规矩多了，她倒是希望自己这一病，能让锦朝懂事些。

"我也累了，大家先回去吧。"纪氏最后说。

姨娘和几个妹妹先走出房门，宋姨娘留下来陪纪氏说话。顾锦朝起身走到纪氏身边，柔声说道："母亲，我先去二妹的翠渲院小坐，晚上再来陪您。"

纪氏握了握她的手。

顾锦朝走出房门，顾澜正站在院子里的梅花树下，她的丫鬟紫菱正帮她摘枝头红梅。

看到顾锦朝走出来了，顾澜才过来："还是母亲院子里红梅最好，摘一些回去插在梅瓶里。长姐病了这么久，我又在和师傅学绣艺没去看你，只得请你去我那里吃些糕点赔罪了。"

顾锦朝淡淡道："不碍事，你有心，我是知道的。"

顾澜抿了抿唇，却又很快笑起来。

顾澜住的翠渲院离清桐院比较远，旁边就是两位姨娘住的桐若楼，途经一片湖泊，旁边种了许多翠竹和好些花木。

锦朝坐下之后，紫菱便端了粉果上来，四个粉果放在描淡红牡丹的白瓷碟上，除此外还有黄饼、白糖梨酥等糕点。

顾澜对紫菱说："我与长姐说些体己话，你先下去，把门合上。"

屋子里两个小丫鬟也出去了，顾澜才收了笑容，道："总觉得你心里藏着事儿，不如往常爱笑。长姐要是有什么不高兴的，可以说给我听听。"

顾锦朝原来觉得顾澜是她的好妹妹，什么都说给她听，自己和陈玄青的事情顾澜一清二楚。恐怕，顾澜曾比她自己还要了解她吧。

顾锦朝也知道顾澜多半会怀疑，自己以前可是和她非常亲热的。只是她现在实在做不出什么亲密的样子了，倒不如就此掩盖过去。

心中打定了主意，她叹了口气低声说："陈玄青竟然已经和别的女子定亲了！我前几日去国公府的花会上才得知这个消息，也真是气急了，偏偏这个时候，母亲的病总是好不起来，我愁得日夜睡不好，既要忧思玄青，还要担心母亲。"

说话间她的眼角余光瞥向顾澜，发现她神色很平静。

顾澜笑道："也不过是有了婚约而已，只要人还没有过门，这婚约便算不得数！陈七公子可只有一个，又是长姐心爱之人，可别得被旁人的言语动摇了！"

顾锦朝笑了笑："不用二妹提点，这是当然的。"顾澜既然希望她继续纠缠陈玄青，她现在怎么着也得做个样子，这样顾澜才能放松警惕。

这样的撺掇，顾澜当真是有心思。当年的自己，可不就是这样理直气壮地认为陈玄青只能喜欢自己吗？现在想想真是可怜又可笑！

顾澜的笑容一时有点挂不住，又给锦朝夹了白糖梨酥，亲密道："长姐尝尝这个。"

白糖梨酥味道甘甜，有梨的清香，入口化渣，十分对她的胃口。

她小时候常在外祖母家吃到白糖梨酥，特别喜欢，别的地方总觉得滋味不对，已经不知道多久没有吃到过了。对了！锦朝心中微动，顾澜虽然学女红、学琴乐，却不学主中馈。这白糖梨酥自然是丫鬟所做……

顾锦朝突然想到了青蒲，青蒲在外祖母家时，常给幼小的自己做白糖梨酥，味道与这个一模一样。

青蒲是顾锦朝从纪家带回来的丫头。

说起锦朝为什么寄养在纪家，还要从顾锦朝的父亲说起。顾德昭对道学十分信服，家中常有延庆道观的道长往来，其中有一个清虚道长，算卦卜相的道行十分精深，顾德昭奉他为上宾，两人私交极好。

顾锦朝刚出生时，父亲已经二十二，这个年纪才得一长女，自然爱她如珍宝，于是便请清虚道长卜了一卦。清虚道长说她是火命，卜卦又得了震卦，父亲是木命，若是在八岁前将锦朝养在身边，恐怕相生相克，又得震卦滞碍，会对他的官途有影响。

父亲信以为真，与锦朝母亲商量后，将她送到外祖母家寄养，到九岁才接回来。

锦朝九岁前的时光，全是在纪家过的。她年满九岁后就要回顾家了，外祖母放心不过，又亲自在服侍她的人中帮她挑了性情好、聪明沉稳的丫头，也就是青蒲，陪她回顾家。

锦朝本来也是待青蒲很好的，只是青蒲为人沉默寡言，顾锦朝难免觉得她

性子沉闷而不喜欢她。何况在陈玄青的事上，别人都往好的方向说，偏偏青蒲三番四次劝阻她。锦朝实在不喜欢她了，索性就烦了扔去了外院的厨房，再也不想见她。

想到青蒲，锦朝抬头看向顾澜，笑着说："这白糖梨酥也不知是谁的手艺，你每日三次地做了给我送来岂不是麻烦，倒不如直接把这丫头给我，我也省得每日想着。"

做白糖梨酥的丫头就是青蒲！

顾澜心中暗惊，她当初把青蒲要来，就是怕她坏自己好事。顾锦朝不是一向不喜欢她吗，怎么又要要回去了。

顾锦朝慢慢合上茶盖说："难不成这丫头二妹喜欢得紧，舍不得放手？"

顾澜脸色都不好看起来，却犹豫地说："只是这人原来就是长姐跟前的，叫青蒲，我看她做点心手艺不错才带回来。要是长姐要了回去，又惹了长姐生气可怎么办。"

锦朝心道果然是青蒲，也就直接向顾澜开口要人了。

"我要了回去，也不放在眼前就好，不知此人现在在何处？"

她贵为嫡长女，直接开口要人，顾澜也没有拒绝的道理，既然有这个身份，自然就要好好利用。

顾澜平时都把自己当成顾家的嫡女看，在外人面前也总要端嫡女的架子。顾锦朝这样直接向她要丫头，如打了她的脸一样难受，一时间脸色难看地恢复不过来。

顾锦朝自然了解顾澜，她最是好强，平时什么都不肯落后自己半分。

但是顾锦朝才是顾家的嫡长女，不是她顾澜。

锦朝却好似自己根本没有以势压人，笑眯眯地说："果然来二妹这里心情就好许多，你等一下就让青蒲到我那儿来吧。"又对留香说："你去看青蒲可有什么要帮忙的，我同白芸回去就可。"

顾锦朝回了清桐院，又把采芙叫进来，告诉她要新来一个丫头："原来的青蒲，我要了回来。你带着雨桐、雨竹在下房帮着收拾一间屋子出来，把她的屋子好好布置一番。"

采芙应"诺"后带着两个小丫头去收拾，心里却转得飞快，前些天大小姐还让白芸去打听青蒲的事情，今天却已经把人要回来了，却不知道小姐在做什么打算。留香姐姐也不知道去哪儿了，小姐这些日子待她好，看样子这是要重用她？

采芙心中有些忐忑，她熬到二等丫鬟也不容易，小姐却一直没有注意过她。

这种丫鬟等年龄到了，主子就可以随便配了小厮或者护卫，更有的给了哪位管事的做填房或小妾。但是在小姐身前的一等丫鬟却不一样，要是主子愿意，那就能配个好人家，或者还可以跟着主子，尽忠尽责，一荣俱荣。

她手心微有点出汗，想着这件事得办得十分妥帖才行。

顾锦朝又叫她去找佟妈妈进来，佟妈妈是清桐院的管事妈妈，是母亲早年从手底下的田庄里选出来的，她做事干练，管教小丫头也有一套，大家都服她管教。本来管事妈妈是比大丫鬟更大一级的，不过原先的锦朝更信任留香，佟妈妈手中的一些事情，如管教丫鬟、安排小姐日常等，都被留香接手了去。

佟妈妈现在没有住在清桐院里，她在青莲居帮着管理内院一些才进的八九岁小丫头。听白芸说小姐找她去，一路上都忍不住地在问她："小姐有什么要事？小姐近日可好，夫人呢？"

白芸因她原先是管事妈妈，对她比较尊敬，捺着性子回答："都还好。"

等到了清桐院，锦朝已经在东次间等她。

锦朝先抬头看了她一眼，佟妈妈四十多的样子，肤色比这内院妇人们深些，戴了一对小小的赤金耳丁香，除此外再无饰物。

佟妈妈问了安，锦朝才说道："今日找您来，是想问问这院里的登记册子是在您那儿吗？"

这一句话，说得佟妈妈心里一跳。院里的登记册子，那都是小姐账上的东西，府上给的，纪家拿来的，别人送的，登记册子也一直是管事妈妈收着，留香姑娘并没有拿过登记册子，这院中的东西，已经是好久没有记过账了。

事情要是责问起来，肯定是佟妈妈的责任，她虽然没有管事妈妈的实权了，但名位还在。虽然这事情确实不怪她，留香姑娘嫌登记册子麻烦，一直没有到她那儿拿回来，但是要把责任全都推到留香姑娘身上，小姐估计也会因为偏袒姑娘而斥责她。

佟妈妈只得跪下说："请小姐责罚，是奴婢疏忽了，这登记册子是在奴婢那儿，但是已经很长时间没有清理过了。"

锦朝其实只想知道自己手中究竟有多少东西，她心中有个底，平时也好注意点。过去便是不在意这些东西，连母亲的陪嫁都放心交给底下的管事全权打理，结果店铺亏损严重，田庄的收成也一年比一年差。

看佟妈妈诚惶诚恐的样子，就该知道自己平日对这些下人是什么样了。

锦朝也有很多体会。下人也不容易，当一个人连下人都不如的时候，那种滋味又怎么是别人可以体会的。她起身轻扶了佟妈妈起来，笑着说："佟妈妈言重了，我也只是随口一问，既然很久没有清理了，那便开了库房清理一下吧，清理后给我看了就好。"

佟妈妈听了这话,面上难掩一丝欣喜,大小姐让自己开了库房清理,那意思就是要自己再回来了?她还是有些不确定,说:"倚竹楼那边奴婢的差事……"

锦朝说:"您是我的管事妈妈,倚竹楼的差事自然是别人去做的。"

佟妈妈看着小姐,又磕了好几个头感谢她。

正午时分,留香领着青蒲回来了,青蒲梳着简单的丫髻,什么首饰都没有佩戴,身上穿着一件单薄的青色夹袄,褐色的棕裙。她的身量很长,比留香高了两寸的样子,低眉顺眼的,面容清秀。看上去比一年前瘦了许多,脸颊都有点凹进去了。

看她没有首饰戴,留香拨了自己的鎏金镯子送她,青蒲连忙推拒,留香笑着说:"你穿得寒酸,别人还以为我们大小姐也过得不好呢!"青蒲脸一红,才收下东西。

留香却有些感慨,她当年刚来清桐院的时候,青蒲还是大丫鬟,如今却轮到她了。

留香先让青蒲去找常婆子分个下房,她刚要到下房,正巧看到雨桐抱着一个珐琅彩鱼藻纹的花瓶走过来。

雨桐先屈身说:"留香姑娘回来了。"

留香问她说:"带青蒲回来的,这抱着花瓶要去哪儿?"

雨桐笑嘻嘻地回答她:"小姐让采芙姐姐拾掇一间下房给这位新来的青蒲住,佟妈妈正开了小姐的库房清理呢,看着这个花瓶好看又轻便,采芙姐姐便说就用这个给青蒲。"

留香听了这番话脸色都变了。

她心中思绪一时极乱,看雨桐还睁着大眼看自己,又问她:"佟妈妈回来了?"听起来有点喃喃。

雨桐点点头说:"佟妈妈从倚竹楼回来了。"

留香面色更沉了,让小丫头先走,她自己一个人先回了下房。

下房也是有规制的,大丫鬟自然是单独一间,二等、三等的丫鬟都是两两一间的,这青蒲刚回来,怎得就是一人单独一间了,而且小姐还特意吩咐了采芙布置。这些倒也算了,这佟妈妈竟然不知怎的从倚竹楼回来了,还是管事妈妈,那她怎么办?

佟妈妈走了,这院里没管事的了,那就是她最大。佟妈妈回来了呢?

留香有种前所未有的危机感。

锦朝下午又去陪母亲，夜幕降临时回来，吃了些小厨房给她备的清淡炖菜，早早歇了。

　　只是这晚她一直没有睡好，夜里又下了一场大雪，她听到雪压断枯枝的声音。翻来覆去毫无睡意，后半夜勉强睡着了，又梦到了也是这样的一个大雪天她一个人站在廊庑上看雪，看到陈玄青带着俞晚雪在折梅的情景。

　　俞晚雪揽了裙子折梅，陈玄青怕她摔了，在下面望着她。

　　俞晚雪攀着枝丫笑着问他："须若，这个好不好看？"

　　陈玄青无奈地笑，敷衍她道："都好看都好看，你快下来罢，要是让过路的丫头看到了，可是要传闲话的。"

　　俞晚雪说："你瞧着都好看，我就都折下来，这个放在书房里，香味最雅致了。"

　　俞晚雪最后下来了，陈玄青握住她的手替她暖和说："冻得这样冷，你还非要去……"却又小心地取下她手里的花枝帮她拿着，另一只手牵着她往回走。

　　她的裙子是浅绛红色，透过雪天朦胧的光，看得顾锦朝的眼睛刺痛不已。

　　这一夜梦多又沉，锦朝并没有睡好。

　　卯时一刻雪才停下来，天还是昏黑的，锦朝却睡不着了，透过帐帘看到屋子里两盏落罩灯笼还亮着。她起身喊人："留香呢？"

　　今天值夜的是采芙，她睡在屏风外面，朦胧中醒过来开始扣棉袄上的盘扣。"小姐今天醒得这样早，奴婢给您叫留香姑娘去。"清晨还很静寂，留香本来就翻来覆去没有睡好，隐隐听到小姐叫她的声音便翻身起床。她手脚快，三两下就穿了衣服用铜盆打了水过来，热气腾腾的水。

　　锦朝问她："青蒲已经来了吗？"

　　留香连忙回答说："昨个就来了，奴婢先带她去外院拿了两身新衣裳，晚上才把东西收拾好，一时没来得及和小姐请安。"

　　锦朝点头道："你去把青蒲找来。"

　　锦朝穿衣坐在临窗的大炕上，靠着大迎枕，身下是掺金丝绣云鹤纹的软垫。过一会儿便听到了轻盈的脚步声。

　　她抬起头，只见到地上匍匐着一个黑黑的头，梳着丫髻，干干净净的，没有一点儿饰物。青蒲的声音平稳清亮："奴婢青蒲拜见小姐。"

　　她小时候待在纪家，青蒲总是站在她身后，她习过武，个子比一般女子高一些，非常有力。她想要树上的小鸟窝了，想要一朵好看的合欢花了，都是青蒲三两下爬上树去帮她摘。她话不多，人也算不上顶顶的聪明，但是忠诚，对她非常好。

青蒲今年应该有十八岁了，早过了适宜婚配的年龄。

锦朝下了炕，弯腰把她扶起来。青蒲还是她记忆中的样子，但是瘦了不少，脸也没有以前好看了，皮肤蜡黄，她拉住了青蒲的手，青蒲有些惊住了，主子与仆人尊卑有别，小姐怎么会拉她的手！

锦朝却不要她抽回去，而是看着她掌心纵横交错的纹路，问她："这是怎么弄的？"

青蒲颤抖了一下，低声说："奴婢在小厨房里劈柴弄的，小伤而已。"

锦朝皱了皱眉，她不是没劈过柴的，如果只是劈柴，又怎么会弄成这样。

她目光直看着青蒲的脸问她："顾澜是否恶待于你了？"

青蒲回答说："算不上，只是厨房粗活而已。奴婢还是干得来的，小姐千金之躯，奴婢的手粗糙，可不要伤了小姐。"

锦朝却想起当年在纪家的时候，青蒲还曾带她爬树捉鸟，后来被别的丫鬟发现告了状，外祖母就责罚她跪在门外头，足足两天的时间。锦朝把自己吃的松饼、绿豆糕、窝丝糖什么的揣在怀里给她拿去，青蒲就着她的手掌心吃得狼吞虎咽的，一点糕点屑都要舔干净。

她心里突然觉得一痛，声音也弱了些："你是不是怪我发落了你？"

青蒲笑着摇摇头："当年小姐救了奴婢的命，奴婢这条命就是小姐的了，小姐要奴婢做什么，奴婢便会做，又怎么会怪您呢。"

锦朝听到这句话却并没有放松，青蒲虽然还是那个青蒲，但是两人毕竟没有从前亲密了，也是，怎么可能会不记恨呢。她只希望青蒲能记恨她少一些，她好慢慢补偿她。

锦朝想了一会儿，才说："以后你还是回来贴身伺候我，月例按照二等丫鬟来，别的都比照一等丫鬟，你可愿意？"

青蒲跪下来磕了头，说："奴婢能回来伺候小姐，自然高兴。"她父亲当年是纪家的一个花匠，娘亲早亡，父亲爱喝酒，常常喝得醉醺醺的，寻着由头就对她打骂不止。有一次青蒲差点被打死，浑身都被打得青紫了，就是那次，年幼的锦朝救下她，不过是一句话的事，从此她就一直忠心耿耿地守在她身边。

青蒲面色微动，犹豫了一下，突然低声说："小姐，奴婢在翠渲院待了一年了，有些事还是看得明白，您可要小心提防二小姐。"

锦朝看她脸色严肃，笑着说道："我知道，你才来不久，还是先下去休息吧。"

不管怎么说，青蒲待她还是真心的忠诚。

等青蒲离开后，锦朝静坐在大炕上想自己身边的丫鬟。攘外必先安内，如果连她身边的丫鬟都对她不是忠心的，那她后面的路必然也很难走。锦朝想先把自己身边的丫鬟清理一遍，留香她是肯定不能要的。

除开留香，采芙还是不错，锻炼一下倒是可以用，白芸不够聪明，另外两个丫头太小……

锦朝正盘算着这些，白芸进来说佟妈妈来见她了。

锦朝精神一振，佟妈妈来肯定是说登记册子的事情，她也确实想知道自己有什么东西，有多少家底。

佟妈妈今天多戴了支一点油金簪，看上去喜气洋洋的，手里拿着本青色云纹的册子。

"用了一天时间，小姐的东西都点清楚了。"

锦朝接过册子翻开来看了下，不由得暗自咋舌。她知道自己年轻时东西多，没想到竟然有这么多，古董字画、家什用件、花瓶器皿、金银珠宝，数来数去让人眼花缭乱。

五福献寿金簪十二支、嵌宝石银丝髻头面四副、翠玉镯子七对、黄色葡萄石两盒、金银宝钿花五盒、青花瓷器十件、红瓷四件、景泰蓝七件、白瓷八件……

一样样，一件件点下来，她这财产竟然也有一万两银子，抵得上顾家一年的收益。

其中大部分都是她从纪家带回来或者是每月外祖母送来的，纪家家大业大，最是不缺这些了。

佟妈妈笑着继续说："眼看着就要到年关了，过了年关不久就是二小姐的及笄礼，小姐您也备一些送人和打赏的礼好了。奴婢看着帮您准备了印云纹的银裸子、几支赤金雕花的簪子、几方端砚和澄泥砚，您看怎么样？"佟妈妈这话，倒是让她想起了一件事。

年关将近，她的胞弟顾锦荣也该回来了。

父亲觉得在家里教养顾锦荣毕竟不好，家中只有他一个男丁，大家都宠爱他，害怕把他溺爱坏了，到了八岁后就送去了七方胡同读书，那里有两个德高望重的翰林院老学士开了课，好多世勋官家的弟子都往七方胡同去读书，甚至镇威侯世子、定国公两个嫡子，都是在那里读书的。

锦朝想起顾锦荣，便问佟妈妈："既然要到年关了，大少爷什么时候回来？"

佟妈妈笑着说："说是三五天内，夫人让人把鞠柳阁旁边的静芳斋收拾了一下，等大少爷回来就住。奴婢准备了两方砚台，小姐倒是可以给大少爷。"

锦朝点点头说："你有心了。"心里却想着送砚台未必好，顾锦荣既然在七方胡同读书，那好砚台肯定是见了许多的，她那几方端砚虽然质地上乘，但毕

竟不是名家精品。

她其实对顾锦荣并不了解,九岁以前她住在纪家,两姐弟见面也不过是年关、中秋这些时候,说不上几句话。等她回到顾家了,顾锦荣却搬去了七方胡同读书,一年到头也只有年关的时候才回来。现在想起来,她对顾锦荣的印象是十分模糊的,也不知道这个弟弟究竟喜欢什么,她好投其所好。

锦朝吩咐佟妈妈:"去找母亲身边的徐妈妈问问,她带大大少爷,肯定对大少爷十分了解,他喜欢什么不喜欢什么,平日里有什么习惯,都问清楚。"

佟妈妈应"诺",锦朝又想到了留香的来历,低声说:"另外,找一个你信得过的丫头,去打探一下留香的来历,不要走漏风声。"

佟妈妈有些吃惊:"小姐的意思是?"话还没说完,立刻又转了话,"奴婢多嘴了,小姐吩咐的一定办好,半点风声也不会走漏的。"

锦朝对佟妈妈还是比较满意的,凭她是母亲的人,她就信任了三分。不过佟妈妈毕竟是内院仆妇,要去打探外院乃至适安别的地方的事情,恐怕也不方便。

留香说过自己有一个兄弟,在俞家做杂役。要是能打探到她这位兄长,那就再好不过了。

年关越来越近,府里也喜气洋洋的,贴了剪纸、挂了红灯笼,又摆了果子素食在神像面前。

锦朝每天醒来先去给父亲请安,再到母亲那里坐一上午,与几位姨娘、妹妹说话,下午则学女红,到了晚上要看一会儿书才睡。

这几日的工夫,父亲只去看了母亲一次,还没一会儿就急匆匆地走了。

母亲倒是不怎么在意,脸上神情淡淡的,她却总想起小时候,母亲抱她在怀里,跟她说和父亲的故事。

那个时候母亲眼睛里都带着笑,年轻的脸庞泛着光:"你父亲当年刚考上进士的时候,来纪家提亲,你几个舅母有意为难他,要他拿礼出来,羞得满脸通红的,比小姑娘还害臊。"

锦朝一直想象不出,严肃刻板的父亲少年时如此害羞是什么样子。

现在正是学绣艺的时候,她坐在西次房里,窗户开着,阳光从刻着海棠的窗棂上透进来,照在黑漆的黄花梨木小几上。小几上放了个竹编小筐,里面整整齐齐地摆放着各色缠好的丝线。锦朝绷了一张素绢绣花,她正在绣一丛四季兰。

留香、青蒲站在她身后。

薛师傅看着她的绣品,啧啧称奇:"大小姐最近进益非常,不过这花样倒是少见。"

锦朝笑了笑说:"不过是开在山野的花,北直隶不常见,南方倒是有许多。"

薛师傅仔细端详了许久,笑道:"我看您现在的绣工倒是有蜀绣的韵味,针脚严整细腻,色彩淡雅,瞧这花叶的边沿,浑然天成。"

薛师傅擅长的是苏绣。

锦朝心里暗想,果然还是瞒不过薛师傅。

拾叶是四川人,最擅长的便是蜀绣,她母亲是川蜀有名望的绣娘,把自己的绝艺都传给了女儿,本来也想她成为一名绣娘,却被卖到北直隶来。蜀绣传承更严谨,而且流传广度不如苏绣、湘绣,在北直隶一向比苏绣少见,锦朝也是学了十多年才磨出来一手蜀绣精工。

不过原先一个女红粗糙的大小姐,突然绣出精湛的蜀绣,确实惹人怀疑,她已经注意着让针脚更稀疏,向苏绣的方向靠拢了,但是薛师傅毕竟是绣艺行家,一眼就瞧出端倪了。

锦朝只得说:"我看了母亲那儿的锦鲤戏荷图,觉得十分精巧,就着意着私底下学了学。"

母亲有一扇锦鲤戏荷图的屏风,是蜀绣精品,还是当年她成亲时定国公府送的,阖府皆知。

薛师傅笑着说:"是大小姐天资聪颖。"

青蒲送薛师傅离开,留香帮她把针线收起来,笑着说:"奴婢瞧不出什么绣艺,不过看小姐绣的花真好看,好像都能闻见香味儿。"

锦朝只是笑笑并没搭话。

过了一会儿佟妈妈来了,锦朝放下手中的小绷,又让留香去端茶,请佟妈妈坐在锦杌上。

她前几日让佟妈妈打听大少爷的喜好,回话说他没有什么特别喜欢的,倒是爱收藏名家书法。今天来找她也不知是何事。

佟妈妈先喝了口茶,望了望四周无人,说:"小姐吩咐留香姑娘的事,我打听过了。"

原来是留香的事,锦朝顿时提起了精神。

"留香姑娘是九岁那年被她父母卖进来的,当时给了二十两银子。进府之后先在杜姨娘那里做小丫头,没有半年就去了外院的厨房,到了十四岁被分到了茶房,半年后到了您这里。"佟妈妈简单说了一遍,又继续说,"我还着意打探了别的,当初她在外院厨房的时候,和几个丫头关系都不好。一个叫秋袤的丫头告诉我,留香常常不当值,也没有管事责怪她,大家对她都有些排斥,也

说过她手脚不干净,曾经拿了厨房一支五十年的人参,被责罚了一顿。"

锦朝听到这里,皱了皱眉:"她身在府中,又没有病痛,拿人参来干什么?"

佟妈妈摇摇头:"奴婢也觉得奇怪,许是帮别人拿的呢。"

留香还曾经在杜姨娘那里服侍过,锦朝倒是不知道这事。不过这时间仓促,又要掩人耳目,佟妈妈也只是打探了皮毛,用处并不大。锦朝想着自己也许应该找人在外面打听一下。

佟妈妈说起大少爷的事:"今天下午就回来了,您让奴婢准备的几幅字都准备好了,一幅石田先生的、一幅枝指山人的。都换了紫檀木裱好,下午便送到静芳斋那边。"

锦朝摇头说:"不用送,我亲自拿过去。"

佟妈妈应下来。

青蒲进来了,她这几日脸色也红润了不少,没有了原先蜡黄病态的样子。她脚步轻盈地走到窗户旁边关上窗,说:"风大,小姐的病好了没多久,可禁不得吹风。"

锦朝看了青蒲一眼,窗外没有风。

佟妈妈看着青蒲说道:"青蒲姑娘回来伺候小姐最好了,从小伺候大的,总比别人贴心。"

锦朝替她说:"这是自然的。"

佟妈妈告辞了,锦朝又和青蒲说话:"我刚才还觉得太阳晒着暖和,微风倒也不碍事。"

青蒲却迟疑了一下,手指拨动了手腕上那个鎏金的镯子。她低声道:"隔墙有耳。"

她是说外面有人偷听?

锦朝看着那个鎏金镯子,认出是留香曾经戴在手上的,又想起青蒲刚来见她的那天,满身朴素,连一只素银簪子都没戴。她道:"我妆台上有一对白玉镯子,你拿去戴,鎏金的看着俗气。"

青蒲忙道:"那是小姐的东西,奴婢怎么能要。"

锦朝想起青蒲自小就这样,她认定东西是小姐的,那就是小姐的,谁都不能抢。

她没勉强她,暗想等一下让佟妈妈送一些合适的首饰到青蒲房里。

弟弟回来了,肯定先要去见母亲,锦朝想着不如她先到母亲那里等着,让青蒲服侍着换了一身雪青色绣缠枝纹的综裙,觉得颜色太素净,又穿了鹤鹿同春茜花色的缎袄。

到母亲那里坐下没一会儿顾汐与顾漪也过来了。郭姨娘和杜姨娘结伴而来，宋姨娘则一直都在母亲这儿服侍。

宋姨娘服侍母亲喝药，又喂了她一颗盐津梅子去苦味，最后扶着母亲靠在大迎枕上。

"我也有大半年没见过荣哥儿了，不知道长高没有。"纪氏笑着说。

杜姨娘就道："孩子一天一个样，大少爷又正是长个的时候，可不跟竹笋一样见风就长。"

顾锦荣今年虚岁十二。

锦朝按着母亲的手，打趣她："弟弟回来了，您可别不疼我了。"

纪氏秀美的脸上出现淡淡的笑容："果然还跟孩子似的，你和锦荣不亲近，也要多走动。"

说着品梅进来了："大少爷的马车停在府门外了，先去了老爷那里，奴婢估摸着过半个时辰就该来了。"

母亲脸上的喜色锦朝能看得分明。

第二章

懲戒

说是半个时辰，其实并没有等多久。锦朝一盏万春银叶茶都没喝完，就听到丫头通传。还没等纪氏发话，一个清亮的声音响了起来："母亲！"

从屏风后面快步走进一个身量很长的少年，面容清秀白皙，穿着一件石青色杭绸直裰，一个矮一些的书童跟在他身后，提着好几个红漆的盒子。

锦朝看着顾锦荣走过来，心道他和父亲长得这样相似，竟然都和她差不多高了。

徐妈妈忙给顾锦荣端了杌子，顾锦荣走得急，脸色微红，到了母亲床前站定了，先和各位姨娘、锦朝问好，两位妹妹又向他问安。

看来是先生教得好，虽然大半年没见过重病的母亲，但是还知道守礼节。

顾锦荣和锦朝不同，他是母亲跟前长大的，对母亲的依恋比锦朝多多了。

他目光扫了下锦朝的脸，淡淡说了句："长姐安好。"

母亲拉着锦荣的手道："跟着朱先生学习，是比原先好了。只是母亲看你像是瘦了，在七方胡同可吃得好，穿得好？"

顾锦荣道："吃的穿的母亲您每月都让人送来，自然是好的。儿子清瘦只是思念母亲，您病重在床，我却不能回来看看。"让书童把几个盒子拿过来，"这是一些进补的药材，七方胡同里卖的这些东西格外好，我就给您买了些。"

他又拿起一个小小的雕着牡丹的盒子："这是给长姐带的。"

顾锦朝接过来道了谢，纪氏看着就很欣慰："你们俩是同胞的姐弟，比别的姐弟更亲近，要是母亲以后有什么不测，荣哥儿你要帮衬着姐姐，别让人欺负了她。"

顾锦荣听着就安慰她："母亲您还没看到儿子读书有成，怎么会有不测呢，定能够平平安安长命百岁的。"

母亲又问顾锦荣功课怎么样，四书读得怎么样了，锦朝心想顾锦荣才虚岁十二，四书只是大概读了，得他年龄再大一些，先生才会开了课深讲。母亲没读过多少书，自然不清楚这些。顾锦荣也没有不耐烦，平稳地回答了母亲的话。

问完之后纪氏就让他先回静芳斋，把东西整理好了再休息一下，他这一路也是舟车劳顿的。

锦朝一时没有说话。

纪氏主中馈这么多年，自然什么都看得明白，锦朝和锦荣关系不好，她一直都知道。两姐弟刚才并没有多少交流，她靠着大迎枕，看着自己的女儿。

等顾澜及笄礼过了，就是锦朝十六岁生辰，她的女儿长得娇艳如海棠，穿着却是素雅。乌发在阳光光晕下有绸缎的光泽，眸如潭水清澈，肤色细致白嫩。这样的容色，这样的家世，肯定要嫁得一个好郎君，才称得上她的女儿。

纪氏想起刚才薛师傅来说："小姐聪颖非常，用了心学绣艺，那就学得飞快。"

女儿自从病后，性子沉稳不少，她心中很是安慰。

"你和弟弟要多走动，一母同胞的，以后要多帮衬。"纪氏嘱咐锦朝，"原先你不耐烦弟弟活泼，现在可别顾及这些了，我要是死了，将来也只有他能给你撑腰了。"

顾锦朝心里都清楚，只是要改变一个人的看法并不是什么易事，她一时间太亲近弟弟反而不好。她心里都有度，听到母亲又担心自己的身体，她也没再多说，而是提起别的事情。

"母亲陪嫁的铺子掌柜里，可有您十分信得过的人？我想借来做些事情。"

纪氏想了想，道："铺子上的掌柜都是忠厚老实之人，田庄、宅子的管事也不错，既然是你想要用的人，除了忠厚老实，定还要有一番见识的。宝坻那几个铺子的掌柜倒是可以用。"

并没有问她要做什么。

纪氏又细细向她说了哪几个掌柜管事忠厚，哪些又非常机灵，哪些聪明非常。

锦朝也明白母亲是想让她熟悉自己的陪嫁，母亲的陪嫁很丰厚，以后都是自己和弟弟的，她自然需要清楚。

纪氏说了一会儿话就觉得体力不支了，锦朝服侍她睡下，又让随行的青蒲回去拿那两幅名家的字，想先去静芳斋探望顾锦荣，他年龄还小，只要是合得来说得上话，自然就亲近了。

她心里思忖着，和青蒲一起走到了静芳斋，小丫头进去说了，又迎她到东次间先坐。

顾锦荣过了一会儿才进来："正在收拾书籍，长姐久等了。"

锦朝笑笑道："是我打扰了你。姐姐听说你喜欢书法，就着意收了两幅字，你看看喜不喜欢。"

让青蒲打开给顾锦荣看。

顾锦荣看了便称赞："石田先生的字无拘束，潇洒淋漓。枝指山人的字温厚，都很好，长姐费心了。"他五官还没张开，有一点稚气，说起这些来却头头是道。

顾锦荣也确实喜欢这两幅字，看着爱不释手，却没和锦朝说几句话。一会儿又有小丫头进来了："大少爷，二小姐来了！"

顾锦荣的眼睛却立刻一亮，放下画卷急急就往外走："是二姐来了吗？"

小丫头跟在他身后道："大少爷，您还没穿披风呢，可别冻着了！"

"不碍事的！"顾锦荣根本不在意。

锦朝看着被扔在桌上的两幅字，心中一冷。又听到温柔清和的声音："我们大少爷又长高许多，二姐都及不上你了。"

两姐弟说着话进来，锦朝看到顾澜穿了大红色遍地金缎袄，容色秀美。锦荣比她高了一些，低着头和她笑："弟弟再长高也是二姐的弟弟啊！"

顾澜拍了拍他的肩："你怎么不说长姐也在这儿，我也没个准备。"又和锦朝请安。

锦朝笑道："不碍事，他只是见着你欢喜了。"

顾锦荣就道："长姐都说没关系了，偏偏你还说我！"语气轻快，这才是十一二的少年的样子。

顾澜拉了锦朝的手："这几日长姐都不常到我那儿坐，今天算是碰上了，我们两姐妹可要好好说话，"又转身吩咐顾锦荣，"你怎么不给长姐上茶，不是说礼节学得更好了吗？"

顾锦荣笑笑："还没来得及，长姐喜欢喝什么茶？"

锦朝觉得自己要是继续在这儿待下去，恐怕也是惹人嫌的。

她便起身说："母亲那里还需要人照料着，我就先走了。你料理得空了也来多看看母亲，她日夜都想念着你的。"说到母亲，顾锦荣脸上的笑容少了几分，他点了点头。

锦朝走进抄手游廊的时候，还听到顾锦荣的声音："这是给二姐带的，我亲手雕的，十八罗汉的象牙雕。你不喜欢金银，就这些东西摆设最好……"

锦朝脸上的笑容慢慢收起来，青蒲沉默地跟在她身后。走出静芳斋就看到一片结冰的湖泊，锦朝一时间也不想回去，就沿着回廊来到了湖泊上的亭子里，看着对岸凋萎的枯枝。

青蒲见到小姐一向都是飞扬明艳的样子，少有如此沉默，一时间心中不忍："二少爷只是不懂事，您和二少爷才是最亲近的，他长大了就明白了。"

锦朝摇摇头："我并不是在意这个。"

她坐在亭子里吹着寒风，又把袖子里那个小小的雕着牡丹的盒子拿出来，这是一块样式普通的和田玉佩，雕的是燕京时兴的相禄寿喜。

在自己喜欢和亲近的人面前，顾锦荣才有孩子气的一面。锦朝自嘲地笑笑，又收起玉佩道："该回去看母亲了。"

顾锦荣和她之间的隔阂还真不算浅，要改变这种关系恐怕还要费大功夫。只是想到日后顾澜是如何对他的，锦朝又觉得有些不甘。

顾澜是真心把顾锦荣当成弟弟看，还是只是顾家的嫡长子呢？她和她母亲把锦荣赶出顾家的时候，可想过今日顾锦荣对她的信任和依赖呢？

顾澜接过顾锦荣手中精巧的象牙雕，看着确实细致，佛陀栩栩如生。

"你还真的去学了牙雕。"她有些责怪道，"姐姐不过是说着玩儿的，学这些东西可费了你读书的时间，要是因此功课落下了，我可怎么向爹爹交代！"

顾锦荣上次回来，顾澜便无意中说起自己喜欢牙雕工艺，顾锦荣为了讨二姐欢心，才去学了这个。他道："这倒是不碍事的，我们书院先生教得好，比国子监读书的监生时间宽裕多了。"

顾澜又说起顾锦朝："长姐虽然有些地方不对，那也是长姐，你可不能不恭从她。明日便去向长姐问个安，她早上也多是没事的。"

顾锦荣一时有些感慨："她原先那样对你，你还为她说话，二姐你也不要太温和了，人善被人欺！"

听到顾锦荣这么说，顾澜颇为无奈："长姐毕竟是嫡长女，我怎么能违逆她呢，上次她瞧中我院里一个丫头，直接就要走了，我待那丫头也是极其好。她走的时候万分不舍，可我却不敢留她，只怕她现在在清桐院，也过不上什么好日子。"

顾锦荣皱起了眉："竟然有这样的事？我去替你把丫头要回来，顾锦朝向来就是这样的脾气，看上什么便要什么，你不要急……"

顾澜连忙道："二姐和你说这些，可不是想你帮我的，只是想你在长姐面前要多恭从罢了，我受点气也是没什么的，要紧的是你要待长姐好一些。她毕竟才是顾家的嫡长女！"

顾锦荣一时有些不屑："她这个嫡长女，早将顾家的脸丢尽了，和我一起读书的好些人都知道她，都说她不过是个草包，空长了一副好皮囊，脾气又坏，又不知羞耻！真是……真是……"

顾澜抚了抚他的背，轻声道："管旁人说什么，她也是你血浓于水的姐姐，可别说这样的话了。"

顾锦荣低声道："我倒宁愿没这个姐姐……"

第二天一早，顾锦荣还是来清桐院向锦朝请安了。

这个弟弟可不常来她这里，锦朝先请他坐下喝茶，又亲自去备茶点。

顾锦荣道："长姐怎么还亲自做这些，让丫头婆子去就好了。"

锦朝笑道:"你在七方胡同大半年,也没吃过家里的点心,是姐姐新学的,做了给你吃,用不了太久,要是嫌闷得慌,我书房里倒是有些书可以看。"

顾锦荣一时有些错愕,他不知道锦朝还会做糕点,更不知道她也会看书的。

他一直以为她就像外界传闻的那样,草包美人,什么都不会,只会使大小姐脾气。

不过转念一想,书摆在那儿她也未必会看。

顾锦荣踏进锦朝的书房,看到她满架子的书,一时之间有些可怜这些书,也不知道主人懂不懂赏识。

留香在旁伺候,道:"大小姐常看书,这些还是日前从蓟州刚送来的。"

书房里有一张紫檀木案桌,摆了青花笔洗、笔山,一方澄泥砚砚台。靠窗有一张贵妃榻,半开的窗户能看到院子里的雪景,旁边只立着一个白瓷花瓶,插着几只蜡梅。墙上没有挂名人字画,而是挂了一幅墨竹,上书:数茎幽玉色,晓夕翠烟分。声破寒窗梦,根穿绿藓纹。渐笼当槛日,欲碍入帘云。不是山阴客,何人爱此君。

这是杜牧的诗。

顾锦荣心中紧绷又急促的情绪舒缓了不少,这诗让人心静。

青蒲也被小姐吓着了,她竟然要洗手做羹汤了。

锦朝一边揉面,一边对她道:"没什么大不了,前几日见厨娘做,觉得也不难。"她揉面的手法有些样子,只是力道有点不够。青蒲看着也有些放心了。

人闲无事,总要给自己找事做。拾叶与宛素一个是四川人,一个是陕西人,她南方北方的菜都会做,而且做得极好。

想想也觉得可笑,自己不屑学的东西,后来竟然学得最多,也最好。她原来擅长的琴艺、书法却有些荒废了,不过也该多找些时间练练,总不能真的荒废了。

青蒲却不懂:"您为何要亲手做这些东西?"

锦朝想了想,她本来是懒得解释的人,觉得自己做事的效果出来了,旁人自然会看。但是如果想和锦荣更亲近,那还是让他多了解自己的行为比较好。

"外界说什么,我也不是全然不知的。"她把面擀薄,又加了一层炒香后碾碎的黑芝麻和花生碎末,一层白糖,"大少爷在外面读书,这些东西肯定听了不少,加上家里总有些不安分的人在,我在他心中恐怕就是个骄纵无知的嫡女,说不定还不如。要想让他和我亲近些,至少要让他先对我改观。"

锦朝也不想理会外人说什么,她受的流言蜚语还少吗?

她想起后来顾锦荣曾经来看过她一次。那个时候父亲去世没多久,他看上去十分的落魄,虽然来看她但话却不多,最后说:"长姐,是我对不起你。你在

陈家好好地过,总比回到顾家好。"那时他的笑容十分麻木。

他走的时候给自己留下了两千两银子。

锦朝当时不明白他的处境,后来才知道宋姨娘和顾澜的所作所为。她心想那个时候,两千两银子恐怕是他能拿出来的全部银子了,竟然都给了她,给了他一直不屑、见都不想见的亲姐姐。也许真的是血浓于水,他到最后还是顾及她的。

想到那个高大却落魄到背都佝偻的男子,锦朝也不忍放任锦荣不管。

锦朝做了千层酥,用温油炸得金黄酥脆,表面化渣,又撒了芝麻白糖。蒸了一盘云子麻叶面果糕,用麻叶碎与糯米和面,外面裹了层糖粉。又做了一叠咸皮酥,羊角的形状,内里是新嫩的蛋黄,表皮则是椒盐的。

青蒲看着新鲜,咸皮酥她没见过。

锦朝洗了手,让人把东西送到书房,她随后就过去。

顾锦荣也没有真在锦朝的书房里看书,而是坐在太师椅上静等。不一会儿雨桐和雨竹就端着盘子进来,又给他放了碟筷,三盘点心搁在青花白瓷的盘子上,热气腾腾的,看着非常勾人食欲。

顾锦荣觉得有些不自在,在书房吃东西,他可没做过。

锦朝很快就进来了,笑道:"不动筷,是嫌弃姐姐手艺不好?"

说起话来很亲昵,顾锦荣抬头看她,锦朝衣着素雅干净,如水的乌发上只佩了支雕了玉兰花的木簪。他记得每次见锦朝,她都是打扮得娇艳非常,满头珠翠的,现在却做如此素净的打扮。

"母亲爱吃这个,她病着,口味重的东西吃不得,这碟云子麻叶面果糕清甜软糯。"锦朝亲自夹了一块到他的碟子里。

顾锦荣尝了一口,果然甜而不腻,还有淡淡麻叶清香,外头虽然裹了糖粉,甜度却刚好。

"长姐做点心的手艺真是好。"他也由衷夸赞道。

他心中却有淡淡疑虑,仔细看顾锦朝,她却笑得温和,又替他夹了咸皮酥:"燕京这点心不常见,你尝尝鲜。"

顾锦荣却放下了筷子,犹豫了片刻:"吃东西倒是其次的,我前不久听说,长姐从二姐那里要了人,可真是这样?"他的语气充满质疑。

锦朝抬头看着他,心中突然有些冰冷。昨日的事她不用计较,毕竟他是和顾澜一起长大的,两人更亲近也是应该的,但是她失望于顾锦荣竟然如此容易受到别人的言语挑拨。

听说?还能听谁说呢,除了顾澜,谁会告诉他自己要了丫头这种小事。想必在顾澜的叙述中,她就是那个仗着自己身份张狂欺压庶女的无知嫡女罢了。

顾锦荣虽然年龄还小，但是已经到了明事理的时候了，顾澜说什么他就信什么，还眼巴巴地来责问她，迫不及待要给自己的二姐讨公道。

锦朝心中虽然愠怒，面色却十分平静，淡淡答道："确实如此。"

顾锦荣想起顾澜忍气吞声的模样，又想起她素日温和不喜欢与人争斗，竟然被锦朝欺负成这个样子，一时间什么都忘了，冷声道："二姐的人，怎么长姐说要就要。你虽然是嫡长女，但是也断没有这样欺压庶女的道理，兄弟姐妹之间不温恭和睦，传出去岂不是落了父亲母亲的面子！我看你也该把人还给二姐，你自己已经有了这么多丫头，又为何要二姐的？"

这些话，无处不显露着两人积怨已深。

锦朝平静地看着他道："兄弟姐妹温恭和睦？锦荣这样说，那你先做到了吗？我也是你姐姐，长姐如母，你对姐姐这么的不恭敬，做没做到温恭和睦？你在七方书院读了这么久的圣贤书，也不明白吗？

"你说我从你二姐处要了一个人，你是否先打听了这人是谁，对你二姐来说是否重要，她又是否自愿？这样急着跑来问我，又想没想过你要是讨了那丫头回去，我的脸面往哪儿搁。你要是讨不回去，自己的脸面又在哪儿？你如今虚岁十二，也不小了，为什么行事作风还像个小孩子，想到什么便做什么。"

最后一句话，声音陡然冰冷。

顾锦荣一时之间怔住，他原以为，自己来找她，要是顾锦朝不在意，那就能立刻带那丫头走。要是她在意，大不了吵一顿或者闹一番，反正他也不满顾锦朝很久了。

他没想过顾锦朝的话竟然步步紧逼，逼得他一时无言。他不知道顾锦朝口才这样好。

顾锦荣脸色不好看，锦朝说的那些，他确实没有在意。二姐说了他就来了，完全没考虑过这事的真假，也没考虑过两人的脸面。自己行事也确实有些鲁莽，要是传到父亲的耳朵里，他又要被训斥了。

锦朝看着他尚且稚嫩清秀的脸红一阵白一阵，觉得应该让顾锦荣自己想想，又缓了语气说："母亲尚在病中，她要是听闻你我不和，又闹了事端，身体怎么会好？你不喜欢我就罢了，不能不在乎母亲吧，再怎么说，我们身上流的血也是一样的。"

顾锦荣过了片刻才问："那，长姐，这个丫头是否真是您从二姐那里强要的？"

锦朝只道："这丫头现在就在门外，我让她进来答话吧。"

她径直走出书房门，过了会儿，顾锦荣才看到一个身量很高的丫头走进来，先给他磕头请安，才开始说："奴婢青蒲，原是大小姐的贴身丫头，后来奴婢犯

错,大小姐罚了奴婢。前些日子在二小姐处看到奴婢,也觉得想念,又念在奴婢已经改过自新的情况下,才让奴婢回来继续伺候。"

青蒲说话平稳,连眼皮都没抬。

顾锦荣看这个丫头也确实是锦朝原先一直带在身边的。

他继续问:"你是自愿跟着大小姐的?"

青蒲淡笑道:"奴婢本就是大小姐的人,在二小姐的小厨房做了一年的粗活,手也弄得伤痕累累,自然想继续跟着大小姐。至少大小姐待我极好。"

顾锦荣眉头微动:"你在小厨房做粗活?"

青蒲摊开手,声音依旧平稳:"奴婢原本娇生惯养的,倒是让二小姐练出一身的厚皮。粗活最是磨炼人了,用手劈柴,大少爷肯定没见丫头做过吧?"

一双原本细白的手,掌心中纵横交错着疤痕,深深浅浅的,连手掌纹都模糊了,颇有些触目惊心。

顾锦荣离开清桐院,立刻去了翠渲院。他想要问个究竟,他不相信一向温柔的二姐会苛待原本伺候长姐的人。如果真是如此……那二姐的用心可想而知了。

顾澜没想到他回来得这么快,心里还道不知是和顾锦朝闹翻了,还是真让他把青蒲带回来了,当然这两种她都喜闻乐见。不过顾锦荣脸色很不好看,却冲着她这儿来……

是在顾锦朝那儿受了气?还是……发现了什么?

顾澜想到最近她越来越看不透的顾锦朝,一时间心里戒备,念头一转就定了神迎上去。

"我们荣哥儿怎么了,这么急匆匆的。"

顾锦荣看到顾澜温柔如水的笑容,心中静了些,他低声道:"二姐,我有话问你,进书房说吧。"

听完顾锦荣说的这些,顾澜也很惊讶:"我竟然不知道小厨房的人这么苛待她!原先顾锦朝把她赶出来,什么也没给,我看她可怜,才留在翠渲院。本想着待她好些,找到良人就配了。竟然在我这里发生这样的事。"她小脸都白了,眼中隐隐噙着泪,"是我对不起她,还怕她回去后长姐会不喜欢她,才想留着她。"

顾锦荣见二姐如此自责,刚才的质疑也消除了些。

毕竟两人有这么多年的姐弟情,二姐为人如何他也不是不知道,连只蚂蚁都舍不得踩死,她怎么可能存心去虐待丫头呢。心头微松后顾锦荣就安慰她:"二姐,你可别哭,你想救她毕竟是好心的,这事情也不能全怪你,你再哭,宋姨娘看见了定是要心疼的。要是怕对不起长姐，准备些东西送那丫头就好，长姐应该不会怪你的。"

顾锦荣走后，锦朝吃着自己做的点心，虽然已经冷了，不过味道还是不错的。

青蒲帮她捏腿，那日在雪地中站久了，腿一直有些隐隐作痛。

"您觉得大少爷会疑心二小姐吗？"她问道。

锦朝道："不知道，顾锦荣既然这么容易被我三两句话说动，肯定也会很容易被顾澜说动。他毕竟还小，怎么会真的分辨得清。我只希望他心中存下怀疑，哪怕是一点也好。刚才我做了两份糕点，另一份你装到食盒子里，我们给母亲带过去。"

提着食盒到了斜霄园，母亲却正在睡觉，半个时辰后母亲才醒过来，躺在罗汉床上和锦朝说家常。

"也该为你再打两副金丝髻了，瞧着你最近衣饰都朴素，是原先那些不喜欢了？"纪氏笑着问她。

锦朝知道母亲宠爱自己，也笑着道："不过是觉得太奢华也不好而已，女儿的库房东西可多着呢，不用再做了。"

"纪家在常州府有一家金银铺，里面能工巧匠甚多，打金丝髻的手艺也非常好，常有王公大臣的亲眷去定做。你及笄半年了，倒是不爱打扮起来，这可是不行的。我这儿有一盒红宝石，透亮红润，难得的上佳之品，正好给我们朝姐儿打两副金丝髻，再加一对金玲珑草虫头面。"纪氏说起这些来很是兴致勃勃，精神都好了许多，"用十二两的金子，莲纹祥云图案……"

锦朝有些啼笑皆非，十二两的金子，顶在头上也不嫌压得慌。但是见母亲兴致这样好，于是就没有拒绝。

锦朝没见着宋姨娘，便向徐妈妈问起她。

"近年关了，老爷在朝中的事就少些，宋姨娘多半是陪着老爷的。"徐妈妈笑着应道。

顾锦朝心中一凛，要是按照宋姨娘这样和父亲朝夕相处，那怀上孩子是早晚的事。如果母亲真的有不测，而宋姨娘再生下男孩，成为主母简直就是轻而易举，到那个时候，她想要扳倒她可就难了。但是此事却并非她可以阻挡的。

要是能想个法子，让两人不再朝夕相对就好了。

纪氏却并不在意："老爷身边也需要人伺候，我这里她倒是不必常来。徐妈妈，你等一下便去鞠柳阁传话，说近年关了，宋姨娘就留在老爷身边服侍，不用到我这儿来了。"

锦朝眉心一动，握住母亲的手道："万万不可。"

纪氏有些疑惑，她病着不能亲身伺候，这妾室伺候老爷，那可是天经地义的。

锦朝让徐妈妈先把丫头带出去关了门，才低声道："母亲，如果要您为父亲纳一房姨娘，您可有人选？"

母女俩关在屋里说了一会儿话，傍晚后顾锦朝才离开。

徐妈妈送了锦朝后，让小丫头进来换早已经冷掉的炭炉，看到纪氏的表情怔怔的。

她有些担心，走到纪氏身边替她掖了锦被："夫人难得出神呢。"

纪氏笑起来："朝姐儿也长大了，知道事在人为。"

徐妈妈疑惑，纪氏接着说："朝姐儿让我再帮她父亲选一房姨娘，身家才德不用考虑太多，听话乖顺，容貌姣好最重要。"

徐妈妈心中一惊，大小姐果然是她外祖母带大的，如此大胆行事，别人可做不来。哪儿有子女提出要帮父亲选妾室的道理，还是待出阁的小姐，这传出去对姑娘的声誉会有影响的。

但是她看纪氏的表情并不像是生气，就问道："那您觉得呢？"

纪氏有些疲倦地闭上眼睛："我不全信宋姨娘，却也相信她温恭良和，难得心思细腻、懂得照顾她人。但是朝姐儿不信宋姨娘，却是全然的戒备提防，也不知这孩子私底下听别人说了什么，还是她自己想的。"

徐妈妈道："您是觉得大小姐身边有人说闲话？"

纪氏点点头："她最近性格温和许多，却更聪明了。如果不是有人在她旁边指使着，怎么会变化这么大，我的孩子我还是了解的。"

徐妈妈有些迟疑道："那要不要奴婢……"

纪氏说："不用，这倒是我愿意见到的。朝姐儿想见的管事，你帮她选好就可。"

母亲并没有同意锦朝的建议，给顾德昭抬一房姨娘。

锦朝一边侍弄自己种的四季海棠，一边静静思考。

母亲不愿意也正常，谁想自己的丈夫娶一大堆的妾室。而且在母亲看来，也没有再娶一房姨娘的必要，现在家里几个姨娘都算得上听话，要是新进门的姨娘不听话也头疼。

虽然纪氏这么想，但是顾锦朝却不能。

她不能让宋姨娘怀上孩子，有了孩子做倚仗，宋姨娘以后的路可就好走多了,又有顾锦荣向着顾澜,自己可谓是先机尽失。得让母亲意识到这件事的可怕之处才行。

留香帮她递剪刀,修理完花草之后,又服侍她用暖房里新制的玫瑰花汁洗手。

顾锦朝又让青蒲抱几盆兰花送到父亲和顾锦荣那里,冬天兰花少见。她的暖房里倒是养了许多,读书之人多半是爱惜兰花的,想必父亲和弟弟也喜欢。

今天是二十二,府中已然热闹起来。管母亲陪嫁的掌柜和管事早早地来拜年,等到初一就没时间来了,东西也带了不少,母亲正好让常州府的葛衣葛掌柜帮她打金丝髻,说要加紧做,最好能在元宵节之前做好。锦朝听着啼笑皆非,元宵节里会永阳伯家要举办灯会,母亲是盼着她去找个如意夫君回来。

母亲又给她引见了宝坻的宋川宋掌柜、罗永平罗掌柜。宋川身材很瘦,一把山羊胡。罗永平穿着绸缎袍子,印宝相花纹,样子白白胖胖笑呵呵的,母亲又说罗永平:"老家在新乡府,是你外祖母同乡的。"

锦朝听到新乡府,才又看了此人一眼。这人她有印象。

当年她开始管自己的嫁妆时认得他,这个罗永平一张嘴十分的能说会道。原先母亲在时,不喜欢这类油嘴滑舌的人,看他办事还算利索才留下他,却一直没有重用。

但是当年顾锦朝的绸缎铺子出了差错,全是靠他一张巧嘴才起死回生的,后来那家绸缎铺子也被他经营得风生水起,还通过纪家的商船从四川、湖南等地进工艺精湛的蜀绣、湘绣倒卖。可惜她被夺权,连嫁妆也一并被收,后来这些铺子都落到了二嫂手里。

等几位掌柜都退下了,锦朝让徐妈妈把罗永平准备的礼拿过来。

"是一对翡翠玉镯,成色极好。"徐妈妈对着光看了看,回禀纪氏。

纪氏皱了皱眉:"朝姐儿觉得此人可用?我倒是觉得宋川更靠得住些,而且他当年中过秀才。"她不太喜欢罗永平,不过也是母亲给她的人,又看在是同乡的分上,不好打发罢了。

顾锦朝知道母亲不善这些,笑道:"这做生意和做学问又不一样,母亲可别以貌取人。"

顾锦朝就在东次房见了此人,他是母亲陪嫁的掌柜,算是她的家奴,也无须介怀男女之妨。

罗永平没想到大小姐要见自己,受宠若惊,磕了头又说了许多恭维话。锦朝让他起来,问了他在宝坻的那家绸缎铺子,又把留香家兄的事情交代了一番,罗永平欣然应"诺",大小姐交代的事自然要办好。

日子走得飞快,二十三祭灶天,二十四写对联,又在祖宗牌位前摆了三牲熟食,瓜果酒水,等着大年初一祭拜。

锦朝又找佟妈妈来,要过年了,她想给清桐院的丫头都制备一套新的冬衣和首饰,再分一些银钱。

这时候白芸走进来通传:"小姐,真州府的姑太太来了。正在和夫人说话呢,徐妈妈让品梅过来告诉您一声。"

姑太太?锦朝皱了下眉,她一时想不起真州府还有顾家认识的人了。

青蒲低声提醒:"是老爷嫁到真州府的胞姐。"

青蒲这么一说锦朝才想起来,父亲排行第六,上面却只有一个胞姐,嫁到了真州府许家。

这时候来顾家做什么?正在年关上,她又主中馈,忙都要忙死了。

"您现在就要去吗?奴婢服侍您更衣。"留香问她。

锦朝摇摇头:"等一下父亲自会派人来让我去,更衣也不必,穿这身挺好的。"她穿着茶白色绣鹤望兰的綜裙,水青色缠枝纹织花缎袄,虽然素净了些,但是也大体庄重。

果然不一会儿,父亲身边的碧月姑娘来传话。

姑太太正在鞠柳阁的会客室里,因为母亲身体不适,又叫了宋姨娘、杜姨娘陪她说话,顾澜等三个妹妹都在这里。

顾锦朝跨入室内,父亲就招她过去:"锦朝,快来见见你姑母。"

顾锦朝抬头看去,只见一个身穿大红妆花麒麟补丝布绒衣,头戴银累丝挑心、金福寿鬓花的妇人,正笑着看向她:"我们朝姐儿,也长这么大了,出落得越发美丽动人。"

父亲也很高兴的样子:"您上次见着她还是十一岁的时候,可不长大了。"

锦朝端正地行礼问安,父亲又让她和众妹妹一起坐下来,顾澜就拉住她的手,小声说:"长姐,青蒲的事情,我还要向你道歉呢。"她穿着绛红色缎袄,比平时更艳色些。

锦朝笑得不动声色:"二妹说的是什么事?我都不记得了。"

顾澜一时语噎,她要是说明白了,岂不是摆明了自己和顾锦荣来往甚密。

"是妹妹忘记了。"顾澜笑笑,"青蒲还有些首饰在妹妹那里,等明儿给她送去。"

锦朝坐正了身子,嘴边掠过一抹笑容。饶是顾澜聪明多谋,但是还太小,沉不住气。

这时顾锦荣也过来向姑太太请安了,姑太太显然最喜欢的还是顾锦荣,夸了他好几句,又把自己常年佩在身上的平安符赏了他:"这是姑母从大国寺求来的，十分灵验。"

锦朝听到这里忍不住笑，顾澜那爱讨赏的习惯估计又要来了。果然顾澜立刻拉着姑太太的手道："姑母偏心，荣哥儿都有礼，我们姐妹四个也要，也算是压岁钱了。"

锦朝便道："几位妹妹要就行了，我都及笄了，便算了。"

姑太太有些为难，她来得匆忙没准备礼物，手上的东西送出去也不好。

宋姨娘也发现了，打圆场说："我看不如老爷来送，府里才送了一些金银首饰，我瞧着十分精致呢。"

父亲觉得宋姨娘很得体，说道："府上新送来的金银首饰本也是给你们的，看到什么喜欢的就去拿。"他并不在意这些。

顾澜笑道："我看从常州府送来的两套金丝髻头面就十分不错，上面嵌的红宝石透亮清澈，一看品相就极好。"

锦朝心中微动，这是常州府葛掌柜送来给她的头面，想不到这么快就送来了。怎么顾澜提起这个，难道她也想要？

她虽然不看重这些，但是这是母亲为她做的，还拿了自己压箱底的红宝石出来，上面什么配饰都是母亲想好了亲自吩咐葛掌柜的，自然不能随便送出去。

父亲说："常州府葛掌柜……那是湘君做给锦朝的东西。"

湘君是母亲的字。

宋姨娘笑道："你长姐的东西自然是长姐的。你要是想要，母亲那儿还有些蓝宝石，给你做一个金累丝的蝶恋花簪子可好？"

顾澜也有些羞愧："竟然不知道那是长姐的，倒也是，我看那上面红宝石如此漂亮，做工又精湛，自然是母亲给长姐做的。"

顾锦朝手捏紧了，她这摆明在说母亲偏心。要是不给她，反倒是自己小气了。

姑太太跟着打圆场："都是两姐妹，说这些岂不是见外了。"

顾锦荣却道："长姐房里好的东西多，我看二姐倒是没几样，不如长姐吃个亏，让给二姐吧。"

这般场景，杜姨娘和郭姨娘自然不敢说话。

顾德昭看了看锦朝，又看了看顾澜，顾澜双目盈出了泪水，锦朝却紧抿着嘴唇，看起来很倔强。他道："朝姐儿，你是姐姐，这东西就让给澜姐儿，你看可好？"

顾锦朝心里被刺了一下。

她笑笑道："父亲这是什么话，既然二妹早就瞧好了，还偏偏瞧上了我的东西，我自然要送给妹妹的。澜姐儿说什么是做给长姐的，也太见外了些。"

话说完,顾澜脸色一僵。

顾锦朝这话太有深意了。

姑太太也是个和善人,看两人神色不对,便说到别的事情上去了:"母亲说了,今年初八,还是请大家回祖宅一聚。分家多年,相互往来不多,手足情谊都淡了。"

吃过茶点大家就散了。

四下已无旁人,姑太太才和顾德昭说起纪氏的事情:"我去看过弟媳了,病重孱弱,虽然一时无性命之虞,但恐怕是好不了的。"

顾德昭叹了口气:"我二人也是二十年夫妻了,虽然不如当年情深了,但是情谊还是在的。她病得如此厉害,我都不忍心去看。"

姑太太点点头道:"我知道你是个情深义重的人,母亲这次让我来,也是知道你一向最听我的话,才让我劝你几句。你可是要想清楚,要是弟媳有个什么不测,得准备好续弦的事,毕竟你仕途正顺,后院不能没有主母帮衬着。"

她怕顾德昭念及旧情,一时不肯续弦。

见顾德昭沉默不语,姑太太继续道:"别怪姐姐话说得不好听,纪家虽然在财物上能帮衬你一些,但是对你的仕途没有裨益,当年你执意娶她为妻,不惜与顾家决裂,现在可不同往日了。"

顾德昭知道母亲和姐姐的意思,当年他考中进士,就一心想娶湘君为妻。当时的纪家远不如今天繁荣,顾家书香门第,家风严谨,怎么可能要他娶纪氏为妻。他与顾家决裂,这些年为官,有纪家的财物作为支撑,顾家也暗中帮了他不少,一路平步青云官居五品。

顾德昭的目光落在隔扇上,外头亮着红灯笼的暖光透过镂空的隔扇,格外静谧温和。

"我也是知道的,那姐姐觉得宋姨娘如何?"

姑太太点点头:"宋姨娘尚可,澜姐儿也是俏皮可爱,十分讨人喜欢。倒是朝姐儿……"

顾德昭皱了皱眉:"姐姐觉得朝姐儿不好?"

姑太太笑着摇头:"倒不是如此。只是我在外头听多了朝姐儿的谣言,以为是个骄纵跋扈、不知礼节的小姐。如今一见倒是觉得朝姐儿性子沉稳,说话比澜姐儿懂得分寸,而且容貌风姿都格外出众,并不像外界传的那样,一时之间觉得惊讶罢了。"

提起长女,顾德昭神情微松:"自她母亲病后,朝姐儿性格沉稳不少,最近越发懂事听话了。"

长女不是长在他膝下的，平时和他并不亲近。说起来还是澜姐儿、荣哥儿与他更亲近些。他心里也觉得有些亏欠长女，平日里只要不是犯了大错，都是纵容的。

入夜了，斜霄园里点了灯。

墨玉半扶着纪氏喝参汤，刚喝完一盅汤，正靠着大迎枕休息，就有一个小丫头被徐妈妈带进来。

纪氏半睁开眼睛，那小丫头"扑通"一声跪在地上："夫人，奴婢去取大小姐的金丝髻头面时，管事告诉奴婢，那两副金丝髻头面都被二小姐房里的人取走了。"

纪氏皱了皱眉："怎么回事，管事为何让二小姐取走？"

小丫头答道："那管事说，是老爷同意了的，他才给了二小姐。"

纪氏脸色十分不好看，点头示意徐妈妈："把在鞠柳阁服侍的碧衣叫过来。"

碧衣很快就来了，纪氏便问她："今天姑太太来，鞠柳阁究竟发生了什么事，你一五一十地告诉我。"

碧衣跪下来道："奴婢在会客厅伺候着，大小姐过来了……"把事情说了个清清楚楚，看纪氏的脸色越来越沉，声音也拘谨起来。

纪氏又问："当时大小姐说了什么？"

碧衣低声道："大小姐却也没说什么反对的话，就把东西让出去了。"

纪氏气得脸色铁青，挥手让这丫头退下。她重重地咳嗽起来，身体缩成一团，徐妈妈忙快步上前，扶住她担忧地说："夫人，您可千万别动气，身子要紧。"

纪氏的声音像是被掐住般嘶哑："我还没死呢，一个个都这么欺负朝姐儿，我要是死了，他们还不把朝姐儿活吃了。顾德昭竟然也放任她们欺负我的朝姐儿，当年乌公案时他四处碰壁，求救无门，还不是纪家拿钱把路子打通的，现在竟然这样对我们母女。"

徐妈妈看她嘴角都渗出了血丝，惊得忙抚她的背："夫人，快别说了。奴婢给您找大夫来。"

纪氏又紧紧揪住她的衣襟："把老爷叫过来。"

屋里的动静有些大了，墨玉和墨竹等一干丫头连忙进来，有人去请大夫，又有人去叫大小姐。纪氏眼睛睁得大大的，好像是力气用到了极致，却突然被什么抽空了一样，身体突然软了下去，眼睛也闭上了。

徐妈妈连忙掐纪氏人中，嘴中叫着夫人，急得都哭了。

而此时锦朝正和两个妹妹坐在临窗大炕上剪窗花玩儿。

青蒲觉得大小姐还是有点孩子心性的,竟然跟着两个小姐剪了半天的窗花纸,嘴角带着笑。

这时帘子被挑开,留香快步走进来:"小姐,斜霄园那边出事了。"

锦朝问道:"出什么事了?"

"刚才夫人犯病晕过去了,到现在都没醒。"

锦朝的手捏紧了衣袖,从大炕上站起来:"青蒲,取我的披风来,我们立刻去斜霄园。"

母亲上午不是还好好的吗?锦朝心急如焚,要是母亲有什么意外,她一时间真是不知道该如何是好了。

到了斜霄园,已经看到两位姨娘在了,锦朝当即让丫头打开窗户通风,又把炭炉移到床旁边。不一会儿宋姨娘、姑太太一起过来,再一会儿顾澜、顾汐等人也来了,都先去西次间坐着。最后顾锦荣才急奔而来,连他的书童清修都没拉得住他。

"母亲。"他眼眶通红,直奔床前拉住母亲的手。

再怎么老成也只是个十一岁的少年,母亲病急命危,他也乱了分寸。

徐妈妈劝他:"大少爷,您去西次间等着吧。"

顾锦荣十分固执地摇头:"我要在这里陪母亲。"

锦朝皱了皱眉,向清修、清安两人点头示意:"把大少爷拉到西次间去。"

清修、清安面面相觑,他们一向只听大少爷的。

锦朝语调变得十分冰冷:"你们再不动手,我立刻把你们赶出顾家,信不信?"

两人这才把顾锦荣拉起来,顾锦荣恨恨地看着她,连伪装都不屑了:"顾锦朝,你为什么不让我在这儿陪母亲?你凭什么?天底下哪个女子像你一样蛇蝎心肠!"

他努力挣脱书童的手,锦朝听着他大声地叫骂,走上前一步。

"你在这儿陪着母亲,你是大夫吗?你陪着有什么用,反而碍手碍脚耽误了别人知不知道?你说我蛇蝎心肠,母亲还病着,你在她床前大吵大闹,让她看到我们姐弟不和,你又是何居心?"她语气冷淡平静,一字一顿地说完这席话。

墨玉上前帮忙,把顾锦荣拉了出去。

不到半刻钟大夫就提着箱奁进来了,父亲跟在大夫身后。

他见长女坐在杌子上沉默不语,手捏得衣袖紧紧地,眼神紧盯着屏风后方。

"朝姐儿,不要担心,你母亲会没事的。"父亲伸手想摸摸她的头发,又想起她已经及笄了，而且父女俩也从没有过亲密的举动，手僵了一下，慢慢放下来。

锦朝抬头看父亲也是一脸担忧，笑了笑。他要是真心对母亲，怎在母亲去后不到半年就迎了宋姨娘为继室。他一年的守丧期都没有过，连她小厨房的厨子死了老婆，那厨子都守了半年丧呢。

柳大夫这时走出来："夫人气急攻心，血脉逆行，得施针才能让她醒过来，醒了喝了药便好说了。只是这施针……"

锦朝明白，再好的大夫，施针隔衣而行也有差错，但是也不能不顾及男女之妨。

果然顾德昭犹豫了片刻："这施针却也不太妥当，可有代替的方法？"

柳大夫道："老朽倒还可以试一试用药水冲，但是可能效果不大，而且对夫人的身体有损伤。"

锦朝道："那便让大夫用纱蒙眼施针，即看得清位置，也免遭人闲话，这可好？"

柳大夫点头："医者父母心，老朽自然懂得。"

见女儿和大夫都这么说了，顾德昭也不再说别的，让内室的丫头婆子都退下了，他在旁边看着施针。

锦朝去了西次间。

顾澜还在安慰锦荣："都这么大的人了，可别哭了。"

顾锦荣看到锦朝来了，擦了擦眼泪，他不想在顾锦朝面前哭。定了定神，站起来对顾锦朝说："刚才长姐教训得是，我不该任性的。"

锦朝现在没空管他的心情了，点点头道："长姐也是为母亲好，你别记恨就好。"

姑太太又问："那现在弟媳怎么样了，可醒过来了？"

锦朝道："大夫正在看，我也不知道。"

又过了一会儿徐妈妈过来说："夫人醒了，不过不能起身，柳大夫说今日大家就不要去看了，等明日夫人养足了精神再来拜访吧。"又向锦朝说，"大小姐先留下来。"

锦朝送走了柳大夫，想去看看母亲。刚走到门口，却听到里面传来说话声，徐妈妈一惊，锦朝低声嘱咐她："别出声。"

她站在原地，听到母亲病弱的争执，又听到父亲不耐烦地敷衍："谁又曾欺负朝姐儿了，倒是你偏心得很，做金丝髻头面也不想着给澜姐儿做，让姑太太看笑话。品秀平日伺候你伺候我已经忙得团团转了，现在还要主中馈，操劳内院的事。你也不想着她的女儿。"品秀应该是宋姨娘的小字。

"澜姐儿还没有及笄,我想着朝姐儿要去灯会才让做的。"母亲解释的声音很断续,没什么力气,"那上面的红宝石,是年轻的时候你送的那盒。你还记得吗?"

父亲一时沉默了,然后开口说:"都这个时候了,你想我去把东西要回来吗?"

锦朝站在夜风里,听着听着觉得身体冰凉。红灯笼的光静静地洒在石阶上,冬夜岑寂无声。

她都觉得难受,何况是母亲听着呢?

锦朝转头道:"既然母亲与父亲还在说话,麻烦徐妈妈把这斜霄园大小的婢女、婆子都叫起来,我有事要吩咐。"徐妈妈应"诺",看小姐虽然面容决绝,身姿却笔挺着,好像有种谁都不能摧毁的骄傲,她鼻子一酸,忙转身去叫斜霄园中的人。

人很快都被集中到了后院里,大冷的天,又飘起了细碎的雪,个个冻得瑟瑟发抖。

锦朝让身后的青蒲、留香先回避,扫视了一圈这些丫头,冷声问道:"当日母亲要为我做金丝髻头面的事情,谁知道?"

她早就想过了,除非有人先把这件事告诉顾澜,不然她怎么可能借题发挥。母亲单独为她打的金丝髻头面,不仅让她落了偏心、自私之名,甚至让她气急攻心,差点没醒过来。她要是把这个人找出来,绝对不会轻饶她。

很快就有三个人上前一步,是当日在母亲房里面伺候的墨玉、墨竹,还有一个没见过的小丫头。

徐妈妈躬身道:"奴婢当时也在里面。但是奴婢可以保证,我和墨玉、墨竹两位姑娘对夫人绝对是忠心耿耿,不可能把消息告诉别人。"

用人不疑,疑人不用。锦朝自然信得过徐妈妈,她把目光放在了那个唯一的小丫头身上。

不过十一二的小丫头却"哇"的一声哭了:"奴婢……奴婢当时只是在里面烧炭炉,后来也没有出过斜霄园,不是奴婢说的。大小姐你一定要信奴婢。"

锦朝看了一眼就知道不是了,胆子这么小,手脚都在发抖,她没那个勇气也没那个心机去告密。

如果不是母亲的人,那当时……房间里还有留香在伺候。

留香和顾澜来往甚密,是不是留香透露的?

锦朝回到清桐院时脸色低沉,仆人们大气都不敢喘,小心伺候着。留香姑娘上茶时,大小姐嫌茶烫手,一把给拂在地上,让她先出去别来伺候了。

青蒲明白锦朝的用意:"小姐是怀疑留香姑娘?"

锦朝点点头:"我先把她支开,也不想白白冤枉了她反倒让她落了疑心,你把打扫的李婆子叫过来。"

李婆子立刻跪在地上,细细说起来:"奴婢是打扫前院的,也常见留香姑娘出院子去。只是前几日留香姑娘很不寻常,到傍晚才出去,奴婢以为是您吩咐的,她却不到半刻钟就回来了,手里还拿着一个什么东西。对了,是一对金钗,嵌蓝宝石的梅花钗。但是这对东西,奴婢再也没见留香姑娘戴过。"

锦朝赏了李婆子一些银裸子,让她先别声张。

她心里已经有七八分把握,却没有惊动任何人。留香照样每天伺候她,心里却和打鼓一样,自从上次她偷听到小姐在暗中查自己来历,她已经惊慌失措了。她努力想表现得好一点,争取能够留下来,她怕自己又回到从前贫穷不堪、被父亲兄长打骂的生活。

她从小就受尽了贫穷之苦,因此特别渴望财物,锦朝的东西,她估摸着她不记得、不在意的小玩意儿,都拿了许多。但是这远远不够,顾瀾给她提供了更多的首饰、财物。上次听到银丝髻的事,她便知道这消息肯定能换一件金饰,果然顾瀾给了她一对金钗。

顾锦朝虽然没有怀疑她,但是并不如以往喜欢她。留香想到自己那些宝贝,忍不住在心里安慰自己,不怕,就算她被随便配了人,那些东西也足够她过上好日子。

锦朝差人叫了罗永平前来。这罗永平回去不过几日,就把事情打探清楚了,恭敬地回禀顾锦朝:"留香家里只有个兄长,叫宋达。娘在她年幼的时候就死了,前两年她爹也去世了。但是这兄长并没有在俞家当差,是个闲散游民,嗜赌如命。而且出手很大,玩儿赌的样式也多,双陆吊牌骰子他都玩儿,常在万春赌坊赌钱,多的时候一个晚上都能输一百两。"

难怪留香跟个销金窟一样怎么都填不平。

锦朝揭了茶盏喝茶,继续问道:"她兄长这么输钱,又没有什么营生,不早把家产输光了?"

罗永平笑道:"说来也怪,这宋达十分有家底,就算没钱了,也不知从哪儿摸出了金银首饰去典当。"锦朝心中一动看向他,罗永平已经把东西拿了出来,"小的去当铺赎了一些,还有许多。"

这罗永平果然是个会办事的。

锦朝让青蒲叫佟妈妈进来辨认。

佟妈妈都反复看了很久,才拿定主意:"大半是小姐的,这个蝶恋花的簪子,只有小姐用了黄色葡萄石镶嵌。还有些奴婢就不认得了,对了,这个,"她从

里面拿出一对红珊瑚耳环,"奴婢见二小姐身边的紫菱姑娘戴过。"

养了这么大一只蛀虫,可不几下就把她啃光了。

"留香姑娘恐怕不能再留了。"佟妈妈比了个手势。

锦朝慢慢一笑道:"捉贼抓赃,如果能在她偷窃时,当场抓个现形就好了。"

罗永平拱了拱手:"大小姐放心,这万春赌坊是纪家所有的。原先宋达在万春赌坊赌钱,都是打着大小姐的旗号,说他妹妹是大小姐身边最得宠的丫头。看在大小姐的面子上,宋达在万春赌坊输钱都是被压着的,不然,可不止输这么点。"

锦朝什么腌臜事没听说过。在赌坊输钱,只要赌坊想操纵,那就一点儿都不难,而且赌坊还是外祖母家的,更好说话了。

她笑了笑:"让他们不必压着,宋达这么爱赌,肯定要多输点儿才好。"

"小的立刻就去办。"罗永平笑着退下了。

几天后,留香来向大小姐告假,急得眼睛都是通红的:"小姐,求您准我回去一次,我家兄生病在床,我想回去看看。"

锦朝正在给她的蜡梅剪多余的花骨朵,闻言道:"大过年的,也别让你家兄不好过,你先回去吧。"

留香急匆匆收拾了她屋子里的一两件金饰和银裸子回去了。她家在清平巷子,屋外还养了一条皮包骨的老狗,看到留香摇头摆尾地跟上来,被她一脚踹开。

留香走进内室,发现家里原本的红木床、柜子、桌凳都不见了。穿葛布衫的瘦小汉子裹了一床薄棉被,缩在木板上,一条断腿无力地耷拉着,伤口全是血,都把被子染红了。他一看到留香回来,立刻叫骂:"死蹄子,老子叫你回来你不回来,非要老子被人打断了腿你才甘心是不是。"

留香的眼泪立刻就下来了:"你不想想,这一来一回都是一天的时间。都成这样了你还骂我。钱呢,家具呢,都去哪儿了,你给我说,东西你都拿去哪儿了?"

宋达满不在意:"老子赌钱,当然先拿去当了。也不知怎么的,最近手气邪门得很,都输了千多两银子了。你带银子回来没有,先给我找个大夫来,剩下的我拿来翻本。"

留香气得浑身都在抖,赌……都赌成这样了,他还想赌。

"我现在没带什么银子,你还差赌坊多少钱?"

宋达想了想:"四百两吧……老子也记不太清楚了。你不是有个大小姐伺候吗,人家可是纪家的表小姐,你去求她,让她给我免了赌债,快给我去。"

四百两……留香浑身冰冷，四百两，现在佟妈妈管清桐院，就是打死她也拿不出四百两来。

　　"你这事还想闹到大小姐前面，要是她知道你在赌钱，我们俩以后都没活路了。"留香狠狠地看了他一眼。她就这一个兄长，宋家的血脉也不能断在这儿啊，再怎么样她还是要救他的。她咬咬牙，转身走向院子里，去翻枣树底下的一块土砖。

　　宋达诡异地笑了："你在那里藏了金子是不是？"

　　留香心中突然一跳。

　　宋达继续说："贱蹄子，背着老子藏东西，我早就挖出来用了。给红桃买了一套珍珠衫，还买了五两的银丝髻。"

　　银丝髻！又是银丝髻！

　　留香的表情突然狰狞起来，她跳起来走到兄长床前，掐住他的脖子使劲儿喊："把我的金子还回来。我存了这么多年！我存了这么多年！"喊着喊着声音又小下来，眼泪扑簌簌地掉。都没了，金子银子都没了，她什么都没有了。

　　宋达说："你没有，大小姐有啊，你去拿大小姐的金子，先让我翻本。"

　　留香的眼睛突然亮起来："对……对，大小姐有金子，二小姐也有，我要回去拿金子，我要先回去了。"说着，她捡起包裹冲出了房间。

　　宋达气得直捶床："你给老子找个大夫接骨啊。小贱蹄子，不顾老子死活。"

　　皮包骨的老狗摇着尾巴走进来，绕着宋达转圈，又舔他的脸。

　　"娘的，几顿饭不吃还没死。"宋达避开老狗粗糙的舌头，"快滚，没吃的给你！"

　　留香的手一直在抖。小姐的妆台奁子里有金子头面，她左侧的柜子里放了几个金的烛台，她先拿一个，小姐不会发现的，先拿一个存起来。

　　她走到西次间，看到没有丫头婆子守着，心里暗自窃喜，多半是和小姐一起出去了，一定是和小姐一起出去了。没有人发现她，没有人看到她。

　　她的手先摸进了奁子里，抓了一大把自己平时碰都不敢碰的东西，也没有看清楚是什么，就全部塞进了包裹里，又推了推柜子，发现上了锁。她急了，对着柜子又抓又挠，但也弄不出里面的金子。

　　门突然被推开了，传来采芙的声音："留香姑娘，你这么快就回来——你在干什么？"采芙看到她包裹里露出一串绿色的玛瑙珠子，瞪大了眼睛，"你在偷小姐的东西是不是？快来人，她在偷东西！"

　　留香跳起来，她心跳如麻，想冲过去捂住采芙的嘴让她别叫，但是门外很快冲进来两个膀大腰圆的婆子，她们把她按在地上，又用绳子绑起来，嘴巴里塞了臭气冲天的鞋袜。

"人赃俱获，姑娘还要说什么吗？"婆子一脸凶相，留香突然认出，这不是清桐院的婆子，这是两个喂马的婆子，力气最大，手段最狠。喂马的婆子怎么在这里，她还没想明白。

锦朝正和母亲下棋，母亲的身子比原来好些，能半坐起来了。

"抓着了？"听到佟妈妈的消息，锦朝笑了笑，"先把这事传得全府都知道，我们再去审她，把东西审出来就交给官府，该怎么处置怎么来。"

纪氏看女儿气定神闲，心中也欣慰："慢慢来，明天就是三十了，也让她先过了年。"

锦朝笑道："得让她活着，死了太容易了。"

她带着青蒲先回去审留香，青蒲掐了一下留香的人中把她掐醒，又拖着她上前来。锦朝坐在暖阁里，别的丫头婆子都看着留香，留香迷迷瞪瞪地扫了一眼，都没看清楚。

"我问你，你什么时候开始偷小姐的东西的？"佟妈妈问她。

留香突然一惊，连忙摇头："没有，没有，我从来没偷过，小姐要相信我，我说的是真的。"

佟妈妈转头回禀锦朝："看样子有点疯了。"

锦朝挑了挑眉："这就疯了？"

佟妈妈笑道："这些日子提心吊胆的，生怕小姐你拿她的错处，又被她兄长刺激过头，可不是就神神颠颠的了。"

锦朝语气平静："枉我费心拿她，早知道便叫人吓一吓好了，继续问她。"

佟妈妈便转头继续问留香："你是不是和二小姐勾结着，要害大小姐？"

留香歪着脑袋想了很久，又摇着头说："不是不是，我不害大小姐！但是二小姐给我金子！我也不想害大小姐的，但是我想要金子。"

佟妈妈"呸"了一声："狗东西，掉到钱眼里面了。"

留香说着又惊慌起来："大小姐别杀我，我没偷你的东西，是采芙偷的，采芙和白芸偷的，我从来没偷过。"

她叫嚷得很大声，采芙面色不变，白芸却觉得有点难堪。

顾澜过来了，带着紫菱，踏进暖阁时满面带笑。

"长姐，留香姑娘这是怎么了？"

锦朝笑笑，不枉她传遍了全府，还是有人来上钩的。

佟妈妈回答："偷了我们大小姐的东西，咱们正审着呢。"

顾澜抚了抚胸口，声音轻柔："平时留香姑娘伺候你不是最好吗，偷一点小东西，罚她也就算了，怎么还做得这么大。这又是大过年的，看在这个分上也得宽恕留香姑娘啊。"

锦朝突然有点看不惯她娇柔的样子,她笑道:"这东西胆大包天,我可是忍不下来了。你要是想要的话,不如你领回去用,反正你也爱从我这儿弄人回去。"

顾澜被噎了一下,这个空当,留香却从地上爬起来,立刻朝她扑过来。她退几步也没退开,让这东西给抓住了胳膊:"二小姐,我没有金子了,你给我一点金子好不好?大小姐有什么我都说给你听。我跟你说,大小姐也喜欢金子,你送她金子她肯定很高兴,可能就把嫡女的位置让给你了。"

她这一番话,所有人听着都变了脸。

顾澜虽然明里暗里地针对顾锦朝,但表面却还维持着姐妹情深。一时间也挂不住脸:"留香姑娘你说什么,你可别乱说话。"

锦朝本来只是想着敲山震虎,却没料到留香直接就咬出了顾澜。

留香还是笑嘻嘻的:"我不乱说话,我和你说了金丝髻,你想寻夫人的错处,就去讨金丝髻。夫人差点被气得犯病死了,要是夫人真死了你肯定高兴了。你要给我金子。"

锦朝没想到留香咬得这么利落干净。

留香却还没有说完:"你让我每天都和大小姐说陈玄青的事,你让我劝她喜欢陈玄青。你没想到吧,我也防备你,我还没跟你说过呢,大小姐她早就……"

锦朝突然道:"快拉住她,疯言疯语的。"

青蒲单手钳住她的胳膊一扭,又把刚才塞她嘴的鞋袜塞回去,接下来的话终于咽进去了。

顾澜脸色发白,过了会儿才顺过气,又笑了笑:"长姐的人管教不善,怎么到处乱咬人,咬错了可就不好了。"

锦朝也面带微笑道:"这倒是怪了,别人都不咬,就扑着二妹咬过去了。二妹身上没带着点肉骨头过来吗,不然她怎么想扑你呢?"

她身边的紫菱不甘示弱地接嘴:"说不定是大小姐指使了那丫头污蔑我们小姐的呢。"

锦朝冷冷地看向她:"这里容得着你说话吗,你刚进来,对我既不行礼也无尊称,现在倒还敢顶嘴,若是不罚你,以后这阖府的丫鬟婆子岂不都有样学样了。青蒲,掌她的嘴。"

虽然这丫头一时嘴快让锦朝拿住了话柄,顾澜也知道她是一心护主,她自然要护着自己的丫头。上前一步,道:"长姐,我敬你的身份让着你,你可别逼急了我。大不了我闹到父亲那里,总得让他老人家说句公道话。"

锦朝看着她那张清丽娇美的脸,想起曾经父亲如何偏心她,弟弟又如何偏

心她,连她这嫡亲的女儿和姐姐都不理会了。一时间新仇旧恨都一起上来了,便向青蒲轻一点头。

青蒲非常容易地抓住了紫菱,她尖叫着挣扎、叫骂,但是怎么挣得脱青蒲的手。脆亮的掌嘴声,青蒲几个巴掌下去她的小脸就高高肿了起来。

"我们青蒲的手糙,打起人来肯定很疼。"锦朝不紧不慢地说。顾澜依然面带笑容地看着她,手却捏得死紧,那巴掌声脆亮得很,活像是扇在她脸上了。

"我看紫菱姑娘也长记性了,青蒲,停下来吧。"锦朝起身走到顾澜面前,盯着她,慢慢说道,"二妹,今儿姐姐不妨把话说在这里,你想要从这个家里得到什么,我这做姐姐的都可以不计较。身外物,姐姐我还从来不放在眼里,只要你不动母亲,也别让她生气。别的姐姐都可以陪你,但若是母亲有了不测,我就会让那些害了她的人一同陪葬。"

顾澜仍然保持着微笑,没人知道她心跳得极快。真有些想不明白,眼前这个眼神冰冷,语气充满决绝之意的女子,真的是往日里那个骄纵无知,任自己揉搓的顾锦朝吗?这个人看上去锋芒凌厉,气势压得她忍不住手都在发抖。

顾澜强笑着说道:"长姐说的话我听不明白呢,我想要这家里什么东西了,你可要说清楚,不然叫别人听去了,说不定还以为你刻意污蔑我呢。既然长姐已经决定了留香的生死,我就不劝你了,我先告辞了。"

顾澜转身离开,紫菱从地上爬起来,瞪了青蒲一眼,才跟在她们家小姐身后走了。

人走后,佟妈妈也乐得牙不见眼,夸青蒲:"姑娘身手真好。"

青蒲有些不好意思:"算不得什么,对付一般人倒是可以的。"

锦朝笑道:"你可别谦虚了,在外祖母家的时候,你一个人能对付四个护院呢。"

"大小姐,现在要把留香姑娘赶出去吗?"两个押着留香的婆子又问。

锦朝说:"随你们处置,别让我再看到她就行了,也别让她死了。"

两个婆子笑道:"奴婢知道。"刚才看了这么出,颇有种站在大小姐阵营的感觉,两人走路背都挺了几分。

锦朝又吩咐佟妈妈给两个婆子送五十个大钱、两只酱鹅、一挂腊肠去,也好过个年。

青蒲扶着锦朝回西次间,道:"小姐,您也累了,好好休息一下,明天可是除夕呢。"

锦朝看着檐上的灯笼,轻轻叹了口气:"是啊,除夕了。"

这不是她生命的第一个除夕,却胜似她生命中的第一个除夕。除夕讲究吃团年饭，父亲让下人在湖旁亭榭里摆了桌子，挂了灯笼，湖里也放了些莲花灯。到了晚上，父亲、宋姨娘与几个妹妹一起坐着，郭姨娘与杜姨娘身份不够，站着伺候她们。

父亲道："我让厨房做了三鲜、白菜、荠菜等馅料的饺子，有些包了金豆子，吃着要当心些。"父亲清俊的脸上神色飞扬，前几日与母亲闹得不痛快，已经看不出来了。

锦朝却暗自摇头，顾汐才八岁，要是吃饺子不小心吞下去怎么办，父亲也真是不多想。

顾澜却笑道："这倒是好彩头，谁要吃出了金豆子，明年必定过得顺顺利利的。"

结果吃下来人人都得了金豆子，锦朝还得了两颗，擦干净后装在荷包里。

吃过了饺子和菜席，厨房就上了甜品，冻梨、枣泥糕、柿饼、白糖梨酥等糕点都放在高盏和瓷盘上端上来。锦朝站起身："父亲先吃着，女儿恐怕要先退下了。"

她一站起来，顾澜就立刻看向她，面上还是带着笑容，眼神却让人看不透。

宋姨娘坐在锦朝旁边，轻轻握了一下她的手，笑着说："朝姐儿是有什么事要做吗，能否缓缓，这提前离席也不太好。"除夕的年夜饭，提前离席是不太吉利的。

锦朝笑道："只是想着屋子里母亲还孤单一个人，想去陪她而已。"

父亲听她这么说，忍不住点点头："她吹不得风，一个人在斜霄园怪闷的，你去陪她也好。"

顾锦荣看着她，似乎想说什么，却把头别到一边看湖里的莲花灯。夜里凉风吹来，那飘在湖面上的莲花灯影影绰绰，显得十分美丽。锦朝带着青蒲从席上下来了，也回头看了一眼莲花灯。

莲花灯啊……

她想起梦里那些场景，陈家办了元宵灯会。陈玄青为俞晚雪准备了一湖的莲花灯，从远远的溪流里如光芒璀璨的银河般缓缓流入湖泊之中，衬得灯会所有灯都黯然失色。她以前只觉得陈玄青性格收敛，不爱表露，那时候她才知道原来他真心疼惜一个人，竟然能把那个人疼到骨子里去。

原来，想看着这个人和看着他时忍受的巨大痛苦完全是两回事。后来等人都散了，她让丫头牵着手，小心地探身下去捞了一盏灯。她握着这偷来的灯，心跳有些快，好像这灯真是他送给自己的一样。后来那盏灯一直放在自己的书房里。

看到母亲的斜霄园就在眼前，锦朝扬起笑容。

母亲还没有睡，徐妈妈服侍她擦脸擦手，满室都是烛火散发出来的暖光，因为没有人说话，显得格外冷清。

锦朝想起刚才亭榭里的欢声笑语。

听到她来了，母亲抬起头时显得十分高兴，招她过去坐在身边，又忍不住责备她："年夜饭也敢这么早离席。"

锦朝把头倚在母亲怀里撒娇："没有母亲，怎么能叫年夜饭呢。"又掏出自己的荷包，笑着打开给母亲看，"吃饺子时吃到两颗金豆子，给母亲挂在帐帘上，祈求风调雨顺。"

纪氏笑着看自己的女儿，觉得她还像个孩子。她找徐妈妈来要了红色丝线，把东西打成攒心梅花络子挂在母亲的帐帘上，纪氏也来了性子："今天陪我的朝姐儿守岁好不好？"

锦朝笑着道："自然好，不过干等着怎么好玩。"让徐妈妈又拿了许多的五色丝线来，要和母亲打络子玩儿，还缠着她说，"母亲打的络子最精致好看了，要多给我打一些。"

纪氏无奈笑笑，伸手挑了几根线就开始打。她的络子确实打得很好，手指间丝线绕来绕去，一炷香、朝天凳、象眼块、方胜，个个都成形了，栩栩如生的。

母亲总是会一些她不擅长的事，锦朝想着，好像每个母亲都是这样的。

这个时候丫头们也被叫去凑了下人的年夜饭，屋子里只有徐妈妈一人，和她们说着话，连有人走到门口都没有发现。

"母亲。"是顾锦荣的声音，他走过了屏风，手里拿着一个荷包。

他看到锦朝也在，又颔首道："长姐安好。"他看顾锦朝从席上下来了，心里也想着母亲，因为不想见到锦朝，掐着时间过来的，本以为她该走了，没想到还赖在这里。

纪氏看他手里拿着藏青色绣岁寒三友的荷包，笑问道："荣哥儿来干什么？也是给母亲送金豆子的？"

顾锦荣颇为奇怪："母亲怎么知道。"

纪氏指了指内室的帐帘："那个是你姐姐送的，你们倒真是姐弟俩想一块儿去了。"

顾锦荣咳了一声，捏着荷包的手收紧了，他怎么知道顾锦朝也是打这个主意的。

锦朝却笑道："我们正在打络子玩儿，你也要来吗？"

顾锦荣抿了抿嘴道："不了，二姐邀了我一起守岁。"

锦朝听出他话里的冰冷，心想他到底才十二岁，装都装不出和她和睦的样子来。便"哦"了一声随口说："那你去吧。"

顾锦荣正要离开，却看到锦朝和母亲说话，挑着母亲打的络子笑问她是怎么打出来的，侧脸被烛光照得格外温和，模模糊糊看着竟然和母亲有五分像。

顾锦荣怀疑自己看错了，锦朝可是一点都不像母亲的，她更像年轻时的外祖母，美得娇艳如海棠。但是他的脚步却停住了，母亲正病着，自己抛开她去和二姐守岁，岂不是不孝了。

他走上前去，道："既然长姐邀请了，我自然要多陪母亲的。"叫了书童去给顾澜回话说不去了。

说是守岁，母亲还是因为体弱，困乏先睡了。锦朝和顾锦荣相对无言，这时候丫头们都回来了，便让墨玉拿一盘围棋过来，锦朝笑道："姐姐还是能陪你下棋解困的。"

顾锦荣却不信她棋下得好，几局下来她果然溃不成军，锦朝也痛快承认："我是个半吊子，陪你下这几局就算了。"又说，"你先回去吧，明天早上还要祭祖的，姐姐在这里守岁就好。"

她承认得这么爽快，顾锦荣反倒觉得她随意洒脱，默了一会儿竟然说："会下就不错。"他本是好意，要知道顾澜可不会这些。但是说完这句自己又觉得不是什么好话，又不知道怎么解释。

他出斜霄园的时候，回头看了一眼，突然觉得也许这个姐姐真的不是外人口中那样，也不是顾澜口中那样，她给自己一种很奇怪的感觉，说不太清楚。

外面却有一个小丫头等着他，他认出是二姐身边的木槿。她笑着行礼说："我们二小姐还等着您呢。"

顾锦荣皱了皱眉，有些心疼又有些责备："二姐还等着？她也真是的，都这么晚了。"又快速朝翠渲院走去。

顾澜正坐在房中思索，自从她发现顾锦朝的异常后，一直都不太安稳。昨儿个和母亲说了，母亲只告诉她，既来之则安之，毕竟优势还是握在她手里的，只要运用得当，一个顾锦朝又怕什么。

有了母亲的安慰，她心中也放松了。只要把握好顾锦荣，等纪氏一死，这顾家岂不是她们母女的天下。

今夜邀他守岁，他本来是答应的，却遣了人说不来了。他一向是最在乎她这个二姐的，她说喜欢象牙雕，他就能废了大半的时间为了她去学。这次为什么爽约了？

顾澜知道顾锦荣吃软不吃硬，既然爽约，那她就等，不信这个她从小把握的弟弟不心软。

听说顾锦荣来了,她心里暗道果然还是心疼她这个姐姐的,忙迎上去,请他进来喝茶吃点心。紫菱进来上一盏生小花果子油酥,顾锦荣看到她的脸上高高肿起的掌痕,触目惊心的,便问了一句她这是怎么了。

顾澜柔柔地叹了口气:"本是不想告诉弟弟的。紫菱触犯了长姐,被她叫人掌嘴,我在旁看着阻止不了,也无奈得很。算了,你可不要像上次似的去找长姐问话,闹得你们姐弟不痛快就不好了。"她特意吩咐紫菱先不要涂消除瘀青红肿的药膏,就等着给顾锦荣看了。

顾锦荣皱了皱眉:"长姐真不应该,竟然把她的脸打成这个样子。"不知为什么,他觉得顾锦朝不应该是一个这样的人。不过想想她以前对阖府丫头婆子张嘴就是打骂责罚的脾气,也不是不能理解的,他又说:"长姐脾气不太好,别触犯她就行了。"

顾澜笑着给他夹菜,闻言笑容滞了一下,又重新笑起来。

"我也是知道的,只是她前日处罚她的丫头,你可知晓此事?"

顾锦荣自然点了下头,这事挺大的,他听说了一句,不过处罚的只是个丫头,他又怎么会在意。

"那丫头服侍她许久了,她兄长生了急病没钱医治,才让长姐借一点银钱给她。长姐却不肯借,说她吃自己的用自己的,难不成连兄长生病了,还要赖着她不成。那丫头没办法,心疼自己兄长,才偷了长姐一个早就不戴的碧玉扳指去救兄长,结果当场就被抓了。"

说到这里声音却低了下来,顾锦荣不自觉就提起了语气:"怎么样了?"

顾澜道:"五花大绑,打得不成样子,人都疯癫了。"又徐徐叹了口气,"我听说这件事,心想那丫头平时也是和和气气的人,从来都是老实本分的,这次不过是看着兄长生病太急迫了而已。总不至于被打死的,就想去劝阻,"淡淡苦笑,"倒是我自不量力了,劝阻不成,反倒惹得紫菱被打,还是我没用。"

紫菱却道:"小姐快别这么说,若不是你阻止大小姐,求她放留香姑娘一条生路,留香姑娘恐怕要被打得命都没了。如今只是放出府交给官府惩办,也是好的结果了。"

顾锦荣听完顾澜的一席话,半个身子都凉了。

"她竟然真的这么狠毒,不近人情?"

顾澜又拉着他,轻声说:"你这次可不要再去问她了,上次你去问那丫头,她便疑心是我说的,私底下不曾给我好脸色,恐怕也是怨恨我,才打了紫菱。"说着便泪盈于睫,"只可怜留香姑娘了,如果不是她想救性命垂危的兄长,又怎么会落得如此下场。"

顾锦荣却立刻站起来,在屋子里走了两圈,一时间不知道该说什么,气得手都在抖:"还当真是心如蛇蝎……"看顾澜担忧地看着自己,他又安慰她道,"二姐别担心,我不会再去问她的。"

他只恨自己为什么有这样一个嫡姐,还每天都要装着和她和睦的样子,母亲面前也不能和她撕破脸。不如把这件事告诉母亲,让她管管顾锦朝。不行,母亲病重,怎么能让她知道顾锦朝这些破事,那还不气得犯病吗,连他听到都气成这个样子。

顾锦荣匆匆回了静芳斋,左思右想都睡不着,想到今天是除夕,这是过年的关头,顾锦朝竟然差点活活打死她的丫头,就是因为人家想救她的兄长。他又坐起来,上次的事情便是他误会了顾锦朝,这次呢?他也该问清楚才是,于是天还没亮就让清修去找一个清桐院附近的丫头来。

这丫头是个扫地的,是马房里面的。听闻大少爷找她,吓得不得了,手脚都在发抖。

顾锦荣直接问她:"你可知留香被打出府,究竟是怎么回事?"

小丫头声音也在抖:"奴婢不太清楚,听马房的嬷嬷说,留香姑娘的兄长病了,她就来偷……偷小姐的金子,被抓住了。"

顾锦荣心里冷了几分,继续问她:"然后呢?"

小丫头都快哭了:"不……不知道,留香姑娘疯疯癫癫,哪儿说得清楚。反正被赶出去了。"

顾锦荣继续问她:"留香是怎么疯的,被打疯的?"

小丫头更是不知道了,她一个扫地的,嬷嬷愿意和她说几句,那是天大的恩赐了。对了,腊肠!小丫头隐隐记得自己吃过一片,味道很香很香的腊肠,又想起嬷嬷吹嘘的那些话,都依葫画瓢说了:"是被打了,青蒲姑娘打人可厉害了。马房的嬷嬷也帮了,小姐还赏了腊肠和酱鹅。"

听到这里,他还有什么不明白的,顾锦荣心里完全冷透了。她果然是这样一个人。

他让清修赏了这丫头几个大钱,小丫头开心地捧着钱走了。他则站在书房的窗棂前,看着一盏盏明晃晃的灯笼,心里笼罩着失望和愤怒。

第三章

祖家

锦朝卯时回到清桐院，睡了大半个时辰就起来了。大年初一了，她房檐下那盏长寿灯还通亮着，采芙说："奴婢一夜都看着，亮得很。"她的脸蛋红彤彤的，应该是被寒风吹的。为了给她看着长寿灯，也真是不容易了。锦朝笑着夸了她，又赏了赤金的一对耳坠给她。

已经是隆庆六年了啊。年过得很快，到了初八，就要回顾家祖家了。

锦朝一早起来穿了水碧色挑线裙子，月牙白璎珞纹缎袄，觉得太素净，又加了杏黄色腰带，所配的香囊是石青色。觉得也差不多了，带了青蒲和墨雪上了青帷华盖的马车。

父亲从顾家分出来后，便到了适安定居，顾家祖家与他们同在顺天府，却不在适安，而是在天子脚下的大兴县。青帷华盖的马车在路上行驶一个时辰便到，也不算太远，这也是父亲早朝时经过的路。

锦朝挑开帘子看了看，都是官路，沿途百业兴旺，商铺酒家很多，正是热闹的时候。行到了闹市更可见人头攒动，满大街的人都闹嚷嚷的，显得十分喜庆。

过了闹市便到了桃花坞，要是不转弯直走，便是皇宫了。

锦朝放下了帘子。

马车到了祖家的垂花门才停下来，已经有几个婆子牵着内院代步用的青帷小油车等着他们。为首的婆子向父亲行礼："四爷请跟着奴婢往这边走，太夫人正等着您呢。"

父亲颔首，让跟在旁的管事给了每个婆子一小袋银裸子。

锦朝换乘了小油车，又开始回忆祖家的事。父亲排行第六，上面却只有两个嫡亲兄弟，一个庶兄，因此被称为四爷，不过她记得顾家大爷和三爷都是早亡的，现在顾家当家的应该是顾二爷，时任右金督御史。

顾家世代书香，基本代代都有进士，因此荣耀了上百年。整个桃花坞也只有祖家一处宅院。

马车停下来，锦朝被青蒲搀扶着下来。举目望去，两旁粉墙高高，青砖小道的尽头便是一座小院，虽然是严冬，却见修竹环绕，簌簌轻响。门楣被海棠的枝丫挡住，却仍可见"妍绣"二字，旁布置了假山，上面层层积雪，下面的

水池中还有锦鲤游动,这地下竟然有温泉。

婆子领他们一行人进门,门旁立着四个穿翠绿缠枝纹袄裙的丫头向他们行礼,过了穿堂就到了宴息处。还没有进门就听到一阵清脆的笑声,声音宛若黄莺出谷。

"祖母,您说要把这盒带骨鲍螺赏我的,可不得不作数。"

婆子站在门外说了声:"太夫人,四爷来了。"

过了片刻,里头才传来老妇端稳的声音:"快请进来吧。"

跨过八扇的百鸟朝春紫檀木嵌白玉屏风,锦朝看到临床摆着一张堆漆螺母罗汉床,一个年约六十的老妇穿着暗红色八吉纹革丝褙子坐在其上,头上还戴着一支莲花佛字金簪,长相慈眉善目,满面带笑。

这就是锦朝的祖母冯氏。锦朝几人便先向冯氏请安,冯氏又拿了见面礼分给她们四人。

围着她一应坐的都是女眷,还有一个十四五的少女正拉着她的手撒娇。

冯氏便道:"端秀,先领四爷家小姐去东次间坐着,吃些糕点休息。"

独独留下了父亲,看样子是想先和他说些私话。锦朝看了一眼管事捧着的礼盒,心想也应该没什么问题。

应"诺"的是一名梳了牡丹髻的夫人,穿着大红如意纹织花褙子,便是顾二夫人了。她带着她们到了东次间休息,由于其他三个妹妹是第一次来,锦朝便向一众女眷介绍了三个妹妹。

顾二夫人也给她们介绍了自己的嫡长女顾锦华,她已经出嫁几年了,这次是回来省亲的。按照顾家的规矩,嫡长女的名字都是随了行第谱的,因为名字里都有"锦"字,顾锦华看顾锦朝就比澜姐儿亲切,拉着她说话,又亲热地给了她一对白玉云纹的耳环。

那个刚才拉着冯氏的手撒娇的便是二夫人的次女顾怜,年方十四,是个娇娇俏俏的小美人。因为最小,所以有些被大家宠坏的样子。两个更小的妹妹喊了她姐姐,她只是"嗯"了一声就继续拉着旁边的小姑娘说玩笑话。

"你五叔母正在戏台子那边,等一下我们都去看戏,你就能看到她了。"二夫人对顾锦朝道。

听到这个五叔母,锦朝开始慎重起来。

通常来说,女子嫁到夫家了,夫家贵便贵,但是长兴侯的嫡女却是相反的。顾五爷不过是个庶子,娶了长兴侯的嫡女,反而夫凭妻贵,谋了正四品的差事。

长兴侯这些年替皇上东征西伐,平定了不少叛乱,军功显赫。皇上宠眷他,连夫人都封了正二品的诰命,顾家祖家和长兴侯比,那是远远不如的。

说了会儿话,太夫人差了婆子来传话。一行人又回到了宴息处,父亲已经不在那里了。

太夫人特地招锦朝过去:"我上次见朝姐儿,你才这么高呢。"她用手比了一下,笑着道,"非要去假山上玩,谁都拉不住你,还从上面跌下来了,你可还记得?"

锦朝自然笑道:"祖母包容了,年少顽劣不懂事而已。"

太夫人又招顾澜去:"你父亲说你女红十分不错,为人亲和,我看也是妙人儿。可说了亲事了?"

顾澜闻言面色微红,道:"虽然有些说亲的,但是父亲都回绝了。"

太夫人便说:"我们澜姐儿自然要挑个好的,我也替你留意着。怜姐儿已经说亲了,说的是文华殿大学士姚大人的嫡子,大家倒是都夸我说了门好亲事。"文华殿大学士姚大人,那可是内阁辅臣。果然是门好亲事。

只是在顾锦朝面前提起这些事,终究不太好。二夫人心想,顾锦朝已经及笄了,却还没有定亲。女孩子一般十二岁就陆续有人说亲了,到及笄之前就把婚事定下来。顾锦朝恶名在外,上门提亲的要么是想续弦的,要么是官位低下的,或者对象有各种毛病的,一直都没找到合适的人。

二夫人看了顾锦朝一眼,发现她面上仍然带着淡笑,似乎并不觉得有什么。倒是沉得住气,二夫人不自觉地点了点头,便想转移话题。

"母亲,刚才五弟媳差人来说,戏台子那边已经好了。您看,是不是现在就过去?"

太夫人想了想:"也好,听了戏就该上席了,下午你们可以凑起来打吊牌双陆,也过得有趣些。"

一行人又去了戏台子,顾家请了芳坞社的戏班子唱戏,五夫人正在那里等着他们。五夫人是长兴侯家的嫡女,穿着绛红色缠枝纹褙子,牙白色挑线裙子,显得清丽又修长。五夫人请他们都入座了,把册子给太夫人让她点戏。

选好戏后,芳坞社的戏班子一会儿就唱起来了,锦朝旁边坐的是顾澜和顾怜。顾怜性子娇纵,顾澜最擅长应对的就是这种人,两个人很快就熟络了起来。

顾锦朝坐在最角落的位置里,左手边一棵寒梅开得正好,花影横斜,暗香浮动。没有人注意到她,她倒是喜欢这样清净。

"祖母,我正找您呢,原来您在这儿听戏。"一个少年人的声音突然入耳。

看戏的人都看过去,说话的是一个穿着宝蓝色团花纹直裰的少年。他身后还有两人,一个是穿仙鹤纹直裰的束发男子,一个是穿天青色玄纹直裰的少年人。

所有人的目光又落在那个少年人身上,他身上穿的直裰用的是暗绣,能看

到隐隐浮动的银色刺绣，身量清瘦修长，一张脸却比女子还美，面如冠玉，唇红齿白，头上簪着竹节纹玉簪。他背手静站在少年身后，寒风吹起他的衣袂腰带，四周又应有寒梅暗香浮动，一时间风姿无双。

顾澜也一时被震慑了，低声问顾怜："这少年是谁？"

顾怜还没有回答，太夫人却先说话了："还说你去哪儿了，四伯家的堂妹们来了，快来见见。"看样子很高兴。三人走过来，太夫人拉住最先出声的少年，指了指那比女子还美的少年："这是长兴侯家的长子叶限。"叶限淡淡向她们颔首，自有几分风流优雅。

"这是老二家的长子潇哥儿。"太夫人指着那个束发男子，最后才拍了拍她拉住的少年，"这是老五家的长子贤哥儿。"四人一一行了礼，太夫人又简略介绍了顾锦朝等人。

三人和太夫人说话，众人的目光又止不住落在那少年身上，他竟然就是长兴侯的长子。岂不是这里最权贵的一个，难怪太夫人介绍时特地把他放在前面。只是长兴侯是武将，却怎么生出这么个容颜秀美堪比女子的翩翩浊世佳公子呢。说他是武将的爱子，倒不如说像是书香门第的长子。

五夫人也坐在太夫人身边，拉着自己弟弟的手笑问他："和你两个子侄去了哪里？"

叶限慢悠悠地说："去横斜居看梅花了，没想到还是这儿的梅花开得更好。"

顾锦潇与顾锦贤虽然与叶限差不多大，辈分却差了一辈，闻言顾锦潇笑道："表舅哪儿是去看梅花的，在横斜居睡了大半天，不是我们叫，恐怕还不想来呢。"

叶限答道："春困而已。"

顾锦贤拍拍他的手："这隆隆寒冬的，舅舅已经春困上了，到了春天，可不知该怎么办了。"

看到他们从太夫人身旁走下来，顾怜先迎上去："大哥，二哥，我来给你们介绍，这位是四伯的次女澜姐儿。"刚才太夫人只说了几个人的排位，并没有说名字。

澜姐儿恭恭敬敬地行了礼，颇有些拘束了。

顾锦潇与顾锦贤和她说了几句话，顾澜似乎有意想和叶限说话，他却只是"嗯"了声便不再理会。

墨雪看着这般场景一时有些心急，如此好的机会，大小姐怎么也不去和长兴侯世子说一说话，便是能搭上一句也是好的。偏偏她旁若无人般支着下巴看戏台，连青蒲也目不斜视的。两主仆倒是一个脾气的。

顾澜仍然不死心，要是能和长兴侯世子混个脸熟，对她来说帮助太大了。

"世子爷刚才说到看梅花，却不知是哪儿的梅花，我倒也想看看。"她淡笑着，目光柔柔地看着叶限。

叶限懒懒道："下次吧。"又把手搭在顾锦潇肩上，侧过头低声问他，"那梅花树下的是谁？"

顾澜的笑容都僵硬了。

顾锦潇皱了皱眉，道："刚才祖母说是四叔的长女，那就是顾锦朝了。"

他自然是不喜顾锦朝的，关于她的传言在他们这种世家的官宦弟子之间流传很多。也不是随便一个骄纵跋扈的嫡长女就有如此流传广度的，更多的，其实还在她的容貌上面。就算她衣着素净，坐在最角落的地方，一眼看过去也瞬间就能注意到她。

容貌宛如最娇艳无双的海棠，却偏生穿着素净的青莲白茶色，周身的气质沉静恬淡，一种极致的对比，反倒是让人心中生痒。本该是华服饰金的娇颜，怎么要穿清淡至极的颜色？

"她就是顾锦朝啊！"叶限点了点头，便不再问了。

顾锦贤笑着说他："舅舅可算了。想当初在定国公府上，一个小丫头站在她旁边不过是挡了她的视线，她便非要将人拉过来，亲自扇了好几个耳光，那丫头哭都不敢哭，好生可怜。"

叶限淡笑道："不过是好奇而已。这儿看戏也无聊，不如去找你父亲牵了马出去玩儿。"

顾锦潇忙阻止他："这可不行，不过内院养着几匹骡子，倒是可以骑一骑。"

三人说着就走了。

顾怜有些不满，气呼呼地坐下来，大哥二哥也没陪她说多久的话，随便问顾澜："你那长姐真的那样打过丫头？"

顾澜声音柔和："你是没见过她更厉害的时候。"

戏唱完了，也到了摆席的时候。

顾家家宴十分奢华，热菜、冷盘、火锅、果盘、糕点慢慢地被丫头婆子奉上来，流水一般。吃完这些还有冻梨和干果，锦朝却因为看戏的时候吃太多糕点没什么胃口，吃了点热菜和果盘就罢了手。

下席之后，几位老爷有别的事要商谈，太夫人则让女眷都去横斜居，那里满园都是梅花，开得非常好。前天夜里才下过雪，这时天空湛蓝空旷，就在院子里摆了桌子也是好玩儿的。

太夫人让拿了马吊和骰子过来玩儿，自己却先回去了。顾锦华和几位来访的夫人，还有顾锦潇的夫人，大少奶奶一起拼了桌打马吊，二夫人则带着她们

一群未出嫁的姑娘做女红、说花样。

顾锦朝坐在角落里，拿着小绷随意地绣蝴蝶，一针一线绣得很慢，并不着急。她一只蝴蝶还没绣完，就听到顾怜的声音："澜姐儿，你这莲花绣得真好看，淡粉嫩白的，跟真的一样。这上面停着的蜻蜓也好看，翅膀竟然是透明的。"

顾澜不好意思地笑笑："不过是跟着母亲随意学的，怜姐儿过奖了。"

顾怜却笑嘻嘻的："你别不好意思，我让母亲看，是不是绣得很好。"拿着绣绷去给二夫人看，二夫人也啧啧称奇，一时间众人都围过去瞧，也都纷纷叫好。

顾澜把滑落的发拢到颊边，抿了抿唇也止不住淡笑："我这绣艺算不得什么，教导长姐绣艺的薛师傅，曾经是苏绣世家姬家的弟子，燕京的万绣阁出三百两银子请，薛师傅都没有去呢。"

墨雪听到这里，手都捏紧了。却看顾锦朝还沉默着，不紧不慢地绣着自己的蝴蝶。这二小姐心机也太深了，明知道大小姐虽然师承薛师傅，却绣工拙劣，还非要说到这上面来，摆明要让大小姐出丑。

既然顾澜这么说，众人自然要给她面子，二夫人便把目光移向顾锦朝，笑道："不知道我们朝姐儿绣了什么花样，也拿给我们看看，好开开眼。"

顾锦朝这才不紧不慢地站起来，行了礼道："可让二伯母失望了，锦朝虽然师承薛师傅，所学绣艺却不足师傅的千分之一好，怕污了薛师傅的名声，也就不拿出来献丑了。"

顾澜就跟着解释道："倒是我疏忽了，我们长姐虽然不擅长绣艺，却擅长琴棋之技。也可能是花在这上面的时候多了，绣艺不常练习，才有些生疏吧。"

顾怜却哼了一声："一个闺中女子，钻研琴棋有什么用，又不是那扬州烟花柳巷的风尘女，学好女红管家才是正经的。我看啊，也正是因为如此，大堂姐才没有人上门提亲吧。"

听到这里，二夫人也不得不出言呵斥她："倒是越说越过分了，你还没有及笄，什么风尘女子，你是从哪儿听来的。"

顾怜不知道自己闯祸，嘟了嘟嘴道："她自己说她绣工差的嘛。"

"怜姐儿说谁绣工差呢？"一个含笑的声音响起，只见三人跨入横斜居中，说话的却是顾家大公子顾锦潇。

顾怜跳起来向他们迎过去："是大哥来啦？你们不是去城外赛马了吗？"

顾锦潇就说："别提了，父亲怎么可能准我们去城外赛马。"

顾怜点头道："我们刚才在说绣艺呢，大堂姐的绣工似乎不好。"

叶限随口道："我看她的绣工还不错啊。"

顾怜便有些好奇："表舅见过大堂姐的女红？"

他慢悠悠地从衣袖里掏出一张淡青色的锦帕，笑道："这张锦帕似乎是你大堂姐的吧，还绣了你大堂姐的名字呢。"那上面的兰花颜色青碧，栩栩如生的，旁边还绣了小篆的诗。顾锦朝的手轻轻摸了一下衣袖，这才想起刚才自己的锦帕落在看戏的地方了，怎么到了长兴侯世子的手里。他竟然就这么堂而皇之地拿出来了。

二夫人神色一下就变了，面上还带着笑容："我瞧瞧看是怎么的好。"

帕子递到她手里，带着淡淡的兰花香，她曾在锦朝身上闻到过。锦朝最近在房里养兰，不仅满室的兰香，连她身上也沾染了。

"果然绣艺精湛，有蜀绣的韵味。"二夫人看着她的锦帕，上面的兰花确是绣得极好。

她朝着锦朝轻声问："朝姐儿，这锦帕真是你的？"

顾锦朝深吸了口气，站起来平静答道："世子爷是不是认错了，既然是我的绣帕，怎么会到你的手里。"

叶限站在寒梅树下，淡如水的阳光落在他身上，他笑着："左上角用水碧色的线绣了'锦朝'二字，这我不会认错的。"

顾锦朝握了握手，她怎么惹着长兴侯世子了，竟然这么对她。一个未出阁姑娘的锦帕到了别的男子手中，要是解释不清楚可就麻烦了。而且在座的官家小姐们，有多少是盯着长兴侯世子的，她无意争夺，也不想成为众矢之的。

顾锦朝很快便平静下来，手摸了摸衣袖，才略微惊讶地说："我的锦帕果然不见了，许是刚才掉在看戏的地方了，难为世子爷看到了。"

叶限偏了偏头，似乎有些责备："你怎么叫我世子爷，你该叫我表舅才是。"

"是，表舅。"看着这个和自己差不多大的少年，锦朝也只能屈于他不按常理出牌。

幸好顾锦贤说道："我们回戏台子去，你们已经不在那儿了。倒是大堂姐丢了一张绣帕在桌上，舅舅随手就捡了，说上面的兰花绣得好。这是什么兰花，看起来稀奇得很，可是建兰？"

锦朝回答道："这兰花叫四季兰，与素心建兰相似，也有人认为它便是建兰，不过四季兰叶色较浅，脉络清晰，便有人将它划分为新种。这种兰花在南方多云雾的山涧较多。"

顾锦贤一时间眼睛都亮了："你对兰花还有研究？"他走到锦朝面前，一时有些兴奋，"我就喜欢养兰，不过家里没有兰谱，我在外寻到的兰谱并不稀奇，大堂姐，我以后有问题可以来请教你吗？"

两人是堂姐弟，同姓，男女之防并不厉害。

锦朝便笑着点点头，道："你要来，我自然是欢迎的。"

她的锦帕二夫人也给大家看了,众人见后觉得惊奇,上面的兰花果然十分好看。

顾怜被落了面子,又想起母亲刚才呵斥自己。咬着唇忍了忍,终究还是说:"大堂姐,这锦帕虽然是你的,上面的花样真的是你绣的吗?我看你小绷上绣的那只蝴蝶可是有些笨拙的,你又怎么绣得出如此好看的花样。澜姐儿也说过,你可是并不擅长女红的。不如你当场绣给我们看看,我们也好见识一下?"

顾澜低头饮茶,手腕上玉镯叮当,并不说话。

她当然乐见顾怜挑起话端,她看到那张绣帕就知道不是顾锦朝的手笔,顾锦朝的绣工自己可是见过的。

顾锦朝深吸了口气,她不想出风头,也不想引人注目,却有人步步紧逼不肯松口。既然如此,她也不是好欺负的。锦朝抬头微笑:"一只蝴蝶怎么能作数呢,烦请陈妈妈再给我拿一个小绷来。"

二夫人点点头,她身边的陈妈妈便又拿了一个小绷过来,锦朝坐下来,重新穿针引线,手势十分熟练。

叶限等人看着倒是有趣,找了锦杌坐下来看。

淡淡的阳光穿透梅树落在顾锦朝身上。她穿得素净,月牙白璎珞纹的缎袄,水碧色挑线裙,让绝艳的容色也显得格外平和恬淡,纤长素指在丝帛上轻轻挑动,娴熟又优美。

顾锦贤看得愣住了,和顾锦潇说话:"我不知道原来做女红也可以如此好看。"

半个时辰过去,横斜居竟然静得一点说话的声音都没有。

锦朝完成之后收针,淡淡道:"看遍花无胜此花,剪云披雪蘸丹砂。开当青律二三月,破却长安千万家。"她把绣架放平,上面所绣的花便跃入大家眼前。

等着看顾锦朝笑话的顾澜一时笑不出来了,那雪白的丝帛上仅有一朵淡红的牡丹,花瓣层层叠叠,红色由浅到无,中心一点蕊色嫩黄,宛如真的盛开在丝帛之上,优雅而灵动。

顾锦贤因为兰花的事对锦朝有了好感,便道:"看遍花无胜此花,剪云披雪蘸丹砂。开当青律二三月,破却长安千万家。这是徐夤的诗,这位大堂姐也不是传说中那般不学无术嘛。"

二夫人看惊了,连一旁打马吊的几位夫人都走过来。五夫人看了许久,才说:"这是蜀绣工艺,燕京并不多见,竟然精致到了这个地步,宛如活了一般。"

二夫人低声惊道:"朝姐儿,你这绣艺还敢说不好?"

这顾锦朝有一手如此好的绣工,当时还这么谦虚。难不成这就是所谓的满壶水不响，半壶水响叮当？二夫人不由得看了一眼顾澜。

锦朝恭敬道："确实是蜀绣，也是我闲来无事私底下学的，不过要完成一整幅没有十天半个月是不行的，便只绣了一朵牡丹。刚才不说，也并非谦虚所致，而是我师承教导苏绣的薛师傅，擅长的却是蜀绣，若是传出去了，恐怕对她老人家的声誉有影响，因此才没说，还望二伯母见谅了。"

二夫人怎么可能说顾锦朝半句，笑着让她坐下来："既然有这么好的绣艺，你薛师傅为你高兴还来不及呢，哪里会有什么不好的。看着帕子上绣的兰花，倒不如这朵牡丹好看了。"

说着便要把绣帕还给锦朝。

坐在一旁支着下巴看戏的叶限，却突然开口悠悠道："既然是我捡到的，那可不就是我的了吗，怎么二夫人还想把东西要回去？"

二夫人听到这句话，冷汗都要下来了，这长兴侯世子到底是什么意思。

霎时大家都安静了，片刻后，叶限才缓缓加了一句："要是为难就算了，我再去找个这种花样的。"

二夫人整个人才放松下来，叶限如果在她这儿瞧上了顾锦朝，回去后她麻烦就大了。这个世子爷行事向来随性，也不太重视礼节，应该只是无心之举吧。便笑道："你要是喜欢兰花花样的，我那里还有一架描金紫檀木的苏绣兰梅围屏，等一下叫人给你送过去。"

顾锦朝紧绷的心也才放下来，等绣帕回到她手上时，却染了一丝温和的药香味。

此时也快傍晚了，便有太夫人派人来传话，去垂花厅进席。

顾锦朝刻意避开众人走在后面，她刚才那幅蜀绣牡丹一出，众人的目光便似有若无地放在她身上。

墨雪止不住说："今天可真是吓死奴婢了，大小姐您有一手这么好的绣艺，奴婢竟然也不知道，那个世子爷也不知道想干什么，要是一个没说清楚，您的清誉怎么办……"

顾锦朝欲言又止，半晌只说："他是太随性了些，别理这种人就好，缠上了最麻烦。"

"你们是在说我吗？"身后传来轻飘飘的声音。把走在路上的主仆三人吓得一怔。

顾锦朝转头看去，叶限蹲在梅树的枝丫上，长长的腰带垂下来，上面挂了一个玉坠儿，淡光映照着他的俊美的侧脸，细长的睫毛有层绒光，显得他似乎稚气了些。

他面上带着淡淡的笑容道："你好像不喜欢我帮你。"

顾锦朝行了礼,道:"表舅说笑了,您怎么会帮我呢,不害我就是万幸了。"

他偏着头看顾锦朝:"你这人真怪,别人让我帮我还不屑呢。"

顾锦朝叹了口气:"我的名声够差了,倒是觉得无所谓了,您可别和我牵连,我怕坏了表舅的名声。就此告辞了。"行了礼,转身疾步走了。

走在路上墨雪还没回过神:"真是个怪人,幸好您以后不用和他打交道!"

顾锦朝却想起她听过这个人的传闻,长兴侯的世子,当年可是名动京师的。

叶限虽然是长兴侯的孩子,却生来体弱,不喜欢舞刀弄枪打打杀杀的。他天资异常聪慧,又有一个翰林院大学士的外公,听说七岁的时候就能随口成诗,却不喜欢考取功名。直到二十岁之前,长兴侯的世子一直没有什么突出的地方。

神宗即位时,长兴侯家突遭变故,这位世子一时消沉,后来才进入官场。官位一路高升,这人特别擅长阴谋算计,很多老成精的人都玩儿不过他,性格阴晴不定,不按常理出牌。陈玄青为人正派,特别痛恨此人。

锦朝还知道他好些事情。

太祖皇帝打下江山,为了提倡节俭朴素,永不忘本的作风,便制定了宫廷膳食每餐必有一道豆腐的规矩。后来到了神宗这里,不耐烦每天宴桌上都有一道寡淡的豆腐。世子爷便给他出主意,这豆腐可以用鸟的脑髓来做,表面看去仍旧是白嫩光滑的豆腐,吃起来却是极品的珍馐。

神宗十分赞赏这个主意,吩咐下人去做,这每盘豆腐都要用去成百上千的鸟脑髓。宫人跟着效仿,连王公贵族,大臣家眷也流行起了这道千鸟豆腐。一时之间燕京的鸟都被打绝了。

再有一次,万德七年的时候,叶限掌管大理寺,想研究凌迟之刑最多可割多少刀。于是动用权力把犯人调出来,兴致勃勃地亲自试,当时足足杀了三十七人,才让他研究出了最多的割法。

此事震惊朝野,许多谏官上言要让皇上定叶限的罪,偏偏皇上喜爱他得不得了,说长兴侯为国征战数年,保卫边疆,怎能因为几个犯人就定他儿子的罪。

想到叶限做过的那些事,顾锦朝脸色一阵阵难看。千万不能惹这个活阎王,不然到时候怎么死的都不知道。

席罢后夜色已浓,顾锦朝最后乘着青帷华盖马车离开祖家,父亲便要和她乘坐同一辆车,他听说了下午横斜居的事情,兴致勃勃地问女儿关于她女红的事情。

"还是澜姐儿和我说的,我以前竟然都不知道,你怎么没告诉过我?"

顾锦朝突然想起刚才宋姨娘给他擦眉毛上的白霜,轻声说:"父亲,要赢得过别人，便不要让别人知道自己有什么底牌。"

父亲就皱了皱眉："你要赢得过谁？还什么底牌不底牌的，难道有谁会害你不成？"

锦朝笑了笑，就不再说话了。

次日她去给母亲请安，徐妈妈熬了浓浓的人参乌鸡汤正要喂给母亲喝。锦朝接过青釉菱纹的小碗亲自喂母亲，那次犯病之后母亲的精神一直不太好，快快地靠在大迎枕上，听着锦朝慢慢跟她说话。喝完汤之后，她又替母亲捶腿，怕她长时间不动腿会不舒服。

纪氏跟她说："昨日你弟弟来陪了我一天，我跟他说起你，那孩子也不知怎么的，竟然和你一点都不亲。你十二回外祖母家的时候，带他一起回去看看吧，他也少去他外祖母家里住。"

锦朝点点头。

纪氏轻喘了口气，慢慢说："你还记得你二舅吗？"

锦朝笑了笑："当然记得，二舅喜欢养蛐蛐和鸟，还送过我一对画眉鸟。"

外祖母只生了大舅和母亲，二舅是庶子，因而过得十分清闲，喜欢侍弄花草，也喜欢养些鸟和鱼。

纪氏道："你二舅有一房姨娘，叫云锦，原先是他通房，你二舅妈嫁过去之后才抬起来的。云湘是云锦的妹妹，两人长得很相似。你父亲当年很喜欢云湘。"

锦朝不知母亲为何突然提起二舅的姨娘，疑惑地看着她，纪氏的神色却很平淡："云湘应该有两个姐姐，还有一个早年放出府了，嫁了一个县丞的儿子做妾。云湘当时去看过她，她生了一个女儿。"

锦朝突然预感到母亲要说什么，她握住了母亲的手，紧紧地看着她："母亲。"

纪氏继续道："那个孩子，今年该有十五了，和你一般大。"她说着自己却已经忍不住了，声音抽紧，渐渐地弱下来，眼眶已经通红，"你去找云姨娘问问，那个孩子出嫁没有。"

锦朝又安静下来，她怔怔地看着窗外枝丫的影子投在黑漆的小几面上，炉里烟直直上升，慢慢都散开了。这屋子里阴沉沉的，没有点炉火，干冷的屋檐挡住了阳光，母亲的脸上只有一片淡淡的阴影。

她想了想，轻声问："墨雪，是不是把祖家发生的事都告诉您了？"

纪氏轻点了头，如果不是这事，她恐怕还下不定决心。

明知道母亲同意这件事，她应该高兴才对。但是顾锦朝却实在高兴不起来，母亲为什么同意了，她心里比谁都清楚，如果不是为了她和弟弟，她怎么可能同意。

她继续替母亲揉着腿,轻声道:"母亲,您放心吧,我知道怎么做的。"

锦朝找了罗永平过来,吩咐他准备给外祖母的东西:"要几匹颜色庄重的素缎织布,是清居阁的最好。还有几整盒糖,另外还要准备一把长命金锁。"三表哥的嫡子也快满一岁了,正好送给孩子做见面礼。

罗永平应下来,一天之后置办的东西就到了,都装在红漆梨花木的盒子里。

顾锦荣不太愿意和她一起回去,和纪氏说:"我还有功课没做,先生说描摹状物,要写一篇与格物致知论相同观点的文章。"

锦朝正在旁边,头也不抬地问他:"是八股制艺吗?"

顾锦荣紧抿着嘴唇,方才点了点头。

锦朝便说:"你才十二岁,周先生就已经让你写八股了?你通读四书了吗?"

顾锦荣一时没话说了,这不过是他找的由头,他现在可还不能写八股制艺的。没想到顾锦朝还懂这些,见顾锦荣不再说话,纪氏暗叹了口气。

顾锦荣也没办法,让清修帮他收拾了箱笼,跟着顾锦朝坐上另一辆青帷马车嘚嘚地往纪家去。

纪家所在的通州三河县与适安路程较远,锦朝只带了青蒲和采芙。父亲派了一大帮的护院婆子跟着他们,一行人浩浩荡荡到了通州地界,外祖母早派了人在官道上等着他们。

锦朝早就给外祖母写了书信说要回来,看到连外祖母贴身的管家都派到这儿等着迎他们过去,锦朝也只能无奈笑笑,外祖母还是宠爱她的。

顾锦荣似乎与她赌气,这一路都没有和她说过话,锦朝也想不起又哪里得罪了这位小祖宗,也不想理他。她挑开青色螺纹细布帘看窗外,通州为京杭大运河的最北端,沿着京杭大运河的宝坻商号众多,非常繁荣。三河县也有宽大河流,浩浩荡荡,码头旁边停靠着船坞。

要是走到郊外,还能看到打鱼人家,屋檐下挂着腊鱼。大雪堆积着,农家草房也贴了红红的对联,孩子在田地间跑来跑去,这些全是她所熟悉的景象,却已是恍若隔世。

锦朝看得眼眶一热,她已经太久没来过三河县,久到都已经记不清三河县的模样。她想起了自己的外祖母,外祖母与母亲柔和的性格不同,她掌管纪家大小事宜。纪家虽然在朝为官的族中人并不多,也无高官位之人,但是纪家有贯通江南与北直隶商运的商号,又有通州诸县多处田产、地产,在通州是有名的富庶。

在锦朝眼中，外祖母不同于一般的长辈，她不喜欢女子被拘在闺阁中，也并不要求纪家女子学习女德。她对锦朝更是十分宠溺，由于外祖母的影响，锦朝幼时一直比别的女子更自由。

她甚至还能在丫鬟陪同下去田庄里玩儿，到田里捉蝴蝶。

回去的时候满手都是泥巴，外祖母坐在灯旁挑了灯花看书，笑着让一旁的宋妈妈帮她擦手，又抱了她在膝头上教她认字，若是认出一个字，就奖励一块绿豆糕。锦朝调皮不肯认字，赖在外祖母怀里要和她讲今天又做了什么，谁又惹了她不高兴。讲着讲着就累了，就在外祖母怀里睡着了。

"表小姐、表少爷，可以下来了。"车外传来随行管家的声音。

有下人抬了轿凳过来，让锦朝踩着下车来。顾锦朝举目看去，这是纪家内院的一处院子，叫卿碧阁，种了满园簌簌的竹林，又用太湖石堆积了假山。

旁边一个容貌清秀的女子立刻迎了上来，拉住她的手笑道："朝姐儿也终于到了，这下祖母可该高兴了。"她穿着绛红色缂丝褙子，淡红的月华裙，看起来十分清嫩。锦朝这才认出来，是她的三表嫂刘氏。

三表哥取了刘氏为妻，刘氏是江南人，祖上出过几门进士，也是个显赫家族。

锦朝行了礼，拉顾锦荣过来："这位是三表嫂。"

顾锦荣并不太想理人，不过看刘氏满面笑容，才不情不愿地喊了声。

锦朝挽了刘氏的手边走边说话："三表嫂竟然还亲自过来接我们。我算着淳哥儿也快周岁了，不知道长胖没有，可要抓周了？"

刘氏两年前才嫁过来，一年就生了嫡子。她笑着拍拍顾锦朝的手："不麻烦，要不是你外祖母正在帮你布置院子，恐怕还要亲自过来呢。你也是来得巧，淳哥儿两日后就周岁了，现在长得白白胖胖的，好动得很。"

锦朝道："男孩好动才好。"又道，"外祖母在帮我布置院子？"

刘氏点点头："你原来住的栖东泮，祖母早几天听说你要来就叫人整理了，又让花匠从暖房里搬四季海棠出来，布置得花团锦簇的，十分好看。我也正要带你去栖东泮看看。"

锦朝哭笑不得，这四季海棠开花受不得寒，从花房里搬出来，不几日就冻坏了。

栖东泮临近外祖母的住处，两个院子还有回廊连接，只隔了一小片湖。她五岁之后就住在栖东泮，却常常赖在外祖母的院子里吃住，不肯回去。她走到院子外面，发现自己小时候种的那棵槐树还在。

落叶后的槐树枝干清瘦，枝丫交错，劲如铜铁。

门口站着几个刚留头的小丫头,给他们行礼。走进栖东泮之中,院子里正热闹着,一大群人围拥着一个穿檀色素缎褙子的老妇人,一旁穿妆花缎衣的妇人正扶着她的手。

锦朝不由得红了眼眶。

外祖母的声音很平和:"抄手游廊那边不要放花盆,朝姐儿喜欢站在那儿看湖水……"

"祖母,朝姐儿来了。"大表嫂含笑喊了一声。

外祖母转过头,还是锦朝记忆中的样子,端正的脸,看起来十分严肃,甚至会给人严厉的感觉。锦朝想起那年清明阴沉,她一个人跪在坟前哭,纸钱的灰烬飘得满天都是的场景。

外祖母的娘家是扬州吴家,祖上出过好几任都转运盐史,富庶一方。

"朝姐儿!"外祖母向她走过来,脸上带着微笑,脚步甚至有些快,"外祖母大半年没看到你,怎么又长高了。"她摸了摸锦朝的头发,却发现她眼眶红红的,也不说话,笑着问她,"怎么,我的朝姐儿看外祖母还看傻了不成,是不是这一路太累了?"

顾锦朝吸了口气,笑着回答外祖母:"我只是太想您了。"

顾锦荣站在她身后,也向纪吴氏问安。纪吴氏看着他不住点头:"荣哥儿长得真快。样子像你父亲,性子也比以前沉稳了。"纪吴氏笑着说,"你小的时候,每次见到我都会被吓哭。"

顾锦荣笑了笑,他当然不记得这些事了。

纪吴氏又叫那妇人过来,三十多的年纪,脸上带着灿烂的笑容拉着顾锦朝的手:"我们朝姐儿倒是越长越漂亮了。"这是大舅母,母亲唯一一个嫡亲兄弟的妻子,娘家是有名的茶叶大户安香宋家。

纪吴氏今年已经六十多了,身体还是很好,走路平稳。锦朝拉着她的手,外祖母早年刚管纪家的时候,事事亲力亲为,还常下田庄地头,一双手磨得十分粗糙,但是却令她格外安心。

纪吴氏吩咐一旁的管家准备锦朝爱吃的菜:"把上次二爷去苏州带回来的四鳃鲈清蒸了,再从地窖取黄芽菜,做醋搂黄芽菜。还有冬笋火腿、烧鹿肉……"她垂首细想,又说,"再加一盏雪莲炖乳鸽。"

锦朝忙拉住她的手:"外祖母,有些多了。"光是那道四鳃鲈就够费心的了。

纪吴氏笑笑:"你难得来,都是些你喜欢吃的。"又转头问锦荣,"还不知道荣哥儿喜欢吃什么?"

顾锦荣道:"我并没有特别喜好的。"

纪吴氏带着锦朝先看了栖东泮,还是她原先在这儿住的布置,只是遍植海棠，一簇簇淡红的花映衬着积雪，十分漂亮夺目。内室里加了黑漆美人榻，铺上蓝色杂宝卷云暗缎的靠垫，用金丝织了流苏。

锦朝看着这些一时沉默。她想起后来曾经有人问过她，问她恨不恨自己的外祖母。如果不是外祖母这样娇宠地养着她，不替她的将来考虑，她又怎么会是后来那个性子。

纪吴氏宠她，阖府皆知。

小时候她在二表哥的书房里玩，看上了一块他最喜欢的端砚，非要搬回去，二表哥凡事都是让着她的，这块端砚却不肯相让。她转头就说给纪吴氏听，纪吴氏听后二话不说，让二表哥把端砚送到她书房里。

那块端砚原本是二表哥开蒙的先生送的，他视若珍宝，那天他一个人在书房里对着一丛丛碧竹站了很久，静默不语。锦朝倒并不是很喜欢那块砚台，她只是喜欢上面雕刻的梅花鹿，玩儿了没几天就扔到了书房角落里发霉，后来再也找不到了。

此事之后，纪家的丫头婆子也看明白了，连纪家嫡子都不能和锦朝相争，整个纪家，还有谁能比顾锦朝得太夫人宠爱的。她更是被下面的这些人惯得不成样子了。

看过了栖东泮，一大群人又围拥着纪吴氏到了外院的涉仙楼，这是纪吴氏会见各处商号掌柜和田庄管事的地方，大舅等人早就等在此处了。

大舅和大舅母育有一子一女，女儿是已出嫁的大表姐纪眉，儿子便是二表哥纪尧，三表哥纪昀是庶出。二舅与二舅母生了四表哥纪粱，还有两个未出嫁的女儿都是妾室所出。云姨娘并没有生育一子半女的，在纪家的地位并不高。

锦朝、顾锦荣给两位舅舅以及表兄一一行礼。

纪尧是纪家的嫡长子，身着月牙白细布直裰，发上簪玉萧簪，面容俊秀，身材高大。

纪吴氏和锦朝说纪尧："如今在和我学管家，倒是学得快，宝坻那间酒楼给他经营，生意红红火火的，你要是想去试试，便让他带你去！"

纪尧淡笑向她拱手："许久不见表妹了。"

顾锦朝也朝他一笑，心中却又诧异，在她的印象中，一直觉得二表哥的爱好是读书，而不是从商。他身上有种读书人温润从容的气质。不过他是纪家的嫡长子，也容不得他挑自己喜欢什么。

大舅身材高大，面容沉稳，如今已是四十多了。问起顾锦荣的功课。

顾锦荣答："没有在国子监进学，而是在七方胡同与周先生学习。已经讲完了《大学》和《中庸》，现在正在授课《论语》。"

大舅便点点头，道："你年纪尚小，一次不中也没有什么。你三表哥倒是在

国子监做荫监。"

大舅母笑道:"如今可是举监了。"

那就是过了乡试中举了。锦朝听着心中也很高兴,她只依稀记得纪昀是中过举的,后来还参加了殿试,却没有擢庶吉士,也就算了。但是具体是什么时间却记不太清楚,没想到是这么早。

站在一旁的纪昀却只是笑了笑,他为人很是沉稳。

顾锦荣恭喜道:"还没有听三表哥说过。少年举人,确实十分不容易。"

他自己读书,当然知道要中举有多么不容易,何况纪昀还不到二十岁。

四表哥纪粢也笑眯眯地道:"我过乡试是指望不上了,家里读书举业也就看三哥了。人家考中了都是欢天喜地,到处宣扬,三哥倒是奇怪了,现在连门都不愿意出了。"

锦朝也觉得高兴,不管三表哥日后能不能中进士,纪家多个举人也是好的。便拉着外祖母的手问她:"您怎么也没有来信告诉我?"

外祖母笑笑:"今年秋闱刚中,我本想着过完年才和你们说的。"

纪吴氏也很高兴,纪家多少年没出过一个在读书上有天赋的人了。要是以后纪昀能够过会试参加殿试,中了进士,那么纪家的荣耀和显赫恐怕会空前繁盛。

在涉仙楼见了,顾锦荣便跟着纪昀和纪粢去了书房,要和纪昀讨论制艺了。

纪吴氏和锦朝一起回栖东泮。

外祖母很担心母亲的病,但是纪家事务繁重,她根本脱不开身,她还是半年前去看过母亲一次。

锦朝只能跟她说一切安好,母亲上次发病的事情,她却不敢和外祖母说。

纪吴氏拉着她的手跟她说:"朝姐儿,外祖母半年不见你,倒是觉得你懂事了不少。"

她心中很惆怅,要是没有什么外在的事情改变她,顾锦朝又怎么会突然变得懂事起来。

顾锦朝自然知道外祖母怎么想的。外祖母虽然面相严厉,待她却格外温和。她只是偏爱着宠自己,没有丝毫目的,也不问任何缘由。这样偏爱她的人,从来都只有外祖母而已。

宋妈妈拿一碟锦朝爱吃的藕粉糖糕上来。

纪吴氏笑着:"我前不久还给你养了一池的睡莲,原以为你夏日会到这儿来避暑,谁知道等睡莲开过了,叶子都萎了,你还没回来。"

锦朝喜欢赏睡莲,淡紫橘黄她最喜欢。

锦朝只能苦笑,她可不知道外祖母为她养睡莲的事。而且她这次回来也不单单是为了看望外祖母，她还要打听那个云湘侄女的事。

锦朝问起云姨娘的事情。

纪吴氏皱了皱眉，道："你二舅身边的姨娘，你怎么突然问起她了？"

锦朝很平静地道："家中母亲正病着，郭姨娘和杜姨娘年老色衰，全凭宋姨娘在伺候父亲，除了伺候父亲，她还要照看母亲的病，操持内院的大小事宜，我是怕她忙不过来。想再为父亲找一房姨娘。"

纪吴氏握着锦朝的手收紧了，脸色也变得严肃起来。

"这样的事，竟然没早点做打算！现在才告诉我！"

顾锦朝笑了笑："原先是母亲一直没应允。我们连父亲都还没问，想找一个合适的人带回去再说。"

外祖母看着她半晌，锦朝也没有解释，外祖母这么聪明，自然能明白她的意思。

父亲任户部郎中，管司庾，掌军储、出纳租税、禄粮、仓廪之事。户部左侍郎林贤重是他的老师，这些年眼看着林贤重更得圣宠，又和内阁辅臣东阁大学士范川交好，正是林贤重升任的时机，他一旦升任，父亲肯定也有诸多好处，在这个关头，父亲是不会随便纳妾的。

可母亲去后半年宋姨娘就能产下庶子。如果父亲不纳妾，恐怕宋姨娘得宠在即，也将珠胎暗结，到时候，一切便可晚了。

所以这事不能再拖了。

外祖母想了很久，等她似乎拿定了主意，才开口问："要是想找个清白听话的姑娘倒也不难，我这里就有许多姿色不错的丫头，为什么又问到云姨娘了？"

纪吴氏果然明白了锦朝的心思。

锦朝微微一笑，要是旁人听到这话，肯定会以异样的目光看着她，外祖母却不会。

顾锦朝便和外祖母解释："当年母亲带到顾家的陪嫁丫头云湘，您可还记得？"

纪吴氏自然点了点头，道："云湘是自幼和你母亲一起长大的，你父亲纳了宋妙华之后，我才授意你母亲，让你父亲收了她。后来抬了姨娘，却是个没福气的，孩子还没生下来就死了。"

锦朝笑了笑："父亲虽然不像看上去专情，却也不是看上谁便是谁的。母亲说，当年父亲十分喜欢云湘，不然也不会顺水推舟就收了她，云湘成为姨娘后，宋姨娘也一度失宠。"

这些自然不是母亲告诉她的，是母亲说了那番话之后，她找了佟妈妈问出来的。

外祖母看着她的眼神难免怪异:"你是想……"

锦朝点了点头:"云湘有两个姐姐,一个便是云姨娘云锦,还有一个叫云雁,听说嫁给了县丞的儿子。我便是想找云雁所生的女儿。想着如果容貌相似的,父亲说不定会动了旧情。不然在这个时候,父亲可是不会随便纳妾的,不是为了他的官途,宋姨娘也会反对。"

外祖母沉默了一下,才说:"我明天就把云姨娘叫过来,你问她那个云雁嫁到哪里了,如果她生的女儿还没有出嫁的话,倒是可以直接接回来。一个县丞的孙女,也没什么不便的。"

她是想说,如果对方不同意就以势压人,不管是纪家还是顾家,都是一个小小县丞承受不起的。

顾锦朝十分喜欢外祖母这种干净利落的性格。

把这件事和纪吴氏说了之后,顾锦朝心里也放松了些,她在来之前也有点怕外祖母不支持自己,不过现在看来,还和小时候一样,一旦她说的事,外祖母就不会反对。

眼看着天色暗了,锦朝扶着纪吴氏一起到垂花厅进了晚膳。

吃过饭,纪吴氏便叫纪尧去涉仙楼中议事,锦朝先去外祖母的院子等着她,却因为这一路太劳顿睡在罗汉床上了。等她意识清明的时候,看到窗外透进来暖红的灯光,自己身上盖了床青色的云纹锦被。

她半坐起身,却发现内室没有一个人,房外却传来说话的声音。

"也太让我不省心了!"是外祖母的声音,听上去似乎是有些动怒了。

锦朝撩起帘子的一角朝外看,是纪吴氏和宋妈妈正站在廊庑下面说话。

宋妈妈就安慰她:"您也得给二少爷一点时间,毕竟这事对他来说太突然了。"

外祖母声音冰冷:"时间还不多吗?他和朝姐儿从小几乎是一起长大的。要是论谁最熟悉朝姐儿,他也算是其中一个了。我本以为这些年他都肯顺下心听话了,谁知道还是一把逆骨。"

宋妈妈叹了口气,过了好久,才轻轻开口道:"太夫人,奴婢看了这么多年,其实也不太明白,表小姐在咱们纪家受尽宠爱,您更是十分纵容她,您要是听过外面的人说表小姐什么,也就有几分明白二少爷为什么不答应了。"

锦朝听到这里心中一紧,如果连宋妈妈都知道外界关于她的传闻,那外祖母也应该是知道的。不过自己的事怎么扯上了二表哥,这与二表哥有什么关系?

过了很久她才听到外祖母的声音:"我当然是知道的,当年晗儿在我身边长大的时候,我没有心思照顾她,结果让原来的太夫人养得文文弱弱,什么都不敢去做。嫁给顾德昭后，顾德昭先后有了这么多姨娘、通房，她又可曾抗衡过？当年仅凭清虚道长的一句话，朝姐儿就不得不离开母亲的身边由我养大。她还没来得及回去，她父亲就有了第二个、第三个女儿……

"朝姐儿五岁那年，我带她回去过，那个时候，晗儿刚有了荣哥儿，顾德昭膝下又有一个乖巧懂事的顾澜，没有一个人想抱抱她。我去散步回来，朝姐儿一个人躲在漆黑的屋子里，竟然不敢出去。我当时便想，绝对不会让别人欺负我的朝姐儿。回来之后便是加倍地宠溺她，不忍心看到她一点的委屈。"

宋妈妈听到这里，心中已是一片酸软："我知道您是疼爱朝姐儿，我看着朝姐儿长大，也知道我们朝姐儿其实是个心思恪纯的人。但是，她以后可怎么办呢。"

外祖母叹息："所以我早就想好了，等朝姐儿到了年龄，便让尧哥儿娶她入门，在我的眼皮子底下，我看谁又敢欺负她。"

宋妈妈又说："那您就没有想过，如果二少爷不愿意的话……"

外祖母冷笑："他原先还不愿意管纪家这些事呢，现在不是做得很好吗？他也是我带大的，我清楚他的个性，只要逼他答应了，就不会再反悔了，他会尽量把事情做到最好。便是如此，我才敢放心把朝姐儿交给他。"

说罢又叹了口气："可惜，我想把朝姐儿保护好，偏偏顾家的人个个都不愿意。朝姐儿今天和我说那些事，我就想到了，她原先怎么会懂这些算计的。定是有人欺负她的。"

顾锦朝放下帘子，慢慢地走到火炉旁边，脸上是掩饰不住的震惊。

她一只手扶住围屏，另一只手又捂住嘴，早已经是泪流满面。她原先只觉得外祖母宠溺她，没想到，其实外祖母早就将她的路都设计好了，她是要好好保护自己的朝姐儿一辈子的。

顾锦朝的思绪飞快转起来，那么，一些她不能理解的事情，此刻便有了充足的解释。

纪尧是曾经向她父亲提过亲的。她十分纳闷，二表哥平日里并不喜欢自己，待她和别人并没有不同，为什么要向她提亲，原来是奉了外祖母的命。难怪，连三表哥都已经有了正妻，孩子都一岁了。二表哥是嫡长子，却连个妾室都没有，这是为她准备好的啊。

但她心中有陈玄青，眼巴巴地喜欢着他，就等着他能看自己一眼。所以纪尧上门提亲的时候，父亲问起她的意愿，她毫不留情就拒绝了。幸而纪尧又娶了永阳伯府的三小姐，夫妻俩伉俪情深，和和美美。

也幸亏她拒绝了，免得纪尧还要为难。锦朝想想就觉得可笑，她的容貌名声极盛，可以说是名动燕京也不为过，却连一个真心喜欢她的人都没有，倒也

真是悲哀。

听到脚步声近了，锦朝重新躺回罗汉床去。外祖母走进来，先帮她掖了被角，又替她擦了擦脸，小声和宋妈妈说话："这孩子怎么像哭过一样。"

"许是想起伤心事了吧。"

宋妈妈的声音也很轻。

外祖母就难免心疼："晗儿现在病重，朝姐儿得自保，只希望那个云姨娘的侄女没有嫁出去，一切就好说了。"

纪尧从涉仙楼出来之后，带着满肚子的火气。他沿着亭榭走到了湖边，深吸了数口气还是没平稳下来。

"你表妹这次来，你要多和她相处，以后你毕竟要娶她的，等你姑母的病好些了，我们就向顾家提亲。"

想到祖母的这些话，纪尧觉得自己额头都在抽动。一股股难以压制的火气升起，又找不到宣泄的地方，他的性格和涵养不容许他做出拿下人发泄的事情。

他看了会儿湖，又往自己的书房走。子安跟着自己的主子，小心地看着他的脸色。不知道太夫人在涉仙楼的时候，和二少爷说了什么，他为什么气成这个样子。

纪尧回到书房让子安把四处的窗扇打开，窗外遍植墨竹，他站在桌案前写字静心。一篇《定风波》写完，他凝视着未干的墨迹，深吸了口气，对子安说："我们去找大夫人。"

大夫人正在丫头的服侍下梳洗，听闻纪尧过来，忙让丫头重新绾了小攥。"都已经亥时了，他怎么想起来找我？"

禀报的婆子道："奴婢也不清楚，但是今天晚上，太夫人召二少爷去了涉仙楼。"

大夫人细想片刻，就道："把二少爷请到后面的暖房里，天寒地冻地赶过来，他必定觉得冷了。"

整理好后，大夫人才走进了暖房。看到自己一向性格温和的儿子脸色阴沉，手都握成拳头了。"尧哥儿，都这么晚了，怎么还往内院里来？"

纪尧过了好久，才继续说："母亲，我不喜欢管纪家这些事，但是为了您，为了祖母，我做这些倒也没有什么。纪家举业的事，可以交给三弟去做。但是我已经如此求全了，能不能做一点我喜欢的事，我从小就不喜欢顾锦朝，更不愿意和她相对一生。"

大夫人心里一惊："你这孩子，说什么傻话。"连忙吩咐贴身婆子把丫头和书童都带下去，在暖房外面把守好，拉着自己儿子的手，"你祖母还是把话明说了？"

纪尧深深地吸气，控制自己的情绪："我本以为，她会放弃这个打算。顾锦朝是什么样的人，您不会不知道。她从小就和我一起长大，看她做过什么好事没有，我的奶娘不过是得罪了她一句话，她就让外祖母把她赶出府去。四弟小的时候，不小心动了她喜欢的糕点，就要在祠堂里罚跪一整天。"

大夫人闻言也觉得酸涩，自己好好的一个温润如玉、克己守礼的孩子，为什么就非要娶顾锦朝。母亲一心为了自己的外孙女考虑，怎么不为了自己的嫡亲孙子考虑。

"母亲又有什么办法，你祖母决定的事谁能说服她。"大夫人叹息着道。

纪尧咬着牙笑："我便是不想妥协，祖母也有无数种办法。"

大夫人拉着他的手安慰他："你不要担心，要是你祖母下次再提起，我去劝一劝她。"就算劝不住她也要试试，好歹是为了尧哥儿。

第二天，二舅来向纪吴氏请安的时候，纪吴氏向他问起云姨娘。

二舅很纳闷，想了想才道："儿子也大半个月没见过她了，母亲找她可有要紧的事？儿子立刻遣人叫她过来。"

锦朝站在外祖母旁侧替她磨墨。

纪吴氏端起一旁的寒山雪芽啜了口，声音不紧不慢："你先让她过来吧。"她并没有说是为什么事。

了解母亲强势的个性，二舅也就不再多言，吩咐身边的丫头灵丘去叫云姨娘过来。

云姨娘过来的时候很是诚惶诚恐，看得出上妆都有些匆忙，一只累银丝嵌黄碧玺的簪子还簪歪了。

"妾身云锦拜见太夫人。"云姨娘行了礼，纪吴氏皱了皱眉，心里有些不快，竟然是个这么经不得事的，也不知道让她去办事能不能办成。

纪吴氏请她坐在太师椅上，又和她介绍锦朝："这是顾家的表小姐。"

锦朝向她微微一笑："我初看云姨娘便觉得亲切，您和您妹妹云湘长得有五分相似，听说您之上还有一个姐妹叫云雁的，可是如此？"

云姨娘本来还奇怪锦朝竟然认得她，又想起当初作为大小姐陪嫁去了顾家的妹妹，想来锦朝应该是见过她妹妹的。

微微定了神，笑道："妾身确实与妹妹云湘长相相似，不仅如此，我那个姐姐，长得和云湘更像是一个模子刻出来的。不过姐姐多年前出嫁，妾身不便出门，也与她联系少了。"

纪吴氏便问道："当初云雁嫁去了哪里，你可知道？"

云姨娘低头一想，有些犹豫。

"她当年嫁给了泰和县县丞的儿子做妾。我也只去看过她两次,上一次还是五年前。如果没有变故的话,姐姐应该还在泰和县才是。"

顾锦朝心中松了口气,她怕云姨娘不知道云雁行踪,到时候找起来可就麻烦了。

既然话已经说出来,她也不避讳了,直接问她:"你姐姐云雁,是不是有一个待字闺中的女儿?"

表小姐为什么要问一个放出府的婢女的女儿?

云姨娘抬头看向太夫人,发现太夫人也正看着她,就觉得有些紧张:"这个……确实有,不过那女孩今年也十五了,不知道是不是已经许配给别人了。表小姐怎么想起问我这侄女了?"

锦朝笑了笑,安慰她:"你不用紧张,我母亲现在身体有恙,侍奉父亲又要操劳家事难免忙不过来,便想为父亲寻一门合适的妾室。能不能麻烦您跑一次泰和县,把我们的意图向您侄女的长辈说清楚。若是他们同意这门亲,我们顾家自然会出一笔丰厚的聘礼。"

如果只是收一房妾室,那肯定是不能说为聘礼的,表小姐这是客气话。

纪吴氏也开口道:"你若是去泰和县,我让郑管家与宋妈妈和你一同去,如果你这位侄女还没有出嫁,便把人带回来。县丞的孙女,能给顾家做妾室,那也是十分荣耀的。"

太夫人这话,是已经没有回旋的余地了。

云姨娘也是个在内院浮沉十多年的老人了,自然能看得通透。这表小姐与太夫人一个唱红脸,一个唱白脸的,分明是没有商量的事。只是适龄的美貌少女数不胜数,说一声适安顾家的名号,多少人会趋之若鹜,怎么非要找自己那个名不见经传的侄女呢?这事怎么看怎么古怪。

不过,这不是她需要考虑的。无论从什么方面说,这件事对她都是百利而无一害。她现在不得宠,日子也不好过,要是帮表小姐促成这门亲事,太夫人肯定会奖赏自己,二老爷也会善待自己,以后要是有什么事,顾家表小姐看在这件事上,也会帮自己一把。

云姨娘站起来,恭敬道:"太夫人、表小姐放心,能在顾家做妾,也是这孩子的福分,不如我今日就出发,去一次泰和县。"

是个听话的,顾锦朝便暗自点了点头。

云姨娘走后,窗外下起了大雪。

锦朝看着燃得正旺的炉火,却想起原来和宛素住在一起的时候,她爱就着炉火做蟹壳黄,那个时候她们过冬的炭火不够,这样既能取暖还能做饼。便和外祖母说:"外头下着雪咱们也无事做,我会做一种极好吃的烧饼,不如我做给您尝尝？"

外祖母有些好奇："我的朝姐儿什么时候学这些了，你原来可是连厨房都不肯踏进一步的。"

锦朝笑而不语，吩咐青蒲去外院厨房取发好的面，自己又在栖东泮的小厨房亲自泡好梅干菜，剁了馅儿料。包好饼之后，用斗彩白瓷的大盘装着，带回暖房。

外祖母却笑着帮她揭开炉盖。

烧饼很快就放进去了，不一会儿香味就慢慢散出来。

宋妈妈在一旁说："连我闻着都觉得香。"

丫头婆子们睁大眼睛看着锅，大家都不擅庖厨，也没见过在暖房里烤烧饼的，看着都新鲜。

锦朝拿着一双长长的玉竹筷，揭开炉盖之后，里面的烧饼都已经烤得金黄，上面撒的芝麻也香味四溢。她把饼夹起来放进盘子里，先端给外祖母："您试试看怎么样。"

又分给宋妈妈、青蒲、采芙，还有外面站着的小丫头。

青蒲已经见识过锦朝的厨艺，自然不觉得稀奇。采芙却很惊喜："又酥又香的，很好吃。"

纪吴氏试了一块儿，面皮层层剥落，入口化渣，满口都是梅干菜的咸香，味道确实很好。

暖房里正一片热闹的时候，有婆子隔着帘子通传："太夫人，二少爷、三少爷、四少爷还有表少爷一起过来了。"

纪吴氏笑着道："他们也正巧了，快请进来吧。"

纪粲先挑帘子进来："祖母，您这儿做什么这么香，我老远就闻到了。"

纪吴氏指了指炉火："你表妹用炉火烤了蟹壳黄给我们吃，你也来尝尝，味道十分不错呢。"

几个人都进来了，纪尧一眼就看到了顾锦朝。

锦朝专心地倚在炉火旁看着，火光映得她一张脸暖黄，眼眸清澄，宛如汪了一池的春水。细密的睫毛有层淡淡的暖黄光晕，更显得她容色摄人。她穿着荼白蓝色缠枝镶边的缎袄，因为侧着头，看得见颈部肌肤晶莹如玉，也泛着微光。

纪尧回过头，心想无论顾锦朝品行怎么低劣，她的模样倒是自己见过最好看的。

锦朝抬头看向几人，也微微笑了："这炉马上就好了。"她低下头继续烤着烧饼，格外专注。

"我们是来给祖母送梨水甜羹的。"纪尧把手上拿的食盒放下,"刚带着荣表弟去府中转转,就在地窖挖了些冻梨出来,吩咐厨房给您做的。"

纪吴氏挺高兴的:"今天是都要送吃的给我了。"

锦朝把这一炉饼烤好,几人却要告辞了,大舅要叫他们去见一个通州很有名望的先生,要一起谈论制艺。锦朝便让青蒲找了食盒来把这一炉饼给他们包上,带着回去吃。

拎着食盒进去,又拎了食盒出来。纪粲迫不及待从食盒里挑出一个来吃:"闻着真香,想不到表妹还有这手功夫。"

纪昀摇摇头嫌弃纪粲:"瞧你这样子,真是十足的饕餮。不过顾家表妹也是个趣人,竟然在暖房里烤烧饼。"

纪粲哈哈大笑:"吃到美味就足矣了,我可不在乎这个。"

纪尧笑了笑,却没有说话。

第四章

谋划

第四章 谋划

隔天就是抓周的日子。

淳哥儿被抱到了外院，女眷们都聚在一起私话、打马吊。不一会儿一个婆子走进来，在纪吴氏旁边说了几句话，纪吴氏点了点头，招手让锦朝过去。

"云姨娘先回来了，我们过去看看。"

这么快就回来了。

锦朝跟着外祖母回了她的院子，云姨娘正等在西次间里。

她看上去很疲倦，正端着斗彩茶杯喝一盅甜汤。

外祖母免了她行礼，让她回话。

云姨娘道："我们去泰和县，知县出来迎接我们，听了我们的来意，连忙请了罗县丞过来。这罗县丞家里有四子，我姐姐嫁给了罗县丞的庶子。

"侄女名素，半年前及笄，长相水嫩清秀，性情温和，比起姐姐当年也是丝毫不差。本来早定好了本县的一个秀才。不过听说我们的来意之后，罗县丞亲自去秀才家退了亲。侄女现下正在拾掇，傍晚应该能赶过来。"

锦朝问她："那秀才就爽快答应了？"

云姨娘嘴角微翘："便是不想答应又能如何，他不敢得罪纪家。不过他也没反对，他一个穷秀才，还要继续参加乡试，我们给了一千两银子，他什么话都没说。"

锦朝心里松了口气，人没出嫁就好办。等到她过来了自己再看看。

能搭上顾家，多少人求之不得。

外祖母道："走这一路你也辛苦了，先回去歇息。"

云姨娘应"诺"退下，外祖母又招过一个婆子："到库房拿金鬟花，上好的蜀锦杭绸给云姨娘送去。再让李妈妈收拾一间厢房出来。"婆子退下去准备了。

等到傍晚，一辆青帷马车静悄悄地驶进了内院，从车上下来的却是太夫人身边的红人，宋妈妈。随后一个纤弱的披着藕荷色斗篷的身影踩着轿凳下来了。

随着下来的还有一个穿着褐色短衣的丫头，梳着两个包头，面黄肌瘦的，却拎着一个与她身材不符的包裹。宋妈妈引着两人进了栖东泮的暖阁。

外祖母先去招待宾客了，锦朝在暖阁看着自己给祖母带的几株洛阳红，宋妈妈挑帘子进来："表小姐，人带来了。"身后跟着的两人鱼贯而入。

锦朝"嗯"了一声,继续给洛阳红修剪枝丫,也没有看她们。等她把花枝整理好,才对宋妈妈说:"这洛阳红娇贵,离不得暖房,您得吩咐下人看好,到了春末必定开花百朵,璎珞满身。"

宋妈妈笑着应"诺"。锦朝这才由青蒲服侍着洗手擦干,坐到太师椅上看着这两人。

站在前方的少女身弱如柳,一张小脸莹白如玉,我见犹怜。青丝只梳了小攥,簪了云纹素银簪。她低着头看自己的缎子鞋鞋面,身上穿着水蓝色袄裙,看得出来是新制的,有些不合身,更显得她瘦弱。

锦朝淡淡地道:"连人都不懂得喊,先报家门。"

少女手心出汗,行礼小声说:"顾大小姐安好,我姓罗名素,爷爷是泰和县县丞。"

她身后的小丫头扑通就跪下了:"奴婢二丫,今年十三岁,是泰和县赵家沟人,昨天被宋嬷嬷买来给罗小姐当丫头的。"

锦朝点头道:"既然都成了罗小姐的丫头了,就换个名字,以后叫晴衣吧。"

小丫头没有丝毫不情愿,清脆回答:"谢大小姐赐名。"

锦朝又让青蒲带着晴衣去把行李放下,给她洗个热水澡,穿件能保暖的棉袄再过来伺候。

锦朝觉得震慑得已经差不多了,才笑着对罗素道:"先坐下再说,你可别怕我。"

罗素毕竟是个才十五的小姑娘,刚进到纪家就被纪家的豪奢和成群的仆人威慑住。看到锦朝时又觉得她气定神闲,果然不愧是大家小姐,十分气派,自己就忍不住害怕了。

罗素道:"只是觉得大小姐华贵逼人,心生敬畏。"

锦朝苦笑,别人把这句话当成夸奖,她可不会。

请罗素坐下,锦朝让采芙上茶,又问她:"你可知,跟我回顾家是要做什么的?"

罗素点了头道:"家父说,是去伺候顾老爷的。"白净的脸蛋上出现一丝红晕,声音又弱下去了。

看来是讲清楚了。

锦朝继续问她:"你会伺候人吗?都学过些什么?"

罗素答道:"我学过女红、中馈,还跟着姨娘学过琵琶。姨娘曾经是歌妓,来之前,教了我怎么伺候别人。"

话说得磕磕巴巴,这个伺候和上一个显然是不同的。

只要能把父亲留在她那儿,她会什么锦朝都没意见。锦朝很满意此人,除了相貌的优点之外，她性情很温顺，虽然有些胆小懦弱，但是调教一番也能堪大用。

只是不知道时间长了，见得多了会不会生出别的心思。顾锦朝端起茶杯喝茶，这个罗素，肯定是要牢牢掌握在她手中的。

事不宜迟，锦朝第二天就向外祖母请辞，准备带着罗素回去。

外祖母也知道她心中的打算，没有挽留。锦朝便让罗素化装成一个普通丫头，跟着上了自己的马车，顾锦荣拿了好些大舅二舅送的书和砚台，径直上了前面一辆车。

等到了顾家，锦朝带着罗素去见母亲。

纪氏打量了罗素很久，让她退下后闭目点头："人还是不错的，安排住处了吗？"

锦朝笑了笑："母亲放心，先安排在鞠柳阁旁边的静安居了，打算明日就和父亲说。"

纪氏沉思了片刻："她母亲那边，可给了礼？"

锦朝答道："我先封了一千两过去，等到父亲正式纳了她，再封几十担彩礼。虽然是做姨娘，不过也是原先云姨娘的侄女，她伺候您十多年了，侄女出嫁也该风光些。"

纪氏叹了口气："云湘当年侍我也是忠心。"又盼咐徐妈妈去静安居教导罗素礼仪，小门小户出来的女子，总没有大家闺秀礼节周到。

锦朝看母亲不再说话了，就让墨玉把母亲的药端过来自己亲自喂。她才走了几日，竟然觉得母亲又瘦了一些，下巴尖得能凿破纸一般。知道她在家里肯定又愁又苦，除了两个姨娘，谁又来陪她说话呢。喝完了药，她拉着母亲的手为她修剪指甲，有毛刺的地方细细为她打磨。

纪氏看锦朝低着头十分仔细地为自己剪指甲，心里一片柔和。她的锦朝，现在多懂事，做这些事考虑周到，不用她费心指点。

她抬起头看着窗外，今天是一个碧蓝的晴天，柔柔的阳光洒在雪地上。"你父亲喜欢谁，好像都是真心的，用尽力气去喜欢。当年喜欢我、喜欢云湘、喜欢宋姨娘，都是这样的。但是这种喜欢都是随着时间渐渐消弭的，那个早死的，反而成了他心中刻印最深的人。她肯定是没有想到的。"

锦朝的手顿了一下，母亲为什么要和她说这些？

"云湘才是你父亲最喜欢的人，因为在他最想得到的时候得到她，又在他喜欢得最深的时候死了，他对云湘的喜欢就永远不会变了。"纪氏喃喃地说，她转过头看到锦朝正看着自己，反握住她的手，"锦朝，防备着宋姨娘。她容不得别人分去她的宠爱。"

锦朝轻轻地一笑:"母亲,我知道。"

锦朝隔天就去和父亲请安了。

父亲刚和太仆寺少卿在书房商议完事情,换了一身青色直裰出来。

"你几位舅舅可好,我听说你三表哥刚参加了秋闱,可中了举?"父亲问她。

锦朝点点头:"纪昀表哥过了乡试中举了。也算是双喜临门,嫡子前天满了一岁,行了抓周礼,还抓到了算盘。"

父亲脸上露出微笑:"少年中举,也真是一桩大喜事。也不差人来说一声,我好准备些东西送做礼。"他说起来很高兴,又让管事进来,说要准备澄泥砚、名家字画给纪昀送过去。

锦朝这时候缓缓站起来,行了礼道:"父亲,女儿还有一事要说。"

顾德昭不知道她为何突然慎重了,点头:"你说就是了。"

"女儿前不久去纪家,正巧遇到来纪家探亲的罗素姑娘。女儿见她与云姨娘有几分相似,才问起她是谁,却不想竟然是当年云姨娘嫁到泰和县的姐姐所生之女。女儿心里正想着,母亲病重,宋姨娘忙着管理内院,另外两位姨娘难免忙不过来,便征求了罗姑娘父母族人的同意,将她带回来了。"

顾德昭听她说得越来越不对,皱着眉问:"你把人带回来做什么?"

顾锦朝笑道:"我说了,父亲身边少了人伺候,我是把罗姑娘带回来伺候您的。此刻人正在旁边的静安居里,您要不先见一面?"

顾德昭脸都沉了,冷冷地看着锦朝:"这是谁的主意,你母亲的?"

锦朝看了一眼父亲紧绷的脸,语气波澜不惊,直视着自己的父亲道:"母亲都病得这么重了,怎么可能操劳这些事,这是女儿的主意。再者说来,除母亲生了弟弟,顾家也再没有男丁降生,出于传宗接代,为家里开枝散叶的考虑,您也应该再纳一门妾室。"

听到女儿的话,顾德昭有些动怒,手中的茶杯重重地放在桌上:"你怎么会想做这事。你……你一个未出阁的姑娘,这话传出去人家怎么说。你现在就把人送回去,这事不准再提。"

顾锦朝想到父亲会生气。

她看了一眼父亲手上的青釉彩瓷,还是完好无损的,便继续道:"也请父亲看了人再说吧,不然女儿也会再找别人来。您知道女儿的脾气,您不走这一次,我是不会罢休的。"

顾德昭见她虽然低着头,却不再说话,一点都没有退缩的意思。

两个人静静对峙了半刻钟,他才哼了声:"行啊,你倒是越来越能干了。我跟你走这一次,但是要我再纳妾是不可能的,无论如何,以后你休得再提这件事了。"

静安居种了许多的柳树，罗素透过隔扇，看到外面湖边那些光秃秃的柳树，她觉得有点冷。晴衣正在帮她烧炉子，徐妈妈从外面走进来，阻止了她，又挥手让她先下去。

她站定在屏风旁边，柔声对罗素说："姑娘，您梳妆打扮一番吧。"

罗素回过神来，见徐妈妈正看着自己，有些局促不安。是不是顾老爷要来了？父亲跟她说过，顾老爷是五品官，她见过最大的官也就是知县了。也不知道顾老爷是什么样子，这些大户人家的老爷，会不会格外吓人？

她摸到妆台冷冰冰的金饰，这些东西好像刺伤她了一样，华丽的珠翠，黑漆红木的家具，丝绸幔帐，还有多宝阁上摆放的精致花瓶玩意儿……这些她原来见都没见过的好东西，在这儿只是随随便便用作装饰。

徐妈妈走到她身边拿起篦子，笑道："罗姑娘，我来帮你吧。"

她替罗素梳了堕马髻，簪了两朵铜钱大的淡粉的绢花，没有用任何珠翠。耳坠用了温润的珍珠，更衬得罗素脸蛋柔和秀美。徐妈妈看着妆镜里的罗素，笑着同她说："姑娘和你小姨确实神似，老爷见了一定会喜欢的。"这种相似不仅是容貌，还有那种柔婉宁静的气质。

等候在外的品梅进来了："徐嬷嬷，大小姐带着老爷过来了。"

徐妈妈便和品梅一起出去了。罗素的手揪着衣袖，眼睛看着窗外结冰的湖泊，也不知道这冬天什么时候过去，以前春天的时候，家里的三哥还能领她到外面游玩。

有人挑开了帘子，罗素便回头看去，是一个很清俊的男子，他背手站着，无声地看着自己。

罗素的脸突然就红了，她想起顾大小姐那日呵斥她的话，便强忍着惧怕，站起来行礼道："小女是泰和县罗家的女儿，见过老爷。"她的声音都在发抖，用眼角余光看到，老爷的神色放松了很多。他看着自己，目光没有丝毫避讳。

罗素还以为会看到一个衣着华丽肥头大耳的中年男子，没想到是一个风度翩翩甚是清俊的老爷。她心里扑通扑通地跳，也不知道为什么觉得紧张。

他仍旧没有说话，罗素过了好久才敢抬起头，也不敢直视他，目光落在了他腰带系的那块羊脂玉坠儿上，上面青色的缨穗随着窗外的微风轻动。

"你叫什么名字？"顾德昭终于问道。

罗素迟疑了片刻，还是答道："小女姓罗，单名素。"

"名字不错。"顾德昭笑了一下，又对她说，"不用怕，你先休息着。"他挑开帘子出去了，罗素看到帘子放下，好像突然被抽空了力气，瘫软在罗汉床上。

顾锦朝坐在外面的廊庑上喝茶，院子里挖了水池，养了许多莲，都冻得干枯黝黑的，静安居一向没有人居住，也乏人打理，不过以后应该会好起来。

父亲从里面出来了，顾锦朝站起来迎上去，笑着问他："父亲，静安居可需要打理一下，女儿看这满池的莲都衰败了。"她看顾德昭神色平和，就知道这事多半成了。

其实，顾锦朝还有些微的失望。她好像有一刻，盼望父亲出来时还是满面的怒容，然后不纳罗素姑娘。似乎母亲就不会这么伤心，她就不会对父亲这么失望一样。不过，她的理智很快就抑制了这种想法，她需要父亲答应，这件事不是她能决定的，她没有选择的余地。

顾德昭看着满园的残荷，眼睛微眯，似乎回忆到多年前一样。在他看到罗素那张和云湘八分相似的脸时，他浑身的愤怒都被抽离了。他想起当年那个卧在他怀里死去的纤弱女子，她巴掌大的小脸苍白如纸，手又紧紧拉着他的手，声音轻得像病弱的婴儿啼哭一样。

"妾身没用，不能……不能给老爷生下孩子了……"他只记得自己什么都没说，那人的身体慢慢地冷了，冷透了。他抱着她坐了一个晚上。

他终于收回目光，转头看着顾锦朝，叹了口气："朝姐儿，其实父亲知道你在想什么。父亲动怒，也不过是觉得你们这样对宋姨娘，实在是对她不公。她当年以太常寺少卿嫡女的身份嫁给我，却只能做妾，这些年也实属不易。"

锦朝但笑不语。

顾德昭继续道："泰和县离适安太远，罗素既然来了，就不用回去了。你吩咐人来打理静安居吧，再挑五十担的彩礼，送到泰和县去。"

锦朝答道："女儿知道了。"

父亲回了鞠柳阁，锦朝则去跟母亲说这件事。母亲早就料到父亲会同意，一点都不惊讶，只是让徐妈妈把这件事给几位姨娘和小姐说一声。

锦朝拿了母亲的对牌去了回事处，母亲身体不适，这事自然就由她操办了。

她吩咐回事处的管事："在青莲巷置办一个小院，罗素姑娘先送过去。等到二十五就接过来。彩礼你让人用红担子挑着，一路敲锣打鼓送到泰和县罗家去，弄得气派热闹些。另外派两个手脚麻利的丫头到小院里去伺候罗素姑娘，再要两个力大些的婆子，吃穿用度一例按照姨娘的来。"

佟妈妈在一旁看着，等管事应"诺"退下了，她和锦朝说话："这一晚，恐怕有人要睡不着了。"

锦朝淡笑："睡得着睡不着，那就得看本事了。"

宋妙华所住的临烟榭前有一口温泉。一到冬天，靠近泉眼的湖面会冒出阵阵水烟，因此才被称作临烟榭。

顾澜带着自己的两个丫头穿过回廊，看到母亲正站在湖旁边。一阵阵水烟飘起来，她就这样静静地看着水面，就连身边的丫头跟她禀报事情，都没有回头。

顾澜看天边挂着淡淡的下弦月，心里一阵不安，她又加快了脚步走到宋妙华身边。

"母亲……"顾澜坐在丫头端来的杌子上，跟她说，"您就不急吗，我听下面的丫头说，顾锦朝要给父亲纳妾，父亲都同意了。"

宋妙华叹了口气，说："我知道。"

在顾德昭走出静安居的时候，她就知道了。后来回事处、随侍处、马房都派了人过来禀报她，彩礼、丫头、院子，这些东西顾锦朝已经吩咐下人准备了。

她当时非常吃惊，顾锦朝突然给自己父亲纳妾就算了，顾德昭又怎么会答应呢？

吃惊过后就是不安，她在沿着回廊走了好几圈都没平静下来，和顾澜一样心急如焚。要知道，她现在倚仗的不就是顾德昭的宠爱吗。虽然她是太常寺少卿的嫡女，但是他们家嫡女就有四个之多，自己若是在顾家失宠了，在宋家也不会好过。

她本来以为专宠一年多，自己能怀上孩子的，结果肚子一点动静都没有，求了好多药都没起色。她现在已经觅到了一个良方，调养了三月了，本来还以为可以有机会的……

老爷为什么要答应纳妾？

宋姨娘转了几圈之后恨不得冲进静安居看个究竟，倒是怎样的绝色美人才引得顾德昭不计后果想纳了她。她越来越急躁，到了最后反而冷静下来。越冷静，对她就越有利。现在说什么都没有用，只能等着老爷把这个妾纳了。宋妙华站在回廊前看睡莲，心里已经拿定了主意。

纪氏和她争了十多年都争不过她，现在加上一个不知从哪儿冒出来的小妾，就能斗得过她了不成？

顾澜也知道这事自己插不上手，她着急也没有用，因此也不再催促，帮母亲暖着冷冰冰的手。

"我会去见一见你父亲的，这事你不用管。"宋姨娘告诉她。

顾澜还是有些担忧："您现在就去吗？"

宋妙华的语气冷冰冰的："急什么，先睡一觉，明天早上再去也不迟。"

她去伺候顾德昭早膳的时候，问起纳妾的事情。

"我听赵妈妈说，老爷您想再进一房姐妹。"她淡笑着给顾德昭布菜，"怎

么也没先和我说一声,大小姐做好些事我都不知道,还是管事来找我说的。"

顾德昭低头喝粥,淡淡道:"不过是一房姨娘,就交给朝姐儿办吧,她日后嫁人总是要主中馈的。我不告诉你也是因为你昼夜为家里的事操劳,免得你太过劳累。"

"这样也好,府里也八年没添过孩子了。"宋妙华声音温和。

顾德昭抬头就看到宋妙华一张如花似玉的脸,岁月如梭,但是格外眷顾美人,只可惜眼下淡青,可是因为他的事情伤心?还是为家里操劳过多?

他不由得握住宋妙华的手,安慰她道:"看你这些日子,人都憔悴不少。莫要担心,你对我的好我都是记得的。就算有了另外的妾室,又怎么比得过你呢。"

宋妙华笑道:"老爷这是什么话,有别的姐妹伺候您,我自然是高兴的。只是想到您恩师林大人正要升任之际,纳妾一事,是不是需要再等等?"

顾德昭摇摇头:"朝堂之事是说不准的,最近圣上身体不适,好些日子都没上早朝。政务都是首辅张大人和詹事府詹事陈大人在督办。这纳妾一事却也无碍,只是一切从简不张扬就好。"

宋妙华心里一紧,顾德昭果然不会松口了。她笑笑不再提纳妾的事,又好奇问道:"那詹事府詹事陈大人又怎么会管到朝堂政事了,他不是辅佐太子的吗?"

顾德昭笑笑:"太子今年才十一,和锦荣差不多大小,况且又懦弱胆怯的,怎么会这些。说是让太子督办,其实实权都在陈大人手里。陈大人也确实是能人,事事处理得井井有条。张大人最为器重他,我看等阁老的位置空缺一个出来,他倒是很有可能成为次辅。"

宋姨娘是内室妇人,怎么会懂这些,笑笑不说话了。

到了二十五,一顶红色软轿把罗素从青莲巷抬进府中。又摆了几桌酒,请了府中姨娘、小姐、管事和有头有脸的妈妈吃酒。

母亲病重不能去,锦朝陪着她做针线。

纪氏给儿子做衫子,说道:"你父亲最喜欢兰花,说它高洁雅致。以前我帮他绣的鞋袜多是这个图样的。"她嘴角带着淡笑,"你云姨娘也喜欢,但是自己绣着不好看。她的孩子快出生的时候,央我给她绣了好几个这样的婴孩物件,褟裸、小枕头、小衣服。"

锦朝难得听母亲提起以前的事,问她:"云姨娘待您好吗?"

纪氏点点头:"云姨娘性子平和。她喜欢孩子,你刚出生的时候,她抱着你就爱不释手,晚上你哭闹不休,也是她最先起身哄你。我反倒赖床不想起来。"

纪氏又有些叹惋:"现在想想,要不是因为那个丫头,她又怎么会死。"

云姨娘的死，她还是第一次听母亲说起。锦朝抬头看着母亲，母亲却不再说云姨娘，继续指导她的绣艺。

当年云姨娘死的时候，锦朝还在外祖母家里，对这事并不了解。她只是听徐妈妈提起过，云姨娘是生孩子时难产而死的。

锦朝并没有继续问母亲，而是回到清桐院后找来了佟妈妈来问话。佟妈妈是跟着母亲来顾家的老人了，基本这顾家的事她都是清楚的。

佟妈妈想了一会儿，才道："其实云姨娘也不算是死于难产……"

"不算是？"锦朝皱了眉，这是个什么说法。

佟妈妈点点头："当时云姨娘怀孕八个月的时候，误食了催产的汤药。其实谁也不明白，平时她一向喝的都是安胎药，怎么会被粗心的丫头给弄错了。说这误食了催产的汤药，只要云姨娘顺顺当当地产下孩子，那也是没有事的，最多产后调养一番就好了。偏偏又碰上云姨娘难产血崩，最后大人和孩子都没保住。"

锦朝想想也觉得不对："府中怎么会有催产的汤药？"

佟妈妈继续道："云姨娘姐妹三个都是江南人，当时来给云姨娘安胎的是杭州一个很有名望的大夫，名为苏歧。老爷本来想的是南北的人身体有异，让苏歧给云姨娘安胎比北直隶的大夫好。苏歧一来一去的不便，不仅留下安胎药，还把催产药也先备着，免得等到云姨娘生产时他赶不来，就误事了。"

锦朝手扣在桌案上细想片刻，又抬头问："那个弄错汤药的丫头呢？"

佟妈妈声音低下了一些："被老爷下令乱棍打死，后来拖去乱坟岗扔了。另一个和她要好的丫头本想悄悄去埋葬她的，结果到乱坟岗一看，身体都被野狗啃得不成样子了。那个丫头后来到了年龄就放出府嫁了，从此后，顾家就没有丫头知道这件事了。"

锦朝让佟妈妈先退下，自己坐在暖炕上抱着手炉思索。

青蒲见她久久不说话，便问道："小姐觉得，云姨娘的死有问题？"

锦朝缓缓摇头，她只是习惯性地多疑而已。记得嫁给陈三爷，他那三个姨娘都不是省油的灯，相互之间咬得死去活来的。还有陈家大爷、二爷等人，他们内院里钩心斗角的人更是多了去了，她当时什么都见多了。

锦朝不再想这件事了，而是笑着问青蒲："你不去吃酒吗？我看白芸和采芙都去了。"

青蒲摇头道："奴婢就不去凑热闹了，小姐身边总要有人的。"

锦朝懒懒地躺在大迎枕上："你也去看看吧，我身边有没有人都不要紧，再者雨竹和雨桐还在外面呢。你在顾家一向没什么要好的丫头，借着吃酒的机会，也多认识一些人。"

青蒲性格内敛,不爱与人来往。

青蒲想了想,也不想拂了小姐一片好意,便笑着说:"那奴婢就去看看。要是得了喜糖,给您带一些回来。"

锦朝颔首,又叫了雨竹进来看着炉火。

酒桌设在湖榭旁边了,青蒲走出清桐院,沿着青砖甬道往湖榭的方向走去。刚走到静芳斋外,便看到顾锦荣带着清修走出来。她正要向前给大少爷行礼问安,却见顾澜的丫头紫菱正巧也从另一侧的甬道走过来,和顾锦荣碰上了。青蒲的脚步顿了一下。

紫菱好像在和顾锦荣说什么⋯⋯

旁边就是太湖石堆砌的假山。

青蒲原先练脚功,要用二十斤的铁砂袋绑脚,还要做到脚步轻盈。长此以往,她就练得身轻如燕,纵身一跃比常人高出三尺。

她有意想听紫菱和大少爷说什么,便三两下利落上了假山,靠近之后悄悄伏在山后方。

"紫菱姐姐怎么从湖榭那里过来?"是大少爷问话。

青蒲嘴角微动,大少爷可从来不会对她们这么客气。

紫菱笑答:"大少爷还不知道吗,老爷新娶了一房姨娘,在湖榭旁边摆酒,有头有脸的丫头婆子都要去呢。"

顾锦荣疑惑道:"姨娘?我怎么没听说过?"

紫菱道:"别说您了,我们先前也不知道呢。听赵妈妈说,这个姨娘是大小姐从通州过去的泰和县找来的。新姨娘原先是定了亲的,人家两情相悦,正是谈婚论嫁的时候。不过大小姐非要这人,仗势欺人地把人家活生生拆散了,带回顾家来。"

顾锦荣可不知道锦朝在通州还干了这些事,他还忙着和几位表兄讨论制艺呢。

他眉头深深皱起:"拆散人家?她为什么要这么做?"

紫菱摇摇头:"奴婢也不知道。奴婢猜测,也可能是大小姐见宋姨娘得宠心中不痛快,所以想再找个姨娘回来争宠吧。"

青蒲在假山后面听得目瞪口呆,这个紫菱,竟然在大少爷面前这么污蔑小姐。

顾锦荣更惊讶:"她一个闺阁女子怎么⋯⋯怎么还帮着父亲纳妾,太不像话了!"

他读圣贤书,觉得女子就该恪守礼节,从父从夫,他就没见过像顾锦朝这么不守规矩的。凭着自己不喜欢,难道就要给父亲纳妾,这是什么说法。还要把人家一对鸳鸯生生拆散，他长这么大都没见过顾锦朝这样跋扈的世家女子。

紫菱点到即止，不再多说。行了礼道："奴婢也只是猜测，您可不要当真。二小姐那里还有差事，奴婢就先回去了。"

青蒲站在假山后等着他们离开。她本是情绪波动不大的人，今天却被这紫菱和大少爷气得装了一肚子的火气。小姐近日过得有多不容易她最清楚不过，处处为了夫人和大少爷考虑，却还要遭人这样的污蔑，身为小姐的亲弟弟，大少爷竟然丝毫不怀疑就听信了紫菱。

她也不去酒席了，转身回清桐院。

锦朝看到她这么早回来，还很惊讶："你怎么这么快回来了？"

青蒲深吸了口气，把刚才发生的事跟锦朝讲了一遍。"紫菱是从静安居旁的湖榭过来的。从静安居回翠渲院可断断不会路过静芳斋，恐怕紫菱姑娘早就在那儿等着大少爷了。"

锦朝听完倒是笑了："让她说去吧。"

青蒲很犹豫："您要不要和大少爷解释一下。"

锦朝叹了口气道："解释什么，我为了夺宋姨娘的恩宠，便想为父亲纳妾。怕他不答应，我还特意去泰和县找罗素回来，不惜把她原来的婚事拆了。她说的都是事实，这些事我确实做了，我也确实做错了，我又能怎么解释呢。"

青蒲知道是这样。可是，可是她觉得小姐是没错的，但是她笨嘴拙舌又说不明白。

雨竹在一旁看着炉火，也听得十分认真。她眨了眨眼睛道："因为青蒲姐姐是向着小姐的。"

锦朝看了雨竹一眼，别看这丫头年纪小，一股子的机灵劲儿。她苦笑着说："你觉得我没做错，因为你是和我一起的。顾锦荣觉得我处处都是错，因为他的心是向着顾澜和宋姨娘的，我这么说，你可懂了？"

她做的事，只是为了保全自己和母亲，并没有别的意思。青蒲天天和她在一起，怎么会不知道她的为难之处。顾锦荣却一心向着顾澜和宋姨娘，觉得顾锦朝整天都想着为难她们，包藏祸心。

如果是真的不喜欢一个人，那么无论她做什么，那都是错的。

锦朝想起从前，同样是做了糕点给陈玄青，她送给他就被骂不知廉耻。别的小姐要是送了，他却只是温和地夸赞人家待人亲和，旁边的公子哥儿还要跟着调笑他几句。

青蒲静静地看着锦朝，她望着窗外，神情很平和，但是总有种特别的、说不出来的孤独。

锦朝说："只要他看清了顾澜的面目，什么辩解都不需要了，他自然就明白了。"

"要是，二小姐她们继续在大少爷面前说您呢？"青蒲问她。

锦朝摇头道："一过二月初九书院就要开席了，顾锦荣肯定在此之前就会走。先等锦荣离开也好，他在内院总是碍手碍脚的。"

第二天，罗素要向母亲请安。

罗素作为新妇，穿了湖蓝色杭绸褙子，湘妃色月华裙，耳边缀着小小的珍珠，鬓上用了莲花纹的银鬓花，算是简单又大方。

三位姨娘也早等候在母亲那里，罗素向母亲行了礼抬起头。她那张脸一露出来，三个姨娘都变了脸色。

锦朝嘴角带着淡笑，啜了一口茶。估计谁也没有想到，她会找一个和云姨娘长得如此相似的人回来。

宋姨娘却是最先笑起来的："新妹妹长得如花似玉，我看了都觉得心里喜欢。"

纪氏让罗素走进，拉着她的手柔声问："昨晚，礼可全了？"

罗素白皙的脸蛋染上几分羞涩，站在旁侧的徐妈妈笑着答道："喜帕验红了。"

宋姨娘笑容一僵。

纪氏又让墨玉拿自己准备的见面礼来，是一对嵌黄碧玺的云双龙福寿金鬓花。母亲出手一向大方，她也不缺这些东西。罗素谢了母亲接过东西，几位姨娘又依次给了礼。

徐妈妈端了锦杌来给各位姨娘坐，宋姨娘和罗素笑着说话："我看妹妹觉得眼熟，和我们原先的一位云姨娘长得相似呢，觉得分外亲切。"

罗素声音又轻又柔："我母亲是原先云姨娘的姐姐，我要唤她一声小姨母的。"

三位姨娘不由得看向旁坐着一直没说话的锦朝。宋姨娘心道原来如此。

锦朝笑而不语，只喝自己的茶就是了。

天气渐渐暖和起来了，锦朝让清桐院的婆子小丫头把清桐院收拾了一遍，又想在院子里搭一架葡萄藤，请了外院的花匠来架好木架，她亲自选了葡萄藤种在院子里。等着春天了，这里就能长出一片阴凉。

把春末要开的石竹、剪秋萝修整好，让人给罗姨娘送过去后，锦朝在贵妃榻上躺了一会儿。想着罗素毕竟还是个小女孩，锦朝也多有照拂她，罗姨娘自知自己在府里最大的依仗就是锦朝，也时常送一些自己做的手帕、鞋袜过来。

等锦朝醒来的时候已经快傍晚了，窗外传来细密的雨声。

她打开窗棂看，一股潮湿的雨气迎面扑来，雨下得淅淅沥沥的，打在窗外一株芭蕉树上。

青蒲快步走进来："小姐，您终于醒了，佟妈妈等了您一个时辰了。"

锦朝点头，让传佟妈妈进来。

"出什么事了？"

佟妈妈进来后行礼说："您吩咐我注意大少爷进学的事，今天倒是有点消息。"

锦朝再请她坐下，问她："怎么，大少爷明天就要动身了吗？"

佟妈妈摇摇头："奴婢是听大少爷院里的清然说，大少爷不打算去七方胡同继续读书了。他昨天去见了老爷，想让老爷给他请了西席就在咱们顾府读书。说这样照看夫人也方便，老爷有没有同意奴婢就不知道了，但是老爷似乎也没有拒绝。"

锦朝手中的茶杯重重扣在了桌上，心中怒火已经起来了，她深吸了口气，对佟妈妈说："这事确实要和我说一声，您做得很好。"又高声叫青蒲进来帮她换一身衣裳。

佟妈妈想了想，大少爷不在七方胡同读书虽然影响了学业，却也是为了夫人，算是情有可原的。不知道小姐为何动气了，这又是要去哪里。她却没有直接问，而是说："小姐，这事需不需要告诉夫人？"

锦朝回头看了她一眼，这房里还有白芸在看着炉火，青蒲正在帮她梳发髻。

"这事一定不能让母亲知道，谁说出去了，我肯定要责罚她的。"她见青蒲拿起了一对猫眼石耳铛，又说，"去拿伞来。今天父亲在哪里歇息？"后面那句问的是佟妈妈，锦朝特地让她注意此事。

佟妈妈忙说："在静安居罗姨娘那里。但是，小姐，这天都要黑了，还下起雨了，您不如明天早上再去。"

锦朝摇头："这事拖不得。"她看佟妈妈神色还有些迷惑，似乎不太明白，又解释道，"顾锦荣回家这么久，去探望母亲又有多少次，每次有多久？因为母亲不去七方胡同读书简直就是笑话。这主意是别人告诉他的，他的个性听风就是雨的。要是让他留在顾家读书，那还得了。"

不知道谁给他建议让他留在顾家，简直就是荒谬。

顾锦荣的学业本来就是一般了，在七方胡同只能勉强跟上。他又特别容易被环境影响，顾家没有别的子弟陪他读书，一个人请了西席教？恐怕没几天就不成样子了。他要是真留在顾家了，宋姨娘或者顾澜在暗中让人引导他一下，教养得更差些，以后就真没救了。

锦朝让青蒲撑着伞，两人便往静安居去了。

雨虽然不大，但是也湿了鞋袜。锦朝刚到静安居就被柳婆子看到了，连忙请她到了耳房，又捧了手炉、端了热茶过来。"还下着雨呢，大小姐怎么到静安居来了？"

"找一身衣服给青蒲换了，我要去见老爷。"青蒲护着她不被雨淋，自己却湿了半个肩膀。

静安居是锦朝布置的，上上下下都是她的人，她的话这些丫头婆子自然不会说半句。柳婆子去找干净的衣裳了，陈婆子领着她去东次间："罗姨娘正和老爷用晚膳呢，晴衣伺候着。小姐您在这儿等着，免得淋了雨。我就去里面通传一声。"

锦朝看了看正堂外，天已经全黑了，雨帘细密，什么都看不清。

陈婆子请她过去。

到了东次间，迎面却是一阵暖意。罗姨娘站在父亲旁边帮他布菜，落地灯罩的光芒下人亭亭玉立，点头朝她笑笑。

锦朝看到桌上还有一副动了的碗筷，再看到旁边的秋葵手里正拿着筷子，心里已经明白怎么回事儿。罗姨娘和父亲同席吃饭，不过这事她也不想管，而是向父亲行了礼道："女儿听说锦荣想在家里请西席授课，已经请示了父亲，不知道父亲怎么想？"

对于父亲这样的人，还是直接问比较省事。

顾德昭笑着让自己女儿先坐下，又盼咐秋葵给她备下碗箸。"你着急来，肯定还没吃晚饭吧。锦荣是和我说过此事，他心疼你们母亲病重，想在家里能伺候着，这也是百行孝为先。虽然有些影响他的学业，请了原来在国子监教书的郭先生来教他，也应该是无碍的。"

锦朝摇头道："父亲，虽说锦荣是想尽孝，但是您也知道母亲的。她肯定希望锦荣在七方胡同读书，而不是在家里伺候她。要是锦荣制艺有成，三年后中了举回来光耀门楣，可不更是尽了孝道了。"

顾德昭一时沉默，不过片刻就问："你是不希望他在家里？我以为锦荣在家里，你们两姐弟能更亲密些。"

有顾澜在，顾锦荣在家里越久他们恐怕就越生疏。

她不说这个，而是继续劝道："父亲您也清楚，锦荣可不是醉心学业的人，要是让他在家里读书，恐怕是三天打鱼两天晒网的。最近永阳伯的三公子又爱来找他玩，锦荣前不久还和他一起到郊外走马。"

永阳伯家三公子出了名的游手好闲，又是最小的嫡子，永阳伯和伯夫人也管不了他，染得一身豪奢气。这事锦朝早就知道，但是她和顾锦荣的关系已经不好，不想为了这事去惹了他，所以一直没有说过。

旁边的罗姨娘也轻声道："我看大小姐说得有理，大少爷还是要以举业为重，可不得听了二小姐的话就想一直留在家里了。"

顾德昭皱了皱眉，问罗素："这主意是顾澜出的？"

罗姨娘曲了一下身："妾身是听下人们说的，二小姐常找大少爷，和他说要是去了大兴县，两人可要很久都见不到了。不过妾身也不知道大少爷竟然真的来和您说了。"

顾德昭就变了脸色，要是为了纪氏，顾锦荣不想去七方胡同还是情有可原的，但要是为了别的……

顾德昭回过神，便让锦朝先回去："这事我明天会和他说清楚的。"

罗素说要送她到门口，锦朝看她似乎有话想说的样子，也没有拒绝。两人走到廊庑下，看着茫茫的雨，罗素低声和她说："大小姐，那话妾身是听秋葵说的，她和二小姐房里的木槿交好。秋葵似乎还知道二小姐一些事，您明日要不要找她问话？"秋葵是罗素的贴身丫头。

锦朝道："先不必，等到需要的时候我会来找她的，这次多谢你了。"

罗素笑了笑："大小姐不必客气，都是妾身该做的。"

锦朝窝在暖和的大炕上做针黹，这几天都是阴雨绵绵的，又冷了下来，不好出去走动了。

佟妈妈在旁看着，问她："大小姐这做的是什么？"

锦朝道："这是护膝，做给锦荣的。"虽然就要开春了，但是天气还冷，他们在大兴读书的子弟肯定会早早换了棉裤，等到坐下来听先生授课又会觉得冷。

两人毕竟是亲姐弟，关系不好也惹得母亲伤心。

护膝面子用的是沉香色绸布，里面缝两层绸布，又塞了软和的棉花，她又在绸布上绣了喜报三元的图样，现在正是穿针收边的时候。这东西她早小半个月就开始做了，把边收好就算是做完了。

供奉了菩萨的长案上点着檀香，一缕缕淡蓝的烟细细升起来，门外雨声淅沥，更显得格外宁静。

外面却突然传来了喧哗的声音，听上去像是雨竹和雨桐。

青蒲便走出屏风挑开帘子，看到游廊里走过来一群人，她眯了眯眼睛仔细看，和锦朝说："小姐，是大少爷带着他的两个书童过来了，两个小丫头拦都拦不住。"

锦朝叹了口气："该是来问我他读书的事，你放他进来就是。"

"顾锦朝，你可在里面？"顾锦荣高声喊着进了东次间，给他打伞的书童收了伞站在门外。

锦朝站起身拿过一旁的披风，顾锦荣已经走过了屏风，他穿着石蓝色直裰，发梢微湿。清秀端正的脸上，一双眼眸正阴沉地盯着她。

锦朝却不恼，走到他身边想给他披上披风："你这冒着雨也来了……"

顾锦荣一把打开她的手："我不要你假惺惺的。"

锦朝收回手，笑着说："那你自己把披风披上吧，要是受寒了可不能启程去大兴了。"

"谁说我要去大兴了。"顾锦荣瞪着她，"你为什么要管我的事情？为什么要找父亲多嘴？你怕我在，母亲就没有那么宠爱你，还是你怕我在，陷害二姐就碍手碍脚的？"

话问得一声比一声高，佟妈妈和青蒲都被他震住，白芸和采芙更是大气都不敢喘。

锦朝放下手中的披风，静静地看着他许久，才问："你真的是这么想的？你觉得我就是这样的人？"

顾锦荣冷笑："你不是这样的人，那你是什么样的人？你把留香打疯了赶她出府，还非逼着父亲纳妾，你不是这样的人难道我才是？二姐才是？这些事都是你的事，我没有说话的余地，但是你别管我的事，我想在哪里读书就在哪里读书，用不着你多嘴。"

锦朝的心瞬间凉透了。

她反倒又笑起来："这些都是谁告诉你的？"

顾锦荣继续道："你别说又是二姐诬陷你。我告诉你，这些事我都是找府里面的人问过的。你怎么能这么想二姐，二姐对你是真心诚意的好，她还经常劝我不要和你冲突，说母亲会不高兴，我为了母亲和二姐多少次都忍下来了。你，你真以为别人都和你一样歹毒吗？"

锦朝瞥了顾锦荣一眼，坐回大炕上拿起自己刚做好的护膝。

"这么说还是有人告诉你，你才会去问的？"她继续说，"如果顾澜真想我们和睦，她会告诉你这些事吗，她会偶然提起让你自己去查吗？

"顾澜为了你好，会让你留在家里读书吗？"锦朝的声音很平静，很淡，但是四周都没有一点声音，反而格外的清晰。

"她是想拖累你的学业，让你最后变成一无是处的公子哥。而我又何必和你争母亲的宠爱，母亲最宠爱的一直都是你，你在她膝下长大的时候，我远在纪家。至于你说我陷害顾澜，我作为顾家嫡长女，为什么要去陷害她，我想要她的什么东西吗？谁在陷害谁，你究竟分清楚没有？"

顾锦荣以为锦朝会如原来一般狠狠瞪着他，或者是骂他，但是她没有。

她连看都没看他。

窗外雨淅淅沥沥，隔扇开着，能看到院子里新搭好的葡萄藤。锦朝转头看着窗外，柔和的侧脸平静如水。

顾锦荣的气焰慢慢消失了，他仔细想着顾锦朝说的每一句话，其实她说得很有道理。

"你休想诬陷二姐。"顾锦荣的声音弱了，"你有什么证据不成？"

锦朝道："我是你的嫡亲姐姐，为什么要害你？"她的声音低了下去。

顾锦荣看她转过头，才知道为什么她不看他，她竟然哭了。他一时间愣住了，他从来没见过顾锦朝哭。他一直觉得顾锦朝不会哭，她这么嚣张跋扈，谁能让她哭呢。

他想起顾锦朝十岁的时候，非要和他们一起玩秋千。顾澜荡秋千的时候摔倒了，哭得眼泪汪汪的，父亲、几个姨娘轮番地安慰她，自己还去寻窝丝糖逗她开心。顾锦朝站在旁边冷冷地看着他们，一个人转身走了。大家找了她好久才在一个院子的耳房里找到她，父亲骂她到处乱跑，她还是倔强地看着他们，乌黑的眼睛睁得大大的，好像根本不是她在破落的院子里躲了一晚上一样。

"你……"顾锦荣想说什么，他甚至想替她擦一擦眼泪。

"我累了，大少爷记得自己离开吧。"她起身向内室走去，青蒲也跟了上去。

佟妈妈叹了口气，大少爷这些话说得太重了。

她走到锦荣面前行了礼："大少爷能否听奴婢一句话，奴婢以前是服侍夫人的，大少爷可还记得？"

顾锦荣一看佟妈妈，点头应是。这是原先帮母亲管理田庄的佟妈妈，后来分给顾锦朝的。

佟妈妈笑道："我们大小姐惯不会示软来讨好别人的，她这个脾性和您外祖母最像了。但是大小姐不说，却不是因为她心里不在乎，只是她的性格比较要强而已。"

顾锦朝的哭确实震慑到了顾锦荣，比顾锦朝骂他几句说他几句管用多了。他甚至感觉到心里些微的痛，也许正是血脉相连的影响。顾锦荣的声音平静了一些："佟妈妈，我也并非存心惹她伤心，只是长姐有时候做的一些事，确实太过分了一些。那个丫头留香……"

佟妈妈道："您肯定是听二小姐说了这件事的，那奴婢再告诉你奴婢所见之事。留香姑娘三番四次偷小姐的东西，小姐宅心仁厚，并没有处罚她。但是她却私自串通别人，将金丝髻头头面的事告诉了二小姐。二小姐想因此说夫人的不是，不想气得夫人发了病。大小姐这才忍无可忍，想把那丫头逐出府去。那

丫头是自己把自己吓疯的,小姐可真的没让人打她。"

顾锦荣瞪大了眼:"串通二姐?"

佟妈妈笑着继续道:"您二姐可是深藏不露的。大少爷聪慧,回去仔细一想便能清楚了。"

顾锦荣心里一时纷乱如麻,那就是说他不仅错怪了长姐,还帮着二姐气自己的母亲?这怎么会呢,二姐对母亲极好,还经常去伺候她呢。

"那……纳妾之事,总是她拆散了人家,又逼迫父亲的吧!"

佟妈妈摇头道:"罗姨娘家是泰和县罗家,她祖父是泰和县县丞,听说小姐想找他孙女送进咱们府,亲自把罗姨娘原来的婚事给退了。罗姨娘根本没和她这个姻亲见过面,何况如果老爷真不想纳妾,谁又能勉强他呢。大少爷也真不该为这件事生大小姐的气,大小姐这也是为了你的。"

顾锦荣觉得莫名其妙:"她做这些事,不就是想报复二姐吗?"

佟妈妈继续解释道:"大少爷,您想想,要是只是单纯地想纳妾,大小姐又何必从泰和这么远的地方把人找回来呢。她就算是气二小姐,也没必要和宋姨娘针锋相对。您说说,要是夫人真有什么不测,宋姨娘又生下庶子,是不是会被扶为继室?到那个时候您岂不是有一个嫡出的弟弟了,宋姨娘为了这个孩子,肯定会对您做很多事的。"

顾锦荣脸色数变,他毕竟年龄不大,看不透其中的原委。但是佟妈妈说的这些话确实合情合理。

他有些犹豫:"但是,宋姨娘和二姐平时待我好,就算宋姨娘成了父亲的继室,那她也是同样……"

话还没说话,他就觉得自己愚蠢了。

宋姨娘怎么可能对他不好呢,他可是顾家唯一的嫡子。但她要是生了庶子,那可就不好说了。

"我……佟妈妈,你叫顾锦朝出来,我当面问问她是不是如此。"顾锦荣心里还是犹豫的。

佟妈妈笑着摇头:"您这么说大小姐,她还想见你吗?"她走到大炕边,拿起锦朝刚做好的护膝递给顾锦荣,"大少爷收下这个,这是小姐给您做的。说怕倒春寒,您在大兴读书会冻着。"

顾锦荣拿着这块软和的护膝,手不自觉捏紧了。

她刚才是在帮他做这个东西吗,上面绣的喜鹊、元宝都十分好,针线密密的,喜鹊活灵活现。他刚才那么狠毒地说她。顾锦荣倒抽了一口冷气,觉得自己从头到脚都透着寒意。顾锦荣再看了一眼锦朝离去的方向,一句话没说,脚步沉重地离开了清桐院。

佟妈妈这才进了内室。

"大小姐，奴婢已经和大少爷讲清楚了。您刚才哭得真好……"

锦朝叹了口气道："虽然早料到他会来找我闹一闹，也想趁机把话都说明白。但是你听他说的那些话，也确实太没有分寸了，我是真的寒心。顾家要是交到他手上可是命途叵测。"

也不知道那些话顾锦荣信了几分，他和顾澜可是有十多年的情分在的。那一席话虽然能动摇他几分，却不会完全让他醒悟。顾锦荣这个性子，要想真的打醒他，非得是迎头一棒不可。

"把那些事解释给大少爷听也好，免得他以后总是听二小姐的话。"佟妈妈点头，"那大少爷进学这事怎么办，您还任他在家里请西席？"

锦朝道："他要是听信了我的话，就算只有几分的相信，也不会想留在家里了。等他明天去给父亲请安后，我们再看他的反应就知道了。"

锦朝第二天早早去和父亲请安，特地和父亲谈论锦荣的读书制艺。父亲听得连连点头，他这个女儿别的不说，在读书方面比别的世家女子强了不少，说起来也是有理有据的。

谈的时间长了一些，就碰到了来和父亲请安的顾锦荣。

顾锦荣走进来看到锦朝也在，一时间愣住了。顾锦朝却像没看到他似的，也不和他打招呼，向父亲告退之后就离开了鞠柳阁。

顾锦荣心里一堵，想到昨天她转头过来，莹白的脸颊上沾着泪水，那目光失望到了极点，他觉得自己好像犯了滔天大错。

顾德昭和他讲读书的事："你长姐刚才跟我说，你要是不想离家太远，适安倒还有个鹤鹿书院，虽然没有七方胡同的周先生授课好，但是主讲的也是国子监退休的夫子。"

顾锦荣这次打断了父亲的话，毅然说："儿子觉得还是七方胡同好，就不去鹤鹿书院了。"

锦朝回到清桐院不久，佟妈妈就过来禀报："小姐猜得对，大少爷那边正收拾箱奁要去大兴了。"

锦朝松了口气，他终于肯去七方胡同读书了，那么说来，自己昨天和他说的话也是有用的。

她吩咐佟妈妈："给清桐院送几盒点心、几块砚台去，也算是我们送他了。"

佟妈妈疑惑道："您不去送他？"

锦朝摇头："不用去，去了反而不好。"

顾锦荣二月初五才离开顾家。适安接连下了几天的雨，天也终于晴朗了起来，小厮早套好马等在内影壁旁边。顾澜、顾汐、顾漪还有宋姨娘都来送他，止步在垂花门，顾澜却特地把他送到了影壁。

他穿了一身簇新的竹青色杭绸直裰，遍寻都没有看到顾锦朝，站在青帷小油车面前踌躇了一会儿。

"锦荣是在等长姐来吗？"顾澜道，"都这么晚了，她应该不会来了吧。"

顾锦荣下意识地说："她或许是有事在忙吧。"

顾澜一愣，旋即笑笑。她又柔声道："你还不走，晌午之前可就到不了大兴了。我给你备的笔墨纸砚带走了吗？"

顾锦荣点点头，又仔细看着顾澜，她笑得温和宁静，和自己记忆里的样子没什么区别。她真的想挑拨自己和锦朝的关系吗？真的想让自己变成一事无成的富家公子？

他却又不太确定，对着顾澜还是不自觉地温和下来，道："那我走了，二姐要保重自己。"

顾澜点点头。

马车"嘚嘚"地踏出了门。

第五章 希望

第五章 希望

二月过了花朝节，天气就渐渐转暖，丫头婆子们的棉袄也换下了。

锦朝洗了手，准备带着新做的榆钱饼去母亲那里，却看到雨竹从暖房里跑出来，一边向她跑一边说："小姐，您快过来看看，暖房角落里有个洞。"

暖房里有洞？

锦朝有些疑惑，带着青蒲和白芸跟在雨竹后面进了暖房。

"奴婢刚才把那两株山茶花搬开，就看到后面脑袋大的一个洞。"雨竹指着放山茶花的架子对她们说。

锦朝正要俯身看，青蒲拦了她："怕是什么东西伤了您呢，奴婢来看。"

锦朝点点头，嘱咐她小心些。青蒲慢慢接近花架。

突然，花架下传来什么东西动弹的声音，青蒲吓了一大跳，连忙退回来。锦朝凝神细听，却听到类似猫叫的声音，她走上前伸手要拉开花架，青蒲想拉住她："小姐，万一是有毒的蛇虫之类呢。"

锦朝摆摆手道："没事的。"拉开花架后，大家才看到花架里乱七八糟垫着枯萎的杂草和布条，一只毛色黄白相间的奶猫正趴在杂草堆里，伸着尾巴颤巍巍的。

"一只奶猫啊，把青蒲姑娘都吓住了。"白芸笑道。青蒲平日沉稳安静，难得看到她担惊的样子。

大家都跟着笑了。

"小姐，这猫怎么办呢？"雨竹问她。

锦朝也不知道："该是母猫看暖房暖和，就跑进来做了窝。且等等看母猫会不会回来衔它走吧。"

雨竹小声道："我听我祖母说，奶猫要是见了人，母猫就不会要它了。"

锦朝决定再等等看，也没有去动它，把花架搬回原来的位置等着。结果一整天母猫都没来过，奶猫饿得"喵喵"哀叫，到了第二天中午，声音都弱了。

锦朝想了想，对雨竹说："还是把它抱出来吧。你去找一个笸箩垫几层棉布给它做窝。"

雨竹这一整天都急得抓耳挠腮的，听到猫叫就冲进暖房看，恨不得就把猫抱起来摸摸它，现在听到锦朝的话高兴得不得了，说了声："奴婢立刻就去。"

在耳房里找了个笸箩跑进暖房。

佟妈妈过来的时候,就看着这只站都站不稳的猫趴在笸箩里舔牛乳,雨竹蹲在一旁抱着胳膊看它。

锦朝坐在大炕上做女红——薛师傅给她的功课,绣婴戏莲图的手帕。

"小姐开始养猫了吗?"佟妈妈打量那只猫说,"只是怎么找了这么一只奶猫,不如奴婢给您寻摸一只白色的波斯猫?"

锦朝笑了笑:"昨天在暖房里发现的,就当养着玩了。"她可不想花时间去伺候一只娇贵的猫。锦朝放下小绷,问佟妈妈找她有什么事。

佟妈妈脸色一肃,道:"奴婢听闻,昨晚夫人一整夜都没睡着,咳得很重,恐怕是病情又加重了。"

锦朝惊讶地抬起头,手里的针捏紧了。

她以为母亲的病情已经轻了许多,柳大夫不是说好生调养着还能有几年吗,怎么这么快就加重病情了。她连忙问佟妈妈:"让柳大夫过来看了没有?"

佟妈妈道:"夫人让瞒着姑娘,要不是奴婢打通了扫地的婆子,还不知道这事呢,怎么可能兴师动众地请柳大夫来。"

锦朝咬紧嘴唇,青蒲却突然惊叫一声:"小姐,快把手松开。"

她手捏得太紧,绣花针都刺进肉里面了,锦朝却丝毫都没察觉到痛。佟妈妈一看也惊住了,赶忙上前掰开小姐的手,让青蒲把针取出来,血珠一下子就冒出来了。

雨桐和雨竹飞跑出去找止血的药,锦朝却拿过一旁的布帛擦了擦血,让她们回来:"小伤而已,用不着上药。佟妈妈,你现在就去禀了我父亲,派一辆车去接柳大夫来。青蒲,你跟我一起去母亲那里。"

她站起来觉得自己心里发冷,都是她的错。她以为母亲已经没有大碍了,这几个月都没有重视她的病情。难道母亲的病不仅没有好转,仍然在加重?而她只能眼睁睁看着这一切发生?绝对不行!

佟妈妈也不犹豫,立刻就去了鞠柳阁。锦朝由青蒲陪着去纪氏那里。

她们还没踏进屋,就听到纪氏压低的嘶哑的咳嗽声。锦朝想起她昨天来,母亲竟然装作没事一样陪她一个时辰,也不知道忍得多辛苦。

墨玉正站在廊庑上,都来不及阻止顾锦朝进去。

走过幔帐,锦朝就看到纪氏半个身子扑在床边,正咳得厉害,旁边的徐妈妈帮她拍着背。

纪氏缓过劲儿,才看到自己的女儿正无声地看着她,她低声让徐妈妈帮锦朝端杌子来。

"只是不想让你白白担心,我是好不了的。"纪氏淡笑着解释。

锦朝却觉得鼻酸得厉害，紧抿着嘴唇一言不发，生怕自己会哭出来。

片刻工夫，几个姨娘闻讯而来，关切了几句，帮着捧热茶、煎药、捶背，好不容易让纪氏舒缓了些。一炷香的工夫，柳大夫提着箱奁随父亲而来。

顾德昭走到纪氏床前，先让几位姨娘都出去了，才让柳大夫把脉。纪氏不想看他，顾德昭却盯着纪氏一直看，随后又缓缓对锦朝说："你也先出去。"

锦朝看了一眼柳大夫，老者捋着胡须对她点点头，她才行了礼退出去。

"尊夫人惊悸忧思，心中抑郁成疾，再加上近日饮食不调，脾虚胃寒，才导致病情反复。"柳大夫对顾德昭说，"尊夫人体虚，现在用药已不敢太重，要是病再重一些，老夫就没辙了。老夫只能开一些调养的药方，在膳食上多注意滋补和温和。"

顾德昭有些沉默，她竟然病得这么重了。他谢过柳大夫让他先出去，自己静静地对着纪氏很久，才问她："你还是不喜欢我纳妾的，是不是？"

纪氏闭上眼睛笑："我喜不喜欢，要紧吗？"

"虽然罗素是锦朝带回来的，但是我知道，这是你的意思。我以为你是同意的。"顾德昭说着，重重叹了一口气，"其实我不喜欢你这个性格，心口不一，倒是我委屈你了一样。"

他说完，大步离开了内室。

纪氏睁开眼看着他离开的方向，他刚开始纳宋妙华，自己就没有反对，后来她又帮他抬了杜姨娘、郭姨娘、云姨娘，半句怨言都没有。这些事……她心里清楚，哪里是她愿不愿意能决定的。她以为这便是贤惠，帮他管理家室，帮他开枝散叶，帮他娶如花美眷。

现在，他却说这是她心口不一。他还想要她怎么样呢？

锦朝养的那只奶猫已经勉强能走了，它的笸箩就放在廊庑下。奶猫在窝里转了几圈，迈着短腿从笸箩里走出来，颤巍巍地走到栏杆旁边，圆滚滚的身体一倒，偎依在被太阳晒得暖暖的黑漆木桩上。

雨桐和雨竹都特别喜欢这只猫，平日她们俩照看着，锦朝都没有管过它。

锦朝看了一会儿觉得有趣，那小猫躺在柱子旁边就不挪动了，偶尔俯下头舔舔自己的爪子。雨竹看了，就从自己的荷包里掏出一把鱼干逗它，小猫伸着脑袋去咬，要是咬不着就不管了，躺回去继续打瞌睡。

"小姐，您看它有多懒。"雨竹笑道，"您给它起一个名字，以后听着它的名字，它也知道是在叫它，兴许就没这么懒了。"

锦朝笑了笑，给小猫小狗的取名字，那可是小姑娘才会做的时候，她可不会。想着却又一怔，她也才十五岁而已。她支起身子，伸出手去逗猫，这猫便顺势一翻，摊开了肚皮要她挠痒。

锦朝便说:"不如叫抱朴吧。"

雨竹歪了歪脑袋。"听起来奇怪得很,我们给猫取名字,都是大黄或者小白。"她又用鱼干逗猫,轻轻唤它,"抱朴吃鱼哦,抱朴吃鱼……"

《老子》里面说,见素抱朴,少私寡欲。

锦朝觉得自己应该心平气和一点,母亲的病也急不来。还不如这只猫呢,心平气和地晒太阳,等着人喂它。

采芙从抄手游廊上走过来。

"小姐,祖家的五夫人、大少爷、二少爷到咱们府上来了。现下正在外院呢。"她低声禀报道,"明天就是清明了,听说两位少爷到府上请老爷明天去西翠山扫墓祭祀的。"

祖家的规矩,每年清明的后一天去给祖宗扫墓。父亲这些年虽然少和祖家来往,但是清明的扫墓也是要去的。

"奴婢还打探到,跟着来的还有五夫人的弟弟,长兴侯府的世子。"

锦朝听到长兴侯世子,皱眉道:"他来做什么?"

采芙回禀道:"奴婢也不知道,这还是听随侍处的人说的。"

那个小阎王竟然到她家里来了。

叶限权倾朝野后,偏偏性格乖戾,想杀谁就杀谁,都不带喘气的。要是顾家一个待他不好,惹了他,以后他还不把顾家给端了。

顾锦朝想了又想,觉得有些头疼,过去她和叶限连面儿都没见过,不知怎的现在竟招惹了他。

她吩咐青蒲给她梳洗,等一下五夫人要去母亲那里,她肯定是要见一面的。

过了会儿,墨玉姑娘过来禀报,却不是请去斜霄园,而是鞠柳阁的花厅。

花厅早摆了桌席,奉了茶、瓜果点心的,五夫人和罗姨娘正在说话,周围还坐着郭姨娘和杜姨娘。父亲却在和大堂哥顾锦潇说话,却不见叶限和顾锦贤。

"我们朝姐儿来了,快到五伯母这儿来。"五夫人叶氏笑着迎锦朝坐在她身边。

锦朝向叶氏行了礼,又向父亲请安,叫了顾锦潇一声"大堂哥"。

"长姐总算来了,我们正说着您呢。"顾澜笑着拉住她的手,样子亲昵道,"可是躲在屋子里犯懒了?"

锦朝嘴角一翘,也覆上顾澜的手,微笑着道:"倒不是犯懒,只是母亲近日身体一直不好,我一直伺候在前忙碌,所以身子乏累罢了。"

叶氏就关切地问起纪氏的病情:"过年的时候你祖母就记挂着,要我得空来看看,前日听说你母亲病重,更是急着让我备了东西赶过来。不知道现在缓和一些没有?"

锦朝点头道："最近倒是好多了。"

顾澜状若随意地问道："听说此行锦贤堂哥也和您一起来了，却不知道人去了哪里。"

叶氏便笑了："他哪里是个坐得住的，和他舅舅去适安县的慈光寺里进香火了。"

顾澜却问："表舅也是喜欢佛法的吗？我平日在家里倒是多看些经书，说不定能讨教一两句呢。"

叶氏笑着摇头："他最讨厌这些，说是牛鬼蛇神都信不得，连家里清明扫墓都不愿意去，我怎么说都不听，等他这次回去，非得被父亲教训一顿不可。是锦贤听说慈光寺养了一群猴子，好奇得很，非要拉着他舅舅去看看呢。"

顾澜吐了吐舌头："我也是觉得佛法使人心静，才多读了些。表舅也喜欢猴子？"

"他不喜欢这个，自己说是想去听听那些僧人怎么讲评佛法，蛊惑人心的。动物的话……他倒是喜欢养一些不长毛的东西。家里青瓷鱼缸就养了两只大乌龟，要不是我拦着，他还非要养从集市里买回来的几条竹叶青不可。"

顾澜疑惑道："竹叶青不是茶吗？"

叶氏觉得她疑惑的样子也可爱，哈哈大笑："哪里是茶，是几条颜色翠绿的毒蛇。"

大家都笑了，锦朝看了顾澜一眼。她今天穿着鹅黄色柿蒂纹缂丝短衫，绿色深深浅浅的月华裙，风吹即如涟漪波动，用了鎏金银步摇簪发，耳垂上戴着玉兔坠儿，映衬得一张脸清丽如玉又不失柔美。打扮得十分用心。

她嘴角扬起一丝淡笑，要是如她想得一般，那就有趣了。

叶氏说叶限养的乌龟："从一个贩夫手里买来的，有一只龟壳上还刻着字。叶限最喜欢那只，翻遍了他外公的书找这字的意思。他散步的时候乌龟就喜欢跟着他，沿着河慢慢走，我们都觉得稀奇。"

大家又笑起来。锦朝却想，后来那个诡谲多疑的佞臣竟然还有年少养乌龟的时候，这样的他似乎也没有那么可怕了。叶限现在毕竟只有十六岁，家里又是鼎盛时期，还没有发生变故，那些事他还做不出来。

在宴息处用过午膳后，五伯母便和几位姨娘一起去纪氏那里。父亲则和顾锦潇说得尽兴。

锦朝慢慢朝自己院子走去，边走边想着叶限的事情，还没走到台阶，就看到自己门口站着两个人。

正是顾锦贤和叶限。

顾锦贤穿着宝蓝色直裰,却和世俗的读书人一样戴了一顶六合一的瓜皮小帽。叶限穿着牙白嵌边的宽袖襕衫,袖袍与垂带飘舞,偏他五官十分精致,面如美玉,显得十分出尘。看上去倒是飘然如谪仙,心里却是个一肚子坏水的。

这两人不是说去慈光寺看猴了吗,怎么跑到她这儿来了,锦朝不由得腹诽。

"大堂妹回来了。"顾锦贤很快迎上来,笑得十分殷勤,"我们都站在这儿等你半个时辰了。"

锦朝也笑笑,却有点被他的热情吓住了:"二堂哥不是去适安了吗,怎么到我这儿来了?"

"别提了!我拉着舅舅去看猴子,谁知道那慈光寺修在山巅上,台阶又多,爬到一半舅舅就喊累要回来,我们连猴毛都没看到一根。"

叶限背着手跟着走过来,语气很轻柔:"要不是我,你在山脚就想要掉头走人了。"

顾锦贤才不在意叶限拆台,继续道:"我们又去适安县里看斗鸡,到现在还什么都没吃呢。"

锦朝请他们进去,吩咐青蒲去找小厨房的人给这两个小祖宗烧菜。两人坐在葡萄藤下的石墩上,看着顾锦朝的院子觉得十分新鲜。

"这里的布置看上去和大堂妹的性子不像,有点像隐士的别院。"顾锦贤道。

叶限看都不看顾锦朝,自己喝茶。

锦朝让丫头给他们端了两碟咸皮酥和蜜糕、一碟水果什锦上来。

锦朝和顾锦贤说话:"你们来找我,就是讨些吃的吗?"

顾锦贤摇头道:"堂妹忘了,我说过要来找你讨教养兰花的。"

锦朝苦笑,难怪顾锦贤对她如此亲切,这是托了兰花的福啊。

叶限却问她:"你这是什么茶?"

锦朝道:"是去年的万春银叶。"

他点点头:"难怪喝起来些微涩口。"茶还是当季的比较好。

哪有他这样的,到人家家里做客,还嫌弃茶涩口。锦朝心中暗想,不过面上却柔和地道:"小门小户没什么好茶,世子见谅了。"

叶限看了她一眼,轻声道:"你不要生气,我没有说你。"想了想,又加了一句,"你忘了,要叫我表舅。"

他对别人的感觉十分敏锐。

锦朝一时不好说什么。

顾锦贤对锦朝说:"堂妹不要介意,舅舅为人很随性,他说的话也不要往心里去。我倒是想看看你养的那些兰花,不知道在哪里?"看上去很期待的样子。

锦朝便说:"在暖房,我还说吃过饭再去看的。也不是什么珍稀品种,堂哥可不要失望。"

"等吃饭干什么，看花要紧。"顾锦贤催促着要去看。

锦朝拗不过他跃跃欲试的，就问叶限："不知表舅要不要一起去？"

叶限抬起头，一双黑幽幽的眼睛看着她，有些意兴阑珊："我对那些不感兴趣，想先休息一下。"说完懒懒地靠着石柱，白皙的手指尖拨动那些水果，优雅得像挑琴弦一样，挑出樱桃放进嘴里。

既然他不想去看，锦朝自然不勉强，带着顾锦贤去了内室后面的暖房。

两人刚走进暖房，就听到外面传来一声尖锐的猫叫。

是抱朴的声音。

锦朝看了顾锦贤一眼，两人立刻走出来。廊庑下采芙、白芸、雨竹、雨桐都站在旁边，叶限正半蹲着身，抱朴却吓得蹿到柱子后面，警惕地看着他们。

锦朝看到叶限的虎口冒出了一滴血珠，眉头一皱对采芙说："快去拿伤药和绷带来。"又转头问白芸，"这是怎么回事？"

白芸急得哽咽，这位被抓伤的公子可是长兴侯世子，雨竹和雨桐两个小丫头能干什么，出了这种事还不是要她顶着。"是……是……奴婢也不清楚，当时奴婢在给海棠修枝。"

锦朝看向雨竹，这猫一向是雨竹看着。

雨竹也很委屈："表舅爷说不必伺候，让奴婢和雨桐在一边玩翻绳。奴婢就……就和雨桐玩翻绳了，也没看到表舅爷被抱朴抓。"

锦朝看到她们手里还拿着一圈色彩斑斓的细绳。

"不要问她们，我说给你听。"叶限站起身，接过采芙拿来的绷带擦了擦血，顺手又丢给了她。

"我看你的猫在屋檐下睡觉，只是好奇想逗一逗它，却不想还是个性子暴躁的。"

雨竹连忙摇头："小姐，您也知道，抱朴才多大点，它不会伤人的。"

锦朝低声喝她："你先别说话。"她朝戒备的抱朴走过去，抱朴又往柱子后面缩了缩，锦朝却迅速搂住它的肋窝把它抱起来，发现它的前爪之间渗出鲜血，几乎把毛都染红了。

她小心地托起抱朴受伤的前爪，抱朴疼得"喵"了一声，伸着爪子就想抓锦朝，不过它的爪子因为伤已经不灵活了，没抓伤她。旁边的采芙立刻把抱朴的笸箩拿过来，让锦朝把抱朴放在里面。

锦朝有些生气，便是抱朴抓了他，它也不过是小猫，他何必要伤它呢？她平稳了一下心情，轻声问叶限："抱朴的伤……不知道表舅怎么说？"

他黑幽幽的眼睛看着锦朝，解释道："它虽然是猫，但它伤了我，我只是想惩戒它一下。"

顾锦贤听着不好，舅舅做的事从不觉得自己是错的。那是顾锦朝养的幼猫，他怎么不掂量一下，这下子可好了，他向顾锦朝求花也不敢求了。

"舅舅，那猫本来就不爱理人，何必跟畜生过不去呢。您是不是……"他只能给叶限使眼色，他是小辈，可不能说让长辈道歉这种没轻没重的话。

叶限慢慢把受伤的手拢进衣袖里，说："不过是一只猫，等我明天去给你买十只八只的纯种波斯猫过来。"顿了顿，又跟她说，"不过养这些不好。"

锦朝虽然生气，却也知道不能得罪了叶限，只平稳道："表舅不是也在家里养这些吗？"

叶限摇头说："不一样，我养的东西都自己活自己的。猫狗什么的不一样，它们会和主人产生感情，你为什么要一个畜生来喜欢你呢？"

这是什么话。

顾锦贤扯着叶限的衣袖想让他住嘴。

锦朝微微一笑："万物皆有灵。表舅先和二堂哥一起吃饭吧，我还要去母亲那里一次，先告辞了。"又吩咐白芸和雨竹带抱朴去医治，自己和雨桐一起去了斜霄院，留下采芙伺候这两位爷。

叶限看着她离去，嘴唇微动似乎想说什么，却又没说出来。

顾锦贤与叶限在锦朝那里吃了饭，便往外院的厢房走去，他们暂时歇在这儿，等明天就和顾德昭一起往西翠山扫墓。

到了厢房，叶限便推开了书房的窗，看着外面满树新叶的槐树沉思。

顾锦贤转悠了一圈，过来找他说话："舅舅，我怎么觉得你有点针对大堂妹呢？"

叶限头也不回地说："我没有针对她。"

顾锦贤走到他身边，要劝诫他的样子："虽然大堂妹在外面名声不好，但是我觉得那些都是谬传。咱们见了大堂妹几次，她性格温和，学识渊博，要我说啊，比一般的世家小姐强多了。"

叶限哼笑了一声："你才和她见了两次，就这么确定了？舅侄，你以后要是再这么轻信别人，一定会被别人玩儿死的。"他伸手拍了拍顾锦贤的肩。

顾锦贤瞪着叶限半天，嗫嚅着嘴唇吐不出一个字。

母亲说过，长兴侯老来得子，对舅舅宠爱异常，几乎到了叶限说东阆府的人就不敢往西的地步。再加上他生来体弱多病，眼见着这些年病好了些才放出来溜达，家人更是怜惜他不得了。他喜欢舅舅的随性，和他走得近一些，别人都是避他如蛇蝎。现在他才是懂了，为什么别人避他如蛇蝎。

他简直就是个蛇蝎啊。

"你……你上次在咱们家的时候，还拿了人家的锦帕要嫁祸她，要是当时没说清楚，大堂妹的名声就完了。再说今天，人家的幼猫好好在廊庑下睡觉，你逗就逗吧，还伤了那猫。得亏是大堂妹涵养好才没生气，要是别的小姐，非哭闹不休要你赔不可。"

叶限很平淡地解释："我那次真的在帮她。"

"帮个屁啊！你那算是什么帮忙！"顾锦贤口不择言。

叶限叹了口气，补充道："其实我没想伤那只猫这么重，只是小小惩戒它，你知道我手下拿捏不好。"

顾锦贤听他解释，面色终于好了点："既然不是有意的，那你和人家道个歉嘛，大堂妹的猫确实因你而伤，就算不道歉，你至少做点什么事补偿人家吧。"

叶限却继续道："其实你不要被她骗了，你这个大堂妹哪里像表面一样性情温和。她心机深沉，懂得按而不发，是能做大事的人。"

顾锦贤有些头疼地道："舅舅，别和我说这些，你就和堂妹道个歉吧。"

叶限无声地看着他，最后才勉强点点头："好吧，我知道了，你先出去吧。"

他把人赶出了书房，一个人继续立在窗前沉思。

到傍晚白芸才把猫抱回来。

抱朴蜷缩在笸箩里，前爪缠着绷带，导致它想埋头舔伤口都做不到，又急又难受，不停地喵喵叫。

"用了伤药，又缠了绷带。马房里的小厮说，它的伤虽然没到骨，不影响以后走路蹦跳的，不过这几天肯定不好动弹了。"白芸说。

锦朝只能叹了口气，她不能把叶限怎么着，只能伸手摸摸抱朴安慰它。可是它现在对人很防备，感觉到锦朝的手伸过来，就立刻缩到了棉布堆里。

锦朝只能让白芸把猫抱下去，换个软和些的垫布，免得它碰到伤口。

第二天一早起床，锦朝照样做和昨天相似的装束。几个丫头拿了杌子、点心、扇子等物件，跟在锦朝身后去了影壁。

影壁停着六辆青帷马车，小厮拉着缰绳站在前面。天还早，薄薄的阳光洒在影壁凹凸的浮雕之上，却已经有人站在那里了，锦朝仔细一看，发现是顾澜、叶限、顾锦贤和一帮簇拥他们的丫头书童。

顾锦贤先看到她，便一喜道："大堂妹过来了。"

顾澜正和叶限说："听说表舅昨天去慈光寺看猴子了？"

叶限淡淡道："是锦贤要去看。"

顾澜穿着一件茄花色璎珞纹缎衣，八幅浅绿色的湘裙，看起来容光照人的。

顾锦朝望着自己的二妹，她还想打长兴侯世子的主意，要讨好人家不成？她倒是觉得，像叶限这种人，不理他就是对他最大的讨好。

叶限跟她说:"令妹实在太善谈了。"

锦朝笑道:"她只是觉得和表舅投缘而已。"

叶限笑了一声,不再说话。

顾锦贤拼命向他使眼色,昨天说好的赔礼道歉,他可不能睡一觉就忘记了。

叶限偏偏迟钝了,装锯嘴葫芦半天不吭声,转头看影壁上雕刻的麒麟踏云去了。锦朝不想干站在这儿,父亲他们应该就要出来了,还不如去车上等着。她正要转身上车,谁知叶限又拉住了她的衣袖。

他的袖口里滑出一个长长的卷轴,叶限把卷轴放到她手里。

顾锦朝疑惑问他:"这是什么?"

叶限简单回答:"墨宝。"顿了顿又补充道,"我的墨宝,送给你赔礼道歉的。"

顾锦朝啼笑皆非,哪有送自己的墨宝给别人赔礼道歉的。他又不是书画大家、江南名士的,他的墨宝能值几个钱,还不如倒腾只波斯猫给她。

顾锦贤也笑了。

叶限很奇怪地看他们一眼,慢悠悠道:"送金银太俗气,送玉太矫情,送别的又配不上我们表侄女的身份,我思来想去觉得我的墨宝最合适。"

顾锦贤凑到锦朝旁边:"堂妹快打开看看,我倒想知道他画了什么。"

锦朝本不想当着叶限的面拆画,要是画得奇丑无比,他丢了面子更是要记恨自己了。无奈顾锦贤想看,她便把画卷展开,上面画了两只嬉戏的毛球一样的猫,正在瓜藤下扑蝴蝶。

猫侧着脑袋看蝴蝶,活灵活现的。旁边还写了猫趣图三个字,不是一般读书人用的台阁体,而是工整严谨的大篆。运笔有力,反倒有种苍然的味道。

叶限道:"我送你两只猫,用来和你那只作伴吧。"

锦朝都不知道自己该怒还是该笑了,她把画卷起来随手给了旁边的青蒲,行礼道:"谢谢表舅盛情了,既然有了您的墨宝,抱朴有猫相伴,应该不会怪您了。"

说完不再理会他,转头上了马车。

从适安往西翠山,沿驿道都是青山绿水,农家田园。田里水稻刚长出绿油油的新苗,阡陌纵横之间,可以看到垂柳凫水,桃花遍野。

到了西翠山脚下,众人下了车,看到祖家的车也已经到了。二夫人正站在陵门外等着他们,顾家几个小姐都向她行了礼,二夫人请她们起:"大家上去吧,二老爷在上面等着呢。"

上次锦朝他们去祖家,只是远远见了二老爷一面,没来得及请安。

一行人带着丫头婆子小厮的，便沿着石阶往山上走去。

几个小姐都养在深闺里，爬山爬得气喘吁吁的。这天日头又大，锦朝也觉得有些难受，回头一看，顾汐和顾漪相互搀扶，蹒跚而行，顾澜也是满头大汗。顾锦贤和顾锦潇倒是一脸轻松。

倒是叶限看上去不行了。他皮肤本来就白，现在更是有些发青了。

二夫人回头看到，难免吓了一跳："世子爷，你要不要休息一下？"

叶限摆摆手正要说什么，胸口却起伏不定，话都没说出来就眼睛一闭晕了过去。众人顿时围过去，还是顾德昭沉得住气："大家快让开些。"又吩咐身后两个小厮把叶限抬到最近的亭子里，躺平了，又解开他的衣领。

几位小姐便要回避，锦朝却侧着目光偷偷观察。

五夫人急得直哭，手颤抖地从怀里掏出一个瓷瓶，倒出几粒米大的鲜红药丸，就着清水喂叶限吃下。

二夫人难免要说几句："世子爷身子难道没好全？怎么也跟着咱们上山来了？"

五夫人抹了抹眼泪，叶限呼吸有些急促，她拍着他的胸口帮着顺气："他跟我说没问题了，我也不知道，要是有个万一可怎么好……"

叶限急促地咳了几声，过了会儿慢慢地平静了下来。

他坐起身来，五夫人不住地拍着他的背脊，像安抚小孩一样。叶限却又推开她站起来，脸色十分苍白，如淬玉般有些溢光了。他又走出了凉亭，一声不发地继续往山上走去。

众人都望向五夫人。

五夫人摇摇头示意无碍了，大家才跟上去。

顾澜走到了五夫人旁边，轻声问她："五伯母，我还不知道表舅发病竟然如此凶险。"

五夫人苦笑摇头："这还不算，有好几次气息散了，吓得我魂都没了。因为这个病，他从小就不能和别的孩子一起跑跑跳跳的。"

顾澜遥看着走在前方的身影，清瘦修长的少年，皂色的垂带和牙白的衣角飞舞在阳光中，他背脊很直，身姿如玉，却让她看得有些难受。

上到山顶的宅院，锦朝等人先拜见了二老爷。二老爷长得更威严些，和顾德昭并不相像。

听说刚才叶限在上山的时候发病，他责备了二夫人几句，又让叶限先去宴息处歇息。叶限却摇了摇头道："我想去灵碧寺看看。"二老爷便让顾锦贤和两个小厮一个管事跟着他，去了灵碧寺。

余下的人便往墓地走去，身后的小厮丫头捧着纸钱、楮锭，祭祀用的三牲熟食等物。祭拜了祖先之后，二老爷又亲自拿了芟剪草木之器，为墓地剪除荆草。父亲和五老爷在周围植了柳树，扫墓完成后，大家又回到宅院里。几个少爷便玩蹴鞠。女孩家想去踏青，这一路走来还没好好看过风景。

顾澜便提议："倒不如去灵碧寺拜佛。"

顾怜也正想出去转转。

见她们兴致颇高，便由五夫人带着，一大群护院、婆子围拥去了灵碧寺。

寺庙虽然不算大，也是西翠山有名的，香火鼎盛，四周古柏参天。住持特地出来迎他们进去，顾怜一进去，就兴致勃勃地拉着顾澜去看她种的柳树。

五夫人让她们先自己在周围转转，但是一定要婆子和护卫陪着，又去找知客师父布置斋饭了。

锦朝也想去为母亲烧香，便带着青蒲往大雄宝殿走去。

大雄宝殿外种着罗汉松和扁松，里面的释迦牟尼像金箔贴身，眉目慈悲，又有烛火映照，辉煌熠熠。锦朝跪在蒲团上双手合十诚心祈祷，雪白的挑线裙子铺在木地上，纯白得像朵莲花。

叶限刚从外面跨进来，青蒲正要说什么，他用手指竖在唇前示意青蒲不要出声。

锦朝心里默念了几句，又接过青蒲手里的香供上。转头发现叶限竟然背着手，静静地看着她，她吓了一跳，本来是想避开他的，反而还碰上了。

"表舅也来上香吗？"锦朝笑盈盈地说。

叶限看了顾锦朝很久，那目光几乎是冰冷的，而后轻轻问她："你可怜我吗？"

锦朝觉得莫名其妙："您有什么好可怜的，您是长兴侯家的嫡子，将来要继承爵位的。您外公是翰林院掌院学士，德高望重，门生无数。您得先皇垂爱，一出生就被封了世子，别人都得羡慕您呢。"

何况以你的本事，日后必定权倾朝野，除了陈彦允之流谁敢跟你作对。谁敢可怜你啊。

叶限看向顾锦朝，她长得容色绝艳，大殿的金光更是衬得她异常美丽。偏偏她自己不爱惜，一身的寡素，淡淡地看着自己，十分气定神闲。

他的目光平和下来，嘴角微翘笑起来，又问她："你刚才跟佛说什么呢？"

想了想，锦朝才道："我母亲病重，我只是祈求她能病愈。"她还想祈求很多，只是觉得自己太贪心了，佛肯定也嫌弃自己。便只有这么一个愿望，只要母亲能活着，她就心满意足了，别的东西都可以慢慢来。

叶限沉默了一下，又问她："你母亲病重？"

锦朝点头道："表舅不知道吗，五伯母这次就是来看我母亲的。"

叶限深深皱起眉："你竟然不早告诉我。"

锦朝嘴角一抽，她轻声道："我的错，我该第一个通知表舅的。"

叶限觉得顾锦朝有点挖苦自己，不过他并不在意，随即就接到："你真应该第一个告诉我，半年前我的恩师萧岐山还在燕京，让他给你母亲看看，肯定是没有问题的。"

锦朝惊住了，忙问他："您说什么？"

叶限难得看到她失态，嘴角的笑容更盛了："萧岐山萧先生是贵州普定人，医术精湛。不过他喜欢隐居高山之巅，不喜欢踏入世俗之中。"

萧岐山？她从来没听说过。锦朝难免激动，只要能把母亲的病治好，自己听没听过当然不重要。

"他的医术很好？能把我母亲的病治好吗？他现在在哪里？"

叶限轻拍锦朝的肩一下，道："你听我说，我两岁的时候因为病差点死了，宫里的御医给我医治，都说我不过半年就会死。我爷爷便亲自去贵州找他，早年爷爷救过他的命，他也愿意帮我医治，我这才多活了十几年。

"他能不能把你母亲的病治好我不知道，但是多保几年还是没有问题的。不过他现在在贵州深山里，我得派人去请他过来。山路难行，一来一去最短也要一个多月。"

锦朝一时惊喜地忘了说什么。

最后想了想，对他行了礼道："锦朝谢过表舅了。表舅帮我一次，以后若是要我帮忙，我绝不拒绝。"

叶限却又说："你也别先谢我，我还没答应要帮你呢。"

锦朝看着他，有点目瞪口呆。

她深吸了一口气，问道："表舅是否有什么条件？"

叶限摇摇头，眉头微蹙似乎犹豫了一下："我三日后会来找你的。"

锦朝便没有了游玩的心思，连一路上顾澜和顾怜嘀嘀咕咕她都没理。

转眼三天就过去。

京城玉柳胡同是长兴侯府的宅邸所在处，修得宛如江南园林诗意盎然。

长兴侯虽然是个大老粗，不懂得这些，但是他娶了翰林院掌院学士的女儿高氏，高氏又是个诗情画意的。两人琴瑟和鸣，举案齐眉，过得十分恩爱。即便高氏进门十年还未生下长子，长兴侯也没有抬姨娘。

叶限是高氏三十四那年所生。

此时的叶限正在书房里沉思，端着热茶，杯里雾气升腾而起，窗外细雨迷蒙。青瓷鱼缸里"哐当"一声，老乌龟又翻了一个身。

"少爷,太老爷盼咐您去他那儿一趟。"他的书童之书站在门口禀报。

叶限茶杯随手搁在高几上:"终于肯见我了。"

他率先走进了廊庑里,之书吓了一跳,连忙去找伞追上去:"少爷,您可不能淋雨的。"

太老爷便是老长兴侯,如今也是近八十的高龄。老爷子也是戎马一生的,却比自己的儿子强,诗书通晓,更写得一手工整的大篆。

太老爷正在练字,运笔沉稳,字写得遒劲十足。听到丫鬟通传后,把毛笔搁在笔山上道:"让他进来。"

叶限跨进他的书房,两祖孙静静对峙了很久,太老爷见他不说话,就不想浪费时间,径直问他:"把萧岐山请下来,你能保证他的身份不外传吗?"

叶限道:"您放心,萧先生毕竟是我的恩师,我不会让他冒险的。"

没有保证,却也没说不能。

太老爷笑道:"当年成王一党谋逆叛乱,他身为成王党幕僚中最德高望重的一个,理应被斩于刀下。我敬他不肯弃城而逃的毅力,想他要是能为皇上所用,也是造福一方。谁知道他偏偏是个性格倔强,宁肯隐归山林也不肯效忠皇上。"

"既然是你的恩师,你便要负责他的生死安危,你去吧。反正长兴侯府早晚是你做主,自己要拿捏住分寸。"太老爷挥手让他离开。

叶限便让小厮套了马,往适安县去。

听闻世子爷单独过来找锦朝,顾德昭也有些震惊,忙让人备了酒馔招待他,又让水莹去找锦朝过来。

锦朝急匆匆赶来时,叶限正倚着栏杆喂鱼。碧色的水面泛起一圈圈涟漪,水下的锦鲤游来游去。叶限身上皂色的垂带和玉坠儿垂下来,侧脸秀丽如玉。

锦朝远远看到,暗自赞赏叶限的风姿。不说别的,外貌气质上,他端然是个翩翩公子。

叶限没回头,只是懒懒道:"你记得,你欠我一个人情了。"

锦朝心中一喜,他答应找萧岐山来给母亲治病了。

她走到叶限身边,笑道:"这个自然,不知道表舅能否告知,萧先生何时会到,我也能做个准备。"

叶限侧头看她,顾锦朝眉眼含笑,她平日虽然笑,但是总觉得笑容阴郁不散,现在倒是笑得明亮,容光焕发的样子。

他也不觉弯了嘴角:"我也不知道,一个月余吧。萧先生喜欢清静,别的都没有要求。"

他来得快,去得也匆忙,又对顾锦朝说:"你一定要记得,要还我人情的。"

锦朝往清桐院走的路上，脚步都是轻盈的。青蒲也很为她高兴："这么说，夫人的病就有可能好了，要不要先和夫人说一声？"

锦朝想了想，笑道："要是半路出差错没准时到，也惹得母亲忧思。不如等萧先生来了再和她说，总不急于一时的。"

青蒲想想也是，四月十三就是二小姐的及笄礼，这一个月府上可有得忙了。要是夫人还要担忧萧先生的事，似乎也不太好。

两人正走着，看到有小厮竟抬着一箱子书画进来，锦朝一问才知，是户部侍郎穆大人送给父亲的。

"这倒是奇怪了，怎么有上司给下属送礼的。"青蒲奇怪道。

锦朝蹙眉摇头，正好这时候，父亲的贴身丫头过来传话了，顾德昭找锦朝去问叶限的事。

锦朝解释道："世子爷上次来不慎伤了我的猫，这次是特地来赔罪的。"

顾德昭皱了皱眉，叮嘱她："世子爷辈分毕竟比你高，你以后待他要十分客气才行。"这话是怕他们有私情。锦朝听着不由失笑，给她几个胆她都不敢和叶限有私。

顾德昭又说起顾澜的及笄礼："你二妹半月后就要及笄了，府里也渐渐忙碌起来。你是长姐，该琢磨一下送澜姐儿什么样的及笄礼才好。澜姐儿的及笄礼需要一个赞者，你可愿意做？"

锦朝自然答道愿意，心中却想，即便她愿意了，顾澜说不定还不情愿呢。她为人最是骄傲了，肯定嫌弃自己名声差。

锦朝随即轻轻转移话题："对了，方才我进府的时候，似乎看到穆大人给您送了书画过来，我怎么不记得他跟您关系这么好？"穆大人是顾德昭的上司，跟顾德昭的老师林贤重同为户部侍郎。

听长女说到这个，顾德昭叹了口气说："不瞒你说，这事我正在发愁。你二妹及笄之后不就能出嫁了吗，穆大人似乎是相中了你二妹，想让她嫁给自己的嫡三子。只是你也知道穆大人的嫡三子……"

这个人锦朝当然听说过，穆大人的嫡三子出生的时候难产，坏了脑子成了痴傻儿，而且身形颇胖。如果是个正常的嫡子，顾德昭自然很乐意了。毕竟顾澜是庶出，嫁给上司的嫡子绝对是高攀，也对他的仕途有益。

但偏偏是个痴傻儿，他就开始犹豫了。

锦朝听了淡淡一笑："这事您恐怕有些难办吧。要是推辞了，怕是穆大人会不高兴，要是不推辞，二妹嫁给这样一个人您又不甘心。不过除了痴傻这点，家世什么的还真是没得挑，我也为二妹可惜。"

"是啊。"顾德昭觉得长女很懂他，深深叹气，"我如今正是谨慎关键的时候，穆大人一句话就能决定我的官途。父亲在官场沉浮十多年才到了今天的位置，这个时候可不能行差踏错。"他的手指节轻轻地敲着桌面。

锦朝垂眸，慢慢道："那您可真要慎重考虑了。"

顾德昭颔首，凝神思考了一会儿，抬头问长女："你觉得呢？"

其实锦朝知道顾德昭是什么意思。

他根本舍不得自己的仕途，即便是他喜欢的女儿，也不能阻挡他。但如果真的就这么把女儿嫁出去了，这叫什么，这叫卖女求荣，当面人家是不会说，但背后指不定要怎么嘲笑了。

锦朝既没有立刻把顾澜推出去，也没有劝父亲打消这个念头。

以她和顾澜之间的恩怨，最多只能做到不害顾澜。她只说建议，至于究竟怎么办，那是父亲的选择，反正她问心无愧。

她的语气已经平淡了："我觉得这件事，最重要的是二妹自己的意愿。如果二妹愿意为了父亲的仕途，嫁给穆三公子，那是二妹孝顺父亲。如果二妹不愿意，那是二妹自己的打算，也无可厚非。"

顾德昭在内宅糊涂，但他却是个绝对的聪明人。同此，顾锦朝也是聪明人。聪明人之间说话不费力气。

顾德昭很快就明白了长女的意思，他长叹了口气道："其实嫁给穆三公子也未必不好，澜姐儿这辈子也算是吃穿不愁了。那接下来就看澜姐儿自己的意思了。"

说着让顾锦朝退下了。

很快，这个消息顾德昭就让人带给了顾澜，然后找了她过去说话。

顾澜被巧薇带出书房，路上巧薇便小声将发生的事情都告诉她了。

顾澜听后浑身僵硬，只觉得后背发凉。

巧薇小声道："您也不用急，姨娘总是会想出办法的。"

顾澜看她一眼："我如何能不急。"她这一辈子，都有可能被这么匆匆决定啊。她让巧薇赶紧准备，她要去宋姨娘那里。

到了临烟榭，顾澜进了内室，紫菱和巧薇便被留在外面。

内室里宋姨娘正半躺在临窗大炕上，旁的高几点着灯，宋姨娘随手取下头上的鎏金簪挑灯。火光跳动了一下，突然弱了下去，随即渐渐地亮起来。

"我听说了，你先别激动，总有解决的办法的。"宋姨娘眼神一厉，"不过其中，必然有你长姐的推波助澜。你父亲那边的丫头跟我说，昨天他们俩就密谈此事，虽然不知道他们究竟说了什么，但你父亲立刻就派人把这消息告诉了你，必然是你长姐说了什么。"

顾澜冷笑："她自然巴不得我嫁了。只是……父亲当真会这么容易被她说动？"

宋姨娘轻笑摇头："一个庶女和你父亲的前程，你说他会怎么选？他告诉你一声，是想让你主动答应此事，免得他背上卖女求荣的名声。"

顾澜微微一愣，眼眶就红了："母亲，那我该怎么办？"

"你不要急，容娘给你细细道来。有娘在，不会有人伤害你的。"宋姨娘伸手摸了摸她的头发。

顾澜安静下来，看着母亲手上的簪子，突然道："我记得小时候您就戴着这根簪子了。我还一直觉得奇怪呢，您虽然不是正房，但也是贵妾，怎么常用这样一支银鎏金的簪子？"

宋姨娘凝视着手里样式简单的梅花鎏金簪，叹了口气："这是故人留下的东西。我常佩戴着它，也是想着要时时提醒自己，人要活得清清楚楚、明明白白的，不能一时糊涂，被人害死了都不知道。"

被人害死……

顾澜看着这支鎏金簪的目光不由得谨慎了。她迟疑了一下，轻声问："不知是母亲哪位故人的？"

"是你云姨娘的。"宋姨娘嘴角一弯笑起来，"她待人最是温和了，我总是想着她。她难产那日，哀号得十分凄惨，大家都围在厢房里，我就悄悄到内室拿了她一根不起眼的簪子。

"后来你父亲无数次看到这根簪子，但是他却一点没有认出来这根簪子是云姨娘的。我当时便想，你父亲表面看起来如何喜欢云姨娘，其实也不过如此啊。"

顾澜的声音更低了："您是说……云姨娘是被人害死的？"

宋姨娘嗤笑了一声，手指细细地抚摸着簪身："那丫头再怎么粗心，也不至于会把汤药弄错。

"你知道顾锦朝最弱的地方在哪里吗？她不在意自己的名声，也不在意顾锦荣，她甚至不在意你父亲是否疼爱她，她最在意的便是纪氏。"

宋姨娘的眸光变得十分冰冷："我原先虽然有略施小计污蔑过她，却从来没有害过她。她现在却想设计你嫁给个傻子。"

顾澜望着宋妙华的神情许久，心中又惊慌起来。她伸手握住她的手，低声道："母亲，我不想嫁给那个傻子啊。"

"他那么痴傻，又长得肥圆。我不喜欢他……"顾澜说着说着哭起来。

宋姨娘轻轻地拍打她的背，顾澜哭了一会儿才缓过来。她拉着母亲的手道："我不要嫁给他，我一定要想办法阻止。母亲，我们要让纪氏早点死，她死了，

我就不用嫁了。"

她被泪水洗干净的眼眸,显得格外清亮。

宋姨娘看着自己的女儿哭得如此伤心,真觉得心也被撕裂了。当年她一心喜欢顾德昭,不顾他有了正妻,嫁给他做了妾室。澜姐儿因为出身不如顾锦朝,从小没少受委屈,现在还要因此嫁给一个傻子。她怎么可能忍心。

宋姨娘摸着顾澜的头发,轻轻地道:"母亲知道。"

两人细细聊了许久,顾澜才擦干了眼泪向母亲告辞。

内室的门扇打开,顾澜才走出来。低垂着头的紫菱连忙跟上顾澜,脚步有些慌张。巧薇看着紫菱消失在门外,才跨进内室。

她替宋姨娘解下头上的珠钗,轻柔地道:"姨娘,我们这扇新的榆木门扇虽然花纹精美,倒不如原来的水曲柳隔声。里头的人说话,外面能听得隐隐约约……"

宋妙华取下珊瑚耳坠儿,说道:"是啊,我也想着换呢。"

巧薇想起刚才紫菱慌张的脚步,问宋妙华:"那个紫菱愚笨不堪,不会审时度势,实在不配伺候小姐。何况她今日在外面,还听到您与小姐说的话。"

宋姨娘叹了口气:"她虽然愚笨,但对澜姐儿也是忠诚,我才留了她这么久。眼见是个不会处事的,当日她就守在厢房外面,竟然也不知道来告诉我一声。罢了,她今年也十六了,随便找个人配了吧。"

巧薇笑着应"诺"。

"你再去吩咐玉香,那东西要加量了。"宋姨娘的脸色淡淡的,手却紧紧握着金簪,"不是我容不得她多活,而是老爷容不得她多活了。"

四月将尽的时候,门楣外的西府海棠已经要开过了,从清桐院的花厅看出去,就能够看到正在凋零的西府海棠,花如积雪。

花厅中拉了一道稀疏的竹帘,新请来的先生正在教授锦朝琴艺。

等教琴的先生走后,她让采芙把琴收起来,觉得有些烦闷。

青蒲端着黑漆方盘过来:"小姐,天渐渐热了,您也喝杯酸梅汤降降火气。"又从袖中拿出一个手指大的纸卷,递给锦朝道:"奴婢今早见一只鸽子落在海棠树枝上,仔细一看才发现它腿上绑着东西。见着奴婢就飞下来,奴婢取了信它又飞走了。"

锦朝有些疑惑,信鸽本是那些走江湖的人常用的东西,怎么会跑到她这儿来了。

她拿过纸卷一看,上面还有红色的封蜡,印了一个"叶"字。

叶……难不成是叶限？

锦朝记得长兴侯早年在四川剿匪，收了一帮三教九流的人入军，有些成了长兴侯的护卫，还有些后来征战有功，封侯拜相。叶限用这种方式传信给她，难不成是萧先生那边出什么事了？

锦朝进入内室后，让青蒲把门关了，才谨慎地打开纸卷。果然是叶限送来的，锦朝以为他是有什么急事，开头却讲他养的乌龟把锦鲤咬伤了，画眉鸟生了一窝浅绿色的蛋这类事情，纸不大，却密密麻麻写了许多无关紧要的事。锦朝看着不觉失笑。

到了末尾叶限才提起，萧先生那边有事耽搁，半月余才能到。又说萧先生听了锦朝母亲的病情，传书给他说这病是身子孱弱，又长期抑郁所致，原本发病不该如此反复，要他们注意一下是否有什么异常。

青蒲早在旁侧点好烛台，锦朝看完字条便用烛火点了。

母亲的病的确蹊跷，她不过三十多，原并非这么重的，这一年来也不知怎的，人竟迅速衰弱了。

听萧先生这么一说，母亲的病也是有些可疑。

锦朝让佟妈妈去请柳大夫过来，又换了件衣服，带着白芸、采芙去母亲那里。此时已过正午，母亲已经午睡醒了。她夜不能寐，白天倒是能趁这工夫休息一会儿。

锦朝找了徐妈妈到廊庑上说话，徐妈妈笑着道："不知大小姐要问奴婢什么？"

锦朝想了想，才说："我怀疑母亲的病有人背后捣鬼，平日里母亲的饮食都是您亲自接手吗？"

徐妈妈点头道："不然就是墨玉、墨雪两位姑娘亲自看着，就连煎药都是如此，断没有让人动手脚的可能。大小姐要是怀疑，那我便把斜霄园的人彻查一遍，除了饮食，香炉、日常用的碗箸也有被动手脚的可能。奴婢早先在纪家，太老爷的两个姨娘相互嫉妒，其中一个便在另一个的碗中涂药，另一个姨娘因此滑胎，实在是防不胜防。"说到这些事，徐妈妈经验更多。

锦朝点点头，她也只是怀疑，毕竟母亲现在的病情也没有反复了。但是谨慎些总是好的。

过了会儿佟妈妈回来了，跟锦朝说："柳大夫在花厅等您。"

锦朝点头往花厅去。

她是想找柳大夫过来看看纪氏的饮食是否有不妥，徐妈妈已经和她说过，下毒是绝无可能的，她已经把斜霄院翻过来检查个遍了，香炉、碗箸都没有问题。连母亲用的被褥都重新换过了。

锦朝便让她写了一张单子，把母亲常用的菜品和材料写出来，万一里头有什么不适宜母亲病情的东西，也好及时去除。

柳大夫很仔细地看了一遍单子，再三确认后，才道："夫人本是弱症，脾胃虚寒、血虚气弱，因用温和滋补的食材，切忌寒性食材。这上面的东西都是温和滋补的，并没有不适宜的地方。"

锦朝有些疑惑，这样一来便什么都排除了。那萧先生所说的话又是否是真的？

她又问道："那我母亲的病情如此反复，是否有些异常呢？"

柳大夫有些为难："这也不好说，若是因为心中积郁过多，也有可能加重病情……"

实在是找不出什么不对的地方，问柳大夫也是让他为难，锦朝便谢过他，让佟妈妈送柳大夫出府去。自己心里把母亲日常吃的、用的都想了一遍，确实没什么地方不对。不过萧先生没亲自诊断过母亲的病情，判断颇有偏颇也是可能的。

锦朝叹了口气，进了内室去看母亲。

纪氏正靠在大迎枕上闭目养神，似乎也没察觉到锦朝来了。锦朝把自己的脚步放得极轻，小心地走到纪氏面前看着她。徐妈妈看大小姐蹑手蹑脚还像孩子一样，有些忍俊不禁，只得别过脸去忍着笑。

锦朝只是想看看母亲睡得是否踏实。端详了一番，只觉得母亲似乎更瘦了，皮肤还是蜡黄的，她如今不过三十多，怎么看上去都有四十岁的苍老了。

锦朝皱了皱眉，母亲怎么也不见好，也不知道究竟是什么原因。

纪氏却突然睁开眼，看到锦朝凑得这么近，不由得吓了一跳。

一众的丫头、婆子却笑起来，徐妈妈说锦朝："大小姐还和孩子一样看夫人呢。"

纪氏抿唇微笑，拉着锦朝坐下来。她想起锦朝三岁的时候，自己去通州看她，白白嫩嫩的一个小人儿坐在她外祖母怀里，乖乖地啃着蟹黄包子，也不爱说话。他们中间隔了她大舅母，小锦朝便总是侧过身子，从缝隙里看她，自己也追着她的目光看过去，小锦朝却很快缩回去，然后很开心地咯咯笑。她这样做了好几次之后，纪氏才明白过来，她是想这样和自己做游戏。

她那时候就觉得格外心酸，锦朝在她外祖母家虽然不会缺衣少食，却是非常寂寞的。

不像荣哥儿，是自己亲手带大的，还有澜姐儿做玩伴。

她也不知道还有多少时日了，锦朝才回到顾家六年。自己总觉得补偿她不够，好想能再多活几年，不为别的，只是想看到她的锦朝风风光光出嫁，嫁一个清清白白的人家。

纪氏不觉有些鼻酸,拉着锦朝的手道:"母亲也不知还能陪你多久……"

锦朝笑着道:"您放心,我肯定能让您的病好起来。"

只要再等半月,萧先生就会来了。

锦朝带来的药膳还是热的,徐妈妈直接从食盒里端出来,又拿了碗箸过来服侍两母女用膳。这一顿纪氏吃得比以往多,徐妈妈就夸赞锦朝:"还是大小姐的手艺好,夫人饭都多吃了半碗。"

纪氏苦笑:"平日里那些药膳都苦得发涩,朝姐儿的药膳便好得多,更下口些。"

徐妈妈只能无奈道:"看来还是得让大小姐多送药膳过来。"

几个丫头又笑起来。

内室里正说得热闹,墨玉挑帘走进来。先行了礼才道:"夫人,奴婢才从回事处听闻,二小姐的贴身丫头紫菱要出嫁了,宋姨娘已经在外面给她挑了院子,等着明日田庄派人来亲迎。"

纪氏皱了皱眉:"也没露出点风声,这么仓促地就把她嫁了。你可打听是嫁到哪里了?"

墨玉点头说:"奴婢打听了,说是嫁到了保定府束鹿县。宋家在那里有一处田庄,紫菱要嫁的是田庄管事的第二子,做继室的。"

纪氏便点了点头道:"那丫头也到了该出嫁的年纪了。你替我随她一百两银子做添箱吧。"

锦朝在一旁听着,心里却觉得奇怪,顾澜一向看中她这个丫头,怎么突然就要被嫁到保定府去了。保定离适安这么远,她以后肯定是不能回来了。还是去做别人的继室……

锦朝回了清桐院之后,细想了许久,又叫了采芙过来:"顾澜的丫头紫菱要出嫁了,明日就亲迎。你带着白芸去喝一杯酒,给她三百两银子的添箱。"

采芙便有些谨慎,可没见过主子给别人的丫头这么多添箱银子的。

她小声问:"可是有什么要奴婢打探的?"

锦朝笑了笑:"我也不知道要打探什么,你且去看看,回来再和我说。"

采芙一向聪慧,不用她费心提点。

采芙第二日便收拾妥当,带着三百两银子的银票。两人向回事处打听了院子在哪条胡同,捧着东西就去了。

院子在陈淮胡同,门面灰溜溜的,不太起眼。门口正站着一个宋姨娘房里的粗使婆子,见是大小姐房里的两个二等丫头一起来了,忙笑着说:"竟然是两位姑娘亲自来。"又把她们迎到厢房里坐。

采芙瞥了一眼这小小的四合院,连影壁、垂花门都没有。院子里有一口水井,种了一株槐树,一览无余。说喜庆倒也不算,不过是正房的隔扇上贴了囍字。

厢房里还有两三个小姑娘,都是顾澜房里的。

厢房里的家具也是灰扑扑的,十分陈旧的样子,还有一股子发霉的潮味。

采芙站起来,向那粗使的婆子塞了一锭银子,笑着问她:"不知紫菱姑娘现在在何处,我们素日都是交好的,她要出嫁了,无论如何也要说几句话才好。"

婆子笑得没了眼睛:"这是自然的,能认识两位姑娘,是紫菱的福分。她在正房呢,陈婆子帮忙拾掇呢,等一会儿亲迎的人便要来了。"

丫头和丫头的地位也是不一样的,虽然紫菱是一等丫头,她们是二等。但是她们是大小姐器重的人,紫菱却是失了主子的信任要打发出去的,孰轻孰重都不用想,这粗使的婆子就知道要讨好她们。

婆子打开了正房的门,请她们进去。

紫菱坐在绣墩上,面无表情地看着妆镜。那个为她拾掇的陈婆子见到采芙和白芸进来,忙给她们行礼。紫菱回过头看到是她们来,表情有些惊讶。

白芸上前,给了陈婆子一锭银子:"麻烦嬷嬷,我们就和紫菱姑娘说几句话。"

陈婆子眼珠子一转,接过银子就退到房外,还带上了房门。另一个婆子见了不由得低声道:"你要钱不要命了,姨娘可是说过,在紫菱离开前都要看着她的。"

陈婆子哼了一声:"别以为我不知道,你肯定也拿了她们的银子。反正人都是要走的,咱看没看着姨娘怎么会知道。"见那婆子还是一脸的不赞同,她也气弱,说了句,"我就在外面看着,紫菱还能出什么差错不成。"

门合上后,紫菱转过身淡淡地道:"是大小姐让你们来看我笑话的吧。"

采芙笑了笑:"紫菱姑娘这从何说起,我们大小姐心肠可是很好的。听说姑娘要出嫁,忙让我们两个过来看看。虽然原来是和姑娘有些恩怨,但如今你都要离开顾家了,我们又怎么会再针对你呢。"她拉了杌子过来,捧着紫菱的手柔声说。紫菱咬了一下嘴唇,却也没有收回手。

她得知自己的婚讯,也不过是几天前。二小姐甚至没问她愿不愿意,也没和她说过那边到底是什么样子,她只听婆子说过,是宋家田庄管事的儿子,去年死了婆娘。几天的工夫,她原先做的事都让木槿做了,她很快就无事可做。被带到了这里,茫然了一会儿之后心里就渐渐沉下去,她甚至不明白自己犯了什么错,为什么二小姐要这么对她?

平日与她要好的木槿也没来，这就能看出二小姐的态度了。

她没想到，采芙和白芸会过来看她。

采芙从袖里拿出银票，塞到紫菱的手里，她发现紫菱的手汗腻得很。采芙的声音更柔和了："是大小姐给你的三百两银子，大小姐说了，你也不能没有银子傍身。为了以防万一，银子不要放进嫁妆里，你要贴身揣好。"

紫菱有些不明白："这……这是为何……"三百两也太多了些。

采芙摇摇头说："我也不明白，你小心些总是没错的。那田庄管事的儿媳死得莫名，你不得不防着。"竟然是为她考虑的样子。

紫菱更是心忧，她不觉抓紧了采芙的手，惊觉之后才发现采芙的手被自己掐出了指甲印。"对不起，我……"她声音有些哭腔，"我不知道该怎么办……"

采芙和白芸又好生地安慰她，到最后紫菱才平静下来。外面响起一阵喧哗，白芸打开隔扇一看，是几个穿着褐红程子衣的接亲男子来了，他们大声说笑，院子里闹嚷嚷的。

紫菱突然握紧了采芙的手。

紫菱看着采芙，表情十分平静，眼神却显得有些决绝。

"采芙姑娘，这么些年，二小姐没少做对不起大小姐的事。我、我多半也是参与其中的。谁想到了这个关头，还是你们来看我。"她自嘲般地笑了笑，"我也算是和二小姐主仆情分尽了。那我就算是最后做一点好事了，你要告诉大小姐，千万不要再理会陈玄青的事了，陈玄青根本不喜欢大小姐，二小姐说的话都是骗她的。"

采芙叹了口气，难得紫菱到最后竟然良心发现了。

外面那些男子喝了水，又过来"啪啪"地拍着正房的门。白芸见一个身材粗壮、四十多的男子穿着件赫红的杭绸罗袍，昂首走到正房面前，那双微眯的眼睛看的白芸一阵烦腻。

她不由得叹了句："可惜了你，竟是这样一个人。"

外面的喧哗声更大了，紫菱走到隔扇前看了一眼，脸都白了。她抿了抿嘴唇，眼珠子转了好几圈，突然转身对采芙说："最后一句，宋姨娘和二小姐要夫人死。你们一定要转告大小姐。"

采芙一惊，差点从杌子上跳起来："紫菱姑娘，你说什么？"

紫菱摇摇头，嘴角扬起一丝笑容。房门被拍得"啪啪"直响，声音越来越大。两个婆子阻止都没用，那四十多岁的男子粗着嗓子喊了句："害臊什么，早晚是老子的，赶紧开门。"

白芸正要拉着紫菱问，她最后那句话究竟是想说什么。房门却被一群人给推开了，两个婆子很快进来把紫菱给护住，又赔笑："您看，这事不合规矩，毕竟是亲迎……"

男子却根本不管，上来就拉扯着紫菱要她走。紫菱只是冷笑，却再也没看她们。

采芙拉住欲上前询问的白芸，轻轻摇头："她不会再多说了。"

两人赶回清桐院时，锦朝正在书房练字。采芙把陈淮胡同那座宅子，以及紫菱说的话，一字不漏全说给锦朝听，锦朝听后便静静沉思。

她也没想到紫菱竟然会和采芙她们说这些。紫菱最后说的那句话是什么意思？

她自然知道宋妙华和顾澜和她们水火不相容，却不知道她们到了非要杀了母亲的地步。是什么要她们有了这样的念头？这可不是打死一个丫头那样简单的事。

锦朝心中想了数种可能，宋姨娘就算再妒恨母亲，也不至于想要母亲死。除非母亲的存在触犯了她最在意的东西，她最在意的还能是什么，当然是顾澜了。

锦朝突然想起了顾澜的亲事。

锦朝脑中突然有了一个十分荒谬的念头，她自己都觉得不可能，端起茶杯喝了口茶，才发现茶水早已经冷了，她放下茶杯在书房里慢慢踱步。

白芸与采芙站在一旁面面相觑，又不知道顾锦朝在想什么，不敢出声打断大小姐想事情。

锦朝越想越觉得可能，这念头虽然十分荒谬，但是绝对像是顾澜做的事。

她站定后喃喃自语，随即抬起头看了看窗外，阳光正盛。

顾澜不想嫁给穆三公子，有一个非常有效的办法，那就是让母亲死，只要母亲死了，她就可以有借口不嫁了。父母亡，守孝三年，头年不宜嫁娶，顾澜肯定会以此为借口，拒绝嫁给穆三公子。

锦朝的手指轻轻扣在书案上。

顾澜和宋姨娘因为什么原因想要母亲死，这还是次要的，最重要的问题是她们究竟要做什么？

锦朝问采芙："紫菱现在已经出顺天府了吧？"

采芙答道："算着脚程，也应该出了。小姐若是想问个清楚，倒是可以让人骑了马去追。"

锦朝摇了摇头道："往保定府去的驿道就有三条，还不算走近路，也难找他们了。"

况且就算是找到了紫菱，她也应该不知道什么了。

白芸犹豫了一下，小声道："奴婢倒觉得紫菱姑娘的话也不能全信，她毕竟只是个丫头，而且也不得二小姐信任了，否则怎么会把她嫁出去？说不定紫菱就是因此怀恨在心。"

　　锦朝叹了口气："便就是这样才可信，紫菱说不定正是听到了顾澜和宋姨娘的对话，她们才想把她嫁到保定去，让她永远也回不了燕京。"

　　锦朝想了想，让采芙把雨竹叫进来，吩咐两人："明日你就带着雨桐常往临烟榭去，瞧着他们那里出入有没有什么异常。谨慎一些，别被她们发现了。"雨竹和雨桐身材娇小，做事比较方便，往那草木丰茂的地方一躲就看不到了。

　　雨竹眼珠骨碌碌地转，低声问锦朝："小姐，要我监视她们什么？她们最近是不是要干坏事？"

　　白芸笑着拍了拍她的头："小姐让你看着就看着，哪儿来这么多话。"

　　雨竹摸着脑袋气呼呼地道："白芸姐姐再拍我，脑瓜子就不好使了，不能帮小姐做事了。"

　　大家都笑起来，白芸脸红地瞪了她一眼。

　　锦朝心里却有些沉重，虽然知道宋姨娘和顾澜对母亲有杀心，但是她实在拿不准她们要做什么。让雨竹看着临烟榭，要是她们真要做什么，自己也能有所察觉。

　　过了会儿佟妈妈过来了，领着罗永平和另一个穿着青布道袍的老者。

　　锦朝在花厅见他们。

　　五月初三是父亲三十八岁的生辰，虽然不是大寿，但府里也是要开个宴席，请父亲那些同僚官员和相熟的亲友过来吃酒的。锦朝便想着也给父亲准备一份生辰礼，让罗永平过来商议。

　　罗永平先向锦朝拱手行礼，介绍旁边着青布道袍的老者："是小的请的账房先生，名唤曹子衡。"

　　锦朝笑着同他点头，罗永平才说这曹子衡是个穷秀才，槐香胡同曹家的远房表亲，极有才学，只是被制艺妨碍了。虽然不过半百，却是满头华发，六十不止的样子。

　　曹子衡向锦朝拱手行礼："亏得罗掌柜给口饭吃，不然老朽就得饿死街头了。"

　　罗永平笑着道："曹先生也是怀才不遇。这生辰礼的事小的没读过什么书，不如曹先生有见识，想着就带曹先生过来替大小姐参谋。"

　　锦朝便道："老先生不用客气，我是想父亲喜欢松柏，不如寻一幅松柏古图送给父亲做生辰礼。老先生可有见解？"

　　曹子衡略一思索，拱手道："画松名家，老朽以为李咸熙、马钦山、曹又玄为佳，其中又以曹又玄的松柏最为苍劲。"

锦朝颇觉得疑惑："老先生为何不觉得吴仲圭的松画好，他这方面造诣也是不错的。"

曹子衡笑笑："即是为顾郎中贺生辰的，自然是曹又玄上佳。大小姐这些方面可能不熟谙，吴仲圭的松太苍瘦，他为人抗简孤洁，又是个隐居闲士，实在是不太适合。"

锦朝随即笑起来，这曹先生说话直言直语，恐怕在这上面吃过不少亏。她看了一眼曹子衡的鞋，一双皂色布鞋，虽然破旧，却十分的干净。

"那就劳烦先生为我选一幅松柏图了。"锦朝对他更客气了，曹子衡郑重地行了礼，随着罗永平一起下去了。锦朝侧身对佟妈妈说："曹子衡可用，您私底下告诉罗掌柜，给他提些银子。"

读书人清高，施之恩惠也要不动声色。

第六章

识破

第六章 识破

临烟榭外的青石甬道旁有一大丛黄槐决明,正是开花的时候。雨竹拉着雨桐坐在黄槐树后,把自己一大匣子的麻糖分给她。

雨桐便小声说她:"你看你,手背都有小窝了,还吃这么多甜的。小心长得像李嬷嬷一样圆胖。"

雨竹吮了吮手指,笑嘻嘻地说:"我才不怕胖呢,为了这个不让自己吃好吃的,多难受。"

两个丫头小声说着话,雨桐却瞥到青石路上有人走过来,拉了拉雨竹的衣袖。雨竹顿时来了精神,拱着屁股钻进黄槐丛中,从缝隙间来看过来的人,正是宋姨娘身边的丫头玉香。

她走过了青石甬道,就往左边转去,似乎是往外院的方向去的。

雨竹小声和雨桐说:"玉香一贯是在宋姨娘旁边端茶倒水的,也不知道朝那个方向去干什么,你把糖收起来,咱们跟过去看看。"

雨桐却小声说:"大小姐只是让咱们在这儿看着,咱们要是走了,这里没人守着可怎么办。耽误了小姐的事情,你会被白芸姐姐惩罚的。"

雨竹跟她解释:"咱在这儿几天都没看到什么,好不容易发现她往外院去,不得跟过去看看。在这儿守着也没用。"

雨桐哼了声,不想跟着她去。雨竹见人都要走远了,眉毛都拧起来:"好吧,你在这儿看着,我一个人去。"她抱起自己的糖匣子,跟在玉香身后走了,雨桐把自己往里缩了一点,继续看着青石路。

雨竹胡乱把糖匣子塞到衣袖里,小心跟在玉香身后,玉香虽然朝着外院走,却根本没出垂花门。而是在垂花门旁边的假山停下来,从小路走进一片怪柳林中了。

雨竹跟着钻进去,心扑通扑通地跳,脸上却露出贼笑。玉香走到这种没人来的地方,指不定是来干什么的。

前面的玉香停下来,雨竹忙躲进旁边的怪柳林中,看到假山旁边站着一个男子,穿着小厮的服制,人长得端端正正。玉香和这个男子低声说话,隔得太远了,雨竹什么也没听到。这怪柳林又稀疏,她根本不敢上前去。只看到那男子笑了笑,玉香便要转头走了。

雨竹忙从怪柳林中退出来，心里有些失望，还以为玉香出来干什么，竟然是和小厮私会。

不过这事说给大小姐听倒是好玩。

雨竹回去就和锦朝说了："我看那玉香真是，竟然和小厮私会。要是被人抓住了，肯定要打一顿赶出府去的。小姐，不如咱们向夫人说一说。"

锦朝抿嘴笑道："把玉香打出府是小，你怎么解释你看到这些的？说我让你看着临烟榭，你就去跟踪临烟榭的丫头？"

雨竹泄了口气不再说话，就算把玉香赶走又怎么样，宋姨娘身边真正厉害的是巧薇。

到了晌午，锦朝照例做了药膳带去母亲那里。

纪氏问锦朝可准备了给顾德昭的生辰礼，锦朝笑着答："想送父亲一幅松柏图，已经让罗掌柜去办了。"

纪氏不由得叹了口气："这罗掌柜把那几家杭绸铺子管得极好。不过他毕竟是没读过书的生意人，难免性情、德行方面不如常州府的葛掌柜。前几日常州府来了水患的难民，葛掌柜还开仓济粮了。这罗掌柜吞了旁边一家潞绸铺子，人家一家老小连个住的地方都没有。"

锦朝微笑不言，母亲在这些方面和她观念差异很大。她觉得既然完全信任罗掌柜，这些事就放心交给他打理，不可能每一笔生意都是干干净净的，外祖母管理纪家，那也不是做了许多有利有害的事。母亲便是太过仁慈善良，才会让宋姨娘压她一头。

两人正说着话，徐妈妈端着天麻鸽子肚汤进来，用紫砂锅装着。

"你平日总不吃苦的，今日可不行，得陪母亲把这汤喝了。"纪氏亲自给锦朝盛了汤。

锦朝看了一眼碗中橙黄的汤，无奈地低声喊道："母亲……"

纪氏笑着道："你小时候不想喝药，就这么赖着你外祖母。我可不会像你外祖母似的心软。"

锦朝苦笑，小的时候她更怕苦，生病的时候非要身边的婆子哄半天才肯喝药，还要喝一口药，吃一粒蜜饯才行。算了，她只当是喝药了。锦朝只能把碗端起来，皱着眉就往里灌。

徐妈妈在一旁都笑起来："大小姐，这是鸽子肚汤，可不是毒药啊。"

锦朝心中却突然一跳，毒药？

她忙放下碗，拿过一柄长勺搅动起紫砂锅里的汤，却只见到里面的天麻和鸽子，还有一些点缀的枸杞。锦朝问徐妈妈："您说母亲用的药膳里都加了药材的，我怎么没有看到呢？"

徐妈妈有些疑惑，不知道大小姐为何要这么问："这些药材不能入口，出锅前都要捞出来的。"

锦朝站起来，又问："您说母亲吃穿用的都是检查过的，却不知这些药材有没有检查？"

徐妈妈有些惊愕："您是怀疑……这药材都是柳大夫配了送过来的，奴婢们平时用，从里面抓一两把就行了，应该是没有问题的。"

纪氏让锦朝坐下来："你快别急，能有什么问题。柳大夫还会给我下毒不成？"

锦朝却不知道如何向母亲解释，想了想就把采芙去见紫菱的事说给纪氏听。她当然不怕柳大夫下毒了，她只怕宋姨娘在当中动手脚。徐妈妈在一旁听了就说："药都是在青莲巷包好了，柳大夫让药童送过来的，回事处的人拿了药，便送到斜霄园来。要是在里面添了什么毒物，也该看得出来的。"

锦朝冷声道："就怕他们以药混淆，防不胜防。"

徐妈妈顿时也起了慎重之心，忙让丫头把剩下的药捧过来。用油纸包着，里面都是晒干的药草块茎等物。她们不识药材，自然什么都看不出来，也不用锦朝吩咐，徐妈妈连忙去请柳大夫过来。

锦朝则找了墨玉过来："斜霄院里，能接触到夫人的药的，有几人？"

墨玉却立刻跪在地上，答道："大小姐，斜霄院中能接触到夫人的药的，只有我和墨雪、徐妈妈。这等东西，我们定是不敢让别人碰的。"

锦朝想了想又问道："若是有人偷偷进了你们的房间呢？"

墨玉摇头道："奴婢们的房间平日都是锁起来，钥匙随身带着的。"

这么说来，肯定不是斜霄园的下人做的。锦朝扶墨玉起来："你也先不急，等柳大夫来了再说。"

纪氏躺在大迎枕上，看着锦朝笑了笑，伸出枯瘦的手拉住她："我的锦朝也不急，要是真有什么问题，以后不用这药就是了。"让她先坐在自己身边来。

锦朝闻到母亲身上一股淡淡的药香，又看着她骨瘦如柴的手，轻轻叹了口气。

一个时辰后，徐妈妈带着柳大夫回来。锦朝捧了药去花厅见他。

柳大夫看着油纸包着的药，又用手指拨开仔细看，顿时脸色大变。他从药中拿出一块块茎状的东西，深吸了口气，对锦朝说："大小姐，这东西是大黄。"

锦朝见他面色十分不好看，低声问："这可是什么毒药？"

柳大人摇了摇头："大黄有攻积滞、泻火凉血、祛瘀解毒等功效。常用于积

滞泻痢、壮热苔黄等症状，是一味性寒之药，而且药性十分猛烈。夫人的病是弱症，脾虚胃寒，大黄是绝对不能服用的，药材阴阳相克，要是长期服用……会有性命之虞。"

锦朝脸色微变，母亲的病情反复，果然有外因作祟。她突然想起母亲第二次发病时，接连小半个月，都是她做了东西给母亲送来，那时候母亲的病情都是有所缓解的。难不成那时是因为没有用加了大黄的药材，母亲的病才缓解的？

难怪母亲的病怎么也不能好。

徐妈妈问道："会不会是您抓药的时候不小心抓错了呢？"

柳大夫摇摇头："老朽亲自开了药方抓药，又是亲自包了送到府上的，断不可能弄错。"

锦朝自然信得过柳大夫，他没必要害纪氏。即使柳大夫真抓错了药，也不可能一直抓错，只能是有人蓄意为之。她继续问道："您开的这补药，是从什么时候开始送来的？"

柳大夫想了想道："约莫夫人病了一月后，我就开了补药方子送来。"

那就是说，母亲断断续续用大黄也有大半年了。

采芙送柳大夫离开，徐妈妈小声地和锦朝说："大小姐，我怀疑是回事处那边的人动了手脚。"

锦朝听了若有所思。

那么母亲之前的身体，会不会也是因为用了大黄？而现在因为自己，母亲所用大黄骤减，身子也没有那般的败坏。

这大黄究竟是谁放的？是不是宋姨娘？

如果不是柳大夫那边，又不是斜霄院里的人。锦朝突然想起雨竹所说，玉香和一个小厮模样的男子在怪柳林私会。

那个小厮是谁？

锦朝回到清桐院找雨竹，她还坐在葡萄藤下的石墩上歇息，眼巴巴看着头上的一串串青色葡萄。

锦朝喊她过来，和她说："眼见着父亲的生辰快到了，回事处那边也不知道准备好没有，不如你和我一起去看看。顺便也找找里面有没有你相熟的小厮和丫头。"

雨竹觉得奇怪："小姐，您知道的，我没到您这儿之前可一直都在随侍处，回事处的人一个都不认识。"

锦朝笑了笑,只是说道:"去见了你就认识了。"

她换了件宝蓝色如意纹的褶子,带着雨竹、青蒲和徐妈妈一起去了回事处。徐妈妈不懂锦朝要做什么,打量了雨竹一眼,这小丫头十一二岁的样子,圆圆的脸,眼睛倒是十分灵活。

青蒲默不出声,她心里倒是十分明白的,大小姐是想带着雨竹去回事处找找,和玉香私会的那个人是不是那里的。如果真是如此,那么夫人药中的大黄必然就是宋姨娘授意的。

回事处在外院南侧的厢房,跨过垂花门,不过半刻钟的脚程。

回事处的孙管事穿着石青色直裰迎出来。

"大小姐难得过来。老爷的生辰还有十多日,我这刚开始准备宴请名单,也下了采买菜单。"孙管事笑着和锦朝说话,心里却觉得奇怪,大小姐一向不管回事处的事,而且离老爷的生辰还早呢。回事处即便牵扯到内院,那也是宋姨娘在管,怎么大小姐亲自到他这儿来了。

锦朝在太师椅上坐下来,也笑着道:"不过是替母亲来看看,父亲的事她总是格外上心的。对了,我还要替母亲问一问,她常用的药材已经用完了,柳大夫可送了新的过来?"

孙管事笑着:"这事我也不知,一向是罗六管这事的。我叫他来给您问话。"说着便到后面去叫人。

雨竹看了一圈,小声和锦朝说:"小姐,奴婢在这里真的没有认识的人。"

锦朝但笑不语,等那罗六挑帘进来,先是向锦朝行了礼,又说:"小的回大小姐的话,柳大夫的药一向月初和月中送来一次,恐怕还要过些日子才会送过来。"

雨竹看着这个小厮目瞪口呆。

锦朝看了一眼雨竹的神情,心中便明白过来,等那孙管事再出来,她就告辞了准备离开:"您告诉宋姨娘一声,说我今天来问母亲的药了。"

她走出回事处,雨竹连忙趋步跟上来:"小姐,就是那个人,那个和玉香私会之人。您怎么知道他在这里?"

锦朝冷冷地道:"他可不是和玉香私会,他可干大事了。"宋姨娘这是勾结了外院要谋害母亲啊。

她胆子也真大,为了谋求正室之位,也算是手段用尽了。

徐妈妈忙拉了青蒲问究竟是怎么回事,青蒲便把雨竹见到的尽数说给徐妈妈听,徐妈妈也是十分的惊讶:"虽说知道宋姨娘对夫人表里不一,却没想到她竟然要害夫人死。实在歹毒!那大小姐打算如何是好?"

锦朝一时沉默,如果不是亲眼看到宋姨娘授意那罗六加药,她肯定不会承

认的。

这事当然要说给父亲听,宋姨娘如此无法无天,岂能容她。

顾锦朝扶着丫头的手,脸色阴沉地走到了书房,门口正守着父亲的丫头,看到她便福身说:"大小姐安好,宋姨娘和老爷在里面,敢问大小姐是有什么要紧事吗?"

"通传,说我要见父亲。"顾锦朝冷淡道。

丫头立刻进去传话,顾德昭正和宋姨娘写字,郎情妾意,不知道为什么顾锦朝这么晚还来找他,就先带了三分不满:"她究竟有什么事?"

"奴婢也不知。"

顾德昭挥手:"算了,让她进来。"

锦朝带着几个丫头,后面还压着回事处的罗六。

"大小姐怎么亲自过来了,夜寒露重的小心着凉。"宋姨娘笑道。她一看到罗六,脸色微微地一变,但是很快就镇定下来。

锦朝走到她身前,也挑眉笑道:"姨娘当真沉得住气,事情败露了都不慌不忙。"

宋姨娘表情一僵,很快又颇为疑惑地说:"大小姐这说的是什么话,我怎么听不明白?"

"您看了这个不就明白了。"锦朝把绣帕包住的大黄扔到小几上。

宋姨娘瞥了一眼露出一角的大黄,指尖动一下。

锦朝便向一旁皱眉的顾德昭屈身道:"我在母亲的汤药里发现了大黄,此物对母亲身体损害极大,便叫人去查。谁知道我的丫头雨竹竟发现宋姨娘房中的小丫头玉香跟罗六勾结,在母亲的药中放入大黄,想要害死母亲。人证物证俱在,还请父亲做主。"

宋姨娘冷笑道:"大小姐说黑是黑,说白就是白,你要是随便指了你的丫头,要她说发现我的丫头和罗六通奸,我当不是只能这么认了?您也太当我好欺负了。我要是指了我身边的丫头,说您的丫头青蒲和别的小厮通奸,她岂不是也做实了罪名,要被赶出府去了?"

雨竹听了顿时愤怒:"姨娘您怎么能这么说。我看到的就是真的,玉香和罗六在怪柳林见面。你怎么能这么说青蒲姐姐。肯定是你授意玉香害夫人的,不然夫人药里面的大黄是怎么来的。"

宋妙华冷冷地看了她一眼:"这丫头好没规矩,恐怕是大小姐没教得好。巧薇,替大小姐教导她。"

巧薇应"诺"上前,扬手就要打,旁边的青蒲却立刻抓住她的手,巧薇想收手却被青蒲捏得动都不能动,面色顿时十分难看。

雨竹不再说话，退到了锦朝身后。锦朝拍了拍她的手，冷冷地看着宋妙华道："我的丫头容不得姨娘来教训，姨娘忘了自己是什么身份，还有没有尊卑了。"

　　宋姨娘再厉害，名分上她也不过是个妾，顾锦朝是嫡长女，她怎么敢在顾锦朝面前教训雨竹。

　　"好了。"顾德昭沉声道，"吵吵闹闹成何体统，究竟是怎么回事，锦朝你原原本本给我说清楚。"

　　锦朝便让雨竹上来，把事情原本讲述了一遍，又把那罗六带上来，罗六在来的时候已经被打了一顿，此刻是半喘着气，把事情交代了："的确是姨娘授意，她给小的银子买大黄，加到夫人的药里。只是小的真不知这对夫人不好啊，小的还以为这只是一味药而已。"

　　看着顾德昭冷冰冰的脸，还有锦朝纹丝未动的身影，宋姨娘觉得心里一阵心慌，她立刻屈身跪到了地上："老爷您明鉴，我待夫人如亲姐妹，如果要害她，我为何这么尽心伺候她？更何况我为何要害夫人，对我有什么好处？即便夫人没了，我也不能扶正啊。"

　　的确，她这一世没有生下儿子，没有扶正的可能。

　　顾锦朝冷笑："人心不足蛇吞象，你未必没有那个心啊，宋姨娘。"

　　宋妙华掩在袖口下的手捏紧了，心怦怦直跳，她知道她要冷静，否则真的过不去这一关。

　　这个事也怪她，听说顾澜要嫁给那穆三公子就着急失神，把药量加重了，不然她顾锦朝想抓到她的把柄？下辈子吧。

　　她看了看顾德昭，这个男人的耳根向来就软，她几步爬到了顾德昭面前，抓住了他的手："老爷，老爷，您可不要听信小姐的一面之词啊，她找的人证全是她的人，自然会向着她。她若是在夫人的药里放入大黄，我也无从分辩啊，老爷。"

　　是的，这件事难就难在全是间接证据，没有抓宋姨娘个现形。

　　但即便如此，顾锦朝也不会让她好过。

　　顾德昭漠然的眼神扫过自己的女儿，还有跪在地上的姨娘。

　　他相信谁？

　　这真的不好说，因为他不希望自己的内宅发生这种妻妾相争的丑事，他并不是不相信女儿，至少不是完全的不信。但也不是全然不信宋姨娘，他知道女儿恨宋姨娘入骨，是有可能这么陷害她的。

　　"父亲即便不信我和雨竹，也该信罗六，信母亲。"锦朝又道，"何况，您觉得我会拿母亲的生死开玩笑吗？"

"行了，锦朝，我知道这件事了。"顾德昭道，"此事你的确不是亲眼所见，全是丫头转述，却也不能全信。"

"父亲这话的意思，是要包庇宋姨娘了？"顾锦朝声音一冷。

"老爷，妾身当真没做过啊。"宋姨娘的声音夹杂着哭泣。

"行了行了，你们二人各执一词，让我如何说。"顾德昭看向长女，"我也没有包庇谁的意思，只是宋姨娘说得也有些道理，你的确没抓到她的人，我如何知道是真是假？"

锦朝早知道没有充足的证据，父亲恐怕不会全信，就知道是这样。她深深地吸了口气，便道："既然父亲信姨娘而不信女儿，那女儿也有一个请求。这事我可以暂且饶过宋姨娘，但是您不能再让姨娘管家了，否则母亲迟早有一天死于她手，还请父亲同意。"

宋姨娘袖中的手紧握，好个顾锦朝，原打的是这个主意。

顾德昭被长女逼得没办法，这事虽然不知道真假，但是传出去毕竟很不好听，他只能在这上面让长女一步，咳嗽一声道："你能这么想最好，品秀，此事你毕竟有嫌疑，为了避嫌，你还是把管家权交出来吧。"

宋姨娘一听便惶恐，痛哭出声："老爷，妾身当真是冤枉的啊。"

顾德昭叹气："锦朝，这事不管对错，以后就不要追究了。毕竟妻妾相争，传出去总是不好听的，你宋姨娘伺候我十几年了，没有功劳也有苦劳。"

顾锦朝听到这里，心里冰冷一片。

她冷冷地一笑，轻轻道："女儿知道了，那今晚便不打扰父亲了，女儿告退。"

她说完屈身，带着一众人离开了书房。

宋姨娘哭得梨花带雨，抓着顾德昭的手："老爷，妾身真的不知道啊，妾身要是真的指使罗六害人，岂不是很容易被人发现，老爷您要明鉴啊。妾身以当年的身份，给哪家当正妻当不得，偏给老爷做妾，还不是因为爱老爷，又怎么会为了所谓正室之位去害夫人。"

"行了，快起来吧。"顾德昭道，"你伺候我多年，我怎么会不知道你的性子。"宋姨娘一说起当年的事，顾德昭自然心疼，不会再说她。

"可今天的事……"宋姨娘迟疑，"大小姐这心机未必太深，我……我也百口莫辩。"

顾德昭看了她一眼，慢慢道："也未必是她的主意。"

宋姨娘细声问："您……这是怎么说？"

顾德昭沉默了很久，这个事其实有三个可能的人，一自然就真的是宋姨娘，但宋姨娘秉性温柔，他觉得她不像是会做这种事的人。还有就是锦朝，她一向看不惯宋姨娘，今天这事是算计她也说得过去。最后一个，就是纪氏本人了，药是从柳大夫那里拿过来，从回事处直接到斜霄院的，除非是斜霄院的人想换药，不然谁能换得了。

他缓缓开口了："纪氏一贯会闹腾的。她那病怎么几次发作的，都在关节口子上，她也不是这么简单的人。"只是想到她如果真的这么狠，还是让他心里一凉。

顾德昭只说到这里就停住了，摇了摇头道："接下来几个月我会少来看你一些，你自己好生养着吧。管家的事就交给锦朝做。"

宋姨娘一听到这里，就知道顾德昭没有全信她，但总算是过了这一关。管家权暂时没有了不要紧，以后总会有的，幸好没让顾锦朝抓到个现形。她屈身柔声道："妾身知道了，一切听老爷的。"

顾德昭很满意她的乖顺，跟她说起顾澜的亲事："穆家又请了翰林院侍读学士兼礼部郎中的徐大人前来说亲，我听徐大人说的也是在理，穆三公子虽然有些痴傻，但好在老实。这门亲事也不是不可，毕竟穆大人是我上司，轻易得罪不得，你回去同澜姐儿商量商量，要是她同意了，我就把这门亲事定下来。"

宋姨娘听到这里顾不得自己，心疼极了女儿："但是老爷，怎么能把澜姐儿嫁给这样一个人，岂不是害了她一辈子。"

顾德昭却很快打断她："澜姐儿是庶出，若不是那穆三公子有这个毛病，她也高攀不上人家的。这事我也是无可奈何，你和澜姐儿好生合计看看吧。"

宋姨娘只能笑了笑，道："我也是为老爷担忧，怕他娶了澜姐儿，会影响了顾家的名声。我伺候您更衣吧。"

顾德昭"嗯"了一声，这事算是了了。

一旁伺候的碧衣就识趣地退了出去。

徐妈妈则刚从顾锦朝那里回来。

锦朝告诉她，今后柳大夫拿来的药必定要她亲自去拿，用之后锁在柜子里，不能让别的丫头接触了。徐妈妈也知道此事慎重，回来之后就跪在纪氏面前。

倒是把纪氏吓了一跳："你这是做什么，都伺候我几十年了，我们不拘于主仆之礼，怎么说跪就跪。"

徐妈妈有些哽咽："是奴婢伺候不周，才让别人钻了空子。奴婢是觉得愧对您和太夫人……"

纪氏又无力下去扶她，只得叹了口气："不过是一条命而已！你快些起来。"

徐妈妈抹了抹眼泪，扶纪氏半坐起来躺在大迎枕上。纪氏拉着她的手，跟她说话:"今晚大小姐去找老爷,去揭发此事。"

徐妈妈有些愣住:"是碧衣姑娘来说的?"

纪氏闭上眼睛点点头,深深地吐出一口气:"你猜老爷怎么说,他不但不信,还以为是我指使朝姐儿做的。说我一贯会闹腾的,便是看我不想理会她,才闹出诸多事端来。"

徐妈妈心中一疼,立刻安慰她:"老爷被姨娘蒙蔽了心智,一时说了这些浑话,夫人您可别在意。什么事从姨娘的嘴里说出来都会变味的。"

纪氏苦笑,十分艰难地道:"这都是顾德昭亲口说的。您说,我这二十年究竟是嫁了怎样一个人。他怎么能……这么……"

她闭上眼睛,仿佛突然喘不过气般断了声,只是紧紧地握住徐妈妈的手。

"您不要伤心。"徐妈妈眼泪滚滚,几乎是失神痛哭,"为他伤心不值得啊。"

徐妈妈低头抵着纪氏冷冰冰的手哭,纪氏闭着眼睛,久久地没有睁开。

宋姨娘把目光投在窗外一丛开得正好的小叶女贞身上,小小的白色花朵缀满叶间,浓郁的香味原本是她喜欢的,如今闻起来却觉得太浓郁了,熏得人有些烦闷。

没了管家权,她好像被拔去爪牙的老虎一样,顿感无力。

顾澜过来看她了,见她靠着窗,细声道:"娘,您这么闷闷不乐的,莫不是还在想管家的事。"

宋姨娘招手,让女儿过来陪她做针线:"娘没事,只是在想怎么解决你的亲事罢了。"想起这事她心里就烦乱。如今顾锦朝有了防备,纪氏的饮食她是绝无再插手的可能了。

玉香走了进来,她行了礼,小声地道:"姨娘,送紫菱姑娘去保定束鹿的陈婆子回来了,她说有要紧事想见见您。"

宋姨娘道:"让她进来吧。"

陈婆子刚从保定赶回来,风尘仆仆。她高声请了安。

"你急着见我,是为了什么事?"宋姨娘问她。

陈婆子连忙一笑,说道:"说来也巧,奴婢这次送紫菱姑娘去保定束鹿,遇到了相熟的一个婆子,她原先在咱们府做杂活,后来年纪大了,就放回乡养老了。她的儿子在宋家的田庄里做事,还是她把奴婢认出来了,又拉着奴婢说了好一会儿的话。"

这些话实在是无关痛痒的,宋姨娘不耐烦:"你究竟要说什么?"

陈婆子便继续道:"那婆子,原先是服侍云姨娘的。"

宋姨娘手中的动作停下来,顾澜听到云姨娘也谨慎起来,看向陈婆子。

宋姨娘挥手让巧薇先把东西收走，仔细问这婆子："这个婆子究竟说了什么？"

陈婆子一听，估计是有戏的，连忙道："这婆子原先只是在云姨娘那儿洒扫的。她告诉奴婢，当时伺候云姨娘的两个贴身丫头，没死的那个和她说过，说翠屏是冤枉的，是有人存了心想害云姨娘。您怎么也猜不到，她说那个人是夫人。"

顾澜心中一惊，连手里装绿豆甜汤的碗都打了。

宋妙华盯住了陈婆子，问她："她究竟是怎么说的，你原原本本，一字不漏告诉我。"

陈婆子连声应"是"，想了想才说："这两个丫头，都是夫人赐给云姨娘使唤的。二人对云姨娘也是用心，死的那个翠屏更是对云姨娘忠心耿耿，那婆子说安胎药和催产药是分了放在小厨房的两个木柜里，如果不是有人把药换了，是不可能拿错的。云姨娘怀孕之后，夫人常去看她，也会到小厨房看云姨娘吃的菜。

"这小厨房除了夫人和两个丫头，一般不会有别人进去。她们对云姨娘忠心，自然不会害她，只有一个可能，是夫人把药换了。云姨娘吃错了汤药，才导致早产而死。"

宋妙华听了之后一时沉默不言，其实她早知道云姨娘是被人害死的。

但是说云姨娘是纪氏害死的，这一点她还是很怀疑的。纪氏性子看上去温婉，实则非常高傲，她不屑做的事情，别人拿刀架在她脖子上她都不会做。比起和她一起长大的云湘，说不定纪氏更看她不顺眼。自己都安然无虞到现在，云姨娘又怎么会被纪氏害死呢。

云姨娘的死绝对不是意外，但也不是纪氏的错。

宋妙华想起当年云姨娘死的时候，她悄悄去了云姨娘的内室，看到有人鬼鬼祟祟地从院子里走出去。她当时根基未稳，没和纪氏说过，后来根基稳了，却又不想说了。

但是她不说，谁又知道不是纪氏做的呢。

其实当年不是没有人怀疑过纪氏，这两个丫头都是纪氏给云姨娘的，她们做的这事，说不定就是纪氏授意。至少当时顾德昭就是这么猜测的，所以两人才越来越疏远。

但如果有这个丫头的说辞，纪氏就坐实了害死云姨娘的说法，到时候顾德昭肯定会和她决裂的。

最要紧的是，纪氏这下若是出事，她手里就有主动权了。澜姐儿的亲事说不定还有一线生机。

宋妙华想了想说:"那个没死的,叫玉屏的丫头,她为何当时没给老爷说?"

陈婆子叹了口气:"玉屏原先是夫人身边的丫头,一直是伺候当时年幼的大少爷,对夫人的情谊很深,而且她怎么敢把夫人供出来,只能眼睁睁看着翠屏被打死。奴婢想着,要是能把这个玉屏找到,许她些好处,指不定能把当年的事说出来。"

宋妙华眉心一动。

她心中已经有了计量,对着婆子说:"这事我知道了,你出去之后不要外传。"

等陈婆子退下后,顾澜立刻拉住宋姨娘的手:"母亲,这可是个极佳的机会啊。要是能把云姨娘的死揭发出来,父亲肯定更厌弃纪氏了。"

宋妙华微微叹了口气道:"话是如此说,但是如若不能找到这个丫头,又怎么去和你父亲说呢。"

顾澜知道母亲是心动的,不然也不会赏了陈婆子这么多银子封口。

她想起陈婆子的话,心里突然有了主意:"母亲,你说这丫头放出府,一般能去做什么呢?"

宋妙华看了她一眼,说:"要是父母还在的,就回老家说媒嫁人。在大户人家当过丫头的,见识更多,别人也愿意娶。也有些家破人亡的,多半是做个营生,或者托了媒婆嫁了。"

顾澜笑着说:"这丫头做过顾锦荣的贴身丫头,您说顾锦荣会不会记得她的老家在哪儿?"

宋妙华顿时怔住了。

她倒是没想到这层,想了想,宋妙华低声说:"那个时候顾锦荣才四五岁,他能记得住吗?"

顾澜笑了笑:"我也不知道,他上次来的信我还没回,问一问他就知了。"

她不想嫁给穆三公子,为了这个,她什么都会做。

顾澜回翠渲院去了。

宋姨娘走出房门,站在廊庑下看着那些睡莲思索了一会儿,才对巧薇说:"准备一些糕点,我们去看看杜姨娘。"

巧薇很快就准备好了一大盒糕点,跟在宋妙华身后往桐若楼去了。

桐若楼在翠渲院旁边,是一座二层的木楼,旁侧有凉亭。郭姨娘住楼上,她喜欢清静。桐若楼旁种了几株毛泡桐,花刚开过不久,树荫如盖。

桐若楼周围高大的树木很多,如今已经开始有蝉声聒噪了。

宋姨娘听着四周的蝉声实在喧嚣,忍不住蹙眉。

杜静秋笑着解释:"你可不要介意,现在这还是声音小的。到了仲夏的时候,十几株大树上的蝉一齐鸣起来才吵！我都向老爷说过多次了，把这里的大树移到旁处去，老爷听了非但不允，还说我不懂雅趣。"杜姨娘让丫头上茶，又问她，"不知道宋姨娘今天过来有什么要紧事？"

宋妙华微微一笑，让巧薇把东西拿过来："前个武清杜家的少爷来给漪姐儿提亲，夫人也同意了。我便来找你祝贺一声。"

杜静秋又笑了笑。

顾漪越大，长得就越来越不像她，也一贯沉默寡言。她远远地看着顾漪，只觉得像不是自己生的一样。两人十天半月都说不上一句话，有的时候她想顾漪了，还要悄悄地去倚竹楼看。

"看到漪姐儿，我就想起当初的云姨娘。倒是怪了，漪姐儿的性格和云姨娘还真有几分相似，一样的温和沉静。"宋妙华一边说，一边看着杜静秋的眼睛。

杜静秋笑笑，垂下眼看宋妙华带来的干果，手指拨了拨，挑了一颗杏仁儿放入嘴中。

"姨娘应该还记得吧，多年前云姨娘死得多惨，一天一夜那孩子都没生下来。最后孩子好不容易落地了，一看都已经被脐带缠死了，云姨娘又血崩而亡。老爷伤心了这么多年，到现在都还忘不了，咱们那位罗姨娘，要不是长得实在像云姨娘，老爷又怎么会收了她。"

杜静秋赔着笑："自然记得，怎么忘得了呢。"

"姨娘确实忘不了。"宋妙华淡淡地道，"您要是忘了，也不知道谁还能记得。我知道你心里很内疚，这都快八年了，你一直提心吊胆，甚至都不敢和我争宠。"

杜静秋脸色一白，怔怔地看向宋妙华。

"你聪慧非常，当年容色不输于我，除了云姨娘，那时老爷最宠爱的不就是你吗？"宋妙华叹息，"一晃这么多年，你困在桐若楼不得脱身，也没资格没力气争宠了。"

杜静秋握紧了手，嘴唇动了动，过了很久才道："姨娘，为什么要提这个？"

宋妙华侧头看着她，旋即笑着拉过她的手："你可不要紧张，我是要来帮你的啊。眼见着顾漪定亲了，你今年也三十四了，好好地听我的，我保你和顾漪在顾家安安稳稳的。但你要是不听，那可就难说了。"

杜静秋吸了口气，杏仁的苦味逐渐泛上来。

"你想让我做什么？"

宋妙华笑着摇头："恰恰相反，我只是想让你什么都不做。"

父亲生辰在即，顾漪到了书房，找了《鹏鸟赋》出来，准备抄给父亲作礼物。让丫头在书案上给她铺了纸，慢慢地抄起来。

她写了一会儿，丫头在书案上给她点了灯，黑夜里拢着豆大的光点，实在不太明亮。

"都这么晚了，你还在写什么？"书房门口传来了一个声音。

顾漪搁笔望过去，皱了皱眉，轻声道："姨娘，您怎么来这里了？"

杜静秋披着一件秋香色团花暗纹的披风，静静地站在门口看着顾漪。夜都这么深了，她还在抄书，而且只点了一盏灯，也不怕把眼睛熬坏了。

她走进来，发现顾漪静静地看着她，脸色的神情并不算愉快，欲言又止地说："我……我只是来看看你，给你做了一盅冰糖梨水，听说你前几日有些咳嗽。"

"谢谢姨娘关心，不过是寒邪入体，我已经好得大概了。"顾漪十分有礼地回答道。

这孩子一向不喜欢自己，只是杜静秋从来没有如此深刻地体会到。顾漪不喜欢她的媚俗、不喜欢她对别人的迎合讨好，她更喜欢纪氏那样读过书，生性温和的人。这些她都知道，也不想责怪她。

杜静秋看着顾漪微微地笑："你都定亲了，两年之后就要去杜家了。我一个没注意，你都这么大了。这很好，还是夫人教导得好。"她又和顾漪说，"你现在就要学着主中馈了，多跟在大小姐身旁，不要顶撞她，对二小姐也要客气。"

她絮絮叨叨地说，这些话她说了许多次。

顾漪心里都是知道的，就听得有些不耐烦，但是她也没说什么。杜姨娘住在桐若楼，同住的郭姨娘又不爱理会别人，她没什么事可做，自然会寂寞。

杜静秋说完，才把抱在怀里的食盒放在旁边的一张鸡翅木桌上，说她要走了。

顾漪看着她慢慢走到了廊庑下面，才下定决心喊住了她："姨娘。"

杜静秋回过头看着她，似乎在等着什么。

顾漪轻声说了句："您早些睡。"

听了这句话，杜静秋却好像整个人都放松下来，点头笑着应了，才匆匆地走进了黑夜之中。

几日之后，翠渲院那边，顾澜接到了顾锦荣的回信。

顾锦荣已经不大记得小时候的事了，听顾澜问起他儿时的婢女，还很是想了一阵。才说他大概记得玉屏就是顺天府的人，她娘死的时候，她曾经回去奔过丧，回来的时候给他带了一包李记的糖炒栗子。但是嬷嬷怕他吃了坏肚子，就悄悄扔掉了，他还记得自己哭了好久。

说起儿时的事，他又起了兴致，写了许多。他儿时的岁月都是和母亲、澜姐儿一起度过的。又说最近课业太多，以致父亲的生辰他都不能赶回来，托人带了生辰礼，要顾澜好好陪父亲过个生辰。

顾澜有些失望，不过也是，谁会去在意一个丫头的老家在哪儿。

她带着信去了宋妙华那里。

宋妙华看过了之后却找了巧薇过来："你带着陈婆子，去找顺天府里的李记糖炒栗子，在附近打听玉屏这个人。"

顾澜拉着宋妙华的手，问道："母亲，顺天府这么大，要找一个糖炒栗子的铺面，实在是大海捞针。"

宋妙华却笑笑："丫头带过来的东西，应该在当地很出名，问一下就知道了。"

顾澜在心中暗暗敬佩母亲，她还是不如母亲想得全面。

转眼就到了顾德昭生辰那日。

外院摆了几桌酒。

因为上次的事，顾德昭对宋姨娘仍然疏远，她在那里也没多大意思。

不久宋姨娘就沉着脸回了临烟榭，巧薇正站在廊庑下等着她。见她走过来，屈身行礼道："姨娘，人找到了。"

宋姨娘错愕地抬起头，竟然真的找到了。她本是试着让巧薇去找，万一这丫头死了，嫁到别的地方了，或者已经换了名字嫁人，谁也不知道呢。谁知道偏偏让她找到了。

她沉了口气压制自己心中的激动，道："进来说。"

进了内室，巧薇关上了门，和宋姨娘说她是怎么找到这个玉屏的。

"顺天府只有三家李记糖炒栗子，奴婢着意打听过，都是老字号，开了十年以上。奴婢循着去找，在其中一家附近发现了她。丫头们的名字都是主子取的，回到老家多半会叫回原来的名字，但这玉屏不一样，她父母早亡，回去后兄长就又把她卖了，卖给一个年老的鳏夫做妻，还叫的玉屏这个名字。

"那鳏夫原是附近的卖醪糟的挑脚货郎，走街串巷的谁都认识。后来结识了当地县主簿的儿子，才发了迹有了钱，买了玉屏做妻。玉屏替他生了一个女儿之后，他又买了一个十四岁的小丫头当妾。这人脾气十分大，动辄打骂玉屏和这小丫头，因此玉屏在那附近人人都知道，一打听就问出来了。奴婢去的时候，玉屏正因为一点小事被打骂，奴婢给他包了二十两银子，他才肯让玉屏跟着奴婢回来。"

宋姨娘听了连连点头："这事做得不错。她现在人在哪儿？"

巧薇笑道："奴婢让她去梳洗一番，玉香领她来见您，算算也快到了。"

玉香果然很快领着玉屏过来，玉屏今年三十不到，看样子却有四十岁的苍老。见到宋姨娘连忙行了大礼说感激她救了自己，说得有些语无伦次。

宋姨娘放下手中茶盏，站起身仔细打量她，长得有些眼熟，只是她已经记不太清玉屏的样子了，便开口问她："你当年服侍云姨娘，还记得云姨娘喜欢吃什么吗？"

玉屏忙点头，擦了擦眼泪说："我还记得，云姨娘喜欢吃桂花糖酥还有牛乳茯苓膏。"

宋妙华听了心中便确定了，这人真是当年服侍云姨娘的人。

她继续道："你来的时候，巧薇应该都把事情讲清楚了吧，你愿意站出来揭发纪夫人吗？"

玉屏却略微犹豫了一下。

宋妙华皱了皱眉。

巧薇看了，在旁开口道："咱们在路上可都说得好好的，你要是揭发了夫人，我们就帮你向你们家老爷讨一封休书。你可以带着你的女儿回娘家，不用再被他折磨了。"

玉屏拢了拢滑下来的头发，小声问道："他……他真的会给吗？他可认识县主簿的儿子。"

巧薇笑道："咱们这是顾郎中顾家，你家老爷不过认识一个小小的县主簿的儿子，怎么敢不听我们的。到时候再给你几十两银子，在你老家置办点田产，日子也过得去。"

玉屏又小声说："其实当年的事，我也是猜测，毕竟除了夫人，别人也是有可能偷偷溜进去的。我和张婆子讲的时候，也是当作猜测讲的，谁想她一说，竟真成了夫人害姨娘。"

宋妙华又坐下来，笑着道："话可不是这么说的，你要这么想，你原先是云姨娘的丫头，要为她平冤才是，不然她和她腹中的孩子死得岂不是太惨，你午夜做梦，难道就没看到过云姨娘抱着孩子回来找你？"

玉屏瑟缩了一下，宋妙华也不再说话，端起茶杯继续喝茶。

她总会想得通的。

顾德昭刚送了同僚离开。

这次生辰穆大人也来了，拉着他喝酒，喝高了之后非要叫他亲家。顾德昭只能赔笑。如果不因他是自己上司，鬼才想把女儿嫁给他儿子。

穆念安打了一个酒嗝，悄声跟他说："你是不知道，陈三爷跟着张大人去御前探望，回来之后就把太子爷叫去说了好一会儿的话。我等他出来的时候见他面色凝滞，就猜皇上大约是没几个月了。要是皇上一死，陈三爷肯定要被张大人带入内阁的。"

顾德昭忙四下看看，人还没走完呢，这种大逆不道的话他也敢张口就说，真是喝高了。

"大人倒真是消息灵通。"他勉强笑了笑。

穆大人又笑："这朝廷是要变天了。行了，今天谢谢你款待，天色不早，我先回去了。"

顾德昭看他喝得醉醺醺，便叫了旁边伺候的小厮过来，赶紧扶着他们家老爷回去。

等人陆续走完，天色已经昏黄了。

顾德昭揉了揉眉心，喝太多酒了，他一时也觉得不舒服。等到小厮扶着到了内院，凉风一吹他才清醒了些。穆大人无意中说的话很关键，像他这样的五品官，不过是每日去六部衙门当差，几个月未必能面圣，对于宫内的消息一向不灵通。穆大人说的一句话，很可能透露了重要信息。

皇上要是死了，他的恩师林贤重那官估计就升不上去了，自己的仕途也会受到很大影响。

顾德昭叹了口气，举步往鞠柳阁走去。

宋妙华已经等了他许久了，见顾德昭走进来，忙替他打了水洗脸，又端了一杯茶给他解酒。

顾德昭坐在太师椅上，好不容易舒服了一些，就听到宋妙华说："老爷，妾身有事要告诉您。"

顾德昭也没有睁开眼，只淡淡地道："明日再说吧，我困得很。"

宋妙华微微一笑，伸手替他揉压额头，轻声道："那您听妾身说一些家常好了，二小姐的丫头紫菱不是嫁吗。倒是巧了，那丫头在外待嫁的时候，刚好碰上了原来伺候过云姨娘的丫头。不知道老爷还记不记得，便是那个玉屏，听说紫菱是顾家的丫头，还和紫菱说了许多的话。"

顾德昭终于睁开眼道："说这个做什么？"

宋妙华却后退了一步，跪在地上道："老爷，妾身想说的话实在是有些冒犯夫人，还请老爷原谅了，妾身再说。"

顾德昭看了她许久，他抬头才发现宋姨娘今天带的不是巧薇，而是一个约莫四十岁的妇人，她也"扑通"一声跪在地上，行了礼道："顾大人安好，小妇人便是云姨娘身边伺候的玉屏。"

他皱了眉，宋姨娘平日绝不会这么冒失，竟然带一个妇人到他这里来。她到底想说什么？

顾德昭这才说道："你要说便说吧。"

宋妙华得了这句话，才继续说："这位便是当年伺候云姨娘的玉屏，她和紫菱说话的时候，提到了当年云姨娘死的内幕。陪紫菱出嫁的婆子听了十分震惊，才回来告诉我。妾身也是左思右想了许久，也拿不准要不要和老爷说，但是想着如此重要的事，实在是不该欺瞒老爷。"

顾德昭听到云姨娘死的内幕，早已经坐不住了，站起来走到宋妙华面前。

过了好久他才问道："云姨娘当年是难产而死，这事能有什么内幕。"

宋妙华忙道："我说的话却也做不得数，玉屏当年可是亲眼所见的，老爷让玉屏说吧。"

那玉屏早被顾德昭的气势吓到，磕磕巴巴地说："当年云姨娘早产，老爷知道是因为服了催产汤药的缘故。但是……但是当时安胎药和催产的汤药是分了两个柜子放着，翠屏又怎么可能弄混淆了呢。

"当年除了翠屏和我会去云姨娘的小厨房，还有夫人也常去。她关心云姨娘的饮食，常要去查看她吃得如何。有时候进去了，很久都不出来。翠屏在外的长兄得急病，是云姨娘出钱治的，翠屏对云姨娘忠心耿耿，是不会害云姨娘的。"

她说到这里，小心地抬头一看，发现顾德昭的脸已是阴沉一片，手握成了拳放在身侧。

她心里更是惧怕了，按照宋姨娘的吩咐继续说："既然汤药不会弄错，也不是翠屏故意弄混的，那……那只可能是夫人换的……翠屏她死的时候大声喊冤，但是没人听。她真的没有拿错药，是……是有人把两个柜子的药换了。"

顾德昭脑中已是一片空白。

服侍云姨娘的两个丫头都是纪氏派的，丫头弄错了药，他怀疑过纪氏，但也只是怀疑，又觉得以她的脾性是做不出这事的，因此没有深究下去。

那时候他那么宠爱云湘，宠爱到别的人都不想要了。云湘说过要他多陪纪氏，但即便他陪着纪氏，心也早已在云湘那里。纪氏看得出来，她什么都不说，但是他是看得出来的，她是不高兴的。

他原先喜欢纪氏，那是一心一意的喜欢，她嫁过来之后，偏偏带了一个丫头云湘，顾德昭越和云湘相处，就越是喜欢她的温婉平和。

云湘原先服侍纪氏如此用心，纪氏怀孕生了锦朝，孩子半夜哭，都是她急着去抱起来哄着。纪氏但凡有点不适，她比谁都要心急。小锦朝被送到通州的时候，她又比谁都伤心。

最后就是她伏在自己怀里，慢慢地死了的场景。她的脸苍白得可怕，身下的云纹锦被却全是血。

他知道纪氏不喜欢自己和云湘一起，但是没料到纪氏竟然这样害了她。

顾德昭想到这些，一阵愤怒让他的手都抖起来。

他深吸了口气，继续问玉屏："你……当初为什么不说？"

玉屏想到当年无论她怎么哭号，怎么求饶，那棍子还是不停地打在翠屏身上，她那么无力地挣扎着，颤抖地蜷缩成一团，想让痛苦更轻一点，但却一点用都没有。

"夫人当年也待我们极好，我们……我们不想把夫人说出来。"

顾德昭听完后，闭上了眼睛。

一切都沉寂下来，鞠柳阁没有一点声音，已经是深夜了，只有外面竹林被风吹过，簌簌声响。

他突然把桌上的一套青花缠枝的茶具拂下去，"哗啦"碎了一地。

饶是宋妙华，都被吓了一跳。但同时，她心里也明白，她这是戳到顾德昭的死穴了。

"好、好……"他连说两个好，脸上带了一抹凌厉的笑容，"我倒不知道，她竟然真能做出这样的事。"

宋姨娘小声地问："老爷，那……那该怎么办呢？还是当成什么都没有吧，毕竟夫人如今身体也不好，云姨娘的死都是过去的事了。而且，今天还是您的生辰。"

"我今年生辰，还以为她没有给我生辰礼。"顾德昭笑着说，"原来这就是我的生辰礼。"

他除了痛惜云姨娘的死，他还痛惜纪氏，她怎么会变成如今的样子，她怎么变成了自己最讨厌的样子？

当年他去提亲时，那个笑容温和，反倒惹他脸红的湘君去哪儿了？

当成什么都没有，怎么可能呢！

顾德昭闭上眼吐了口气："夜深了，你先带着玉屏回去吧。我明天亲自去找她。"

这事，只能他亲自来解决。什么玉屏、宋姨娘，都是没有干系的。

锦朝刚从纪氏那里回来。青蒲给她点了两盏灯，她拿着小绷慢慢绣着兰花纹。

不过片刻，绣渠却挑了帘子进来，行了礼道："小姐，鞠柳阁的碧衣姑娘想见您。"

碧衣姑娘是母亲的人,锦朝点头笑道:"快让她进来吧。"

碧衣走得很急,进来后行了礼,道:"大小姐,奴婢在鞠柳阁当差,是夫人提拔的。本来这事应该是先和夫人说的,但是奴婢想着上次因为奴婢说的事,反倒让夫人动了气。奴婢犹豫了很久,还是想着来找您说。事出紧急,奴婢才连夜前来。"

锦朝皱了皱眉:"上次?上次什么事让母亲动了气?"

碧衣解释道:"上次您揭穿姨娘给夫人下药一事,老爷不仅不信,反倒以为是夫人所为。夫人听了我的回话后反倒动了气。"

锦朝惊讶得站起来,声音都冷了下来:"你说什么?"

父亲竟然还怀疑是母亲的指使?

锦朝紧紧地握着手,声音宛如齿缝中挤出:"父亲这是……老糊涂了吗?"

"这事倒也过去了,大小姐不用生气。奴婢前来并不是为了这事的。"碧衣顿了顿,又接着说道,"今天晚上,宋姨娘带了一个三四十岁的妇人去鞠柳阁。我一看便觉得疑惑,就在门外偷听。您不知道,那丫头竟然是原先伺候云姨娘的。"

她把玉屏揭发纪氏的事说了一遍。

顾锦朝听完后倒是冷静下来,但是心里不断发凉。

"当时玉屏说完这些,父亲是什么反应?"锦朝问碧衣。

碧衣想了想才说:"奴婢听得并不真切,但是老爷似乎拂了一套茶具摔在地上,把奴婢都吓了一跳。"

青蒲见锦朝的脸色十分不好看,小声问:"小姐……您看这事……"

锦朝喃喃地道:"父亲信了……"

他信了才会如此愤怒。锦朝坐在大炕上思绪飞快,碧衣说明日父亲就会去找母亲,她还可以先告诉母亲这事,要是等父亲直接去质问她,母亲恐怕会更加动气。

但是这个叫玉屏的丫头是怎么冒出来的?宋妙华把她从哪儿搜罗来的?

锦朝很了解纪氏,她怎么可能害和她一起长大的丫头!

无论怎么说,她都应该找到这个叫玉屏的丫头。

这些事凭她一个人是做不了的,而且当年云姨娘的事她并不清楚,要去找徐妈妈商议才行。

锦朝想定之后,先让碧衣回了鞠柳阁,不要惊动了别人。她又让采芙和白芸去垂花门守着,免得宋姨娘连夜送人出去。随后她带着青蒲连夜去了母亲那里。

母亲已经歇下了,徐妈妈躺在内室围屏后的一张小榻上守夜。听到敲门声,穿了衣服起来开门，却见穿戴整齐的顾锦朝站在门外，压低了声音问她："大小姐，都这么晚了？"

"徐妈妈，都这么晚了，如果不是急事我不会来的。"锦朝冷静地说，"您现在找薛十六，把垂花门守住，如果有人要出去，坚决阻止。要是发现一个三四十的陌生妇人，立刻带过来。"

薛十六是母亲从纪家带回的护卫，是外祖母留给她防身的。

徐妈妈愣了一愣，大小姐这是在说什么？

让护院堵自家垂花门抓人，这事也是深闺小姐该做的？

"大小姐，您这是？"徐妈妈想问个明白。

锦朝向青蒲点了点头："你和徐妈妈去找护卫，路上把事情说清楚。您赶紧去，怕是去晚了人就离开了。"

徐妈妈见锦朝如此慎重，连忙套好衣服和青蒲一起去找薛十六了。

锦朝深吸了口气，推开隔扇走进了内室之中。

纪氏正在睡觉，一张枯瘦的脸搁在决明填芯的锦面枕上。她睡得十分不安稳，总是呓语，但是锦朝听不出她说的是什么。锦朝看着母亲，心里一阵苦涩的怜惜，母亲夜里好不容易能安睡，她真的不想把纪氏叫起来，打扰她的安睡。

她又悲哀又心痛。

但是这事母亲必须要知道，她要想清楚明天如何应对父亲的质问。

锦朝还是把纪氏叫起来了，几乎只是拍了拍纪氏的肩，她就睁开了眼，眼珠转了转，才看到了锦朝，嘴角扬起一丝笑容，把锦朝搂到怀里来："我的朝姐儿怎么到梦里来了。"

顾锦朝闻到母亲身上一股淡淡的药香，忍不住鼻子一酸。

"母亲，我是来找您了。我先扶您起来，有要紧事要说给您听。"锦朝拿了大迎枕过来，扶母亲靠好，又把大红遍地金的绫被掖好，坐在床边慢慢道，"您听我说，但是不要动气，这也没什么值得动气的。"

纪氏含笑着点头："我又不是孩子，我自然知道了。"

锦朝却真的笑不出来，她握着母亲的手说："今天，现在应该过子时了，应是昨天的事。宋姨娘找到了云姨娘原先的丫头，叫玉屏的那个，您还记得吗？"

纪氏叹了口气："记得。那时候云姨娘难产死了，煎药的翠屏就被乱棍打死，玉屏被放出府了。我当时可怜翠屏，也想替她求情，你父亲却不肯饶恕她。玉屏如今还好吗？"

锦朝点头道："还好，只是她这次来，是说当年云姨娘死的事。云姨娘因为误食催产汤药早产，又难产而死。但玉屏说药不可能弄错，是有人故意换了的，当时进云姨娘小厨房的人不多，她怀疑是您换了药。父亲听了可能是相信了，

第六章 识破

明日要来找你问话。母亲，您要好生想想，当时除了你，还有人会去云姨娘的小厨房吗，会不会是别人换了药？"

纪氏听了怔了很久，她似乎没反应过来，或者是想什么事情太出神了。

锦朝不由得握了握她的手，纪氏才摇摇头："那个小厨房，在云姨娘院子后罩房旁边，除了我和两个丫头，连粗使的婆子都不能进去。"

锦朝又说："那个玉屏说的话未必可信，指不定是她换了汤药反咬您。等到父亲明日来问，您能这样说吗？总之不能认下来，这事情古怪蹊跷。单是宋姨娘如何找到玉屏的，就值得推敲了，但我一时半会儿还找不到线索，您明天和父亲说好，可不能动气的。您觉得呢？"

纪氏点头，随即笑笑："我知道的，你才多大点，也来教母亲了。母亲还是知道的。"

母亲能这么想就好，锦朝心中松了几分。

外面却传来一阵喧哗的声音，锦朝站起来朝门外走去，却见是青蒲抓着一个妇人的衣领，薛十六和另一个护院扭着两个丫头前来。徐妈妈脸色铁青地站在旁边轻声道："大小姐，真如您所料。"

宋姨娘怕夜长梦多，想把玉屏赶紧送出去。但两个丫头又怎么挣得过薛护院，当即便被扭了带过来。

锦朝道："这两个丫头绑了扔耳房里，把玉屏带到东次间，我来问话。"又侧头对徐妈妈道，"母亲醒了，她今夜估计是睡不着了，您好生安慰她。"

徐妈妈点头："大小姐尽管放心去，奴婢知道。"

玉屏呜咽地哭着，被青蒲推搡到了东次间，她头发都乱了，浑身发抖地跪在柞木地板上。

锦朝坐到太师椅上静静地审视着这个玉屏，很久都没有说话。

按照年龄来算，她应该只有三十，看上去却如此苍老，在她面前畏缩得连头都不肯抬，这些年估计过得十分不好。她便柔和了声音，道："你不用怕，说起来，我小时候也应该见过你才是，我是顾家的大小姐。你真是服侍云姨娘的丫头？"

玉屏十分惶恐，宋姨娘说怕她明日和别人对峙出了什么差池，要连夜送她出去。然后她就被护院和丫头押到这里来，只听到周围的人说话，她心里怕极了。

是顾家的大小姐？那就是夫人抱去通州的那个女孩。玉屏抬起头看，才发现面前坐着一个十五六的闺阁女子，穿着一件绛红的妆花褙子，牙白的八幅月华裙，梳了简单的垂鬟分肖髻，却只在耳垂上戴了红色珊瑚珠。没有精心装扮，却显得容貌艳色，贵气逼人。

玉屏小声道："是的，我原来服侍云姨娘。"

锦朝顿了顿，又道："我听说，你揭发云姨娘的死，是我母亲下的毒？真是如此，还是，宋姨娘让你说的谎话？"

玉屏忙摆手道："我说的是实话，不是宋姨娘教的。我、我只是觉得这事并非十分的可能，但是十有八九就是夫人换的药。"

顾锦朝的声音冷了下来："你要说的不是实话，你旁边的丫头可不会给你好受的。"

玉屏吓得连连磕头："我就算再怎么苦，也不可能平白冤枉别人的。"

青蒲见这玉屏如此嘴硬，走到锦朝身边道："奴婢看不如折磨她一番，否则她是不会说实话的。"

青蒲的话是故意说给玉屏听的。

玉屏听了果然更害怕了，急急地磕头："大小姐宅心仁厚，不要惩罚我。我说的都是实话，宋姨娘……宋姨娘不过是让我说得更确凿一些。我全都说了，您一定要信我啊。"

锦朝看了一眼青蒲，丫头受不住刑的，都这么吓她了还不改口，看来她真说的是实话。

她深吸了口气，又问道："宋姨娘是怎么找到你的？"

玉屏犹豫了一下。青蒲一看，手立刻掐住她的脖颈，马上就要用力。

玉屏吓得哭了出来："姑娘不用如此……我……我说就是……"便把宋姨娘如何找到自己说了一遍。

锦朝听了不禁冷笑，宋妙华还真是苦心孤诣，费了这么大的力气把这玉屏找出来。这顺天府领五州十九县，人数千千万，她哪儿来的这么大本事找到玉屏？

"你说清楚了，她是怎么凭着线索找到你的？"

玉屏想了想，才说道："我……我跟着巧薇姑娘，她手上拿着一封信，我看那信里就写了我的事，似乎是顾家大少爷写的。"

顾锦朝顿时想起，顾锦荣最近和顾澜通信。

玉屏在顾锦荣小的时候服侍过他，他应该记得这丫头的事。他竟然就这么告诉顾澜了？顾锦朝的拳头紧紧握住，悲凉、愤怒涌上心头，她几乎快要压抑不住内心的失望。

锦朝忍了气，想了想，让薛十六派了护院看好这丫头，她去了内室，准备和母亲说清楚这事。

宋姨娘那边见两个丫头久久未回，巧薇派人到垂花门一看，竟然是大小姐身边的采芙和白芸守着，吓得赶紧回来通传。巧薇听了丫头的话连忙进了内室，喊了宋姨娘起来。

宋姨娘惊了一身的汗。穿衣梳头,巧薇跟她说已经寅时一刻了,再过一会儿,天就该亮了。

这一夜,谁都没有睡好。

宋姨娘过了一会儿才冷静下来:"我虽然使了手段找到玉屏,却也没有让她说谎,我慌什么。就怕那顾锦朝要耍花样。"但是顾锦朝是如何得知的消息?她怎么知道自己会让玉屏半夜出府去?

鞠柳阁有纪氏的人,上次她便通过那个丫头,把大黄的事透给纪氏听,想气她一气,是不是这丫头又跑去跟纪氏告密了?这实在不可能,那纪氏的性子太软,是宁肯自己吞了苦也不会惊扰顾锦朝的,不然怎么会让自己得意这么多年。

难不成是那丫头自己跑去告诉顾锦朝的?那顾锦朝听了消息,才吩咐了让人去拦玉屏。

她想明白了之后,就连忙让巧薇给她簪了那根梅花鎏金的簪子,然后带着巧薇和两个粗使的婆子去清桐院,却见清桐院鬼影子都没有,丫头全不知去哪儿了。宋姨娘心里一凉,顾锦朝肯定带人去纪氏那儿了。

她又连忙带着人去斜霄院。

斜霄院里灯火通明,几个护院正站在抄手游廊上,似乎在小声说话。

宋妙华脸上出现一抹淡笑,整了整凌乱的衣襟道:"这大晚上的,怎么这么热闹。护院都进夫人的院子里来了,可有点不太合规矩吧?"

顾锦朝在内室和母亲说话,徐妈妈站在廊庑下。看到宋妙华过来了,恨得牙都要咬碎了,却反而笑得格外灿烂:"姨娘,这大晚上的,您睡不着到处跑,似乎也不合规矩吧?"

宋妙华眉一挑,沿着青石小径走到廊庑下面,正堂门外是纪氏的几个丫头。不见顾锦朝和她那心腹丫头青蒲,应该和纪氏在一起说话。

她冷淡道:"你们斜霄院仗着护院强行抓了我的丫头,我这是要来找人的。"

徐妈妈笑着道:"您怎么能这么想呢,药里有大黄,那是夫人自己下的。云姨娘死了,又是夫人换了药。现在您丫头丢了,还要怪我们夫人藏了不成?丫头是长脚的,指不定是自己跟着小厮跑了去私会呢。"

她这番话指桑骂槐,宋妙华听得脸色沉下来。

"徐妈妈虽然是夫人身边贴身伺候的,但也不过是个下人,竟然敢这么和我说话。"

顾锦朝听到这话时正走到正堂内,跨出门槛,笑着看向宋妙华:"她没有资格?我总该有了吧?"又示意徐妈妈去内室看着母亲。

宋妙华看到顾锦朝出来，脸上出现一抹淡笑："大小姐这话说得，我是来要我那两个丫头的。您把人交给我，我这就……"她话还没说完，顾锦朝就抬手一巴掌打到她脸上，打得她头一偏，脸上迅速出现了红痕。

宋妙华心里怒火和羞辱腾地就起来了。从来没有人敢扇过她巴掌，顾锦朝不过是个十五岁的闺阁女子，还敢打她的脸？

顾锦朝状若悠闲地甩了甩手："我这还是第一次打你巴掌，你委屈吗？觉得不甘吗？赶紧去和我父亲说啊，看他是不是要来找我问话。"

宋妙华身后的两个婆子动了动，她闭了闭眼睛，却忍下来火气。顾锦朝原来那样嚣张跋扈，顾德昭都不会说她半句，她算什么？说到顾德昭那里，他也不会为自己说话。

她行了礼，道："不知道我犯了什么错，大小姐要掌掴我，还请说个明白话。"

锦朝看着她说："你自己干的事自己知道，你也不配听明白话。"

宋妙华咬了咬牙道："我知道玉屏是您带走了，我可以告诉您，我没有教玉屏说谎，那些事都是真的。夫人做没做过，您一问她便知了。我就算平日有愧于夫人，但也不会拿这云姨娘的死来说。"

顾锦朝笑了笑："是顾锦荣告诉你们，玉屏在哪儿的？"

宋妙华看着她不语。

"你不用替他瞒着。"顾锦朝其实都不知道自己是不是在笑了，她心里的愤怒已经淹没了一切，"你是要不到你的丫头了，要是没什么事，还是先回去吧。"

正是这个时候，徐妈妈却从正堂里出来，小声同锦朝说："大小姐，夫人想和宋姨娘说话。"

天已经亮了，顾锦朝一夜未眠。

她看着拂晓的白光，点了点头："您在旁看着，宋姨娘要是敢出言过激，您直接来找我。"

宋妙华闭嘴不言，跟着徐妈妈去了内室。

纪氏躺在大迎枕上，目光直直地看着她，又示意徐妈妈关门。

纪氏似乎觉得很累，闭上了眼睛："宋妙华，我一直没有亏待于你。"

宋妙华沉默许久，笑了一声："夫人，您当然没有亏待我。我这些年不也还了您不少吗？您身体不好，我帮您管内院，帮您教导顾锦荣，还在病榻伺候您，您还有什么不满意的？"

纪氏淡淡地说："我倒是想问你，你还有什么不满意的，非要杀了我，害了锦朝不可。你心里清楚，我要是真的嫉妒，你早就死得不能再死了，怎么轮得到云湘呢。"

宋妙华恭敬地行了礼，道："夫人此言差矣。老爷喜欢我，那不过是一会儿的新鲜，老爷喜欢云湘才是真的。您肯定看得出来的。"

纪氏笑了笑："你想要正室之位是不是？"

宋妙华一愣，又笑着道："夫人这话怎么说，我一心一意对您的，可没有觊觎过正室之位。"

纪氏却声音低了些，径直说："你放心，你一辈子都当不成正室的。"

宋妙华又行了礼："眼见着老爷要起身了，妾室去伺候老爷去了。等老爷来斜霄院了，您把那些话留着说给老爷听吧。"

宋妙华出了内室。

顾锦朝站在廊庑下，看着宋妙华走出来。她走到顾锦朝身边时停顿了一下，屈身道："大小姐，您对我发火也罢了，今儿个老爷过来，您再好好想该怎么办吧。"

顾锦朝笑了笑："我从玉屏那儿问了许多事，不劳姨娘费心了。"

宋妙华皱了皱眉，她没见过玉屏，实在不清楚她到底和顾锦朝说了什么。

宋妙华便笑笑："大小姐费心了。"带着自己的丫头、婆子离开了。

顾锦朝叹了口气，她只是做了自己能做的事，母亲怎么和父亲说还不知道呢。

昨晚上动静不小，到了天明的时候，几个姨娘都知道了这事。

郭姨娘听了消息，倒是沉思了许久。然后下楼去找杜姨娘闲话，杜姨娘却坐在正堂里念佛。

丫头上了茶，郭姨娘拿在手里，却和杜姨娘说话："咱们也去帮衬几句吧，这些年夫人待我们不薄，害云姨娘的事，我倒是觉得不大可能。"

杜姨娘喃喃念着经文，脑子里却是宋妙华说的话，她摇了摇头道："你一向明哲保身的，可不要这时候落了进去。不论是夫人还是宋姨娘，那是咱们比得起的吗。"

郭姨娘想想也觉得是，杜姨娘都不掺和，她怎么好说话。便照例去向纪氏请了安，当什么都没发生回了桐若楼。

顾德昭却一直都没有来。

纪氏不一会儿便累了，她晚上也没休息好，睁着眼睛看着从隔扇投下来的阳光。明明累极了，却一点睡意都没有。见锦朝担忧，她向锦朝笑笑："你昨晚说的话我都记得，玉屏的事没那么简单，我会向你父亲说的。"

锦朝看母亲的手一直捏着锦被的一角，就知道她心里并未放松。

纪氏却看着顾锦朝好久没移开目光，又放开了锦被，伸手过来紧紧地拉着她，笑着道："我的朝姐儿已经比母亲还要能干了，你更像你外祖母些，不知你上次去你外祖母家，见了你纪尧表哥没有？"

外祖母肯定和母亲说了想让纪尧娶她的事。

锦朝说："见过了。"

纪氏笑着点头："纪尧一表人才，为人又温和守礼。你虽说一直不喜欢他，但他也是十分好的。"

锦朝无奈地苦笑："母亲这话说得，您要是更喜欢纪尧表哥，我让外祖母叫他来陪您。"

纪氏笑起来，又握紧她的手："我除了我的锦朝，谁也不喜欢的。"

这时，徐妈妈却挑帘进了西次间，行了礼道："夫人，老爷来了。"

锦朝看着窗外微斜的夕阳，心中松了口气。母亲早些和父亲说清楚，心里也就不会堵得慌了。

她站起身时顾德昭正好进来，锦朝看了一眼，他的脸色实在不算是好看。行了礼道："父亲安好，您难得来看母亲。母亲病重，您好好和她说一会儿话，母亲也能觉得舒心些。"

父亲应该知道昨夜发生的事。她这是要劝他，说话顾及着母亲的身体。

顾德昭对着锦朝毕竟不好板着脸，点了头道："你和徐妈妈出去吧，我和你母亲单独说一会儿的话。"

西次间的隔扇关上了，顾锦朝走到正堂门口，让丫头端了绣墩过来坐着。

顾德昭看着纪氏很久。

她早就不年轻了，脸蜡黄枯瘦，搭在锦被上的手能看得见交错的青筋。一头乌发中已经有了几丝白发，就藏在她绾起的小攥中。当年他第一次看到她，如此清秀明媚，那个纪晗去哪儿了？

怎么岁月就这么过了，宋妙华还年轻美貌的时候，她就老成这样了。

顾德昭想到这些，不是没有感慨的。他在鞠柳阁想了那么久，就是在想着他和纪氏、和云姨娘过去的事。但是只要一想到云姨娘死的时候身下的血污，她苍白凄惨的样子，顾德昭对纪氏就重新愤怒起来，甚至无论她病成什么样子，他都有种恶意的、甚至是觉得纪氏咎由自取的感觉。

他终于开口说话："昨夜的事你应该都知道了吧，朝姐儿在垂花门拦下玉屏，我听护院说了。"

纪氏看着他的脸，顾德昭年近四十了，却更显得沉稳俊秀，难怪罗姨娘死心塌地地对他。

她点了头："我知道，老爷，您过来坐下说吧。"

顾德昭冷冷道："坐下说？还是算了吧，我说几句就走了。"

他一直盯着纪氏，还是想不出她怎么会忍心害了云湘，云湘可是一直待她

极好的。

"我问你,云湘的死,是不是你把她的药换了?"顾德昭看了她许久,才问道。

纪氏苦笑:"老爷,您就听信了宋姨娘的话,觉得云湘是我害的了?"她深吸了口气,就算锦朝早和她说了这事,但是面对顾德昭一张冷漠的脸,她还是觉得自己浑身都是刺冷的。

他如此容易被宋姨娘说动,如此轻易相信了玉屏的话,她已经嫁给他二十年了,这二十年还不足以让顾德昭明白,她是个怎样的人不成?

"朝姐儿已经问过了,玉屏并非宋妙华偶然碰上的,是她苦心孤诣找了来想陷害我的。不然又怎么会半夜送她出去。老爷,您可要想明白这事。"

顾德昭听了一时冷笑:"宋妙华怎么把这个丫头找来的,姑且不管,我看她说的倒是真话。你以为我是第一天怀疑你了?我知道别人不觉得你会害云湘,但是我还能不明白你吗,你不害宋姨娘,是因为她不会威胁到你。但是云湘不同,我……我对她是真心的好,你看得出来,所以你才忌惮她。"

纪氏听了顾德昭的话,气得深吸了口气,才继续道:"她是从小服侍我长大的,对我又忠心耿耿,我怎么可能要害她?"

她当时确实因为顾德昭对云湘的情分感到不安,却不会真的去害她。

顾德昭慢慢说:"人都是会变的,你心里害怕着呢。荣哥儿刚出生的时候,是云湘一直带着她。你看荣哥儿和云湘十分亲密,心中不悦,罚了云湘去小厨房做事。几个月后才让她回来,却把荣哥儿给了玉屏带。我说的你可认了?"

纪氏突然觉得十分疲惫,她闭上眼再睁开,才解释道:"但凡是个母亲,就不喜欢自己的孩子亲别人胜过自己。我自然也是有私心的,她对朝姐儿、荣哥儿好,我看着却并不喜欢。他们是我的孩子,就算交给嬷嬷带,也不该和云湘如此亲密。"

何况当时顾德昭一心留在云湘身上,她怎么会看不出来。

她是人,而且是顾德昭的妻子,怎么可能不嫉妒呢?

听到她这么说,顾德昭的语气愈发沉了:"那两个丫头原来是你的心腹,云姨娘因为翠屏死了,我当时就怀疑了你。你伤心极了,说自己还不如和云湘一起去了。我看你哭了半天,却连云湘的遗容都不肯看一眼,我就知道你想什么了。你要是真和她这么要好,怎么不真的和她一起去了?"

他这话说得实在是太恶毒了。

纪氏紧紧抿着嘴,顾德昭早就怀疑她了。

她是妒忌云湘,妒忌她死得如此早,顾德昭就要记她一辈子了。她也不想看云湘死的样子,这些她都承认,在云湘怀孕之后,她对她就不如原先亲密了。

但是，她无论如何都不会害她，毕竟两个人还有主仆情分，毕竟她怀的是顾德昭的孩子。

"你若是真如此不信我，我也没什么可说的。"纪氏低低地道。

顾德昭冷笑："你这性子一贯不讨喜的，不要总是做出这副受委屈的样子。便不说云湘的死，你那病怎么可能三番四次反复，岂不是你自己闹出的事吗？你想和宋姨娘争宠，在自己药中放了大黄，连朝姐儿都要煽动了去找她的麻烦。宋姨娘帮你管内院，已经十分不易了，你为何总是和她过不去？

"你总是说你为我抬了姨娘，抬了之后自己又要来讨委屈。我问你，这些姨娘，包括云湘，是我说了抬的吗？你占了贤惠的名声，还成了委屈的那个，倒是什么好处都占了。"

纪氏抬头看着他，却是泪眼蒙眬，什么都看不清楚。她连这个人都看不清楚了。

她嫁给顾德昭二十年了。早五年生不下孩子，四处求医问药，眼看着怀了锦朝，他又看上了宋妙华。她能不帮他纳了宋妙华吗？他去宋家吃酒，和人家三小姐在廊庑散步被人看到，宋妙华一个丫头都没带，不是有私情是什么？他不怕坏了宋妙华的名声，她还怕他坏了名声，对仕途无益呢。

她还怀着锦朝，帮他置办亲事，置办了宋妙华的院子。

她见顾德昭身边两个通房也不容易，他对那个姓杜的丫头更是十分宠爱，便也抬了做姨娘，免得怀了孩子不方便。

她为他做了这么多，他觉得她只是为了博一个贤名吗？

纪氏觉得自己应该很悲痛，偏偏她什么感觉都没有了，只是手抖得抓不住被子，胸中一股气喘不过来。她闭上眼睛，泪珠从眼角滑到鬓发里，十分冰冷，好像说什么都没用了。什么情意，顾德昭和她一起二十年了，竟然如此曲解她。

纪氏喃喃地道："我虽然不信任云湘了，却没有害她。大黄更不是我自己放进药中的，是宋姨娘做的。只是我也没想过和你说罢了，为何你就是不相信我呢？"

顾德昭叹了口气："要我信你，你觉得自己可信吗？我这些年一直在疏远你，除了因为云姨娘的死，还有你自己这个性子。你要是真的病发了，恐怕早死了数次。这病有几分古怪你自己清楚，你自己别用病来争宠，这让我觉得更厌恶你。"

纪氏过了好久才缓过神来，最后听到他这番话，却笑了笑。用自己的病来争宠？亏他想得出来。

她在这个人身上耗尽了年华，顾德昭却有一个又一个的姨娘。

纪氏侧头看着半开的隔扇，外面开得正好的一丛虞美人。

年年岁岁花相似,岁岁年年人不同。

顾德昭最后冷冷地道:"云姨娘毕竟是死了,你要是还有几分良心,就该夜夜自责。"

他手背在身后,静静地看着纪氏:"我们夫妻情分是再也没有了。纪晗,你还是安心养病吧,不要再多生事端了。其实我在书房,写了好几纸休书,但是到了最后全一把火烧了。便不是为了你,也为了朝姐儿,她总是要嫁人的。"

顾德昭离开了斜霄院。

纪氏怔怔地看着窗外的花,阳光斜斜地照进来,她却感觉不到一丝暖意。

锦朝看到顾德昭走出来,起身迎过去。

他的神色很平静:"昨夜你带着护院在垂花门抓了玉屏?"

锦朝行了礼说:"女儿只是想把事情问清楚,万一宋姨娘从中捣鬼,女儿也要防备着些。玉屏现就在东次间好好的,父亲要去看看吗?"

顾德昭摆了摆手,说她一句:"罢了,你毕竟是闺阁女子,可不要再做这样的事了。"

顾锦朝只是笑着应了,父亲的话对她来说一向没有什么用,她做这些,顾德昭怎么能明白。

她屈身送了父亲离开。

徐妈妈端着一盏党参枸杞乌鸡汤从游廊走过来,对锦朝道:"大小姐,夫人中午进得少。奴婢便炖了汤来,不如您端给夫人。"锦朝点点头,接过徐妈妈手里的汤,跨入西次间内。

纪氏正靠着隔扇,看着外面草木葳蕤,金乌西沉,橘黄的太阳光落在窗棂上。她消瘦的脸搁在大红遍地金的大迎枕上,更显得蜡黄。锦朝端了瓷盅过去,笑着拉母亲的手,问她:"您和父亲可讲好了?话说明白了就好,总归是没有什么的。"

纪氏笑了笑,她直看着锦朝,目光里有种奇怪的亮。

她点了点头,嘴巴张了张,却一丝声音都没有发出来,喉咙像是哽住了一样。

锦朝却没有注意到,她把汤盛在碗里,又舀了要喂给纪氏。

纪氏含笑着一口口喝了,汤进了嘴里,半点滋味都没有,但是她一口不停。直到她喝完了一碗汤,锦朝才舒了心。母亲还能喝下汤,应该是和父亲说好了吧。

纪氏紧紧地抓着锦朝的衣角,等到锦朝要起身的时候,才发现母亲拉着自己的裙角,不由得笑了笑:"您可是要我在这儿陪着你?"

纪氏却摇了摇头,然后她才听到自己说话:"你昨夜一夜没合眼,今儿又陪了我一天，先回去歇息吧。"她的声音轻飘飘的。

锦朝也确实累了，她忙了一天一夜没合眼，头如铁打般痛，又十分昏沉，要不是想着父亲和母亲还没有说完，她早就支撑不住了。她又看了母亲一眼，发现她还淡笑着，便说："那我先回去，明早就来给您请安。"

纪氏点了点头，一直看着锦朝转身走到了门口。

她要是出了门，自己就再也见不到她了。

纪氏突然紧张起来，又叫了一声："朝姐儿！"

锦朝回头笑笑："母亲还有什么事吗？"

纪氏也不知道自己为什么还要叫住她，却仔仔细细地将她看了个遍，才最后对她笑笑："好生休息，睡一觉起来就好了。"

锦朝点点头，跨出了房门。

纪氏一直望着锦朝不见了，一直看着，眼睛都疼了。

徐妈妈从门外面进来，试探着问她："夫人今儿也累了，不如早些歇息。至于玉屏和那两个丫头，奴婢来处理就好了。"说完叫墨玉进来服侍纪氏梳洗，又抬她上了榻。

墨玉给纪氏掖好了被角。纪氏一直没说话，等徐妈妈过来吹灯的时候，她轻声和徐妈妈说："等荣哥儿回来了，你要告诉他，要他听他长姐的话。"

徐妈妈笑了笑，握着她的手说："夫人这话说得，您是不是又胡思乱想了？大少爷还有一月就要回来了，您当面跟他说，比奴婢的话管用。"

纪氏摇了摇头，声音有些喃喃："朝姐儿已经如此能干了，我还要她来照顾着。这事她忙了这么久，我却还是无力辩驳，实在是……"

徐妈妈听了，觉得有些疑惑："夫人，究竟怎么了？可是老爷说了什么？"

纪氏却闭上了眼睛，说："我乏了，你们先出去吧。"

徐妈妈见她闭上了眼，却也不好再说话了。留了内室的一盏灯，带着墨玉退了出去。

外面还没有完全暗下来，纪氏睁开了眼，她看着床顶的雕了相禄寿喜的承尘，缓缓地叹了口气。喉咙又开始发痒，她忍不住剧烈地咳嗽起来。不想吵了外面的人，她用被子紧紧地捂着嘴，难受得蜷缩成一团。等她顺过了气，却又开始笑起来，她那是嘲笑自己。

母亲当年不赞成她嫁给顾德昭，她不听从，生平唯一一次硬了气嫁过来。她慢慢地老死在内院深处了，什么都耗尽了。那他呢？今晚又在谁那儿呢？宋姨娘还是罗姨娘？纪氏其实觉得这些都无所谓，男子三妻四妾很正常，她不是忍不下来。但是当两人的情分已经淡薄到这个地步，顾德昭用了这么多年来怀疑她害了云湘，又用了这么多时间来疑心她害宋姨娘争宠，真的够了。

　　她已经油尽灯枯了，耗不起了，也计较不动了。她不想拖累着锦朝一起跟着她受苦，她也不想让锦荣一直听信于顾澜和宋妙华，她更不想，活着还要忍受顾德昭的冷漠和猜疑。

　　纪氏最后深吸了一口气，慢慢抬手把脸上的泪痕擦干，然后摸索到了床角。

第七章

伤逝

第七章 伤逝

这个夜晚刮着风,半夜又下起大雨,快天明的时候才渐渐停下来。

锦朝睡得很沉,一点儿都没有被雨声吵醒,她是被青蒲叫醒的。她睁开眼的时候还很迷糊,只听到外面偶有淅淅沥沥的雨声,隔扇外还黑沉沉的,天都没有亮。

锦朝好久才醒过来,睡意蒙眬地问青蒲:"什么时辰了?"

青蒲却急得要哭起来:"大小姐,您快些起来,这真是急事,您起来再说。"采芙捧着一件水青色鹤望兰的襦裙,白芸捧着铜盆,身后是一脸苍白的墨玉,三人一起从外面进来。

锦朝看到墨玉也来了,有些疑惑:"怎么墨玉姑娘来了,是母亲要找我吗?"

墨玉摇了摇头,神情凝重:"大小姐,您快些去斜霄院吧。夫人逝了!"

天色刚明,还有些模糊不清。

锦朝带着几个丫头到了斜霄院,她脸上什么表情都没有。

斜霄院廊庑下,徐妈妈正等着顾锦朝过来。

她的眼眶红肿,一出声便是重重的鼻音:"大小姐,您过来了。"

锦朝看着她,听到自己冷静地问:"徐妈妈,母亲在哪儿?可是昨晚病亡的?"

徐妈妈深吸了口气,低声道:"您先过来看看。"她转身往内室里走。

锦朝跟着进了内室,她看到纪氏的尸首之后也愣住了,眼睛睁得老大。

床头纪氏的尸首,被一根腰带勒着脖子吊在雕花的红漆床柱上,头歪着,身体扭曲。

母亲不是病死的,是自缢而死,她竟然是这样自缢的。

锦朝觉得自己似乎喘不过气,胸口被什么东西憋闷着,难受得她忍不住浑身发抖。

她张开了嘴要说什么,却又茫然下来。她伸了伸手,一把抓住了徐妈妈的衣袖。"徐妈妈,母亲死了,她真的死了……"她喃喃地说。

徐妈妈从来没见过顾锦朝这个样子,眼眶一红,反手握住她:"大小姐,您……夫人她……"

刚才来的路上,她心里还有一种十分不真实的错觉,母亲怎么可能就这样

死了呢？她甚至还觉得是不是她做了一个噩梦，梦到墨玉和自己说母亲死了。

母亲是真的死了，她不管她了，也不管锦荣了。她真的活累了，竟然这样死了。

锦朝终于忍不住号啕大哭起来，她像孩子一样紧紧地揪着徐妈妈的袖子，身子似乎支撑不住般往下坐去，哭得要喘不过气来。

母亲为什么要这样死？她满心想母亲好好活着，她还为母亲请了萧先生，为什么母亲都不等到萧先生来。为什么她对母亲这么好，她还是伤心绝望到自缢了。

母亲这样死了，谁来帮她结好看的络子，谁来为她打金丝髻头面，谁来抱着她，疼爱地喊着"我的朝姐儿"。谁还会无论她做了什么，都从不说她。

昨日她拉着自己的裙角，一直看着，她都走了，还要叫她回头，她再看看。

她那个时候，肯定就不想活了，她那是要最后看看自己。自己那个时候怎么没有发现，她怎么不好好握着母亲的手，陪她一晚上。

徐妈妈忙拉住她起来。她身体软软的，好像什么支撑她的东西都没有了一样。

她见着锦朝这样伤心，忍不住哭着道："夫人怎么会这么想不开。这……这就去了，您怎么办，大少爷怎么办？她即便是真的对老爷灰心，也不该、不该这样死。"

顾锦朝茫然地看着徐妈妈，过了好久似乎才听懂了徐妈妈的话。

她抓住徐妈妈的手，问她："徐妈妈，母亲昨晚是不是和您说了什么？"

徐妈妈哭得泣不成声："昨夜……昨夜夫人跟奴婢说，她和老爷辩驳不成，奴婢还以为自己听错了。现在想想，定是昨日老爷和夫人说了什么，才惹得夫人这般……大小姐，您不知道。老爷这些年一直在疏远夫人，对她误解十分深。上次大黄那事，明明是夫人被宋姨娘害了，偏偏老爷觉得是夫人闹事，说她惯会闹腾，还要拖着您一起闹腾。老爷本就一直猜是夫人害了云湘，这些又有了玉屏的说法，肯定要为了云湘和夫人撕破脸皮的。夫人遭此侮辱，肯定是觉得活不下去了。"

锦朝听完徐妈妈的话，手忍不住重重地颤抖着。母亲这样凄惨地死，是不是因为父亲的话。他昨天究竟说了母亲什么？母亲还病重着，他为什么就不能体谅母亲。

她做了这么多，她这么努力想救母亲，为什么顾锦荣要和顾澜说玉屏的事？为什么父亲始终不相信母亲？为什么这些人都要来害她的母亲？为什么他们都要害她？

一股愤怒的情绪涌上心头，顾锦朝反而有些冷静了下来，她扶着徐妈妈的手,慢慢地制住了眼泪。她觉得自己要做什么,母亲不能白死,她一定要做什么。

那头顾德昭得知了纪氏的死讯,连惊讶的时间都没有,赶紧就往斜霄院过来。

昨个纪氏和他说话不是还好好的,怎么今儿个就死了?来报的丫头什么都说不明白,支支吾吾连纪氏怎么死的都不清楚,他发了一通脾气。斜霄院的人也太不懂事,派了个什么都不懂的丫头过来。

他走进斜霄院,谁也没拦着,但也没有人来回话。顾德昭径直往正堂走过来,又沉声说:"人呢?纪氏怎么死的,怎么连个丫头都见不着?"

内室的门开着,徐妈妈听到了声音,忙走出来道:"老爷,夫人在内室。您……您快进来吧……"

顾德昭强压着心里的怒火,举步走进内室,正看到顾锦朝看着自己冰冷的目光,他忍不住皱了皱眉:"你这是……"

他话还没说出来,抬头就看到了纪氏的尸体,他惊得眼睛都睁大了,不可置信地看着尸体。

没来之前,他还猜测纪氏是不是突然疾病,想着斜霄院的丫头们也太粗心了。但是如今一看,纪氏死的样子立刻震慑住了他,她竟然活活把自己勒死了。

顾德昭后退了一步,手都在发抖。

顾锦朝却走上前去,看着他笑道:"父亲,您终于来了啊。您刚才是不是要骂我,您怎么不说话了?是不是也被母亲的样子吓到了?母亲不是病死的,她是自缢而死。您说,她都病成这样了,怎么有力气投缳呢。她只能把腰带缠到床头,再套到自己脖上,用了劲从榻上顺势滚下来,也就能将自己活活勒死了……"

顾德昭说不出话来,他慢慢地走上前,却又像是被纪氏的尸首吓到,又连退了好几步。

"她……她怎么会自缢呢?为何如此想不开呢?这……实在是不应该。"

顾锦朝轻轻地道:"不应该?父亲,您能这么冤枉母亲,还有什么不应该的呢。母亲这些年为您做了这么多事,您不记得她的恩情也就罢了,为什么要这么对她?她已经病成这样了,您就不能体谅她,不要说伤她的话吗?是不是现在把她逼死了您才满意?"

顾锦朝已经控制不住,说完最后一句,又忍不住哭出来。

母亲这样死了,她怎么能不伤心。但是除了伤心,她还要做很多事,母亲不能白死。

顾德昭脑中已是轰然一片。他以为……以为纪氏只是靠着自己的病来闹腾;

以为她因为妒忌,害了云姨娘;以为她这么多年,早就变得面目全非。其实他还以为,无论他做什么,纪氏都不会反抗的,以她的性子,只会温和地忍下来,当成什么都没发生,他一直都知道……所以放任自己做这些事。

他忘了,纪氏是个性子烈的人,自己对她的刻薄到了极致,她也是要反抗的。这就是她的反抗。

顾德昭有些慌了神,自己早知道她有一天会死。但是,当她真的这样死在他面前,他反而觉得不能接受。再怎么说纪氏也是陪了自己二十年的。

"我说的那些并不全是错,她……她害了云姨娘,又在自己的药里放了大黄……"顾德昭喃喃地说,似乎要为自己辩解一般。

顾锦朝冷冷地看着父亲,这一刻,她真是忍不住想冲上去狠狠地把父亲打醒。看着母亲的尸首,他竟然还敢这么说。

"害云姨娘?父亲您怎么不想想,母亲要是真的妒忌云姨娘,会为您抬了她吗?她要是真的存心害云姨娘,用得着换药吗?用得着等到云姨娘孕满八月才动手吗?我早就告诉过你了,我那丫头看到宋妙华的丫头和回事处的人勾结,把大黄放在母亲的药中。您不信就罢了,为什么要猜是母亲做的,为什么要怀疑她?母亲怎么会做这样的事。正是因为她长期误食大黄,病情才会反复。"

因为纪氏的死,这一切都显得清晰起来。

顾德昭也红了眼眶,颤抖着嘴唇,艰涩地开口道:"我……我并不……"

"您想说您不知道?还是您不是有意的?"顾锦朝的眼泪顺着脸颊流下,慢慢地说,"父亲,她和您一起二十年了。什么是'宋弘不弃糟糠妻',您知道吗?您连母亲的性格都不了解,还敢这样言之凿凿?您为什么要怀疑她,您为什么要怀疑她啊?"她说到最后几句,已经哭得哽咽,颤抖地半蹲到地上,几乎喘不过气来。

顾德昭紧紧地握了拳头,看着纪氏蜷在床栏旁的尸首,她不算矮小,但是病了这么久,身体竟然瘦成这样,蜷缩起来只有小小的一团。

"是我对不起她。"顾德昭终于叹了口气,哑声说。

顾锦朝流着泪说:"我早和长兴侯世子说好,要找了替他医治的萧先生为母亲治病,人不久便要到了。这个时候,您竟然这样气得母亲自缢。为什么你们都这样,为什么不能让我救我母亲?"她颤抖地环着自己的肩。

原来长兴侯世子来找她,是为了纪氏的病。

顾德昭听她这样说,不禁道:"这……你该早点告诉我的……"

锦朝满面泪水地怒吼他:"难不成我早说了,您能就不会误解母亲了,不会说那些话了?母亲就不会死了?"

顾德昭听着她一声高过一声的责问，张了张嘴，许久没有说话。

他紧紧地捏了拳头，脸色灰白："你……若是说我能好受些，尽管说吧。"

"我说您有什么用。"她说着揪着他的衣袖说，"您能把我的母亲还给我吗？您把母亲还给我。这个家里只有母亲对我最好，您和锦荣都喜欢澜姐儿，没有人喜欢我，我只有一个母亲，您把母亲还给我……"

顾德昭听着锦朝的这些话，终于也忍不住眼泪流下来："朝姐儿，别这么说。我可是你父亲，怎么会不喜欢你。"

他想伸手去搀扶锦朝，锦朝却一把挥开他的手，像孩子一样紧紧地抱着自己。

直到徐妈妈等闻声进来，有的去安慰锦朝，有的要去动纪氏的时候。

顾德昭突然道："不要动。"

下人都愣住了，回头看着他。

他撩起衣袍，对着纪氏的遗体，缓缓地跪了下去。

这样的混乱一直持续，徐妈妈和佟妈妈出面主事，青蒲墨玉等就安慰锦朝。过了很久她才缓过来，才真正从失去母亲的悲伤中勉强振作过来。

他们说得对，母亲的后事还要有人操办着，她要是不能顶事了，谁还能来做？还有最要紧的，母亲这样的死，她总要找人算账，为母亲讨公道的。她总要为她报仇的。

锦朝的手紧紧揪着袖子，抬起头来时，头发凌乱，脸上满是红痕泪痕，但却有种风雨不可摧的坚定。她叫青蒲打水给她洗脸，她不能再沉溺在悲伤中了。没有人可以护着她，让她好好悲伤。

徐妈妈正在一边候着，见顾锦朝久久都不说话，也没有出声。

锦朝转过身，问徐妈妈："母亲的死，你派人去告诉各位妹妹和姨娘没有？"

徐妈妈摇摇头道："奴婢还没有，怕消息传出去，只有墨玉和奴婢知道此事。丫头婆子我都叫去后院让她们做别的事了。"

锦朝淡淡地说："那便好，您现在让丫头挨个去告知各位姨娘过来吧。总是要知道的。"

她想了想，又道："另外，去外院请了薛护院往通州告诉外祖母，再派人去七方胡同叫顾锦荣回来。我毕竟未出阁，不好帮母亲操办丧事，您亲自去祖家，请了祖家的二夫人过来帮忙操持。"

徐妈妈见顾锦朝虽然还是眼眶红肿，面色憔悴，但毕竟已经挺过来了，能吩咐她做事了，她应"诺"说："奴婢这就去。"

斜霄院的丫头听了令，各自去了姨娘和小姐的住处。

宋妙华正和顾澜在进早膳，听了来报丫头的话，惊得连一碗莲子薏仁粥都打了。

"夫人逝了？究竟是怎么回事？"

来报的不过是斜霄院一个小丫头，听了道："奴婢一直在后院忙活着，也实在不知道，姨娘不妨去看看，斜霄院正忙做一团，奴婢恐怕要先告辞了。"

顾澜听了纪氏的死讯，心里也很惊讶，惊讶过后便是松了口气，纪氏死了，她就有理由不嫁穆大公子了。只是纪氏死得实在奇怪，她那身子骨虽然弱，也不是真的要病死的样子。

顾澜正要问宋姨娘什么，却发现她脸色十分不好看，摇了摇她的手小声道："母亲，我怎么看您并不是很高兴的样子。纪氏死了不是好事吗？"

宋妙华吁了口气："虽是如此说，但我总觉得心慌得很，她死得太奇怪了，也不知道怎么死的。"又看了一眼顾澜身上的湘妃色如意纹综裙，"你赶紧回去换一身素净的，我先去斜霄院，你换了衣裳赶紧过来。"

顾澜不敢怠慢，连忙回了翠渲院换衣服。

管事接了令，赶忙去适安县里买了丧事用物，遗体由墨玉给她换了寿衣，抬到了正堂内，小殓床头点了七星灯，又一路引了过桥灯出门口，一直到斜霄院外。

顾德昭还木然地跪在灵前，也没有人叫他去换了丧服，他一直守着纪氏的尸首，话都没有说一句。

锦朝冷冷地看了父亲一眼，回屋去换了丧服出来。

倚竹楼的顾漪和顾汐先过来，罗姨娘随后也到了，几人也先去换了丧服。这时候宋姨娘才赶过来，她穿了一件淡青色的丁香纹褙子，眼眶红肿。

她一来就直扑纪氏灵前，痛哭出声："夫人……您怎么……怎么就这么去了啊。"

顾德昭听到了宋姨娘的声音，突然抬起头来。宋姨娘愣愣地看着他，没反应过来，他突然暴怒一般掐着宋姨娘的脖子把她推到墙上去，又咬着牙说："你还有脸来，是你害了湘君，是你害了她。谁要你在这里猫哭耗子的。"

宋妙华顿时蒙了，纪氏究竟是怎么死的。怎么前一刻顾德昭还对自己郎情妾意的，一个晚上的时光就恨不得要杀了自己了。她不是病死的吗，关自己什么事。

顾德昭掐着她的力道太大，她难受得抓住顾德昭的手，艰难地说："老爷……妾身可什么……什么都没做过，您让我，看看夫人的遗容……妾身就算要认错，也须得知道自己究竟错什么了。"

顾德昭一把把她推到纪氏尸首旁边，压抑的情绪反倒找到了爆发口："你……你给我好好看，看仔细了，看清楚湘君是怎么死的。"

宋姨娘猝不及防撞到了小殓床，手碰到了纪氏的尸首，冷冰冰的，她吓得倒退了两步，才看见纪氏脖子上那道瘀紫的勒痕。难怪、难怪……她竟然是自缢死的。

宋姨娘连忙跪过去抓住顾德昭的衣袖，又惊又恐："老爷，这、这不可能。纪氏都病得这么厉害了，站都站不起来，怎么可能是自缢的，定是有人要害她。妾身昨夜一直都在临烟榭没有出来过啊，一定是别人。"

顾德昭看着她这张花一样的脸，又想起不比她大几岁却枯瘦苍老的纪氏，心中顿时愤怒了，抬手就往她脸上抽去，怒气冲冲地道："你还想说别人杀了她。她是在床头自缢的，要不是你找了玉屏来说是她杀了云姨娘，她怎么会自缢。"

顾德昭的手劲当然不是锦朝能比的，宋姨娘被他一巴掌扇到地上。刚跨进门的罗姨娘看到了，想上去劝两句，被身后的锦朝拉住手："不要过去。"

罗素小心地看了看盛怒的顾德昭，听了锦朝的话乖巧地退到一边去。

锦朝冷冷地看了头发都被打散、狼狈不堪的宋姨娘一眼，吩咐守在门口的丫头："别人若是过来，引到花厅去，不准扰了父亲和宋姨娘。"

丫头应"诺"，锦朝面无表情地往花厅去。

宋姨娘听了顾德昭的话，怔怔地扶着麻木的脸颊。纪氏受辱自缢，这关她什么事，是顾德昭要来找纪氏质问，又是纪氏自己太软弱不堪。她……她顶多是推波助澜而已。

顾德昭冷冷地道："你在她药中放入大黄，想早日致她死地，光这条就足够让你没命了。你一个妾室，竟然这样陷害正室主母。我倒是不知道，我身边还有你这样歹毒的人。从今日起，内院的事都不用你管了。我永远都不会见你，你好好地在临烟榭为湘君吃斋念佛到老死吧。"

他狠狠地挥开宋姨娘的手，指着门说："现在就给我滚出去。湘君的灵前容不下你这样的人，快滚。"

宋姨娘又惊又怕，她不知道为什么只是一夜过去，事情就天翻地覆了。她从此要失宠了，那谁来保护她的澜姐儿。

她不死心地想继续拉顾德昭，哭得狼狈不已："老爷，都是妾身的错。但……但妾身就算有错，也不该被这样……"

顾德昭现在是看她一眼都嫌多，一脚就踹过去，厉声道："你要是不滚，我找护院来扔你回去，到时候看你还有没脸活下去。"

宋姨娘怔怔地瞪大眼，嘴唇颤抖，过了好久她才明白过来这一切都是真的。看着顾德昭冷漠的样子，她伺候他这么多年的情分，都是狗屁。随着纪氏的死，她竟然什么都没有了。

宋妙华慢慢从地上爬起来，脚步蹒跚地往外走去，一向是精心打扮的人，如今蓬头乱发，脸颊红肿，泪痕冲得妆容花成一片。来往的丫头都瞥她一眼，没有人扶她一把，甚至没人理她。这都是斜霄院的丫头，是纪氏的人。

正堂的动静，花厅能听得隐约。锦朝这时站起来，对正哭着的顾漪和顾汐说："你们也去吊唁吧，等到顾澜来，记得让她换上齐哀服。"

顾漪点头，轻声道："长姐放心，我们都知道的。"

顾锦朝想对顾漪笑笑，但是她扯动了嘴角，却怎么也笑不出来，只能转头走出花厅，在抄手游廊上迎上宋姨娘。

"姨娘怎么样子如此狼狈。"锦朝看着她，淡淡地道。

宋妙华抬头看着顾锦朝，她觉得心中有十分的怨恨，但除此之外是深深的疲惫，疲惫得连说话的力气都没了。"我都这样了，你还想如何？"

锦朝冷笑："这样？这算什么，这比得上我母亲痛苦的十分之一吗？你觉得这就算完了。不，夺了你主中馈的权，禁了你的足，让你失宠，这能算什么呢。我后面还有好的东西在等你呢，宋姨娘。"

宋妙华冷冷地看着她，声音虽然低，却有种不甘的愤怒："纪氏是自缢死的。她自己软弱，关我什么事。失去的这些……我……我还要拿回来的。"

锦朝靠近她，声音又轻又缓："拿回来？姨娘想得太简单了。我告诉你，只要有我在，你和顾澜一辈子都翻不了身，你对母亲做的事，我千百倍还到你们身上。"

徐妈妈找回事处写了丧书，派了护院快马加鞭送往七方胡同。

顾锦荣接了纪氏的丧书，又惊又悲得瘫软在地上。

子女在外，父母逝世，那是要奔丧的。

顾锦荣顾不得别的，和周先生请了假，换了丧服戴了丧冠，骑快马往家里赶去，到家门口刚下了马脚都软了。大半天的路，他几个时辰就回来了。

此时天已经黑了，门口白花花的一片，前来吊唁的人已经开始出入了。

李管事早等在门口，见到顾锦荣，连忙上前扶他进去。家里到处都是缟素，顾锦荣茫然地抓着李管事问："母亲怎么会死？我走的时候她还好好的，她怎么会突然死了呢？"

他惧怕得手都在抖，眼泪横流。

李管事什么都不能说，只能安慰他："您节哀，我带您去夫人的灵堂。"

顾锦朝已经跪在灵前烧了半天的纸，两个姨娘就跪在她身后。顾澜也来祭拜了，刚来就哭喊着扑在灵前，连遗容都没去看。顾锦朝却理都懒得理她。

顾德昭已经从纪氏的死中渐渐恢复过来，至少知道接待来吊唁的人了，却也没有理会哭灵的顾澜。

顾澜哭了一会儿见没人理，就退到一边去跪着。心里暗自腹诽，怎么没见着自己的母亲，她不是早就来了吗？正想着要不要去临烟榭看看，就听到门口一阵喧哗的声音。

顾澜抬头望去，是穿齐哀服的顾锦荣回来了。他一把挥开丫头的手，大步往正堂走来，顾澜连忙迎上去，拉住顾锦荣哽咽道："荣哥儿，你可算是回来了。母亲她是昨夜……昨夜突然……"

锦荣浑身冰凉，语气满是不可置信："二姐，母亲她究竟是怎么死的，怎么可能这么突然。我、我都没来得及见她最后一面。"

顾澜轻声道："是病的，你也知道母亲的病……"

顾锦朝却淡淡道："顾澜，你给我闭嘴。"

顾澜边啜泣边道："长姐，我知道您不喜我，但这时候您也要体谅着母亲尸骨未寒……"

锦荣也不知道顾锦朝为何出言喝止顾澜，只是见顾澜哭得厉害，也忍不住心中的悲伤："长姐，都这个时候了，您也不要……"

锦朝闭上眼冷笑，母亲，您真该好好看看，这就是我嫡亲的弟弟。

她站起来，冷冷地看着顾锦荣道："我喝止她，因为她胡乱说话。母亲根本不是病死的，而是自缢而死。"她揪着顾锦荣的衣领一把扯他过来，说，"你给我好好看看，看仔细了。"

顾澜听了顾锦朝的话，脸色一白。这里没有她的人，根本没有人跟她说纪氏是怎么死的。她过来后又忙着哭灵，连纪氏的遗容都没看。这里的一切都透着诡异，自己的母亲为什么不见了，纪氏怎么会自缢？她心里突然非常的不安。

顾锦荣扑到了小殓床边，看着纪氏凄惨的死状，怔了好久，才忍不住悲痛地叫了一声母亲，就抱着纪氏的尸首号啕大哭。

锦朝吩咐一旁的婆子把他拉开，遗体是不能沾上活人的泪水的。

顾锦荣被婆子拉开才恢复了些理智，抬袖擦了擦眼泪，立刻拉住了锦朝的衣袖咬牙切齿地问她："长姐，究竟是谁害了母亲。您要告诉我，我要为母亲报仇。"

锦朝真不知自己应该哭还是笑，她喃喃地道："报仇？那你自己就该死了。"

顾锦荣愣住了。

锦朝盯着他，冷冷地道："你一直相信顾澜，就算是我告诫你她居心叵测，你还是在相信她。就是你的信任害死了母亲。你写信和顾澜说了玉屏的事，宋姨娘就凭此找了玉屏过来，诬陷母亲杀了原来的云姨娘。母亲是受辱自尽啊。你说，这不怪你还能怪谁。"

顾锦荣不可置信:"这……她们怎么能把她找来?"

锦朝慢慢吐出几个字:"李记糖炒栗子,你还记得吗?"

顾锦荣顿时面色苍白,他说过这家栗子,是和顾澜通信的时候。

他僵硬的目光看向了顾澜,握紧了颤抖的手。

锦朝却还没有说完,她继续低声道:"母亲病成这样,已经不能投缳了。便将腰带系到床头,又缠在脖子上,顺势一滚就……她死前不久,还嘱托了我照顾你。"

顾锦荣听着锦朝的话,脑海里轰然一片。

云姨娘死的时候他四五岁,已经开始记事了。他知道云姨娘死得有些蹊跷,下人们和他说都支支吾吾的,但他从来没有怀疑过是母亲杀了云姨娘。伺候他的玉屏,原先伺候过云姨娘。顾澜找了玉屏来,诬陷是母亲害了云姨娘?

原来是这样!母亲竟然是因他而死。因为他说了玉屏的消息,让顾澜找了玉屏来诬陷母亲。

"长姐,真是如此?"顾锦荣拉着锦朝的衣袖,眼睛里蓄满泪水。

锦朝一点都不想碰到他,抓着他的手拿开:"你不信吗?那就赶紧说我又诬陷了顾澜去,去父亲面前闹一闹。看看你二姐哭得多伤心,你不帮帮她吗?"

顾锦荣又是悲凉又是悔恨,望着长姐避开自己的手,他简直痛不欲生。是他害死了母亲,都是他的错。如果他听了长姐的话,如果他不再相信顾澜,是不是母亲就不会死了?她竟然是被侮辱后自缢的,死得这样凄惨。

顾澜听着惊慌无比,顾锦朝怎么把这些事知道得这么清楚,她怎么知道自己和顾锦荣通信的。顾澜心乱如麻,见顾锦荣看都不看她一眼,她慌了神,上前拉住顾锦荣道:"荣哥儿,你可要相信我啊!我待母亲一向好,怎么、怎么可能害她。"

顾锦荣冷冷地盯着顾澜,哑声说:"你害了我母亲。"

看着顾锦荣从来没有过的,似乎要啖肉饮血的凶狠目光,顾澜哭诉道:"我也不明白母亲是怎么死的,我也什么都不知道啊。荣哥儿,我们可有多年的姐弟情分。"

顾锦荣咬着牙,一点都听不进去顾澜的话。

"你害了我母亲。"他一字一顿地重复了一遍。巨大的愤怒和自责的情绪完全占据了他,他压抑得发抖,语气却还无比冷静,"顾澜,你借我之手害我母亲。她还病重着,你居然借我之手害她。"

顾澜后退了一步,她觉得顾锦荣似乎立刻就要扑上来打她,但是顾锦荣没有,他一直盯着自己,一动不动,十分可怖。她蠕动着苍白干燥的嘴唇说:"荣哥儿,你听姐姐说……"

他突然吼出来："你算什么姐姐。给我闭嘴，我只有一个长姐。"

顾锦荣从来没有发过如此大的脾气。锦朝跪在灵前烧纸，看到站在顾锦荣身后的几个婆子都被吓得瑟缩了一下。她心里叹了口气，侧过头，却看到顾锦荣满脸的泪水。

到底是极致的愤怒还是悲伤？

顾澜离开了斜霄院，她满心的惶恐，奔向了宋姨娘的临烟榭。宋姨娘和她的丫头都被外面的婆子看起来，一个都不准出来。顾澜看了更是心惊肉跳，这些婆子可都是外院的，怎么过来看着母亲了，难怪没人过来和她说纪氏的事。婆子倒是没有难为她，行了礼放她进去。

宋妙华正靠着大炕，目光茫然地望着面前放着的香炉。残香幽幽，她面无表情地看着。

顾澜跨进了西次间，宋妙华从斜霄园回来刚梳洗过，头发梳得整整齐齐，那脸却高高肿起，顾澜一眼就看到了。她忙走过去问："姨娘，您的脸怎么了？巧薇呢，怎么不在这儿伺候您？"

宋姨娘抬头看还茫然不知的顾澜，突然觉得悲从心起，她成这样了，澜姐儿怎么办？

她喃喃地道："巧薇、玉香她们都被赶去外院厨房了。现在照顾我的是两个刚留头的丫头，在后面玩百索。"

顾澜不可置信地道："怎么可能，巧薇可是您的心腹，谁会罚她？"

宋姨娘看着窗扇外的草木，轻声道："从此我就不受宠了，甚至还不如杜姨娘和郭姨娘。我得日日在这里抄经书，也不能要太多人伺候。澜姐儿，你要好好照顾着自己。从此后你得靠自己了。"

顾澜听得都蒙了，她忙上前坐在宋姨娘旁边，拉着她的手问："您这是什么意思？我正想问您，您怎么不在灵前守着。"说到这里她又想起顾锦荣暴怒的样子，不觉有些后怕，"顾锦朝什么都知道了，是不是她也和父亲说了，所以才……"

想到这个可能，顾澜面色大变。

纪氏自缢，是因为他们的诋毁。父亲要是明白这里面有母亲的推波助澜，肯定不会轻饶了她们。何况母亲在纪氏的药膳里加大黄，父亲要是知道了，母亲哪里能讨着好。

宋妙华望着自己的女儿，张了张嘴想说什么，却"哇"的一下哭出来，抱着顾澜一句话都不说。

顾澜见母亲如此，心都冷透了。母亲如此绝望，那必然是最坏的一种猜测了。

宋妙华哭了一会儿才收住了，拉了顾澜咬牙说："就算如此，我的澜姐儿也不能被顾锦朝欺压。你得记得，以后嫁一个顶好的人家当正妻，看以后谁还敢欺负你。"

顾澜也哭了起来，母亲不能帮衬她，如今顾锦荣肯定是和她闹翻了。她一个人得有多艰难。

徐妈妈傍晚的时候带着丧书到了大兴顾家。

太夫人听后沉思了许久，才对二夫人说："我不便前往，还是你替我去吧。顺便和老四、老五媳妇也说一声，让他们也去吊唁。都这么多年恩怨了，再怎么也要化解的。"

二夫人应是，去了五夫人的院子。

五夫人听了之后想了想，去书房里找顾五爷。

叶限正在顾五爷的书房里看他雕核桃，顾五爷喜欢鼓捣这些小玩意儿。

叶限坐在书案上看了许久，突然说："姐夫，你这刀这样不好使。"

顾五爷雕核桃是一绝，雕的苏东坡泛舟赤壁，连舟上"山高月小，水落石出"的对联都清清楚楚。因而挑了眉说："这样不好使，你想怎么改？"

叶限伸出两根素白的手指，比了一段长："刀身做一个这样的弧，更好用力。其实用来杀人是最好的，刀尖再长些，入骨了收不住势，能把人削成两半。"

顾五爷听得汗毛直立："你从哪儿知道的？"

叶限答说："原先教习我的师父有个喜欢兵械的，现在在四川做千户。"

顾五爷知道叶限有一些手下，这些人神神道道的。例如跟着叶限的某个侍卫，腰上常挂着一把奇怪的弩，他有一次想拿来看看，那人粗嘎地笑着对他说："五爷可别动，您不会使，小心它把您穿成筛子。"

顾五爷听了难免腹诽，你天天都带着，怎么没见它把你穿成筛子？

后来他有一次看到叶限把那玩意儿拆开，里面并排放着无数根四寸来长，寒光凛冽的钢针。叶限在修整它，射穿了他正堂前面一株碗口粗的榆树。他就再也不碰叶限或者他属下的东西了。

叶限对这种事好像特别有天赋。不过这也是，他做什么都异常的聪明，简直聪明得让人生畏。

顾五爷正不知道该说什么，就看到自己夫人带着丫头过来，忙擦了擦额上的汗迎过去，说："小心身子。"

五夫人膝下只有顾锦贤一个，前两月又被诊出喜脉，顾家上下都很惊喜。

叶限却不以为然，姐姐如今都三十有余了，又向来底子薄，哪里还适合生育。

叶氏并不介意,叶限就是这个性子。原先他还不喜欢顾锦贤呢,现在两人不也挺好的。

叶氏不管叶限,拉了顾五爷的手,跟他说:"四嫂过世了。母亲的意思是除了官务繁忙的二哥,别的都去吊唁。咱们和贤哥儿说一声,也带他去。四哥家操办丧事总要个侄子后辈在。"

顾五爷脸色凝重:"怎么突然就去了。"

两夫妻说着话,却听到叶限的声音:"顾锦朝的母亲……死了?"

叶氏发现他的表情有些奇怪,就拍了拍他的头:"什么顾锦朝,你也不知道避讳,你要叫一声侄女的。"

叶限撇了撇嘴:"这有什么的,她还不叫我表舅呢。"

叶氏转过头懒得理会他,又和丈夫商量着赶往适安县的事。

叶限听了在旁说:"我也要去,帮我排个座。"

五夫人实在是恼他了:"你去做什么。"

叶限只说:"您帮我排个座就行,我还有几篇字没抄,先回去了。"他外祖父如今想磨炼他的耐性,让他每日练十张玉版宣的小篆,写起来需要凝神静气,中间不能断,不然极容易晕墨。

五夫人点头算是应允了。和丈夫说定后,又和二夫人连夜商量好了,带着祖家的人往适安赶去。

顾锦荣跪在纪氏灵前给她烧纸,他默默地哭了一个时辰,眼肿得像核桃一样。灵堂非常安静,他压抑得浑身发抖,却没有发出一点声音。

火盆里跳动的火光,飞出的纸钱灰慢慢飘着,满室都是重重的檀香味。

锦朝觉得有些累了,她站起身想去外面走会儿。

顾锦荣看到锦朝起身,连忙拉着她的手,又看到锦朝淡淡的目光,他怕长姐嫌弃,缩了缩手紧紧揪着锦朝的衣袖,喃喃地说:"长姐……"

锦朝面无表情地看着他:"放开。"

顾锦荣被她一说,连忙松开了手。锦朝朝外面走去,素白的纸灯笼,挑在房檐下。天色漆黑,她一个人站在廊庑下,竟然不知道该往哪里去。

顾锦荣很快跟出来,锦朝一点都不想见到他,转身往抄手游廊走。顾锦荣一直跟在她身后,像尾巴一样甩都甩不掉。锦朝终于停下来,顾锦荣连忙走上前,目光悲凉又可怜。

"长姐,我……我知道你恨我,我也恨我自己,恨我怎么如此轻信顾澜的话,恨我害死了母亲。"顾锦荣说着又哭起来,"我自责得恨不得掐死自己。但是长姐,我从此后就只有你了,没有母亲了。你……你可不可以稍微少恨我一点。

我想好好改过，我……"

他觉得自己应该说什么承诺，或者说他现在有多么怨恨顾澜，但是一番语无伦次的话，却什么都说不清楚。他现在很孤独，没有顾澜也没有母亲，同时他又自责得恨不得去死。他想着要做些什么来挽回长姐的信任，想要弥补母亲的死。

顾锦朝看着自己的弟弟，叹了口气，他要是能早些醒悟就好了。

"我恨你做什么，我只是哀其不幸，怒其不争。荣哥儿，你要是真懂我的意思，就知道该怎么做。"顾锦朝跟他说，"不用和我说什么，你心里都清楚的。"

宝坻离适安是最远的，纪家接到纪氏的丧书，已经是第二日早晨了。纪吴氏又惊又哀，忙要亲自坐了马车赶往适安，大舅母宋氏和纪昀的妻子刘氏也随着纪吴氏前来。

锦朝听说外祖母前来，到了垂花门迎接。

外祖母下了马车，连轿凳都不踩，直走向锦朝问她："你母亲究竟怎么了？"

锦朝见了外祖母，强忍的情绪又忍不住了，抱着她就哭起来。

她不知道该怎么和外祖母说母亲的死，说她是被小妾和父亲逼死的？是自缢的？外祖母年纪大了，她怎么能听这些呢。

纪吴氏拍着锦朝的背安慰她，见她如此伤心，这几十年没哭过的人了，也落了眼泪。

但是事情是瞒不住的，锦朝请外祖母往斜霄院走，尽量平淡地说了一遍母亲的死。听完锦朝的话，纪吴氏微眯了眼睛，语气冰冷如刀："朝姐儿，你父亲在哪儿？"

顾德昭听说纪吴氏来了，忙从大炕上起来。来通传的李管事刚说完，外面小丫头就进来了。

"老爷，纪家的太夫人已经过来了，正在花厅里等您。"

顾德昭忙整了齐哀服的衣冠到花厅去。

看到他走过来，纪吴氏也向前来，顾德昭还没来得及喊母亲，纪吴氏抬手就是一巴掌。

顾德昭立刻被打蒙了，捂着脸半天回不过神。

他堂堂一个五品户部郎中，谁敢轻易打他，而且还是打脸。但是看着纪吴氏的愤怒又悲伤的目光，他却半个字都说不出来。

纪吴氏指着他的脸骂："你说过你要好好照顾纪晗，你就是这么照顾的？宠妾灭妻，怎么没有御史去参你一本，你怎么还好意思站在我面前。你让朝姐儿被欺负也就算了，你竟然逼得晗儿自尽，你究竟想干什么？当年你娶她时说的那些话还能当真吗？亏你读了这么多年的圣贤书，都读到狗肚子里了？"

顾德昭听得一个字都说不出来，见女儿还在纪吴氏身后看着自己，他脸色灰白："母亲，您怎么打我都行，是我的错。我宠妾灭妻，我……我愧对湘君……"

纪吴氏冷笑："你倒是聪明了，这么说就完了？你那个妾室我都不屑问，要不是有你纵容，她能嚣张到如今这个地步？光让她抄抄经书就完了？要换了是我，非削了她的头发让她去尼姑庵不可。"

顾德昭一言不发，过了许久，他突然蹲在地上哭起来，哭得止不住浑身颤抖。

"我不知道能做什么，做什么挽回湘君的死。母亲，您若高兴，踢我几脚都成……"

他像个做错了事的孩子，狼狈又不知所措。

锦朝看了忍不住闭眼叹气。

纪吴氏冷冷道："我踢你做什么。晗儿已经去了，今儿你听我一句，你要是再敢让姨娘庶女之流动朝姐儿一根汗毛，我纪家拼了所有都要和你鱼死网破。"

顾德昭听了这话，颤抖地点了头："您放心，真再有那天，我自己都不会放过自己。"

纪吴氏带着锦朝离开了鞠柳阁。

她到纪氏灵前上了香，又和锦朝去了内室，握着她的手道："有今天的结果，却也不全怪你父亲。我骂他几句，不过是想骂醒他。你母亲的性格便是如此，也是怪我，当年没亲自教养你母亲，让你曾外祖母教得她柔弱成这样。你不要太恨你的父亲，再怎么说他也是授你发肤之人。朝姐儿若是不开心了，尽管来通州找外祖母，外祖母总不会让别人欺负了你。"

锦朝听着纪吴氏的话，忍不住把头轻轻埋在她的膝上。外祖母说的这些她都明白，母亲死了，但是她和弟弟还要好好地过下去，总不能真的永远不理父亲。

纪吴氏一时也没有说话，抚着锦朝的发，目光爱怜。才十多岁的年纪就没了母亲，这孩子也是苦。

想到锦朝受的这些苦，她就忍不住想把锦朝纳到自己羽翼之下，好好护着她，毕竟是她看大的孩子。只是经了纪氏的死，想让尧哥儿娶她，也要一年守孝之后了。

"那个妾室，叫宋妙华是吗，她现在住哪儿？"纪吴氏淡淡地问锦朝。

锦朝看着祖母冷厉的目光，心中顿悟她是想帮自己除了宋姨娘。她握了纪吴氏的手道："外祖母不用忧心此人，我已经解决了她。"

纪吴氏笑笑:"我做事便喜欢果决,不想留她性命碍眼。我和你父亲说的那些话,便是想让她永不起复,削了头发送到尼姑庵,这可不是吓唬顾德昭的。"

锦朝觉得折磨人,应该慢慢地,痛苦要长久才好。外祖母却不一样,她是雷厉风行的性子。

外祖母握紧她的手,语气哀绝:"不论怎么说,我也要为你母亲报仇。宋姨娘你不用管,我来替你解决,你看好顾澜就成,那也不是个省油的灯。"

锦朝便不再说什么。母亲这样死,外祖母总要做些什么。

两人在内室说着话,采芙过来禀报:"杜姨娘在夫人灵前哭晕过去了,小姐不然去看看?"

外祖母挑了眉:"这个杜姨娘如此重情义?"

锦朝觉得有些奇怪。

锦朝想了想便对外祖母说:"不如咱们也去看看。"

纪吴氏点头,和锦朝一起去厢房看了杜姨娘。

杜姨娘躺在石蓝色金攒丝的菱花纹靠垫上,脸色苍白。郭姨娘陪在她身边,看到锦朝和纪吴氏前来,行了礼道:"杜姨娘守了一天一夜,近几日又正是热的时候,许是中了暑气。"

锦朝见杜姨娘盯着承尘久久说不出话,吩咐了丫头给杜姨娘煮了消暑的汤。说要是等一会儿再不见好转,便去请了柳大夫过来。

看完杜姨娘后,又和外祖母一起出了西厢房的门。

灵堂还有络绎不绝来上香的人,五夫人在一旁照应着。顾锦荣和几个妹妹都跪在灵前烧纸,两个堂兄则一左一右烧纸马。一个穿着月白襕衫的少年站在灵前背着手,皂色衣带垂落身侧,神情淡淡的,面色如玉秀美,风姿无双。

外祖母见了便道:"这少年人是谁,若是顾家堂亲,怎的也不着丧服?"

锦朝这两天忙得脚不沾地,昨天更只是睡了两个时辰,早忙得忘了叶限也来了。萧先生也不用请了,倒是还要找他说一声。她想了想,和外祖母说:"是长兴侯世子爷。五叔娶了长兴侯嫡女,因此算和母亲同辈,我要喊一声表舅的。"

外祖母看了他许久,才静静地道:"这人……实在不可小觑。"

锦朝当然知道叶限不可小觑,只是不知外祖母是怎么看出来的,于是好奇地问了一句:"外祖母怎么得知?"

外祖母说:"你看往来的人这么多,每个人都会看他一眼,他却动都不动,目不斜视,一点都没有避讳或是不好意思。要么是他习惯了,要么是他根本不在意别人的看法,两种都很可怕。"

锦朝正和外祖母说着话,青蒲走过来了,跟锦朝说:"临烟榭的婆子过来说的，老爷带了两个婆子去临烟榭，要剃了宋姨娘的头发送她去静妙庵。宋姨娘不从，砸了许多东西。"

锦朝和外祖母对视一眼，纪吴氏笑笑，冷声道："既然如此，不让她从了，我也愧当了纪家这么多年的太夫人。"

纪吴氏拉了锦朝的手，带着宋妈妈和几个粗使的婆子去了临烟榭。

到临烟榭的时候，东西砸得遍地狼藉，宋姨娘被两个婆子压在大炕上，形同疯妇："你们敢这么对我，放开！老爷，你竟然能绝情成这样。纪氏确实做了那些事，我没说谎。是你自己心虚，你想拿我顶了你的错。你休想，我不会去静妙庵的。"

顾德昭在旁听得脸一阵红一阵白，宋妙华这是什么话。

老爷没有下令，两个婆子都不敢用重手，眼见着宋姨娘挣脱了婆子的手，扑到顾德昭面前哭道："老爷，品秀伺候你十六年啊。不过是因品秀犯了小错，您就要这样绝情吗？您对夫人已经绝情了，难不成还要对品秀如此绝情。"

纪吴氏跨进门，刚好听了这话，冷笑道："你倒真是会讨巧。对你绝情，那才是对晗儿的柔情。你伺候顾德昭十六年算情深义重，我的晗姐儿伺候顾郎中二十年算什么呢。"

顾德昭挥手让两个婆子把宋姨娘拉过去，宋妙华哭得十分凄惨，她才不要去静妙庵与青灯古佛相伴一生，她才不要离了这荣华富贵。她更不要让澜姐儿离了母亲。

宋妙华挣了婆子的手，苦苦哀求着："老爷，妾身帮你照看内院，帮你生育了澜姐儿，产后操劳，还落了病根。你不能这样绝情。"

锦朝便走向前，笑着道："姨娘管内院，倒真是管得好啊，管得勾结了回事处害我母亲。生育澜姐儿，却把她教导得敢在背后嚼舌根，敢挑拨我和荣哥儿的关系。您产后操劳，怎么没想着当年母亲怀着孩子，还要办你和父亲的亲事，后来病得如此重。和母亲的病比，你又算什么？"

宋姨娘从来不知道顾锦朝的口才这么好。

纪吴氏使了一眼，她身后的婆子便迅速上前压住了宋妙华。纪家的粗使婆子都是学过几手功夫的，顿时把宋妙华压在大炕上动弹不得。宋妈妈立刻从袖中拿了剪刀出来，笑着道："不如奴婢先把头发给姨娘剪了，免得姨娘生了别的心思出来。"

宋姨娘见宋妈妈满脸的笑容，手上却拿着一把寒光凛凛的剪刀，顿时又怕又恨，拼命挣扎。

顾德昭紧闭着嘴不说话。

那头宋妈妈手中的剪刀"咔嚓"一声，宋妙华的一绺头发掉了。宋妙华脸

色苍白,嘴唇颤抖地看着头发落地,心里越来越惶恐,难不成她真要去尼姑庵熬到老?她不想,她一点都不想。突然一股十分恶心的感觉涌上来,她忍不住俯身干呕着,不过这一日都没有进食,什么都吐不出来。

宋妈妈的手停顿了一下,宋妙华一直在作呕,吐得脸煞白,根本止不住。

旁的两个婆子看了许久,眉头都皱起来了。她们又看了看纪吴氏,似乎很是纠结了一会儿,其中一个走到顾德昭身边,说道:"回禀老爷,奴婢看姨娘这不像是一般的吐……似乎是……有孕之人作呕……"

有孕?

锦朝眉一皱,不会这么巧吧。她看了一眼外祖母,纪吴氏正皱着眉看宋姨娘。

顾德昭听了顿时睁大了眼:"这个时候……怎么会……"

纪吴氏心中已经有几分确定了,叹了口气道:"既然看似有孕,不如请了大夫来诊断。今天这便算了,宋妈妈,你去请段掌柜过来。"她向顾德昭解释,"是我药铺的掌柜,颇通医理。"

顾德昭心中一跳,纪吴氏带一个药铺的掌柜过来,究竟是为了何?

他心里这个念头闪过,自然说都不敢说,点头道:"劳烦母亲了。"

宋妙华劫后余生,却喘了很久的气才反应过来,忍不住小声地哭起来。她低头看了一眼自己的肚子,她的月信两月不来,只是这几日哪有心思顾及这个。要是她真的怀孕,是不是就不用去尼姑庵了?那……是不是有朝一日,她还是可以东山再起。

见顾德昭依旧不看她,她心里却骤然一冷。

段掌柜很快就过来了,给宋妙华把了脉,对纪吴氏回禀道:"是有了身子,不过只有两月余,脉象不明显。近日怕是多有惊悸忧思,胎象不稳,得加以调理。"

纪吴氏点了头,看向顾德昭。

这是要他拿主意的事。

顾德昭沉默了许久,他真没想到宋姨娘会在这个时候怀孕。但是即便知道她怀孕了,自己也没有什么欣喜的感觉,虽然他渴望孩子很久了。只是想到纪氏死的样子,他心里就有一种说不出的钝痛感。但那毕竟是自己的孩子,无论怎么说,也要等宋姨娘把孩子生下来再说。

顾德昭看也不看宋姨娘,而是对两个婆子道:"既然有孕,那剃发就先算了。"又道,"我会派了婆子过来照顾你,澜姐儿的小厨房现也归你用。"却也不提宋妙华原来那些丫头、婆子的事,看样子是不打算松口了。

宋妙华不由得黯然,但随即她心中又升起了希望,如果她能生下庶子,这些都是好说的。她轻轻吐了口气。

锦朝看到了，只是冷笑不语。她也没说破，跟在父亲和外祖母身后出了临烟榭。到了斜霄院，外祖母果然淡淡问起这孩子的事："不知你是想由谁来教养着。宋妙华可免了尼姑庵修行，却不能再抚育孩子了。她的德行，恐怕要再教出一个顾澜来。"

顾德昭这倒是回答得快："自然不会给她养育，澜姐儿由她养大，我已经是十分自责了。只是湘君这一死，我想为她守制一年，是不会再娶继室的。"

纪吴氏听了稍微满意些，又说："我看她还是没有心死的。你得想着这孩子的事，他一出生就要抱离宋妙华身边。"

顾德昭略一思索，便点头道："母亲放心，这事我不会再心软了。实在不行，孩子便由我亲自抚养。"

头七过后就是大殓。纪氏的墓地选在西翠山，又请陈道士卜宅兆葬日，定了五月十七日出殡。出殡之前要谢孝，设酒宴招待前来送葬的亲朋好友。

顾锦荣穿着胸口缀了麻布的淡青色直裰，憔悴地到了席间答谢亲友。锦朝看了他一会儿，顾锦荣虽然憔悴不堪，倒也没有颓唐。

锦朝望了望宴席中的父亲，独身一人往斜霄院去。

灵堂撤去，母亲房里的东西都收走烧了，她毕竟是凶死的。锦被、大迎枕、帷幔，都已经没有了。房间里空落落的，锦朝坐在临窗大炕上，望着黑漆的家具，看着阳光一丝丝漏过隔扇，一丝丝斜着消失了。

母亲是不是也曾这样一日日地等着，一如她那些无谓的等待一样呢。锦朝看着自己的手，她忍不住十分黯然，以为只要尽心照看母亲就不会死，但是母亲还是死了，这些日子里她一直在忙碌，甚至觉得自己也淡忘了母亲的死。

她没有，其实她一刻都没有。

锦朝叹了口气，起身往内室走去，内室连放在小几上的一个青釉白瓷的梅瓶都收走了，那是母亲最喜欢的梅瓶。床头什么都没有，只有一个结了络子的香囊还挂在床柱上。锦朝把香囊解下来捏在手里，这是那天除夕，她吃了两粒金豆子要给母亲祈福的。

她最后看了一眼母亲住过的内室，突然觉得心中发堵。

母亲下葬过后，她要处理斜霄院的事，除了里里外外打整好，母亲的两个贴身丫头墨玉和墨雪也到了年纪，该放出府去嫁人了。徐妈妈是老人了，自然到了锦朝的清桐院上。佟妈妈管清桐院事宜，徐妈妈多注意内院琐事，倒也不冲突。

纪吴氏也带着大舅母和刘氏回通州了。毕竟在适安耽误了这么久，通州那

边的事是堆叠如山，等着外祖母回去拿主意。外祖母临走再三说了要锦朝去通州住住。

"你院子旁的睡莲又开了，可不能不来。"

锦朝笑着应了，送外祖母上了马车。母亲死后，外祖母看上去疲惫了不少，苍老了几岁的样子。

再悲不过白发人送黑发人，锦朝明白外祖母。她虽然不说，也不表现出来，但是她如此疼爱母亲，怎么可能不悲恸。

锦朝回去后徐妈妈替她整理从各处田庄、铺子来的信笺，又过来和她说话："香河有个田庄的管事想来拜见您，说最近山雨过多，淹了十多亩的果苗。问您拿个主意，这田庄是不是该换个东西种，那儿的地界不适合种果树。"

锦朝扶着头，觉得有些焦头烂额。这些都是母亲决定的事，母亲去了，就落到了她的头上。只是让她管理内院倒是容易，但这生意上的事她可是不懂的。

果树种什么好，不种果树又种什么，她怎么知道。

锦朝吩咐徐妈妈："你让他先拟一个章程过来，说明地况和果树种植，把他觉得可行的方法罗列几个给我看看。香河离适安这么远，一来一去的恐怕果树早被淹死了，让他不用来。"徐妈妈应声，去找纸笔来回信了。

锦朝抬起头问采芙："宋姨娘那边如何了？"

采芙回道："随侍处新送的丫头十分不听话，夜里还要跳百索，吵得姨娘睡不着。姨娘若是想让她们做事，这两丫头是百般的不愿意去做，现在饮食起居都是姨娘亲自在做。"

锦朝笑了笑，淡淡道："她这样的折腾，恐怕孩子是生不下来的。"

采芙听了，轻声嘟囔了一声道："奴婢倒觉得生不下来更好，看着碍眼。"

采芙一向不会说这些，她可是很谨言慎行的。

锦朝便笑笑："难得你有这样心狠的时候。"

采芙觉得有些不好意思，红了脸："奴婢说说而已，心里实在是恨她。"

锦朝也不想让她的孩子生下来。

如今宋姨娘被困临烟榭，唯一的倚仗就是她的孩子。倒不如去了她这个孩子，让她真的永不得翻身。

大雨如泻，顾澜却正站在临烟榭外面。木槿帮她撑着竹柄油纸伞，大雨里一切都静悄悄的。几个婆子拦着不要她进去。

顾澜的裙裾全被雨淋湿了，湿冷的感觉像蛇爬在她身上一样，她冷冷地看着挡住她的婆子，低声道："你们别以为我不知道。姨娘在里面肯定被人欺负，谁给你们的胆子，敢把我拦在外面。"

婆子嘿嘿一笑:"二小姐,咱们也是听主子的话办事啊,为难我们也是没用的。您还是赶快回去吧,老爷已经说过了,您要是再来见姨娘,可是会被罚的。姨娘在里面好好的,您别多想了。"

顾澜咬紧嘴唇,气得眼泪都掉出来了。

她母亲原来虽说不是主母,那也是贵妾,谁敢怠慢,如今两个小丫头都敢欺负她不成。她去求见父亲,父亲不仅不松口,反而怒骂了她一顿,要她安分守己。

雨丝密密的,顾澜抬头往里面看了一眼,就看到两个丫头躲在抄手游廊里说笑,伸手接屋檐边的雨水玩。她心里低咒这两个丫头,母亲还怀着孕,她们竟然没一个在里面伺候的。不行,她得要想个办法才是。

顾澜犹豫了片刻,狠狠地瞪了两个婆子一眼,带着木槿回翠渲院去。

佟妈妈走出静芳斋的院门,却看到顾澜带着丫头远远走来。顾澜来找大少爷做什么?她不是和大少爷闹僵了吗?

眼见着顾澜朝这边越走越近,佟妈妈生了疑,又悄悄退回了静芳斋。一个小丫头看到佟妈妈退回来,惊得正要说话,佟妈妈忙比了手势示意噤声。那丫头也是个机灵的,立刻闭了嘴乖乖的,佟妈妈就躲在了太湖石后面。

顾澜手里抱着一个盒子跨进门,走进静芳斋之后就有小丫头去通传顾锦荣,一会儿就带她去了书房。佟妈妈从太湖石后面出来,又悄悄走到了书房外面,隔着竹帘往里面看。

里头顾澜正和顾锦荣说话呢。

"我知道,你心里是恨极了我。但是荣哥儿,姐姐好歹也是和你一起长大的,那封信上姐姐问玉屏的事,并不知道姨娘后来会做那些啊。就算姐姐是做错了事,那……那你也要想着你小时候,姐姐对你多好。你生病高热,想吃鲜莲蓬子,那时候都入秋了,姐姐到处给你找。你从假山上掉下来摔了腿,姐姐陪着你一月余,怕你无聊,还找了剪纸来逗你。"

顾锦荣默不作声地看着顾澜。

如果是以前,他肯定十分动容,但是如今听到她说的这些话,眼前却只是母亲死的样子,还有长姐对着他又痛心又失望的目光。他冷冷地看着顾澜,手藏在袖里却捏紧了。

顾澜一直暗中挑拨他和长姐的关系。而且这些事都是宋姨娘吩咐的,说两姐弟要是被离间了,以后要夺过正室之位,也更容易。

全是狗屁!她对他好?她恐怕心里真正想的是嫡女的位置,满身的尊荣吧。

她有她自己说的那么无辜?现在还想骗他。这张温柔清秀的脸,怎么现在看去如此可恨。

顾澜见顾锦朝不说话，心中有些急，他怎么一点反应都没有？

顾澜打开了她带来的盒子，里头放了一只象牙，雕了十八罗汉的像，雕工精致，栩栩如生。

她哀求道："这是你原来送给姐姐的，姐姐都留着，知道你是敬我的。姐姐只求你帮个忙，姨娘现在在临烟榭，身怀有孕，实在是不能没人伺候着。那两个丫头一直折腾她，她是真的撑不住啊。"

"姨娘那日带玉屏来和父亲说，也只是为了真相，并非是想害母亲，姨娘毕竟怀着顾家的孩子，你可定要帮帮她。你要是不答应，姐姐只能给你下跪了。"

她目光莹莹带泪，哭得可怜无比，真像是受了无比的冤屈。

顾锦荣看着她手里的象牙雕，不仅没有唤起以往的温情，却是心里更加的愤怒。他原来这么真心地待她为姐姐，她说喜欢牙雕，自己就去苦学，给长姐带的礼物，却是玉石居随便一块相禄寿福的玉佩。

顾锦荣觉得浑身冰冷，他原来都做了些什么荒唐事啊。

他对着顾澜冷冷道："我生病高热，母亲衣不解带，废寝忘食照顾我。我摔伤了腿，她四处为我求医问药。你做的那些事，和我的母亲比起来，能算得了什么呢？你现在把责任全部推到宋姨娘身上去，说到底，你也是个自私自利的。别以为我真的什么都不知道。"顾锦荣冷笑着继续道，"人在做天在看，总有人看不下去会说的。你怎么和你的姨娘勾结，一桩桩一件件，我听着都为你觉得羞耻。你怎么还好意思在我面前哭诉无辜？"

顾澜愣住了，她有些怕了，忙扑上去拉住顾锦荣的衣袖道："荣哥儿，你怎么这么说话，你不能不帮我啊。"

顾锦荣突然甩开她的手，愤怒地道："你还有脸让我帮你？让我帮害了我母亲的宋姨娘？你还有脸吗？"

他猛地抓起顾澜锦盒中的象牙雕，狠狠地向她身上砸过去："这东西你拿着滚，当我从来没送过。快滚出去！"

象牙雕擦过顾澜的额头，尖锐的外缘划出一道口子，鲜血立刻渗出来。顾澜被砸蒙了，她捂着伤口久久反应不过来。顾锦荣竟然敢这么对她，竟然敢拿东西砸她。

她怎么忘了，顾锦荣是最容易被煽动、性格又易冲动的人。原来她拿这个对付顾锦朝，现在顾锦朝用这个来对付她。

顾澜擦了把血，又羞又怒，自己这样来求他，他不帮忙也就算了，这样的羞辱她？不管怎么说，也是多年的姐弟，顾锦荣这是真的要和她撕破脸皮了？

顾澜静默了一会儿，反倒是笑起来，她脸上还带着泪珠，却带着一种很幽幽的笑："荣哥儿，你这样做，可是真没把我当姐姐了。"

她很惋惜的样子，又点点头说："你知道你为什么这么愤怒吗？你心里明白，你母亲的死能全怪我吗？你是在内疚，自责。你知道长姐不会原谅你的，你心里是不是很不舒服？"

顾锦荣盯着顾澜不说话。

顾澜冷笑道："其实是你害死她的，不是我，你知道吗？"

顾锦荣手握紧了，他抿了一下唇："这都是我的事，与你无关。"

顾澜额头上流着血，脸上印着泪痕，但是她笑得十分灿烂，对顾锦荣道："我告诉你，你和顾锦朝从我这儿夺走的东西，我会一一讨回来，且等着吧，还没完呢。"

说完，她挺直背脊姿态盈盈地走了，看也不看掉在地上的象牙雕。

佟妈妈见顾澜出来，忙躲到一旁的正堂里去。顾澜走开了，她才又走出来。她看到刚才那一幕，心里也是感慨的，不管怎么说，大少爷终于不会轻信二小姐了。只是二小姐说的那些话，确实是个问题，大少爷如今这般消沉，心里肯定想着夫人的死。他内疚自责，恨不得自己能做什么当补偿。

佟妈妈想了想，回去和锦朝说这事。

锦朝听后沉思了许久。其实她心里还是怨顾锦荣的，所以才一直不想理会他。只是这孩子要是再这么下去，恐怕更加萎靡。

她不想他落到那般境地。

锦朝心中一阵钝痛，想了想，让佟妈妈去找顾锦荣过来。

她给他做了一碗蜜沙冰。顾锦荣一口口地慢慢吃着，这是母亲做的蜜沙冰的味道。冬日里储好的冰敲碎盛在瓷碗里，加捣成泥的红豆沙，再淋上几勺蜜，清凉又香甜，消暑最好了。

顾锦荣想对锦朝说是这个味道，但是他张开嘴，却"哇"的一声哭出来："长姐，我……我想母亲……"

他拉着锦朝的衣袖，哭得喘不过气来，瑟瑟地蜷成一团，慢慢蹲到地上去了。

锦朝叹了口气，摸着顾锦荣的背安慰他："长姐还在这里呢，没事的。"他可能刚开始不会那么痛苦，但是母亲是一点点渗入他的记忆中的，他会越想越痛苦。

锦朝和他说："以往的事姐姐不是不记恨你的，但这些都要过去的。母亲要是在天之灵看到你这么自责，肯定也会难受的。荣哥儿，你要是真的难受，好好读书，光耀门楣，才是对母亲最好的报答。"

顾锦荣听后抬起头，泪眼蒙眬地道："长姐，你能原谅我吗？我、我知道原都是我不好，我轻信顾澜，害了你和母亲，我已经不会了。"

她笑了笑道："原不原谅的有什么用呢，你要做一些有用的事才行啊。"

顾锦荣听了之后想了许久，他似乎有点明白长姐的意思了。屋子里的丫头早就出去了，静悄悄的，锦朝从袖中拿出一个香囊放在他手心里，跟他说："回去好好想想，想明白了再来找姐姐吧。"

她也起身走出去了，顾锦荣打开香囊，发现里面放的是两粒金豆子。

他静默了一会儿，把香囊紧紧握在手里。

天色昏黑，屋子里还没有点蜡烛。

宋妙华午睡起来，竟然发现眼前漆黑一片。她穿了鞋下床，走到西次间，看到那两个新来的小丫头捧着一个匣子，笑嘻嘻地把匣子里的东西拿出来比画。

宋妙华倚着门不说话，那两个丫头就着豆大的灯火玩，手中拿着一支嵌黄碧玺的鎏金累丝簪。

那是她的东西……

叫黄鹂的那个小丫头，手上还戴了好几个点翠的镯子，笑嘻嘻地把手上的簪子插到另一个丫头的丫髻上。两人对着一面精致的铜镜照个不停，互相说着话。

宋妙华气得抓紧了门框，手一阵阵发抖。但是她什么都没说，又悄悄地退回了内室，坐在大炕上发愣。

澜姐儿已经很久没来看她了。这两个新来的丫头又敢如此的不尊敬她，竟然敢公然拿了她的东西玩，要是放在以前，她肯定要打断这两个丫头的手。

宋妙华想了想，高声叫丫头的名字："黄鹂，端一盏灯过来。"

那头丫头脆生生地回道："姨娘您且等等吧，蜡烛用完了，草莺去取松油灯了。"

蜡烛用完了，刚才你们用的是什么。宋妙华气得说不出话来。

该怎么办？她困在这里，真是叫天天不应叫地地不灵，谁又能帮她呢？

再这么折腾下去，澜姐儿见不了她，顾锦朝要是再存了心害她，她能有还手之力吗？

宋妙华有些茫然，如今顾德昭厌弃她，她唯一的倚仗就是肚子里的孩子了，不然早被顾锦朝和纪吴氏逼得去了尼姑庵。她被困在临烟榭，唯一能救她的就是宋家了，父亲为了前程，不会让自己有个被送去尼姑庵的嫡女。而且澜姐儿在外面，她都被如此对待，澜姐儿不知道有多艰难。要是能联系宋家，让父亲给澜姐儿撑腰，顾德昭总不会难为了她，何况父亲一向是喜欢澜姐儿的，不会不帮她。

宋妙华静静地想了很多。但她要是还这样被困着，这一切都是空谈。

宋妙华的目光不由得落在了她的肚子上面，又变得十分轻柔。

她抚摸着尚未显怀的肚子喃喃地道："都是母亲不好，母亲无能。孩子你要忍忍，母亲也是没有办法的。"

她眼眶迅速红起来，嘴唇颤抖，随即手握成了拳头，毫不犹豫地往肚子上砸去。

一下、两下……痛得她蜷缩起来，刚开始还只是撞击的钝痛，随即腹中真的开始痛了。宋妙华大声地喊着："草莺，我肚子疼！啊……疼死了！谁……快来……"

西次间里两个丫头听到了，草莺准备去看，黄鹂就拉住她说："谁知道她在里面作什么妖呢，我们玩儿得好好的，别去。"

草莺犹豫地道："宋姨娘毕竟有孩子，她犯了再大的错，那孩子还是顾家的呢。咱还是去看看吧，真出了人命，你说管事们会认吗，徐妈妈还不是会把咱们顶出去。我常听别人说，大鬼打架，小鬼遭殃。"

黄鹂想了想，心里也有些怕，端上烛台和草莺一起往内室里去。看到宋姨娘蜷缩在大炕上，脸色铁青，额上全是冷汗。

黄鹂心想幸好进来看了，忙和草莺交换了一下眼色，她上去问："姨娘？你怎么样了？"

宋姨娘疼得只顾着痛吟，根本没听到她的话。

草莺看了就说："你看着姨娘，我去告诉外面守着的嬷嬷。"一溜烟跑去找了外面的婆子，那婆子们听了又跑了去告诉顾锦朝和顾德昭。

顾锦朝刚打算睡下，就听到小丫头的通传。她披了一件披风起来，坐在大炕上听来传的婆子说了。

她想了想，吩咐徐妈妈："父亲想必正赶往临烟榭，你派人去请柳大夫过来。"徐妈妈应"诺"去了，锦朝又让青蒲服侍她穿衣梳头，她慢悠悠的也不着急，拿着一对璎珞的耳坠又放下，选了一对红珊瑚的耳坠。

青蒲难免问她："小姐看上去倒也不急。"

锦朝淡淡道："请大夫过来不过是应个景，她身体好着呢，没事会突然肚子痛吗。"

宋姨娘不是个任人揉搓的包子，逼急了她自然会反抗，现在她也只能拿孩子说话了。她早早去了也是碍眼，还是等父亲去了再去看看，反正现在宋姨娘做什么都是瞒不过她的。

顾德昭听了婆子的禀告,犹豫了一会儿。随即他还是吩咐丫头给他披了杭绸披风,疾步往临烟榭走去。

宋妙华虽然恶毒,害了湘君,但她怀着的毕竟是他的孩子,毕竟是伺候自己十多年的人了。因为湘君的事,他能恨她厌弃她,甚至想过等她生了孩子就送她去尼姑庵,但他不能在这个时候置之不理。

临烟榭的丫头婆子见顾德昭来了,忙向他请安。

顾德昭一步跨上前,看了一眼躺在床上捂着小腹不停痛吟的宋姨娘。

她只穿了一件秋香色素缎褙子,头发凌乱,脸颊瘦削,不过半月的工夫就有些老了。

"怎么样?去请大夫了吗?"他问一旁站着的徐妈妈。

徐妈妈道:"大小姐吩咐人请了,宋姨娘只说肚子疼,具体如何我们也不知道。"

丫头端了热水进来,拧了帕子给宋姨娘擦脸。宋姨娘却避开丫头的手,虚弱地睁开眼唤顾德昭:"老爷……老爷,妾身好痛,是不是……是不是孩子保不住了。"

顾德昭还没说话,徐妈妈就道:"您放心吧,没见红呢,孩子没事的。"

顾德昭点头道:"徐妈妈是有经验的,你不要多想。"

宋姨娘其实已经不如刚才痛了,她狠狠掐手心一把,眼泪如珠般滚出来,哭诉道:"老爷,妾身觉得自己活不了了,肯定是报应,妾身……妾身害了夫人,这是来报应妾身的。其实妾身已经知错了。"

顾德昭淡淡地道:"你还知道你害了她,你做了这么多伤天害理的事,不知错也实在没救了。"

宋姨娘愣住,又继续哭道:"报应到我倒是没关系的,只是……只是不要报应到老爷的孩子,妾身如今还苟且活着,也不过是为了腹中的孩儿。妾身想保住孩子,日后愿为夫人吃斋念佛。"

徐妈妈听得嘴角微抽,她也真是无耻,敢拿夫人说事。她要是真的醒悟了,怎么不带着孩子一头撞死呢。

顾德昭听了对宋姨娘说:"你不用急,孩子不会有事的,柳大夫很快就来了。你想为湘君吃斋念佛也是好的,你欠她许多。"

柳大夫接了讯,坐了顾家的马车来,一直进了垂花门里。他帮宋姨娘把脉,细听了一会儿却皱起了眉:"恕老夫医技拙劣,实在是看不出姨娘有什么不对。要不就是惊悸忧思的缘故,总要好好调养才是。"

宋姨娘却不依:"我刚才腹痛如此剧烈,怎么可能没事,大夫可好好诊断了?"

徐妈妈听了便笑道:"姨娘您多思了,柳大夫可是燕京数一数二的大夫,他都诊断不出,您应该没有大碍的。"

顾德昭也觉得宋姨娘这话不妥,人家毕竟是大半夜来为她诊断的。便对柳大夫道:"倒是麻烦大夫了,既然没有什么不妥,就请开一个养胎的药方吧。"

柳大夫自然不会说什么,收了药箱去写方子。

宋姨娘泪眼蒙眬地道:"是我太心急了,今儿午睡起来就看到天黑了,屋里也没有人。我肚子痛起来喊了丫头,许久没人理会。"

她说了肚痛,她们当时就应了的。黄鹂正想说话,被草莺拉了一把。

她们那时可在拿宋姨娘的珠饰玩,要是让别人知道了,敢拿主子的东西,肯定要拖出去打死。

草莺小声道:"奴婢们在院子里洒扫,没听到姨娘喊,实在该死。"

顾德昭本来是对临烟榭的事睁一只眼闭一只眼的,只是如今威胁到孩子,倒也该说一句。

他说两位丫头:"这倒算了,以后伺候姨娘尽心些,不要伤及姨娘的身子。"

宋姨娘心头一松,不管怎么说,他还是舍不得他的孩子的。她见好就收,又啜泣道:"倒也不怪她们,只是妾身心中有愧,怕报应到孩子身上。还请老爷在我房里请一座观音,我想为夫人念经。"

这也不是大事,顾德昭自然应了。

宋姨娘又道:"听说澜姐儿几次来看我都不成,还请老爷开恩一次,妾身想见见澜姐儿,让她见到妾身安好就行了。妾身实在不想她挂心。"

顾德昭沉默了一下,他不想顾澜再见宋妙华,要不是宋妙华,顾澜也不会成那样。他对宋姨娘道:"你要好好反思自己的错,不要把澜姐儿带坏了。看你诚心悔过,又身体不适,我就让她见见你,但你自己好自为之。"

随后看了宋姨娘一眼,带着丫头离开了。

宋姨娘听后心中松了口气,也不枉她冒这番险。

等顾锦朝到临烟榭时宋姨娘已经睡下,徐妈妈正在抄手游廊上等她。

锦朝看了一眼内室,问徐妈妈:"孩子有事吗?"

徐妈妈笑着摇摇头,轻声道:"不仅没事,姨娘还靠此得了好处。"她把今天宋姨娘和顾德昭的话都和她说了一遍,而后又补充道:"奴婢让草莺去看了,宋姨娘的肚子瘀青一片,哪里是她肚子疼,分明就是自己打了肚子装出来的。老爷心疼孩子,不会太为难她。"

锦朝就知道父亲是个靠不住的,凭着宋姨娘几句话,他又准了顾澜来见她。以后宋姨娘的孩子要是生下来了,她再苦情地求一番,岂不是孩子都要给她养。

顾锦朝捏紧手,这样下去还了得。

"奴婢听着也觉得愤怒,宋姨娘实在是死不悔改的。"徐妈妈也忍不住道,又问锦朝说,"不然,咱们把姨娘装病的事说给老爷听?"

锦朝冷笑道:"不用说,她不是说她有病吗,就让她真的有病吧。想倚仗孩子翻身,当我不存在不成。"

宋姨娘想装病,这怎么行呢,她得帮她一把才是,让她真的有病,那才好呢。

锦朝笑着吩咐徐妈妈:"以后给姨娘好吃好喝伺候着,免得又在父亲面前说我们亏待了她。"

徐妈妈听顾锦朝这么说,已经明白了她的心思。便也笑着应了一句:"奴婢明白。"

宋姨娘诡异腹痛,府中又替她请了两个燕京有名的大夫,可谁都看不出她究竟哪里有病。

宋姨娘整日的哭闹,说怕她的孩子会出问题,又说这些大夫的医术实在不高明,竟然连她的病症都诊不出来。

锦朝听了丫头来传的话,实在是烦了。她想了想去了书房,提笔给叶限写信,问他萧先生是否还在燕京,能不能帮她一个小忙。

叶限拿到信的时候,正和萧岐山在湖边钓鱼。寥寥几行字,他看了一遍后随手递给旁边的萧岐山,说:"我想让您去帮个小忙。"

萧岐山一看那字迹就笑起来了:"是那个你让我来燕京的顾家大小姐?倒是奇怪了,前不久你不是说她母亲去世了吗?怎么现在让我帮着看姨娘的身孕呢?"

叶限说:"我哪里知道,去不去随您。"

萧岐山哈哈一笑,拍着自己爱徒的肩道:"我能不去吗?你可是保了我来燕京的。况且我也想去看看,到底那顾家大小姐是怎样的人,让我们长顺这么记挂。"

叶限笑眯眯地看着他:"您要是再叫我长顺,我就把那几条竹叶青放您床上去,陪您睡觉。"

萧岐山摸摸鼻子不再说话,他忘了,叶限很抗拒这个乳名。

小时候叶限多可爱啊,白嫩嫩的,不说话也不闹,谁抱都不哭。

现在长大了,也会逗脾气了。

萧岐山心里有些惋惜。

几日后,他带了叶限的信和自己的名帖去了顾家。

顾锦朝听说萧先生已经来了，便换了件淡青色的织花缎褙子，在花厅见萧先生，又让青蒲上了一壶阳羡茶。

萧先生由李管事引着来，远远一看是个穿着直裰、气度超然的清瘦男子。看上去不过四十，一双眼睛笑眯眯的，很和善。锦朝起身迎他，看到此人的样子，却突然觉得眼熟。

她好像见过此人，那种随和的笑容特别熟悉，但是她的记忆很模糊，根本不记得是什么时候见过此人了。

这些念头一闪而过，此时自然不是深究的时候。锦朝笑着请萧先生坐下，先拜见了他："早闻先生医技超群，不想气质也如此清雅，小女实在拜服。"

萧岐山也打量了她一眼，碍于男女之妨，没有多看。不过不得不说，顾锦朝是那种第一眼就让人十分惊艳的长相。萧先生笑着回道："不过虚名而已，我常年不出贵州，医技超群是谈不上的。"

锦朝自然没有先提宋姨娘的事，而是让丫头先奉了茶点上来。

她心里还在思索，这个萧先生实在是越看越觉得眼熟，听叶限说他常年隐居贵州，自己大门不出二门不迈的，不可能见过萧先生。

她和萧岐山说话："我母亲病重，您千里迢迢从贵州赶来，实在辛苦。可惜我母亲没这个福分，早早地走了。"

萧先生听了，沉思片刻才道："我记得世子爷说过夫人的病情，按理应该不会如此快才是。"

锦朝点点头，轻声道："母亲死得不寻常。"她没有往下说，萧先生也明白这是人家的家事。

他见顾锦朝虽然伤心，却也不至于低迷。知道这顾家大小姐性格还是坚毅的，只是这么早就丧母，也实在可怜。

锦朝沉默一下，笑着说："让先生看笑话了，母亲死后，父亲本打算发落了我的姨娘，不想姨娘怀了孕，就安置在原来的宅子里。我虽心中有恨，却也让人好吃好喝地伺候着。

"只是前几日姨娘说自己莫名腹痛，几个大夫来看了，都看不出异常。姨娘就说是大夫医技不高明，诊断不了她的病，闹着要换大夫。倒是夜里姨娘睡着，小丫头撩了看，发现姨娘肚子瘀青，姨娘却也没说过是怎么回事，我想问问萧先生，有什么病可致腹部瘀青的？"

萧先生听后想了想就明白过来，便朝她眨眨眼道："大小姐放心，在下知道这是什么病。"

锦朝便笑笑，这萧先生也是个明白人。

与萧先生进了茶之后，锦朝便和他一起去了临烟榭。

宋姨娘躺在临窗大炕上,背靠着一个已经旧了的绿织金大迎枕,脸色苍白,一旁的草莺正在帮着喂她喝绿豆汤消暑。

锦朝先唤了她一声,才说:"这是我给你请来的大夫,是长兴侯府的萧先生,原先给世子爷治过病的。"

宋姨娘不由得愣了愣,她是怎么请到长兴侯府的人的?

先前她借着肚子闹了几天,不过是想着把她屋子里几个丫头收拾一下,让她们伺候自己用心些,顺便也恶心一下顾锦朝而已,哪里是真的有病。

但这位毕竟是长兴侯府的人,来也来了,绝没有不让人家看看的道理。

她只能强笑着道:"那就麻烦大小姐了。"

锦朝道:"不麻烦,姨娘还和我客气吗。"又让人取了小枕过来,让萧先生细细听脉。

萧先生嘴角掠过一丝笑容,随即闭目细听。

过了一会儿,他收了手,面色严肃道:"姨娘这可是病得不轻啊!"

宋姨娘微一皱眉,问道:"先生,我这究竟是什么病?"

萧岐山皱眉道:"这实在不好说,此病古怪,我行医十多年也只见过两例而已。不过姨娘放心,只要吃了我开的药,那必定是药到病除的。"说着让旁的小厮收了东西。

宋姨娘看了一眼萧岐山,心里很是狐疑,他不会是顾锦朝找来耍自己的吧?

顾锦朝面上却很高兴:"既然诊出了病症,姨娘就尽可放心了,只要吃了萧先生的药,自然就没事了,以后肚子应该就不会疼了。您先歇息着,我去送送萧先生。"

小丫头撩了帘子送她出去,顾锦朝几步跟上萧先生,轻声道:"多谢萧先生帮忙。姨娘这样的闹腾,我也是没有办法,总是要让她安心生下孩子的。不过您开的药,没病的人喝应该没事吧?"

萧岐山笑笑道:"是药三分毒,不过我给她开一些温和调养的药喝下去,总不会有大问题的。"

锦朝又问:"我听说服药都是有忌口的,吃您这药是不是有什么东西不能同时用呢,免得姨娘不慎用了伤了孩子,她也不知道。"

萧岐山道:"方子里我开一些人参、黄连类的东西,切忌服用藜芦、牙硝一类的药材,饮食忌用燥热辛辣之物,其他的就没什么大问题了。"

锦朝送萧先生到了垂花门。

晚上锦朝正在做针线,松油灯突然暗下去,锦朝拔下头上鎏金的莲花簪子挑了挑灯芯,火光一跳又明亮起来。这时徐妈妈拿了一包东西进来。

"大小姐，您要的东西，奴婢都准备好了。"

徐妈妈打开纸包给她看，锦朝只是用手指挑着看了看，便说："这样就好了。"

徐妈妈掏出一个蓝色的细颈瓷瓶，把里面的粉末全倒进了纸包里。

锦朝和徐妈妈说："等一下就把这药送去姨娘那里吧。对了，宋姨娘要了原来伺候的巧薇回去，现在还每日喝她熬的银耳羹吗？"

徐妈妈笑着道："您放心，每日都喝着呢。"

锦朝淡笑道："良药苦口，恐怕她不愿意吃的，还是加到银耳羹里好。巧薇是她信得过的人，总不会忌惮着。"

徐妈妈也应了，又说："您放心，草莺每次都从小门溜进去放药，巧薇姑娘不知道呢。"

锦朝淡淡地笑了笑，见油灯已亮，依旧将金簪插入发中。

顾澜第二天去见宋姨娘，让木槿抱了个迎枕给宋姨娘，跟她说："是女儿从回事处要来的，您近日都不能安眠，这迎枕中填了许多温和安眠的药材，能帮助您好好睡。"

自从纪氏自缢之后，宋姨娘睡觉都不太安稳了。

宋姨娘拉着顾澜的手，低声跟她说："母亲也正要告诉你一件事，其实母亲并没得病，不过是想见你一面，才装了腹痛的。"

顾澜很惊讶，正要说什么，宋姨娘却飞快地按下她的手，继续道："那两个丫头是顾锦朝的人，你先听我说完，我怕她们等一下会闯进来。母亲困在临烟榭什么都做不了，你几日之后借着上香礼佛的名，去宋家一次，找你外祖母帮忙。外面顾锦朝应该做了什么事，我担心腹中孩子生下来之后，恐怕真的会被顾锦朝赶到尼姑庵去。你找到你外祖母给你撑腰，就不用怕她们了。"

顾澜听得难受极了，握着宋姨娘的手说："母亲，您放心，我会很快去找外祖母的。"

宋姨娘被自己女儿安慰了几句，也渐渐镇定下来。

她肚子里的孩子是唯一的机会，只要能生下来，她就有把握翻身。

她点点头，嘱托女儿最后一句："你日后要是真有事要人帮忙，倒是可以去找杜姨娘帮忙。"

顾澜听着觉得有些疑惑："杜姨娘？她一向是明哲保身的，您怎么想起让她帮我们的忙了。"

宋姨娘笑笑："她呀，那是有把柄在我手上的。你只需要跟她说，看在云姨娘的面子上她也该帮我，她就明白了。她虽然只是个姨娘，但也算半个主子，

总还能说几句话的。"

顾澜听到云姨娘的名字,心中微动,杜姨娘的把柄,事关云姨娘的……到底会是什么事呢?她心里有个隐隐的猜测,却也没有继续问母亲。

她端起放在一旁的药碗:"药都凉了,我喂母亲喝下吧。"

宋姨娘却摆手:"她们送来的药我从来都是不敢喝的,你走到床后面,那儿有个小窗扇,倒到外面去。"

第八章 真相

第八章 真相

顾澜回过神，端着药碗走到床后面去倒药，在门外偷听的草莺忙扯了黄鹂匿到草丛里去，听到药水倒下来之后，两个丫头才钻出来。

草莺和黄鹂对视一眼，话也没说，赶紧跑去找大小姐，把今天宋姨娘两人说的话一一说给锦朝听了。

顾锦朝听了之后亦是有些吃惊。

杜姨娘有把柄在宋姨娘手上，那究竟是什么事？

她让青蒲打发了两个丫头各一小包的琥珀糖让她们先回去。

徐妈妈小声道："姨娘果然是不吃药的，大小姐把药加在银耳汤里最好，恐怕不出半月，那孩子就保不住了。只是她们要请了宋夫人过来撑腰，不知道大小姐怎么想。"

锦朝放下手中的毛笔，凝视书案上抄的一卷佛经许久，让徐妈妈收起来，凑了九十九篇再一起烧给母亲。她先不说宋夫人的事，而是问徐妈妈："她要的观音像几日前就摆在正堂了，她拜过吗？"

徐妈妈一笑："她整日忙着装病、训丫头，怎么有空拜佛呢。那跪用的蒲团都生灰了。"

锦朝叹了口气，又道："先说这宋夫人的事，到了这个地步，宋家肯定厌弃宋姨娘，不愿意帮她。就说顾澜要是敢请了宋夫人过来，那我们也自有手段收拾。"

徐妈妈觉得有些疑惑："既然不是想宋夫人的事，不知道大小姐在想什么？"

锦朝皱了皱眉道："这事牵扯复杂，您让我想想。"

锦朝盼咐采芙点了一炉薄荷香。清凉的香味渐渐传来，她的手指轻轻扣着书案。

徐妈妈让别的丫头都出去，她帮锦朝又点了一盏灯，把锦朝抄的经书锦盒打开一一整理。

锦朝的目光放在那些她誊写的经书上，突然问道："徐妈妈，杜姨娘原先就信佛的吗？"

徐妈妈放下锦盒，回她的话："奴婢也记不太清楚了。她早年是老爷的通房，

是从祖家跟着老爷出来的，目不识丁的一个通房丫头。"

锦朝想了想，又问："我记得自己五岁的时候回过顾家，那时候宋姨娘还没有得宠。似乎杜姨娘才是父亲最喜欢的，母亲还赏过她一颗和田玉雕的石榴。"

徐妈妈点点头说："杜姨娘原先最得宠，不过从云姨娘死后，好像就渐渐不爱争宠了。"

锦朝心里更是确定了一分，宋姨娘说她手里有杜姨娘的把柄，这个把柄有关云姨娘。她能用这个把柄来威胁杜姨娘。

云姨娘人都死了这么久了，那还能有什么事呢……

只可能是云姨娘的死了！

她原先就想过这个问题，若母亲不是害云姨娘的人，云姨娘又不是意外身亡的。那最有可能的就是几位姨娘下的手。

锦朝突然想起母亲头七的日子里，杜姨娘给母亲哭灵，好几次都晕过去了。她素日不是这样的人，会不会是因为内疚才如此激动的？

杜姨娘又为什么要害云姨娘呢？

锦朝想了想，问徐妈妈："原先杜姨娘和云姨娘有没有什么过节？"

徐妈妈愣了愣，大小姐怎么突然如此关心杜姨娘的事了。她猛然想起刚才那丫头转述的几句话，大小姐难不成是在想……

她心中一震，忙努力回想："原先的三位姨娘中，杜姨娘是最得宠的。后来夫人为老爷抬了云姨娘，杜姨娘要说心里不难受，那肯定是不可能的，但是即便如此，她也不可能真的做出什么出格的事。不过您这么一说，我倒是想起一件事。"

锦朝看着徐妈妈，示意她继续说。

徐妈妈道："别看三小姐如今性子温和冷淡，其实她小的时候十分活泼，喜欢在夫人的房里上爬下爬的。那时候您又不在夫人身边，夫人把三小姐当成您一般对待。云姨娘有孕六月余的时候，一日来陪夫人说话，三小姐在屋子里和丫头玩毽子，不小心踢了云姨娘的肚子……

"云姨娘当时就异常疼痛，老爷听了忙找大夫来看，腹中的孩子没事，老爷却罚三小姐在耳房里关了两天的禁闭。耳房里头很黑，三小姐最怕了，吓得直哭。夫人就是着急，也不敢违背了老爷的命放三小姐出来。等后来把三小姐抱出来，已经吓得发起高烧了，后来醒了就一直不爱说话……"

竟然还有这么一段事！

锦朝听了之后想了许久。

哪有母亲不爱自己孩子的，因为顾瀚的事杜姨娘会想害云姨娘，那也是可能的。

宋姨娘知道云姨娘是杜姨娘害的，甚至想以此为把柄威胁杜姨娘。她心知肚明，却还是找了玉屏来诬陷母亲，还令母亲自缢而死。她也实在是歹毒到极点了！

她想帮母亲洗脱罪名，母亲已经死了，总不能还背负着善妒的名声。

锦朝久久没有说话，但这些事不过是个猜测，她手中没有任何证实这件事的证据。

杜姨娘会认这件事吗？她又不蠢，认了这件事她也自命难保。

她需得想了办法，让杜姨娘亲口承认这件事。

锦朝想了许久，才和徐妈妈说："您去找玉石居，让他们雕一颗和田玉的石榴，要露子的那种，拳头大小最好。"

徐妈妈知道此事重要，亲自出府交代人去办。

两天后顾澜果然向父亲说想去慈光寺一趟。她说自己一则想给已亡的母亲上香，二则也担心宋姨娘肚子里的孩子，姨娘这一胎怀得不顺，她想去给菩萨进进香。顾德昭允了，还派了一群丫头婆子跟着去。

等顾澜出门小半天后，有婆子偷偷来禀报，说他们没去慈光寺的路，而是沿着官道往大兴县去了。

锦朝点头表示她知道了："继续看着就行了。"

徐妈妈拿着一个沉香色锦盒回来的时候，临烟榭刚传了消息过来。

徐妈妈打开锦盒，锦朝拿起玉石榴打量了一番，玉质温润，雕工精致，难得的上佳之品。放下玉石榴后她和徐妈妈说："今儿草莺来回话，说姨娘最近总是睡得不安稳，食欲也差了很多，整天都觉得乏力。"锦朝知道那是药起作用了，顿了顿，又淡淡道，"您看着给姨娘多补补，平日吃些什么都要多加些，可不能让姨娘又来说她哪里不适了。"

徐妈妈自然是明白锦朝的意思，应"诺"去了。

锦朝带着玉石榴去了桐若楼见杜姨娘。

锦朝猜得也没错，纪氏死后，杜姨娘心里一直很愧疚。知道纪氏是因为被冤枉自缢而死，她当时就被震慑到了，她不知道纪氏竟会如此决绝。纪氏入葬之后她也一直不安稳，要日日诵着经文，每日给菩萨上香，心里才能好受些。因为心里有所牵挂，不过一月的时间，人竟然瘦了一圈。

听丫头来通传大小姐来了的时候，她还在诵佛。

她请了锦朝在西次间里见面。

锦朝看了一眼杜姨娘，左手盘着的佛珠隐在衣袖下面，苍白的手指不自觉蜷缩着。杜姨娘没有穿金戴银，脸上也没有涂脂抹粉，倒是更显得清秀些。

老了也有如此姿色，难怪当年能得宠。

锦朝笑笑，让青蒲把锦盒递给她，又打开给杜姨娘看："前几日清理母亲的私库，发现一颗雕得栩栩如生的玉石榴，给姨娘拿过来。我记得小的时候母亲也送过你一颗玉石榴，也不知道是不是一对。"

杜姨娘听后笑笑，犹豫了一下，才从锦朝的手中接过锦盒，看了之后说："确实雕得很好，是不是一对虽不敢说，但的确是极像的，难得大小姐有这份心。夫人当年待我极好，送我的那颗玉石榴玉质温润，都这些年了我还留在房里。"

锦朝喝了一口橘子蜜饯泡茶，实在是喝不惯这种甜腻的茶，放下之后继续笑道："我想着等漪姐儿出嫁的时候，从母亲的嫁妆里分一些东西给她。虽说几个庶妹看上去是差不多的，但是你也知道，父亲待澜姐儿是最好的，漪姐儿和汐姐儿难免就差些，我帮衬着漪姐儿添箱，以后到了夫家别人也不至于为难了她。姨娘觉得如何？"

杜姨娘有些不明白，大小姐来和她说这些做什么。

要说想和她交好，她一个不得宠的姨娘，大小姐又何必费了这个心。

她想了想，道："三小姐是有福的，难得有大小姐帮着她。"

锦朝微微一笑："说起来我也是心疼漪姐儿的。听徐妈妈说，漪姐儿小时候被父亲关过禁闭，放出来的时候又发了高烧，从此后人就不如以前活泼了。当时似乎是踢到了云姨娘的肚子，差点伤了她的孩子，不知道姨娘还记不记得？"

锦朝仔细看着杜姨娘，听到她说完这些话后，杜姨娘的神情明显紧张了起来，脸色也更白了些。

"我倒是记不太清楚了……"她勉强笑笑。

锦朝收回目光，轻声问道："这样重要的事姨娘都记不住了，那把云姨娘的药给换了的事，你肯定是更记不清楚了。"

杜姨娘听到锦朝说最后一句话，惊得差点从绣墩上跳起来。

她的手有些发抖，过了好久才艰难地问了句："大小姐这话什么意思……"

锦朝拿出锦盒中的玉石榴，抚摸着温润的玉质说："母亲地下要是有知，这些事都是姨娘做的，心里肯定不会好受。她待你好了这么多年，又尽心照顾漪姐儿，想不到临到头了，还被你和宋姨娘联手陷害，她死都想不到，你会把事情嫁祸到她头上去。我真是为母亲伤心。"

杜姨娘一言不发，紧紧咬住嘴唇，眼眶却已经红了。

顾锦朝看也不看她，继续道："我常听母亲说，要心怀善念，她不仅这样教导我，也这样教导漪姐儿，却不知她这样的心怀善念落到这般下场。漪姐儿更是性子好的，她要是知道姨娘曾做过这些事，肯定再也不理会姨娘的。"顾锦朝状若惋惜地叹了气。

杜姨娘心里很混乱，大小姐是怎么知道这件事的。

她不想顾锦朝把这件事说给漪姐儿听，漪姐儿本来就不喜欢她了，要是知道她害了夫人，漪姐儿肯定会恨她的。她就这么一个女儿，虽然她从不叫自己一声母亲，但那也是自己的女儿。

杜姨娘看着锦朝，声音低不可闻："大小姐，您究竟想做什么？"

锦朝知道杜姨娘顾虑重重，她如果不给杜姨娘保证，她怎么肯认这件事呢？

她深深地吐了口气："实不相瞒，昨日有小丫头来告诉我，宋姨娘将你的事告诉了澜姐儿，让她来威胁你帮她做事。不然我又怎么可能知道呢？姨娘莫不是想被宋姨娘和顾澜威胁一辈子？"

杜姨娘脸色一白。

"她要是威胁你做一些小事也就罢了，要是宋姨娘做了什么错事，要你出去顶罪，你可要怎么办呢？姨娘是聪明人，无须我说太多。"锦朝顿了顿，又道，"姨娘要是承认了，我定会向父亲保下你，而且漪姐儿出嫁的时候，送她两间宝坻的铺子，以后到了夫家，做事说话也能硬气些。"

杜姨娘听到这里，心中已经动摇了。

正如顾锦朝所说，她一点都不想被宋姨娘威胁，而且如今她日夜内疚，也是因为纪氏的事情……

这些年纪氏待她不差，她竟然这样回报纪氏。

锦朝见她不说话，最后叹了口气："姨娘，即便你不说出来，这样背负着三条人命活着，你能好过得起来吗？"

云姨娘和她肚子里的孩子，还有纪氏的死，她怎么不是背负了三条人命呢！

杜姨娘仿佛失了力气般瘫坐在绣墩上，低声说："其实……当年的事并不是这样的……"

她喃喃地说："我自己都想不到，自己竟然成了害人的那一个……我真的没有想害云湘。当时她夺了我的宠，我心里虽然不喜她，却没有害她……那天老爷罚了三小姐禁闭，我心疼三小姐，对云姨娘也恨起来。一日丫头不在，我去厨房看她养胎的汤药熬好没有，然后看到两个放药的箱子，我当时鬼迷了心窍就换了药。谁知道云湘服了药早产，竟然真的碰上难产，那孩子没有生下来……"

杜姨娘继续说："其实这些年我一直都自责，老是看到云姨娘和她的孩子回来找我……"

她茫然地看着窗扇外的阳光流泪："我一直在安慰自己，其实真的不能怪我,是云姨娘自己没有福气。但心里还是自责,连看到老爷我都觉得愧疚……"

锦朝默默地听着,没有说话。

杜姨娘擦了擦眼泪,又苦笑着说:"大小姐,我也不是什么大恶之人。我做了这些事,自己都恨自己,这十多年都没睡过安生觉……能说出来也好,我愿意承认,只要您以后能保着三小姐,我也就心满意足了。"

锦朝沉默了许久,点点头:"你放心,我会护着漪姐儿的。只是我还有一事想问杜姨娘,宋姨娘是怎么知道这件事的?"

杜姨娘茫然地摇摇头:"我也不知道……当时她要诬陷夫人之前,还来找我谈过,让我不准乱说,不然就要毁了三小姐的亲事。我自然不敢违逆她。您不知道,宋姨娘真是心肠歹毒到极点的人,她觉得自己是嫡女,却屈尊为妾,这些年心里一直都憋屈着。您要是想收拾她,就让她永不能翻身。"

顾锦朝点点头,道:"姨娘放心,这我比你明白。"

顾澜很快就回来了,面色并不好看,因为她在宋家吃了闭门羹。

宋家老爷听说宋姨娘在顾家干的这些事,自觉羞耻,不想再和这个女儿有联系,用一杯茶打发了顾澜。宋夫人倒还有些心疼女儿,毕竟是自己身上掉下来的肉,但她是个妇人,只能悄悄给顾澜两百两银子,话都不敢跟她多说。

但是银子有什么用。顾澜在宋家坐了一个时辰的冷板凳,就这么满含怨气地回来了。

宋姨娘这几日越发的疲倦贪睡,脸色又不太好,如今躺在临窗的大炕上,连起身都觉得乏力。听了顾澜的话,她忍不住失望,想不到现在宋家都不肯管她了。

"算了,他们不愿意管我们,我们也只有自力更生了。"

她轻声跟顾澜说:"怀你的时候倒是不怎么吐,怀这个孩子,一天呕好几回。我实在是觉得乏力,也不知为何……"

她还有话不好对顾澜说,前几日她身下还见血了。

染血的亵裤丫头们都看见了,却没一个去禀了顾锦朝,可见顾锦朝是怎么个心肠。滋补的汤药也是她自己不愿意喝,现在她吃的东西都是巧薇经手的,就怕顾锦朝动手脚。

顾澜安慰了母亲几句:"许是因为孩子活泼呢。您别多想了,好好养身子。"

宋姨娘点点头,让顾澜先回去休息。

顾锦朝听说顾澜回来的事,而宋夫人也正如她所料,没有跟着顾澜回来。顾锦朝望了一眼已经深黑的夜空,问徐妈妈:"父亲在鞠柳阁吗?"

徐妈妈点点头,锦朝看了笑笑:"那就好,我先去找父亲说话,您去找杜姨娘过来。"

徐妈妈心中一震，低声应"诺"。

锦朝到的时候，顾德昭已由水莹服侍着吃完了晚饭，正打算去书房看书。

他听说顾锦朝来了，十分高兴，拉着她要看自己写的一幅字。

锦朝却屈身对顾德昭道："父亲，我来是有一件事想告诉您，和母亲的死有关……"

顾德昭有些疑惑地看着顾锦朝。

锦朝叹了口气道："我原先也是不知道这事的，还是昨日杜姨娘来找我亲口说的。杜姨娘这些年过得也是辛苦，心里悔恨内疚了这么多年。父亲听了杜姨娘的话，可不要一味地怪她……"

杜姨娘究竟做了什么事，朝姐儿要先求了他的宽恕才肯说？

顾德昭颔首说："究竟是什么事，你先说吧。"

顾锦朝微微一笑："杜姨娘就在外面，她亲自和您说最好。"

她走出书房，看到杜姨娘站在廊柱旁边，手指绞在一起，低垂着头看漏在地上的烛光。

看到顾锦朝出来，她茫然地抬起头。

锦朝无声地向她点点头，杜姨娘深吸了一口气，跨入了书房之中。

顾锦朝让青蒲把书房的门合上，一旁的小丫头又端了杌子过来，她就坐在廊庑里看着没有月亮的夜空。

周围很静，听不到什么声音，一切都很平和。

过了好久，书房内突然发出东西落到地上的声响。

值夜的小厮有点犹豫地朝书房看，顾锦朝摆摆手，示意他们不要管。

顾德昭这时候打开书房门，大声喊李管事过来。

顾锦朝站起身，看到李管事从廊庑另一头小跑着过来，他的脸阴沉如冰，对李管事道："你现在就带了小厮去临烟榭，去跟宋姨娘说一声，让她过来见我。我要把这些账一次算个清楚！"

李管事大惊，老爷怎么会突然发这么大的火？但他什么都没问，忙行了礼朝临烟榭走去。

顾德昭对锦朝道："带杜姨娘回去吧，让她日后吃斋念佛，不用再来见我了。"

他顿了一下，似乎还想说什么，却只是转身沉默地往正堂去了。

顾锦朝看到杜姨娘走出来，她倒是握住顾锦朝的手，叹了口气："倒是从没有这样轻松过。妾身已经把该说的说了，宋姨娘应该不会好过了，大小姐去看个热闹吧。"

锦朝淡淡道："不急。"等到有动静了，她再去看也不迟。

宋姨娘正睡得迷迷糊糊，却觉得肚子有些隐隐作痛。她按着腹侧轻揉，突然听到外面有说话的声音，她皱了皱眉，谁会在临烟榭里吵闹？

她撑着身子想坐起来，却觉得双手无力，眼睁睁地看着门扇，虚开一条缝，似乎有个白色的东西突然过去了。

那是什么东西……宋姨娘躺回床上，又觉得自己有些口渴。

青釉菱花纹的瓷杯就放在桌上倒扣着，但是她够不到。

宋妙华嘶哑地喊着："来人……快来人……"

她的声音不大，浑身一点力气都使不出来。

她伸着手想够到杯子，不想一下子就滑下了床。这动静终于惊动了外面看热闹的草莺，她和巧薇一溜烟儿跑进房里，看到姨娘半个身子拖在地上，忙去扶她起来。

宋姨娘舔舔嘴唇，轻声说："渴……巧薇倒水……"

巧薇去倒水，草莺就扶着宋姨娘坐着。

宋妙华忍不住问："这是谁在外面说话……"

草莺说："是李管事来传话，说老爷让您去找他，我正要和您说呢，老爷好像说要算什么账……"

宋姨娘喃喃道："算账？算什么账……"

草莺继续笑着说："大小姐带着杜姨娘连夜去见了老爷，杜姨娘和老爷说是她害死了云姨娘。您是知道这事的，却还是诬陷了夫人。老爷听了大发雷霆，李管事都被吓到了。"

宋妙华听完，不可置信地瞪大眼睛，一把揪住草莺的手："不可能……你说谎！"

顾……顾锦朝怎么会知道这事的。

草莺又道："姨娘，您听听外面的动静，奴婢可没说谎呢。"

宋姨娘脸色惨白，不，顾锦朝怎么会知道，而且还说服了杜姨娘向老爷坦白。那她不是全完了，她以后要怎么办，澜姐儿要怎么办？这谋害正室的罪名，她肯定是跑不了了。

顾德昭会不会等自己生下孩子，就送了白绫要勒死自己？

杜姨娘不可能自己去说，是不是……是不是纪氏？宋妙华瞪大眼，她想到刚才飘过去的一道白影。纪氏在暗中帮着顾锦朝，她的鬼魂回来报仇了！

宋妙华越想越觉得混乱，她神色变幻不定，额头布满虚汗，看得两个丫头都吓住了。

巧薇小心地摇了摇宋妙华的肩，小声道："姨娘，您怎么了？"

宋妙华眼珠子乱转，却突然盯住了房中的某一点，吓得大叫起来。"是纪氏回来找我报仇了，是纪氏来找我报仇了！这些都是她做的……她来索命，你看到没有，她在那儿。"

宋妙华指着屋中一个没放东西的角落，又惊又怕，吓得都哭出来了："巧薇，快把纪氏的鬼魂赶走，她是来要我的命的。"

巧薇不知道宋妙华怎么突然就疯起来，那里什么都没有，哪里来的纪氏的魂魄，宋姨娘这是幻觉了。

她安慰宋妙华："您看错了，夫人早就死了，那里什么都没有啊。"

宋妙华又神经质地抱紧肚子，痛哭起来："纪晗，不要动我的孩子！你走开……啊！我的孩子！"

她突然按着肚子，大声地哭号起来："我的肚子好疼！夫人，我错了，我不该害你的……不要动我的孩子……"

宋妙华疼得在床上打滚，巧薇看着吓得不得了："姨娘……姨娘这是要疯了！"

草莺看到宋妙华滚过的床单，浸出一团明显的血迹，吓得紧紧拉住巧薇说："你看姨娘身下的血，快……快去通知李管事，他就在外面。快去，晚了姨娘这孩子可就保不住了！"

巧薇一咬牙，慌忙奔出了内室。草莺见巧薇离开，迅速从袖中解下一个小囊，倒出一粒黑色的小药丸，掰着宋姨娘的嘴巴塞了进去。宋姨娘疼得冷汗直冒，以为是纪氏抓住自己了，"啊啊"地说不出话，一团水冲进，那东西被她吃进了肚子里。过了一会儿，宋姨娘腹中剧痛无比，如冷匕首在里面转着圈刮肉一样疼。宋妙华什么都察觉不到了，嘴里不停地呜咽着："夫人，都是妾身的错……饶了妾身的孩子吧！"

巧薇在厢房外找到李管事，赶紧跟他说了宋姨娘的事。听到宋姨娘的孩子可能不保，李管事擦了擦额头的汗，忙让护院套了马赶紧去青莲巷请柳大夫过来，又让人去通知了顾德昭和顾锦朝。

顾澜一路小跑着到了临烟榭，徐妈妈带着两个婆子，一左一右按住宋姨娘，正在喂她喝安胎的汤药。

顾澜看到宋姨娘身下四喜如意纹的檀色床铺已经染出一大摊的血，脑袋瞬间就蒙了。

其中一个婆子吐了口气道："怕就算是大夫来了，孩子也保不住了……"

顾澜上前厉声道："谁说的？你们在喂姨娘喝什么东西，给我放开姨娘的手！"

徐妈妈解释道："二小姐不知道，姨娘有些神志不清，放开手恐怕更是不好。"

顾澜却不管，两下拨开婆子的手，宋姨娘立刻缩成一团，抱着肚子，疼得满床乱滚，嘴里还惊恐地念叨着"夫人""孩子"一类的话。她头发凌乱，脸色十分苍白，一点儿都看不出当初那个宋姨娘的样子了。

顾澜看到后心疼得眼眶一红，轻轻唤她："姨娘，姨娘，你怎么了……"

顾锦朝踏进内室就听到宋姨娘的痛叫声，十分凄惨，便问了旁边站着的婆子："姨娘和孩子怎么样了？"

顾澜听到顾锦朝的声音，突然一咬牙，冷冷地看向她："你做的是不是，姨娘的身体一向好，怎么会小产呢？肯定是你在姨娘的汤药里动了手脚，或者在她的香炉里加东西了。"

顾锦朝镇定自若，望着顾澜说："我知道你心急，不和你计较这些，先等柳大夫过来看了再说吧。"

顾澜想着宋姨娘那可怜的样子，心疼得眼泪直流，握紧的手指尖都颤抖起来。

"顾锦朝，一定是你做的，姨娘近日身体一直不好，是你存心让姨娘小产的。"顾澜恨恨地看着顾锦朝，咬着牙道，"姨娘的孩子要是有闪失，我不会放过你的。"

顾德昭跨入门内的时候，正听到顾澜说这句话，冷冷地皱了皱眉道："顾澜，你在说什么呢？"

他是男子，不能入内室沾了血污，因而站在西次间，让她们过来说话。

他先问顾锦朝："孩子如何了？"

锦朝答道："已经去请大夫了，徐妈妈在里面看着，婆子说极可能保不住了。"

顾德昭点点头，又问顾澜："你刚才说你长姐什么了？"

顾澜委屈得眼泪直掉："父亲，姨娘不可能轻易小产的。这临烟榭的事一向是长姐管着，她不满姨娘许久了，才想着要害姨娘和姨娘的孩子啊。您可要信我，姨娘就是怀了孕之后身体才变差的。"

顾德昭没有说话。

顾锦朝屈身行了礼，道："父亲明鉴，姨娘怀孕之后就说过自己身体不适，腹痛诡异。几个大夫来看都不好，这不是病根是什么。我要是真想害姨娘，何必费力请了萧先生过来。姨娘也是，萧先生开的药不吃，全给倒掉了，她这样不爱惜自己的身体，怪得了我吗？澜姐儿你也要讲道理。"

宋姨娘没喝萧先生的药？顾德昭听锦朝这样说，便问道："姨娘怎么把药倒了？"

锦朝向草莺看了一眼，她立刻跑出去，把藏在黄淮丛中的鱼缸搬出来。

"这东西藏在内室外，姨娘每次都把药倒了。她自己不喝药延误了病情，实在是怪不得别人。"

顾德昭看了一眼，里面确实有已经干涸的药渍。

他心里也觉得朝姐儿不会害宋姨娘，她想害她，何必请了萧先生过来。

澜姐儿有点过分了，就算真是因为心急了，也不该这样诬陷她长姐的一番好心。他便说了顾澜一句："都看清楚了，你可不要诬陷了你长姐。"

顾澜被顾锦朝堵得说不出话来，偏偏她不敢说宋姨娘是装病的，她这样说谁会信呢？就算信了，宋姨娘又要落下个狠毒的名声，竟然伤自己肚里的孩子来装病。

顾锦朝叹了口气道："澜姐儿也是心里太着急了，我看如今说这些也没用，还不如关心姨娘肚里的孩子更好。"

里头宋姨娘的叫声越来越凄厉，徐妈妈满头大汗地走出来，向顾德昭行了礼道："回禀老爷，大夫请来也没用了，姨娘的孩子……保不住了。"

宋姨娘最后凄厉地叫了一声，声音反而断了，一切都平静下来。

顾德昭疲惫地闭上眼，叹了口气。他子嗣单薄，本是盼望孩子，可惜这个孩子偏偏来得不是时候，是在纪氏死之后发现有孕的，即为冲撞。又这样突然的没了，他也说不明白自己究竟是什么感觉。

顾澜后退了好几步，浑身瘫软地靠在高几上，掩面痛哭起来。

宋妙华已经昏死过去了，由婆子抬着起来。一旁的几个丫头忙把染血的床褥揭起来，换上干净的床褥。

徐妈妈走过来跟锦朝说："大小姐，婆子检查过了，应该是干净了。"

锦朝却看着昏睡在床上的宋姨娘，此时巧薇正拧了帕子帮她擦脸。宋姨娘瘦了许多，两个月的时光，让她看上去比原来的几年还要老得快，眼角都有纹路了。

徐妈妈继续道："姨娘昏过去之前，似乎有些发疯了，总说她见到了夫人的鬼魂，说夫人的鬼魂回来索她孩子的命了，要求夫人放过她……"

锦朝叹了一声："我还以为她一辈子都不会心虚呢，原来也是怕报应的……"

可惜她再心虚也没用了，她的孩子是不会回来了。柳大夫再来看，也是回天乏术，最多只能保住大人的性命。

等顾澜再跨进西次间的时候，宋姨娘已经醒过来了。她拖着羸弱的身子缩在床角，抓着褥子中的鎏金银香球不肯松手，戒备地看着站在她面前的顾澜。

顾澜急得直哭，还要哄宋姨娘撒手："姨娘，里头还装着香炭呢，小心烫着您。您怎么不认得我了，我是澜姐儿，您的澜姐儿啊！"

宋姨娘还是不说话，身子又往里面缩了一些。

顾德昭看得直皱眉，问徐妈妈是怎么回事儿，徐妈妈才小声道："姨娘刚才就有些失常，总说见到了夫人的鬼魂。刚才一醒来，又知道自己孩子没了，怕是经了这样一遭……有些失心疯了吧。"

顾德昭也不说什么，就看着顾澜哄宋姨娘说话。

宋姨娘好像突然认识了顾澜，开始细细地哭起来："是澜姐儿哦！你的弟弟死了，母亲的孩子没有了，什么都没有了。"

顾澜擦了一把眼泪又是哭又是笑的："胡说，姨娘还有澜姐儿呢！"

宋姨娘又不理她了，把小小的银香球放在怀里抱着，拍了拍，像哄孩子一样："不哭不哭，猫儿不闹，好好睡觉。"

顾澜的眼泪又掉下来。她看到蹲坐着的宋姨娘背上都能看见凸出的脊骨，忍不住想过去拉她的手，宋姨娘惊恐地避开她，抱着银香球缩成一团。"夫人，不要抢我的孩子。我不敢再害你了，我知道我错了……"她呜咽地哭着，像孩子一样只知道认错求饶。

顾澜愣在原地，过了一会儿徐妈妈才说："二小姐，您还是不要吓姨娘吧。"她让顾澜先走远一些，宋姨娘终于放松下来，抱着银香球慢慢就不哭了，小声和它说话，又不时地笑一笑。

顾德昭看着宋姨娘现在这个样子，心里都不知道是该恨她还是可怜她了。做了那么多坏事，如今落到这样的下场，没了孩子，又疯疯癫癫的。他本还狠下心，想等宋姨娘生了孩子就送她去尼姑庵，如今她这样子，恐怕是哪里都去不了了。

几个婆子抬宋姨娘回了内室，顾德昭才招了顾澜和锦朝过来，说道："宋姨娘戕害主母，我本想送她去静妙庵了却残生，青灯古佛的伴着她，也好能赎一点罪孽……"

顾德昭还没说完，顾澜就泪如雨下："父亲，姨娘都这样了，去了静妙庵怎么活得下去。"

顾德昭叹了口气："澜姐儿，你总要听我说完。看宋姨娘现在这个样子，是去不了静妙庵了，桐若楼后面有一座修在华山松里的听涛阁，地方虽小，但是清净。朝姐儿，你选两三个稳重些的婆子和丫头在听涛阁伺候宋姨娘，等她小月子之后就搬过去吧。这也算是清修了。"

顾澜仍有不甘，但看顾德昭的样子，她就知道这事没有回旋的余地了。

锦朝也想不到宋姨娘会突然疯癫了，她心里却有几分怀疑，也不知道宋妙华是真疯还是装疯……如果是真疯倒没什么，要是装出来的，她也是聪明极了。她做的那些事都被自己揭发出来，要不装疯卖傻，可没这么好混过去。

锦朝应了"诺"，顾德昭才点点头，带着丫头管事回去了。

锦朝起身走到正堂里，跪在蒲团上喃喃说了几句，给菩萨上了香。

顾澜跟着她出来，站在她身后冷冷地问："你是不是在和纪氏说，你帮她报仇了？"

锦朝摇头，叹了口气说："我只是给菩萨上一炷香而已。这菩萨请进来，姨娘一天都没有拜过，菩萨知道人诚心不诚心的。"她转过头，发现顾澜看她的眼神是从未有过的怨毒。

这也是应该的，她知道宋姨娘的孩子是顾锦朝害死的。

"你害了我尚未出世的弟妹，害我母亲疯了。顾锦朝，你的心肠真是歹毒。"顾澜低声说，"你可不要忘了，你还有把柄在我手里。你和陈玄青那些事，怕是没有人比我更清楚了……"

锦朝说道："你只看得到自己受的苦，就看不到宋姨娘是怎么害我母亲的，你是怎么对我和锦荣的。自己陷害别人，那就是理所应当的，别人反击了，你就觉得自己是无辜受害，要跳起来咬人不成？"

她轻轻一笑："顾澜，断没有这样的说法。"

顾澜咬着唇，冷冷地看着顾锦朝，过了好久，才低声问道："你……究竟动了什么手脚？"

锦朝不再理会她，转身往门外走去。

次日早上，姨娘小产的消息阖府都知道了。

几日之后徐妈妈来跟锦朝说："宋姨娘如今是完全的认不得人，还时常发疯，闹着要孩子。婆子也看不出什么端倪，估计是真的疯了。"

锦朝听了也去临烟榭看过，小产完半个月，她们给宋姨娘吃的药渐渐停下来，她的脸色才好点。只是她一直抱着怀里的迎枕不肯撒手，叫迎枕"秀哥儿"，亲密地和她的秀哥儿说话。

如果她的疯癫是装出来的，那也实在可怕了。

服侍的窦婆子说："姨娘给那小孩取的乳名，就叫秀哥儿……她抱着的那个迎枕，谁都不准碰。如今姨娘还在小月子里，应该好生养着，偏偏奴婢要给她擦身、喂饭，她都不让，谁靠近都要惧怕……"

宋姨娘还在小月子里，等再过几天，她就要搬去听涛阁了。

锦朝淡淡地道："由她去吧。"她留宋姨娘性命，还派了婆子照料，已经是仁至义尽了。

顾锦朝回了清桐院，从此就不踏进临烟榭了。

宋姨娘小产是六月末,又很快到了七月十五,中元节。

自宋姨娘孩子死后,顾澜就意志消沉,不常出来见人。

父亲好像也经过这件事后受到了莫大的打击,打击他的不只是宋姨娘和孩子,还有被他冤枉的纪氏,甚至是这些年他做过的点点滴滴。

他几乎快被摧毁了,时常到纪氏原来的住处发呆。

锦朝有次给他请安,父亲看了她许久,宽大的手抚着她的鬓发,轻声说:"锦朝,你说这是不是报应?"

锦朝淡淡道:"我只知道这一切,要不是您,都不会发生。"

父亲嘴唇颤抖:"你果然……果然还是不会原谅我。"

锦朝后退一步离开,走到门外时,她抬头看了看,漫天的晚霞,静静地披在建筑的飞檐斗拱上,如此美丽而温柔。她听到身后传来父亲压低的哭声,沉默不语。

身旁徐妈妈劝她:"大小姐,您以后毕竟还是要和老爷相依为命的啊。"

锦朝却轻轻地笑了:"但是这么好的夕阳,母亲就再也看不到了。"

徐妈妈听到这里,也不禁地鼻酸了。

"大小姐……"

"我无法原谅他,也不能原谅自己。"锦朝继续轻轻地说。

她本来是要改变母亲命运的,她不要母亲死,为什么母亲还是死了?为什么她还是孤独无依地一个人?

母亲年纪轻轻的性命,就这么没有了。

"走吧。"锦朝微微地叹了口气,不再看夕阳。

随着时间的流逝,伤口总是会结痂,会好的。而母亲,将永远活在她记忆中,那是她心中最珍贵的存在。

家中有新丧按理是要上新坟、祭祖的,道观里还要做盛大的祈福道场,超度亡灵。顾德昭去了延庆道观,好几天没有回来。

"道观正在举行道会,老爷听了一场。"来回话的人告诉锦朝。

锦朝点点头,也没有管父亲,他既然以宗教为寄托,就随他去吧。

第九章

重逢

第九章 重逢

过完中元节,香河那边的田庄递了信过来,是上次说过的那十多亩的果树全烂根了,事情实在是拖得不能再拖了。田庄的管事姓赵,说了一通也没拿出个章程,说种桃子不错,但病害太多,得看天势吃饭;种枣树倒也行,又怕卖不出价钱。锦朝更是不懂这侍农的事,想去问问外祖母这件事究竟怎么办。母亲死后,她一直闷在顾家,正好借此事去外祖母那里一趟。

外祖母也来信说想她了,想让她过去住一阵子,想来是让她不要太记挂母亲的死。

锦朝想想也只能如此了,如今母亲的七七已经过了,服丧的规矩也不用太严格。给外祖母回了信说要去她那里,丫头就帮着收拾了箱奁,锦朝和顾德昭说了后,第三日就去了通州。

外祖母得了信,亲自在垂花门等她,挽了她的手带她去了东跨院。

"你可来得巧了。"纪吴氏淡笑着跟她说,"你四表哥纪粲和宛平陈家的二小姐定亲了,明日摆酒谢媒人。可惜你正在服丧,不能去看看,那媒人是通政使徐大人的夫人,为人十分不错。"

宛平陈家。

锦朝听了十分惊讶,原来纪粲娶的是陈二爷的庶女。

其实她和几个表哥的来往都不多,定亲后三月,陈家二小姐陈暄嫁到纪家,正是陈玄青和俞晚雪正式定亲的时候。她又正在服丧,连喜酒都没去喝。

不管怎么做,她总是和陈家扯上关系,锦朝无奈地笑笑。

她不再想这件事,而是和外祖母说宋姨娘。

纪吴氏听完也想了许久。"宋妙华是个性格坚毅的,要说这样就疯了,我是不会信的。不过她要是能一直装下去,那也是她的本事好,你自然不用管她。"她拉着锦朝的手,叹了口气,"我们朝姐儿,原先看去面冷心热,如今也能狠下心了。"

锦朝和纪吴氏玩笑说:"那如今外祖母嫌弃我了?"

纪吴氏摸了摸她的头发,笑着说:"你是最像我的。我嫌弃你,岂不是连自己都嫌弃了。"

和纪吴氏说了会儿话,三表嫂刘氏听闻她来了,抱着孩子来向纪吴氏请安。抱着淳哥儿逗弄了一番,外祖母显得高兴了不少。

锦朝在旁看着,心里却微有感慨,纪尧已经快十八了,身边连个通房都没有,更别说孩子了。一般像他这样的年纪,福气好的都有好几个孩子了,外祖母本来能抱到嫡曾孙的。

她觉得也该好好思考一下这件事,纪尧不喜欢她,她更不愿意让别人勉强地娶她。而她的婚事,也是个问题,毕竟等过了中秋,她就要十六了。可是她的名声,在燕京实在不太好。

锦朝一想到这些问题就觉得头疼,如今也只能走一步算一步了。至少先把母亲的嫁妆打理好,收益自己入私库,手里攒了银钱,也不用怕这么多。

和外祖母说了会儿话,两人一起去了西跨院。外祖母想带她见见徐夫人。

锦朝对这个徐夫人是有印象的,却不是因为她是通政使徐大人的夫人,而是因为她女儿。

与陈家隔了一条胡同的有个罗贤胡同罗家,罗家太爷早年是皇商,贩运丝绸,每年都要向宫里进蜀锦杭绸。等罗家传到他儿子手上,就开始逐渐败落,皇商也做不成了,成了普通的大商贾。太爷的孙子更是个不成器的,喜欢流连烟花柳巷不说,家里的丫头淫遍,还曾闹出过人命官司,实在是个作恶多端的纨绔。

而徐夫人的女儿,就会嫁给这个罗家孙子。

徐夫人是个精明能干的,她女儿自然也不差。只是样貌平平,又偏偏心高气傲,挑了许多年都不满意不肯嫁,等到十九岁才知道着急,却也没人上来提亲了。徐家没办法,只能让她嫁了罗家的孙子,毕竟罗家早年还做过皇商,子孙也有做官的,应该不差,谁知道那罗家孙子是个这样的人。

锦朝记得自己看到过徐夫人的这个女儿,她只记得她一双眼时常红彤彤的,表情却无比的镇静,并不为环境所扰。她才感叹可惜了这么个人。

听说纪吴氏带着锦朝过来了,大舅母、二舅、二舅母等人都过来迎接。大家先去正堂坐了,纪粲刚定了亲,锦朝一问起他就羞得满面通红。

纪尧却是过了好一会儿,才跨进正堂来,他穿着一件石青色杭绸直裰,腰间挂着一对白玉坠,俊秀的脸上什么表情都没有。纪吴氏叫他过来,问他做什么去了。

纪尧答道:"刚才和祥贵楼的掌柜说了一会儿话。"又向锦朝拱手笑笑,"表妹也来了。"

纪吴氏皱了皱眉,看纪尧的样子,似乎还是对锦朝不咸不淡的。

她携了锦朝的手跟她说:"你二表哥如今和我学管事,你不是有生意上的事不明白吗，就问他好了。他前段时间才去通义的田庄里待了一个月，我让他学学侍农，你看是不是人都黑了许多？"

锦朝只能笑笑，她又不记得纪尧原来是黑是白，看上去也没什么差别。

听到纪吴氏的话，纪尧嘴唇一抿。大舅母宋氏在旁看到了，更是心疼儿子，便笑着说了句："估计咱们表小姐也记不清了。徐夫人还在厢房，不如咱们先去看看。"

锦朝听了心里也明白，大舅母也不想她儿子受委屈娶自己。

何不成人之愿。锦朝想了想就和外祖母说："您可不能摆脱得了我，明日您去涉仙楼，我也是要去的。纪尧表哥管事是和您学的，您就不肯教教您的朝姐儿吗？朝姐儿也没比纪尧表哥笨多少。"说完又十分可怜地看着纪吴氏，倒是把纪吴氏惹得哈哈大笑。

纪尧听了倒是松了口气。

徐夫人在大舅母那边的厢房里喝茶，由大舅母、二舅母陪着她们去。

大舅母在路上和锦朝说："你三表哥纪昀去了宛平，得几日后才能回来，不然也能再见见你。"

锦朝就问："三表哥去宛平做什么？"不是该在国子监读书吗。

大舅母笑笑："他如今是举监了，不用时时待在国子监。他授课的先生说读万卷书行万里路，让他去游历一番回来。他在国子监有个同窗，这次乡试考了北直隶的第三名，他跟着人家做学问呢。"

外祖母笑着同锦朝说："这人你应该听说过，是陈家的七公子。你外祖父还在的时候，和陈太爷是莫逆之交，他们家和你外祖父一样，是从保定府起家的，保定如今修路、修庙宇的，都是我们和陈家捐钱，因此关系也格外好些。你四表哥和陈家二小姐的婚事，更是早早就说过了的，不然以陈家如今的显赫，你四表哥怎么娶得到陈家二小姐。"

锦朝听到这里不由得静默了一下，陈家和纪家的渊源，她自然是清楚的。

只是她有些感慨而已，陈玄青的秋闱若还是考的第三名，等他第二年参加春闱、殿试的时候，定会被皇上钦点探花，赐进士及第，授翰林院修撰。到那时他是探花出身，又有陈三爷做后盾，想必日后仕途顺畅，便是做到东阁大学士兼正三品的户部侍郎也不足为奇了。

锦朝叹了口气，反正她不想和陈玄青扯上任何关系了，何必管他以后如何。

小丫头传话了，徐夫人亲自出来迎接她们，身后还站了一个穿着银红色妆花褙子、八幅墨绿色月华裙的女子。那女子长得只能算是清秀，梳着圆髻，簪了一对嵌黄碧玺的鎏金簪子，人微微笑着向纪吴氏屈身行礼。

纪吴氏笑着拉过顾锦朝，向徐夫人介绍："这是我外孙女，适安顾家的长女。"

徐夫人笑着夸锦朝："人长得真是如花似玉，我见着就觉得喜欢。"

纪吴氏又介绍徐夫人，锦朝屈身行礼问安。纪吴氏又介绍了徐夫人身后的女子："这是徐家二小姐。"徐家在她之前有一个庶女。

锦朝向她笑笑，喊了一声"姐姐"。

徐静宜也叫了她一声"妹妹"，几人进了屋里说话。

锦朝心里却暗自想着，看来徐夫人还真是走投无路了，如今参加酒席也带着自己的女儿。也是，徐静宜今年已经十九岁了。

徐夫人和外祖母说话间不停地问到纪尧的事情，有没有打小定亲，或者如今在做些什么。饶是徐静宜沉稳，也羞得满脸通红扯自己母亲的衣袖，徐夫人却视之不见。

这也问得太明显了些，锦朝在旁听着也替徐静宜觉得不自在。

纪吴氏微微笑着，却滴水不漏地回答徐夫人的问题："虽尚未定亲，我看他是有意向的，只是孩子不好意思说。恐怕到时候要是方便，还要请你做媒的。"她已经想好了让纪尧娶锦朝，肯定不会让别的女子有可乘之机的。而且就算不娶锦朝，那也轮不到徐静宜，她比纪尧还大两岁，也不知道是不是有什么隐疾，才一直没嫁出去。纪吴氏自然也不想自己的嫡孙捡剩。

徐夫人有些失望，以她的身份来帮纪粲说媒，图的不就是想和纪家搞好关系吗，她早就看准纪尧了。世家弟子中难得有如此沉稳的，而且到如今都没有一个通房。

她笑了笑，不再提纪尧的事，见顾锦朝胸口缝着麻布，难免问了一番。听说是纪氏死去，又很是惋惜了一会儿。

第二日一大早顾锦朝就起来去了涉仙楼，外祖母早已经在处理事宜了。现在内院的事是大舅母管，外祖母接见的都是有头有脸的田庄管事、商行店铺的掌柜。纪家毕竟是个庞大的商贾之家，管事掌柜流水般进来，曾先生拿着算盘在旁备着，旁边还有几个账房在记册子。

锦朝很喜欢看外祖母忙这些，丫头给她端了锦杌坐在幔帐后面，她听着外祖母如何交代掌柜的。

"那个在香河的潞绸庄，地方虽然好，但旁边还开了成衣、估衣、杭绸铺子，实在是不够兴盛，白白浪费了这么好的庄子。"外祖母跟大掌柜说，她想想又道，"不如把潞绸庄换到隔街的铺子，那里改建座酒楼。香河那地界如今要修整河堤了，等连通了运河，生意肯定是好的……"

那掌柜听了纪吴氏的话，有些迟疑地问道："迁铺面、修酒楼也讲究章程，却不知太夫人想派谁去香河看着，小的也好派人帮衬。"

纪吴氏一细想，心里就有了主意，笑着跟他说："就让纪尧去看着。"

掌柜听了难免一喜，竟然要派二少爷去看，那此事自然是没有问题的。

接见完管事、掌柜已经要中午了，纪吴氏找了纪尧前来说话，吩咐他香河这间潞绸庄的事。

顾锦朝在幔帐后喝茶，过了一会儿也被纪吴氏叫出来，纪吴氏跟顾锦朝说："这田庄的事，也不能空口说白话，听那管事说什么便是什么。种什么、怎么种还是要亲自去看过，才好定章程。香河离通州却也不是太远，不如让你二表哥陪你去看看，我再派宋妈妈跟着你们。"

锦朝暗叫糟糕，外祖母这是存心想撮合他们了。还不等纪尧说话，锦朝就道："二表哥日理万机的，怎么好耽误他，不过是看农事而已，我一人去也是可以的。"

外祖母笑笑："你从小就对这些一窍不通，我还能不知道。让你去看也看不出名堂，让你二表哥帮衬着你，反正他还有事在香河，也不算是耽误他。"一副没得商量的样子。

锦朝叹了口气，瞥见纪尧沉默不语，心里倒是想苦笑了，颇有种我不杀伯仁，伯仁却因我而死的感觉。

纪吴氏说定的事，那就是不可更改的。下午她让人套了两辆马车，派了一群护院和丫鬟送锦朝去香河。

香河连通顺天府和天津府，也是十分富庶的地方。近日连天的雨水，以致河水暴涨，河边正在赶修河堤。

半路上马车却突然停了下来，是宋妈妈过来了。

她挑开帘子对锦朝说："表小姐稍等片刻，二少爷要把潞绸庄的事交代一番，一会儿就陪您去田庄。要是您想下来看看，也是可以的。"

锦朝笑着摇摇头，本来人家就是过来处理正事的，现在还要陪自己去田庄，太难为他了。便对宋妈妈说："我也不急，在马车里看一会儿书就好了。"

宋妈妈行了礼退下去。

等纪尧忙了潞绸庄的事，马车到田庄的时候，天已经黑了，又下起大雨。

听说是庄家小姐和纪家少爷一起来了，田庄的赵庄头忙带着田庄的人过来迎接。虽然都戴着斗笠穿着蓑衣，也不过从田庄门口到房里几步路的工夫，但锦朝还是被淋得湿透了。到了廊庑下，青蒲才把伞收起来。

锦朝看了一眼田庄，这里是个四合院，四周是廊庑，中间连通抄手游廊，没有垂花门。倒是院子很大，种了好些银杏树。纪尧是管事帮着撑的伞，一身细布直裰也湿透了，额发凌乱。

赵庄头是个微胖的中年男子，生了一双小眼睛，两撇八字胡，笑容满面地道："大小姐过来，小的倒是一时忙乱了。您先和纪家少爷去厢房换洗一下吧。如今香河这天，说下雨就下雨，跟变脸一样。"

这一身狼狈的，也确实不好。锦朝便对纪尧说："麻烦二表哥了。"

纪尧摇摇头，温和地道："不碍事的。"低头拧了衣袖的水。

锦朝去了厢房，赵庄头早吩咐烧了水送上来，幸好还带了备用的衣物。

赵庄头又让人端了祛寒的姜汤过来，送一碟新嫩的玉蜀黍饼。

等她收拾妥当，天已经全黑了，暴雨扑打在窗棂上，打开窗望出去，都是黑茫茫的一片。

赵庄头已经在外面等着她了，备下了这几年田庄收成的册子给她看，和她说近几年田庄的情况："年头不好的时候，只能收两百石，年头好的时候，还能收到四百石。庄子里种了十多亩果树死了，这要搭几十两银子进去，实在是过得艰难，才写信给大小姐说一声。"

顾锦朝并不擅长农事，听得有些头疼。

她让赵庄头把册子留着她来看。

纪尧也洗了澡换过了衣裳。

程时在外面等他，见他收拾好了便跟他说："二少爷，我看这个农庄很难治理，您就不帮帮表小姐？"

纪尧刚换了衣服，此时撑着额头想事情。灯花"啪"的响了一声，他才慢慢说道："我只是陪她过来，怎么解决事情，我是不会管的。"

程时有些犹豫："宋妈妈还跟着呢，要是她回去向太夫人说了……"

纪尧眼眸蓦然冰冷，半晌没说话。最后才道："让她说吧，我倒想看看祖母能做什么。"

顾锦朝自然不会管纪尧，第二天一早雨停了，她就坐着马车说要去灵璧县走走。

要解决问题总得知道有什么问题才是。

那头程时出去了一个时辰，在周围转转就把情况摸得门儿清。他也是跟着纪尧见得多了，看什么东西，该怎么打听，他可比顾锦朝一行人快多了。回来和纪尧说的时候，他正在看董思白的《容台集》，听到程时的话，眼皮都没有抬一下。

程时和他说了灵璧这个田庄的情况："以小的看，表小姐没经验，根本管不好的。那赵庄头也有点糊弄表小姐。"

纪尧只是说："知道了。"

程时急得抓耳挠腮的，偏偏二少爷一点儿想帮忙的意思都没有。

以前他跟着纪尧去田庄里，那可是就他们两个人，庄头知道他们什么都不懂，他们可吃了不少暗亏的，到最后二少爷终于把那群人治理得服服帖帖，人都瘦了一圈。

他怎么就不心疼表小姐呢。

纪尧看他那样子，笑了笑说："帮或不帮都不好，所以我不会主动去帮她的，等她坚持不下去来找我的时候再说吧。你要是想帮，自己和表小姐说去，可别来烦我。"

他以为顾锦朝坚持不下去，很快就会来找他，不承想几天的时间就这么过去了。

顾锦朝没有来找他，自己去找农妇问，还去了果树林看，生生地给赵庄头找了条明路出来，原来的烂根果树都拔了，改种不怕水的品种，上山坡向阳，又种上了好阳的桃子一类，忙了好几天才把田庄弄出一个规程来。只是人晒伤中暑了。

纪尧听说她如此倔强，也有点惊讶。他一直觉得顾锦朝品行不好，又喜骄奢淫逸，从小就不喜欢她。倒没承想她还真能解决田庄的事情，而且从头到尾没找过他帮忙，她似乎能感觉到什么，在刻意与他划清界限。

纪氏才死，她来接手纪氏的嫁妆，没有人帮衬着，她又什么都不懂，也是十分艰难的。

纪尧倒是生起几分同情。

纪尧拿起《容台集》，看了一会儿却看不进去，最后还是放下了书，往顾锦朝所在的厢房去。

赵庄头给锦朝安排的厢房，一个矮几，两把圈椅，铺着绿底牡丹花褥子的大炕，田庄总不会太干净，又简单又朴素。顾锦朝却一点儿嫌弃的样子都没有，淡笑着请他坐下。

她轻声道："二表哥怎么想起来找我了？"

也不提帮忙之事，好像从来没想过让他来帮忙一样。

纪尧反倒不好说什么了，顿了顿才说："我过来看看，你是不是要我帮忙。"

顾锦朝也有些诧异，随即她摇了摇头："我自己应付得来，没关系的。二表哥若是有事要忙，大可不必管我，锦朝虽说不懂农事，但也知道用心一些，总会做得好的。"

纪尧看到她胸口一块巴掌大的麻布，沉默了一会儿。

锦朝给他倒茶，又淡淡地道："二表哥不喜欢锦朝，我是知道的，你也不用勉强帮我，我不会和外祖母说的。"她收手回去，就推说她有事要先离开。

纪尧看到她袖口绣的几朵白莲一晃而过，风雅极了。他突然想说其实自己不讨厌她，但是顾锦朝已经退出了房间。纪尧倒是苦笑了，他唯恐和顾锦朝有什么关系，避她如蛇蝎，岂不知人家也是如此，根本就没有在意他，倒是显得他自作多情了一样。

等一行人再返回通州的时候，香河的那个潞绸庄却出了问题，有个管事连夜来灵璧找纪尧商量，纪尧不能回通州了。锦朝上马车的时候，还听到他和那个管事边走边说话："他实在胆大，敢帮着那帮贵州的流寇运送货物。把那群人都拘起来，我亲自来问……"语气十分肃冷。

贵州的流寇？锦朝听到这句话有些疑惑。

但她也没去问，毕竟与她无关。

回到通州的时候已经过中午了，锦朝还没有用膳。外祖母张罗着让厨房做了一大桌的菜送上来，笑着跟她说："你在香河这几天肯定是没吃好的。"又问她田庄的事处理得怎么样了。

锦朝苦笑着道："外祖母，我可还在守制呢……"怎么能吃这些大鱼大肉的。

外祖母皱了皱眉，道："活着的人才最重要。你看你这几月瘦了多少，你母亲要是看了，肯定更伤心着急。"不容拒绝地把筷子塞到她手里。

锦朝只好开始吃起来。

这时候纪吴氏身边伺候的大丫头香岚进来了，先屈身向纪吴氏和锦朝行了礼，才道："三少爷回来了，马车已经到了影壁。"

远出回来，肯定要先来向纪吴氏请安的。纪吴氏高兴地道："也不知道他和人家学得怎么样了，快让他过来，我要问问他……正好他表妹也在，更该来见见了。"

香岚应"诺"去了，不一会儿锦朝就听到脚步声，纪昀刚跨过门，就笑着行礼问道："祖母近日可安好？"他又看到了锦朝，拱手道，"表妹竟然也在。"

纪吴氏笑着让他过来，正要跟他说什么，却看到他身后还有两个人进来，一个身材稍矮些，穿茶色杭绸直裰，五官端正，满脸笑容，另一个后进一步，穿青色云纹的细布直裰，身材高挑清瘦，五官十分清秀俊朗。更难得的是他身上温和的气质，他只是淡然微笑，却如山岚上缭绕着青竹的云雾，让人觉得清雅。

锦朝脸色一变，随即她垂下了眼帘。

陈玄青……竟然是陈玄青。

纪昀向纪吴氏介绍，先说略矮的那个："这位是睿亲王的表侄，安大人的第三子安松淮，是我国子监的同窗。"又说那穿青色云纹细布直裰的少年，"陈家七公子陈玄青，祖母可是知道的，我们北直隶春闱的第三名！"

纪昀成亲的时候，纪吴氏是见过陈玄青的，自然相熟。那睿亲王的表侄却没听说过，既然跟着孙子一起回来，必定也是个中了举人的。她笑着颔首。

纪昀又介绍了纪吴氏，两人拱手行礼问安。

纪昀犹豫了一下，又介绍了顾锦朝："是我的表妹，顾家大小姐。"

顾锦朝再不想和陈玄青对面，也只能抬起头，微笑颔首。

陈玄青也是一愣，但很快就恢复了平静，仿佛不认识顾锦朝般拱手道一声"顾大小姐安好"。他神色淡淡的，转回头不再看顾锦朝。

要是知道顾锦朝在纪家，他是无论如何都不会来纪家的。

安松淮看到顾锦朝，却是愣了一下。纪吴氏见了难免不喜，就笑着问陈玄青："纪昀跟着你学制艺，可是麻烦你了，他天性愚钝，总是要别人指点着才懂。安家少爷也该如此觉得吧？"

安松淮自知失态，脸色通红地说道："纪昀可比我聪明。"

陈玄青和气地道："太夫人可都是客气话了，不过是我在家受父亲指点颇多罢了，不然也考不得这个魁首的。"他的父亲陈彦允原先考过北直隶的解元，后来中了榜眼。

纪吴氏笑笑，不论怎么说，陈家出来的人就是不一样。陈玄青学问这么好，性子却一点都不倨傲。

纪吴氏又问纪昀，他们来通州做什么。

纪昀道："我去陈家正好碰到举明，和陈家三爷说了几句。三爷指点我们去找国子监讲广业的学正张先生，说他的广业讲得十分好。张先生退居通州，我们这才回来了，正好也过来和祖母请安。"

举明是安松淮的表字。

说了会儿话，纪昀带着安松淮和陈玄青去花厅进膳了。

进了膳，纪昀又带他们拜见了自己的父亲，纪家大爷。纪昀去见自己父亲时听说了纪粲的婚事，十分高兴，恭喜纪粲的时候，纪粲有些不好意思，又道："你可别恭喜我，我得和你说一件事。"

纪昀有些困惑，纪粲就说："三嫂刘家的长兄不是在河北任宣抚司副使吗，这次回京述职早递了信过来，说明天就到通州。大伯已经盼咐了要帮着接风洗尘的。你可得表现好些，别让大舅子看了笑话。"

刘氏的兄长大了刘氏十多岁，如今年过三十，两榜进士出身，从五品的官职。

纪昀听了难免紧张，说："我都没听祖母提起呢。"

纪粲笑笑："祖母整日忙都忙不过来，如今这些事都是大伯管着。"

纪昀听了后有些心不在焉,安松淮笑话他:"不过是见大舅子就如此紧张,以后你要是见着岳父,岂不是腿都要吓软了。"

纪昀没好气地说:"你知道什么,刘家这个长子刘敏是个十分厉害的。不仅制艺出众,我等难以应付,而且酒量也很好,当年我去婆亲的时候他灌了我两壶酒,当晚喝得迷迷瞪瞪的什么都不清楚了。他又嫌弃我太书生意气,一向不太喜欢我,每次见了我总要刁难……"

安松淮就说:"七少爷还在这儿呢,让他帮着你啊。"

陈玄青在他们一帮世家弟子中,虽然没有世袭爵位,也不是最有钱的,却是影响力最大的一个。谁让他是詹事陈三爷的儿子呢,陈三爷如今在朝堂的势力可不能小觑。所以他们也戏称陈玄青为七少爷。

陈玄青淡淡一笑:"刘敏虽说当年考的是第二甲,但是我看过他的时文,子詹是肯定比不过他的。也不用拿我来比,我可是不会参与这些事。"他背着手看不远处的垂柳,语气平和,安松淮知道,他这是有超八分的把握能赢过刘敏的。北直隶的第三名,前两个都年过三十了,少年的时候能有这样的荣耀,哪里是个简单的。

安松淮也懂陈玄青,这人说得好听了是性格清然,有几分的傲骨,说得不好听了,那就是有点墨守成规。国子监放学的时候,他们几个人总会约好去品芳楼坐坐,品芳楼是有艺妓的,难免名声不太好。他们听听小曲喝个小酒,这也不算事儿,偏偏陈玄青每次都不愿意去,说是家规森严。

安松淮笑笑不再说这事,而是和纪昀说纪吴氏:"你祖母也真是个不得了的人,别说我父亲了,燕京里不知道她老人家名声的都少。不过我还不知道你有个表妹呢,都没听你说过。"

纪昀苦笑着道:"你没听说过,你听过她的事情可多了,你还嘲笑过人家呢。"

安松淮很疑惑,纪昀就接着道:"我表妹是顾家大小姐,你忘了,就是那个赫赫有名的顾锦朝啊,那个在花会上公然掌掴丫头的,当时我和大哥,还有七少爷都在定国公家。后来传开了,你就说谁要是敢娶了这个顾家大小姐,那后半生就有得忙了。"

他又侧头问陈玄青:"不知道你看到没有?"

陈玄青丝毫犹豫都没有,轻描淡写地说:"没有。"他根本不想说掌掴这事是自己引起的。

当时那丫头上茶的时候不小心踩着石头跌了,热茶不仅淋到他身上,还泼了丫头一身。他在一旁见了就去扶那丫头,却不想这一幕被顾锦朝看到了,借故叫丫头过去,当众掌掴了那丫头。他还记得那丫头的手被烫得通红,脸上又全是凌乱的指印，眼眶湿润通红，但是没有人去帮她。

如果在此之前，他对顾锦朝还只是不耐烦的话，在此之后就全变成了厌恶。仗着自己的身份欺凌丫头，还是因他而起，这算什么？

安松淮很惊讶："怎么可能呢，咱们今天看到你表妹，哪里像是这样的人？"

何况，他也没想到那个传说中的顾锦朝——会这样好看。海棠春色，动人心魄，虽然她穿得那样素净，但是容貌的艳色却压也压不住，向他扑面而来。

纪昀看安松淮那副样子，终于有点懂他在想什么了。他毕竟也是成了亲的人，可没有原来迟钝了。

他瞪了安松淮一眼，道："你都是定了亲的人了，可别想我表妹的事。"

安松淮嘟囔了一句："我也没想怎么的……"话说得一点底气都没有。

安松淮心里还觉得不可置信，这个顾小姐就是那个顾锦朝，竟然是这样一个美人。他又忍不住加了一句："男子总是如此的，却也没什么。"

纪昀笑笑："你问问咱们七少爷同意不同意。"

陈玄青不说话，径直往前走了。别人也就算了，顾锦朝他敬谢不敏。

刘氏的兄长刘敏到通州的时候，还没到晌午。

刘敏虽是读书人，但是长得很高大。听说纪昀考中了举人，他挺高兴的，还问纪昀考的是什么题目，他是如何作答的。

纪昀就说："四书义考的是《孟子》和《中庸》……"却不愿意详说。

刘敏笑笑，问道："《孟子》曰，由尧舜至于汤，五百有余岁，若禹、皋陶之道，其所以见知闻知者，可得而论欤？请究其说……是考了这个题吧，你是怎么破题的呢？"，

他竟然已经看过时文了。纪昀只能硬着头皮回答："尧、舜之道，既是盛世。孔圣人得之为辛。"

刘敏皱了皱眉，好像不太满意，又说："那尧舜之后的盛世，亦是不差的。难不成只是尧舜之道可取？主考官要是这样问你，你该如何回答？"

纪昀满头大汗，今年乡试的题目本来就比往常难些，他的学问只在一般，怎么禁得住两榜进士这样的问．只能求饶一般看向旁边的安松淮。安松淮自认自己是顶不住刘敏的，转过头当没看到。

纪家大爷更是插不上话，他也只是举人。

纪昀一双眼睛转向陈玄青，样子很是可怜。陈玄青本来也是不想帮忙的，见纪昀手足无措地被这个两榜进士欺负，也叹了口气起身，拱手道："伊尹乐尧舜之道，本心之有德，而穷达同一致也。尧舜之道是圣人都想达成的，不过只是达成大道的方式不一样罢了，本都是尧舜之道。"

刘敏有些惊奇，随即也起身拱手道："我看过这篇制艺，敢问阁下可是陈玄青？"

他知道今年纪昀秋闱，特地找了北直隶的时文看，十分欣赏陈玄青的那篇制艺，觉得他虽为第三名，实则才华是不输于前两人的。本以为学问如此好，该是个中年中举的才是，没想到，站在他面前的是如此清雅的少年。

陈玄青点点头，刘敏如获至宝："我拜读过你的制艺，没想到能在这里见到你。"他十分高兴地搓了搓手，"我看到题的时候想的是另一种破题法，可不如你的精妙！哈哈，你可要好好与我细说，那篇制艺里我还有些地方不明白的。"

他一个两榜进士，能这样礼遇一个举人，实在不可思议。看刘敏拉着陈玄青说得兴起，纪昀悄悄松了口气。要不是今天有陈玄青在，他这个大舅子能让他脱层皮。

等纪吴氏带着顾锦朝过来的时候，刘敏还在眉飞色舞地和陈玄青讨论。

饶是陈玄青性格沉稳，也被刘敏的热情弄得有些不好意思了，幸好看到纪吴氏过来，他才咳嗽一声退到一边去，几人都给纪吴氏行了礼。

纪吴氏笑着问他们在说些什么，刘敏拱手道："陈家这位公子，制艺实在太好，我看就是明年去参加春闱也是没有问题的。"

纪吴氏道："这是自然，他可是宛平陈家陈三爷的儿子，虎父无犬子。"

刘敏更是惊讶了，他知道陈玄青的姓名还是在时文上看到的，没想到竟然是陈三爷的儿子。难怪身上穿的是细布直裰，一般的富贵人家都喜欢蜀锦杭绸，却不知这不显眼的细布更是舒适贵重。

顾锦朝看了一眼陈玄青，他端起石桌上放的茶杯，低头饮茶，看也不想看她。

锦朝笑了笑，她对陈玄青没有恨意，只余平静而已。既然他不想理会自己，那就这般好了。

陈玄青却似乎感觉到了顾锦朝的目光，他不自然地缩了缩，将左手纳入袖中。

他的左手上，锦朝曾咬过他一口，留下了伤疤。

锦朝觉得有些好笑，他这是怕自己吃了他不成。

纪吴氏和刘敏说了会儿话，眼看着就晌午了，锦朝却因正在服孝，不能参加筵席。纪吴氏早吩咐了，让人帮她做了一些素斋。

大家陆续地来了，锦朝避开众人，准备回栖东泮去。

锦朝带着青蒲出了花厅，走在青石小径上。突然想起她小的时候到西跨院玩耍，常沿着这条小径往竹林的方向走，穿过一小片竹林就有个小湖泊，那里种满了荷花，从亭榭上俯身就可以摘到莲蓬。也不知道那片小湖泊还在不在。

那边陈玄青被刘敏灌了许多酒,他心里暗自叫苦,果然如纪昀所说,这人酒量奇大,他却也喝不过他。

纪家大爷见了难免要为他解围:"我看陈七公子好像有些不胜酒力了,不如去外走走醒醒酒。"

说着便让自己身边的小厮高常陪他去走走,陈玄青拱手谢过,跟在小厮后面出了花厅。

安松淮见了就有些坐不住,女眷没和他们一起进膳,他几次伸长了脖子想往东次间看,也看不见人,心里猫爪一样难受。眼看着陈玄青出去了,他也撺掇纪昀:"你也带我去转转,你要是在这里待下去,保管你大舅子把你灌个底朝天。"

于是两人也跟在陈玄青身后出了宴席。

路上,小厮高常满脸堆笑地和陈玄青说:"往这儿去有个湖,风景极好。"带着他走上了石径。

纪家在通州也是数一数二的富贵,西跨院的修葺更是精致,半月形的湖泊,垂柳凫水,蜿蜒的亭榭两旁长了许多荷花,虽说天气已经渐冷,却还有几个瘦骨嶙峋的莲蓬孤立湖中,倒是别有一番风韵。

陈玄青立定在亭榭上,这些枯瘦的莲蓬,有种悠远的意境,并非盛荷满塘时所能比拟的。

锦朝与青蒲也正沿着湖榭往东跨院去,一路上锦朝和青蒲说着该如何制作桂花糕,青蒲听得津津有味。锦朝转头时却看到湖榭上站着一个人,湖面烟波浩渺的,那人穿着青色细布直裰,背影清瘦高挑,乌发用檀木簪子绾了,却显得有几分仙风道骨,仿佛要随风而去了。

锦朝立刻就认出那是陈玄青。

湖榭只有一条路,她要是往前走难免要和陈玄青碰上,她要是往后走,更是此地无银三百两了。她胸怀坦荡,何必在意这些呢。青蒲也看到了,不由低语道:"小姐,咱们还是往回走吧,这样碰上陈七公子也不好。"

锦朝一看青蒲,就知道她在想什么,她抿唇一笑:"不过是借道而已,没什么的。"

站在陈玄青旁的高常眼尖,一眼就看到了正走过来的顾锦朝,忙躬身行礼:"表小姐也在。"

陈玄青听到脚步声已经回头了,见着是顾锦朝,眉心又蹙起了。

不怪他多想,顾锦朝原先喜欢他的时候,什么事没做过。她还曾经从花会上跟着他到过国子监,幸好没有别的人看到,不然他坏了顾锦朝的名声,岂不是要娶她。难不成她这也是跟着他出来的?不然本该在东次间吃饭的,怎么会无端跑到这里来。

想到这里，陈玄青心里就一阵寒，让他娶顾锦朝还不如一剑砍了他。

他轻声对高常说道："你先后去几步，我与表小姐说几句话。"

他一定要把话说清楚，断了顾锦朝的心思。她这样的喜欢自己，他可是万万承受不住的。

高常愣了愣，这陈七公子是什么意思，不过这里还有青蒲在，两人也不算是独处。便听了陈玄青的话退到远处去看着。

锦朝抬头看着他："陈七公子有什么话想说？"

陈玄青叹了口气，淡淡地道："顾家小姐，男女之妨重于山，你以后切莫这样了。也不要和我写信、送东西。我自幼就定下亲事了，是不可能喜欢你的。"他顾及锦朝的面子说得十分委婉。

他幼承庭训，也知道君子谦谦。顾锦朝却实在把他逼得没办法了，不然他也不会对一个女子失礼。

想起顾锦朝上次托人给自己送信，还曾经问他有没有读过《剪灯夜话》，陈玄青更是觉得心中烦闷。他虽说学问制艺不是最好，但也是北直隶的经魁，正正经经的书香门第出身，她竟然拿《剪灯夜话》这样淫艳的市井小说来污蔑他。

写信？顾锦朝都不记得这事了。陈玄青这么一说她才有点印象，细细一想不由得苦笑。

以前每月她都会托人悄悄给陈玄青递信，多半是些闺阁琐事，那时候她自己也觉得不好意思，表达倾慕都是十分隐晦的。

锦朝也笑道："陈七公子这话是什么意思，我以后切莫怎样？"

陈玄青面色一僵，她怎么这样不识趣。

他声音也冷了几分："原先你做的那些事，我也就既往不咎了，但是顾大小姐也要持重身份，不要跟着男子，女孩子家的要是不矜持，也没有人会喜欢的。"

原来是误会自己跟着他出来。

锦朝听了觉得又好气又好笑，想了想该如何委婉表达一下，她已经没有这个心思了。就听到不远处的高常又喊了一声："三少爷、安少爷好！"

锦朝转过头看，纪昀和安松淮说说笑笑地朝他们走过来了。

安松淮看到顾锦朝回头一望，心跳都快了些，他咳嗽了一声，尽量站得笔直一些，和纪昀说话也力争拿出自己最温和有礼的姿态。刚才他撺掇纪昀出来，路过东次间的时候往隔扇里看了一眼，却没有看到顾锦朝，心里正沮丧失落，连纪昀拉他散步都没有兴致了，没想到顾家小姐竟然在这里。

纪昀见到顾锦朝，也笑着问她："表妹不是回栖东泮了吗，怎么在这儿？还遇到了陈七公子。"

锦朝笑笑道："我守制不能进筵席，就想着顺道去采一些桂花，好做一些桂花蜜。"她把手中的锦帕摊开，果然是一团淡黄的桂花。

陈玄青心里却咯噔一下，她说自己在守制？她是因为守制，所以不能参加筵席？

陈玄青这才看到她胸口一块小小的麻布，顾锦朝穿得太素净，这块麻布也不明显，他竟然一直没有看到。也就是说，顾锦朝是因为守制才没有参加筵席，出来之后一直在采摘桂花，根本就不是跟着他出来的，他刚才还如此自作多情，让人家以后别再跟着自己。陈玄青抿住了嘴唇，觉得自己刚下去的酒劲儿又上来了，脸有些发热。

安松淮就笑眯眯地道："想不到顾家小姐还会做桂花蜜，不知道我有没有那个口福可以尝尝？"

纪昀听到安松淮的话，狠狠地戳了他的腰侧一下。这说的是什么话，他平时虽然散漫，但也没有这样不懂礼过，还真是色迷心窍了。

锦朝微愣，安松淮什么意思，她抬头一看，却看到安松淮满脸堆笑的样子。她不动声色地笑道："自然是可以的。"

安松淮十分高兴："那……那就烦劳顾家小姐了，不如等你做好了我再来纪家。"

他望着顾锦朝，却发现她微笑不语，安松淮愣了愣，脑子里轰然一声。他真是头脑发晕了，这说的是什么话，他都是定过亲的人了，难不成还想坏了人家姑娘的名声。

"我只是说的玩笑话，姑娘不要放在心上。"安松淮支支吾吾地道。

顾锦朝笑了笑："自然是不会的。我还有事，先行离开了。"她屈身行礼离开，陈玄青她不愿意多见，那安松淮对她过分的热情，她可不想在这儿待下去。

安松淮看着顾锦朝离去的背影，有些怅然若失。纪昀就冷冷地道："我告诉你，我表妹可是我祖母放在心尖上疼的人，你可别再这样了。不然我祖母不会放过你的。"

安松淮自知理亏，没有说话。

陈玄青心里不明白究竟是怎样一种滋味，他想了想，低声问纪昀："不知顾家小姐守什么制？"

纪昀也没有隐瞒，就说："表妹的母亲刚过世两个多月，因父亲还在，就服齐衰。我看表妹也不容易，都清减许多了，人也不如原先爱笑了。"

她母亲刚死，所以才要避开筵席。自己却还以为是跟踪，还把人家羞辱了一番……

陈玄青的生母江氏是前年过世的，他十分能体会母亲过世的那种痛苦。

想到这里，陈玄青心里生出了几分愧疚。

锦朝回到栖东泮之后，去了祖母那里小坐，宋妈妈来说："二少爷回来了，特地来见您。"

纪吴氏知道是香河那个潞绸庄的事，让纪尧进来。

纪尧穿着一件半新的杭绸襕衫，风尘仆仆的，俊朗的脸上有几分倦容。他先请过了安，又和锦朝见了礼，才道："祖母，潞绸庄的几个管事留不得，我已经罚了他们一顿全部扔去河北了。"

纪吴氏皱了皱眉，纪尧一向待人温和，他这样不留情面，也不知道那些潞绸庄的人做了什么。

锦朝见他们是要讨论生意上的事，她也不好在旁听着，便先告退了。

走在路上，还听到纪尧隐隐透着寒意的声音："他们和贵州的流寇串通一气，帮一个姓萧的人递信给睿亲王。前不久还押送一批货物，他们是不知道里面有什么，东西也早运出去了。有人才告诉我里面都是兵器，他们在里面抽三成的钱。我一向都告诫他们，这些事不能碰，竟然这样充耳不闻。"

锦朝听到他说姓萧的，心里又是一个咯噔，脚步也不由得慢了许多，想多听听究竟是怎么回事。

纪吴氏的声音也冷冰冰的："咱们是商贾，最忌讳沾染这些事了。别的不说，那几个管事永远别想回燕京来。你也不管这件事了，我怕你抽身不出来，派葛掌柜去做就好……"

他们不再提押送兵器的事了。

锦朝有些失望，却又不好再进去问，沿着石径慢慢走着，她突然想起一件事。

睿亲王……

她从前曾见过睿亲王一面，但隔得很远，亦没看得真切。

那时候睿亲王带了一个幕僚，那个幕僚就是姓萧。

难怪她觉得萧先生眼熟，是因为他当睿亲王幕僚的时候，自己见过他。

但是那个幕僚姓萧，却不叫萧岐山，她听到睿亲王叫了他一声"萧游"。岐山自然是表字，不知道萧岐山的真名是不是叫萧游。

听纪尧和外祖母所说之事，也就是说现在萧岐山和睿亲王有联系，联络贵州的流寇送兵器过来。他们送这些东西过来究竟要做什么？

锦朝想到这里，心里却觉得有些发冷。睿亲王和陈彦允是同一个派系的，都是张居廉麾下的人，而叶限的父亲就是被睿亲王害死的，叶限的父亲死后，张居廉又对长兴侯家施行了许多压制措施，逼死了叶限的祖父，长兴侯老侯爷。

后来叶限翻身，谁也不知他是如何翻身的，他在长兴侯死了三个月后成了大理寺卿。从那个时候开始，叶家才又慢慢恢复过来。后来叶限手握兵权，成了兵部尚书，张居廉去世，叶家才和陈家、睿亲王三足鼎立。

叶限恨睿亲王才是真的，他设计整垮睿亲王，又使其满门抄斩，睿亲王更是由他亲自凌迟处死，听说正好四千刀断气。

也就是说，其实萧先生是投靠了睿亲王，背叛了长兴侯家。萧岐山为什么要背叛叶家？

锦朝心里隐隐有了猜测，而且她已经有六成的把握。难怪叶限后来性格大变，因为自己师父的叛变，导致他父亲和祖父的死。

只是不知道叶限的事该怎么办，她应不应该告诉他，或者应该怎么告诉他。

锦朝望着身前一株冬青，若有所思。

纪尧和纪吴氏说过了潞绸庄的事，正准备告辞，纪吴氏让他多坐一会儿，吩咐宋妈妈关门，她亲自给纪尧倒了茶。

纪吴氏每次要和他说什么正经事，就是这个样子。

纪尧想到前些日子他陪顾锦朝去香河田庄的事，猜到纪吴氏应该就是想说这个，因此静默不语。

纪吴氏看他抿着唇，样子有些抗拒和倔强，却是笑了笑："你小时候不喜欢吃甜腻的东西，我非要喂你吃的时候，你就是这样的神情。怎么都这么大了，还不懂得隐藏情绪呢，你这样和别人打交道，可是要吃亏的。"

纪尧没有说话。

纪吴氏叹了口气，道："平心而论，你是真的讨厌你表妹吗？恐怕在你心里，不喜欢的不是表妹，是我这个老太婆吧。你觉得我一直和你作对，你不喜欢吃什么，我就给你吃什么，你不喜欢经商，我偏偏把家里的生意都交给你打理。我让你去向你表妹提亲，你心里就更是不愿意了。"

纪尧低声道："祖母想多了，这是没有的事。"

纪吴氏笑起来："我都是老成精的人了，你那点小心思，瞒得住我？"

纪吴氏望着顾锦朝离去的方向，心里有些酸楚。

"是我害了她……"她喃喃地说，"你姑姑跟着你曾祖母长大，养成那样。我总想着，多宠朝姐儿一点，她就能更硬气，没想到反而害了她。我让你娶她，也是我这个老太婆自私了，想让你帮我守着外孙女，不让别人欺负她，却从来没想过你的感受。"

她几乎是有些哽咽："朝姐儿的母亲死了，是被姨娘给害死的。你不知道，她原先在顾家，没有一个人和她亲的，她弟弟更是视她如仇敌，她父亲又是

个不明事理的。她还在守制,就要处理你姑姑的嫁妆,况且还是个未出阁的姑娘……"

纪尧静默,从来没见纪吴氏这样和他说过话。他也没想到顾锦朝过得这么艰难,他一直以为她在顾家是很风光的,她那个性子,谁敢欺负她呢。

想到她袖口一簇清雅的白莲,纪尧心里有点莫名的心软。

纪吴氏继续道:"外祖母也没几年可活了,只有这一个心愿,让你好好保护着朝姐儿。外祖母今儿再问你一句,你愿意吗?"

纪尧犹豫了很久,才说:"您……等我想想。"

第十章 迁家

第十章 迁家

锦朝第二日就回了顾家,她回来之后直接进了垂花门,徐妈妈连忙来迎接她,顾漪和顾汐更是一早就在影壁等着了。锦朝看了一眼,没看到顾澜和顾锦荣。徐妈妈就道:"大少爷去了余家,二小姐说她头痛,不便来迎接。"

锦朝是嫡长女,按理顾澜是要来接的。不过她就这个性格,顾锦朝懒得理会她。

锦朝又问起父亲。

徐妈妈说:"老爷整日和清虚道长在一起,前不久清虚道长捣鼓了一个炉子,说是炼丹的,结果炉子失火,差点把东厢房给烧没了。老爷才让道长搬去了后罩房临时住着,等把西厢房清理出来再说。"

这个延庆道观的清虚道长,也就是当年说她对顾德昭的仕途有冲撞的人。后来她回了顾家后,父亲似乎和这个道长的来往就渐渐少了。

也不知道现在为什么又请了这个道长来家里。

母亲的死和宋姨娘的事,对父亲的打击实在太大了,如今他倒是哪个姨娘那儿都不去,开始在信仰上找寄托了。要是换了别的道长,锦朝也不会觉得有什么,只要父亲能寻找到寄托,能够让他心里好受些,她又何必插手呢。只是一想到是这个清虚道长,锦朝心里总觉得有些不舒服。

毕竟当年这个人凭一句话,就让自己在纪家待了九年才回来。

锦朝想了想,还是换了一件天青色素缎褙子来找顾德昭。

顾德昭正在书房里和清虚道长说话,清虚道长听说顾家大小姐来了,自然要回避。锦朝远远站在廊庑下面,看到一个穿着深蓝色道袍,白净高瘦的中年男子从书房出来,那男子留着三须美髯,手臂上挽着雪白的拂尘,颇有几分仙风道骨的样子。此刻正不疾不徐地走出夹道。

听闻清虚道长五十多岁了,看上去却不到四十的样子。燕京中的便是不喜道学的王公大臣也会和他来往,觉得他驻颜有术,只是如父亲这样隆重的并不多。

锦朝走进书房和父亲说事情,看到父亲坐在圈椅上,脸上带着一丝淡淡的微笑。

问完今年祭祖该供几次茶饭的事,锦朝才提起这个清虚道长:"刚见一个穿

道袍的人出去，我倒是没见过此人，是您新招的幕僚吗？"

大臣家里总会养几个幕僚，帮着出谋划策。顾德昭是五品的郎中，在燕京这种地方自然不算大官，不过也是养了两个幕僚，平日里能和他说说朝中之事的。

顾德昭摇摇头，觉得也不好和长女说这件事，但她这样问起了，以后道长总要常在家里往来的，便有些忐忑地说："是延庆道观的清虚道长，你五岁的时候，他还帮你做过道场祈福。父亲近日读道学典籍不通畅，才请了他来讲道的，会在咱们府上住几个月。"

"我听说，这道长在家里炼丹，把房子都烧了？"锦朝淡淡地问。

顾德昭有些不安："是丹炉起火了，也没有烧得多大。"

锦朝却觉得这位道长是个祸精，前不久还以修道观为名，让父亲捐了两千两银子。

"别的我可以不管，但是银子的事我必须要过问。"锦朝严肃道，"您是不当家不知道柴米油盐贵，两千两银子可是家里两个多月的收入了，下次我要是再听到您给他银子，我可是真的轰他走的。不管您的什么颜面。"

长女的话他现在不敢不听。

顾德昭叹了口气："父亲知道了，你放心吧。"

锦朝心道："放心？您要是让人放心就不会出这么多事了。"

更何况她总觉得这个清虚道长招惹是非，妖言惑众，不像好人。

谁知道过了几天，府里真的发生了大事。

有官兵来捉拿清虚道长。

锦朝听后立刻换了件褙子去外院。

鞠柳阁里人很多，官兵正在搜查厢房。顾德昭却正和一个穿胖袄的人说话："你们胆子也太大了，我怎么说也是五品郎中，顾家岂是你们想闯就闯的？"

锦朝的脚步顿了顿，她是女眷，实在不好过去。

穿胖袄的中年男子拱手说："大人对不住了，我们是延平王府的人，奉命来捉拿清虚道长的。"

延平王府？锦朝在远处听到不禁皱了皱眉。

延平王是先帝封的外姓郡王，在朝中势力挺大的，是长兴侯派系的人。

锦朝低声吩咐身旁的佟妈妈，让她去叫顾德昭过来。

顾德昭也看到长女过来了，他犹豫了一下才走过来，低声道："朝姐儿，这边太乱，你还是先回去吧。"

锦朝知道他在想什么，清虚道长怎么说也是他的挚友，这又是在顾家，他要是不护着清虚道长，自己心里过意不去。何况这帮官兵闯进来，也没说究竟是什么原因来抓人。

锦朝点点头：“父亲，您想护着清虚道长事小，得罪延平王事大。让他们把人搜了去吧，这事和我们顾家没关系。”

顾德昭有些犹豫，这事太复杂，一时半会儿他也说不清楚。

他正想着，却见到李管事匆匆过来，低声道：“长兴侯世子带着人过来了，已经过了影壁。”

叶限带着长兴侯府的人过来，依旧穿着月白皂边的襕衫，秀致的脸上却没有丝毫笑意。他走进鞠柳阁微一颔首，身后那帮训练有素的侍卫立刻散开搜寻。

顾德昭忙走过去，拱手道：“竟然是世子爷亲自前来，不知清虚道长究竟犯了什么事，怎么您带着人来抓他？”

叶限看了他一眼，道：“这事和顾家无关，顾大人最好还是不要牵扯。”看到顾锦朝站在远处，他想了想才低声道，"延平王的王长子逝世了，他们在清虚的丹药里发现了砒霜。此事颇大，顾大人什么话都不要说，我会跟延平王交涉的。”

顾德昭大惊，竟然是那丹药的问题。清虚在丹药里放砒霜？怎么可能呢。

顾德昭不可置信：“那砒霜是剧毒之物，清虚道长此番做法实在扎眼，他怎么会想毒害王长子呢？”

叶限笑道：“顾大人不知道吗，服食少量砒霜可让人面色红润，长期服用却是要命的。”

他带来的人很快就找到了清虚道长，扭着他的胳膊压他出来，清虚道长道髻、道袍都十分凌乱，嘴里还吼着："你们是谁？竟然敢来抓我？"

两个身材高大的侍卫把清虚道长押到叶限面前："世子爷，人抓到了。"

叶限看了清虚道长一眼，便道："带回去，交给李先槐审问。"

清虚道长忙道："世子爷，这是误会啊！贫道尽心修道，怎么会做出这等事呢。王长子真的不是贫道害死的。"

叶限懒得和他多说，侍卫伸手拧脱臼了他的下巴。清虚道长脸露痛苦之色，嘴巴含糊着说不出话了，侍卫们才压着他下去。

锦朝在不远处看着，他们说的话她听得一清二楚。这样想想才明白过来，这清虚道长为何如此年轻又面色红润，估计也是长期服食砒霜的缘故。她听人说过，少量砒霜可以美容，有些小妾就每天用指甲挑一点砒霜末服下，保证荣宠不衰。

延平王的王长子常年卧病，砒霜吃下去，不就要了他的小命了。

长兴侯府和延平王向来交好，难怪是叶限亲自来抓人。锦朝看着叶限，心

里却有些犹豫,萧岐山的事,她到底该不该和他说,如果不说,她就要眼睁睁看着叶限走上那条路,成为无恶不作的佞臣,遗臭万年。

锦朝向他走过去,笑道:"还请世子爷赏脸,吃一杯茶再走。"

叶限不说话,她怎么老忘了要叫自己表舅,他有点不开心。

锦朝请叶限到了花厅,丫头捧了一杯杏仁茶上来。

叶限尝了一口皱起眉,他对吃食是非常挑剔的,扔在一旁不理会了。跟她说清虚道长的事:"你父亲也是,这种神棍也相信。"

锦朝笑了笑:"你们怎么发现那丹药有砒霜的?"

叶限懒懒地倚在圈椅上,平静地说:"延平王长子天生体弱,偏偏还喜欢寻花问柳,身体早就不行了。昨天夜里暴毙,延平王怀疑有人下毒,把王长子吃的东西都收起来,给萧先生看了,才发现丹药里有砒霜。要我说,他那儿子就算不吃这丹药,也没几年活的,清虚道长也是倒霉,撞这个枪口上。"

叶限和她说什么寻花问柳的,也是面不改色的样子。

锦朝不好评价这事,倒是叶限提到萧先生,她心里很犹豫。

"萧先生是表字岐山吗?"她笑着说,"他替我医治姨娘,我想刻一个印章送他。"

叶限"哦"了声:"那你姨娘的病好了吗?"

锦朝摇摇头,轻声道:"姨娘不喝萧先生的药,孩子没了,姨娘精神就不太好了。"

叶限不太感兴趣姨娘的事,就跟她说萧岐山:"他是号岐山,表字是什么我不记得了。原先我和他在贵州的时候,他同乡来找他,我才听到他本名是萧游。既然叫游,说不定表字就是览胜,你随便刻就行。"

叶限不在意地笑笑,抬头一看才发现锦朝面色不对。

果然是那个萧游,后来成了睿亲王幕僚的那个萧游。

锦朝抬头发现叶限正看着她,目光好像要洞悉她的心思一样。

锦朝忙笑笑:"表舅在贵州住过?"

叶限道:"我身体不好,五岁就在贵州,直到十一岁才回来,都是和萧先生一起的。"

叶限应该和萧岐山感情很深吧,锦朝一想到这个,更是不好开口了。她犹豫了一下,才和他说:"我前几日去通州的时候,听说贵州有流寇过来香河,暗地里运送了兵器到燕京。"

贵州的流寇?她和自己说这个做什么?叶限点了点头:"山区多流寇,这不奇怪。是你亲眼所见,还是听谁说的?"

顾锦朝怎么好说，这是纪家的事。

叶限这么聪明绝顶的人，她说一点线索，他就能套出无数自己想要的话出来。锦朝决定这事她还是不要参与过多，便道："表舅，您帮过我许多，我也不会瞒您。总之我听说了一些萧先生不好的话，他可能和睿亲王暗地里有联系。皇上如今病重，朝廷恐怕有变数，您要小心身边之人……"

她说完就告辞离开，叶限留都没留住。

叶限若有所思了很久，顾锦朝一个闺阁女子，怎么会懂朝廷的事。她究竟听说了什么？

睿亲王和长兴侯府矛盾很深，算是王侯中最为对立的两家关系，这矛盾还是当年老长兴侯平定成王叛乱的时候留下的。当时睿亲王力保成王的儿子，他祖父却将之斩于刀下，睿亲王和成亲王是同胞兄弟，祖父却杀了他亲侄，因此和长兴侯结下了梁子。而萧岐山原先是成王的幕僚。

叶限眉峰一动，顾锦朝跟师父无利害关系，没必要污蔑他，她又是怎么知道睿亲王一事的？他觉得这事自己该好好查一下。

锦朝正在书房里练字。说是练字，她的心思全然没有放在上面，而是在想叶限的事。

她是洞察先机，但是这事却是谁都不可以说的，子不语怪力乱神，她当然知道。所以很多事她不能说，连暗示都不能。长兴侯当初是怎么死的？那是穆宗刚刚驾崩的时候，他带着大批官兵私闯禁宫，被睿亲王斩于刀下，说他意图谋反。

但是这个说法实在疑点重重，长兴侯对皇上最是忠心耿耿，根本不可能谋反。就算是谋反，他带着人闯禁宫杀了太子也就杀了，谁能阻止他，他可是征战四方、令蛮夷闻风丧胆的长兴侯啊。

那么只有一个解释，睿亲王是早就埋伏在宫里，等着长兴侯来送死了。那么长兴侯为什么要带着官兵去闯禁宫，还是在穆宗皇帝刚刚驾崩的时候？

锦朝很庆幸这些事她比旁人清楚，但是她再清楚，也不可能什么都知道。她不知道这些缘由，想暗示叶限救父就是无从谈起。

她想了许久，等到采芙告诉她老爷过来了的时候，她看到自己满篇的纸写的全是长兴侯、叶限。她拿过烛台把纸烧了，才出去见顾德昭。

锦朝让采芙端了盏松子泡茶上来。

顾德昭沉默地喝了口茶，才道："朝姐儿，清虚道长这事，是我的不对……"

锦朝也不知道该如何说，这几个月顾家发生太多事，父亲是有点承受不住了。他想向宗教寻求依托，偏偏清虚道长又是个神棍幌子。如今他是找不到依托，心中茫然了。

顾德昭看锦朝不说话，就笑笑："我知道朝姐儿不让我干涉清虚的事，也是为我考虑。你大可不必，父亲再不济也近四十岁的人了，官场浮沉这么多年，还有什么是挺不过来的。"

他叹了口气："我只是……心里过意不去而已。"

顾德昭想了想才道："朝姐儿，我从顾家祖家独出来已经有二十年了。这些年祖家对我们的帮助也很多，你母亲逝世的时候，祖家也是来人帮忙了。我现在想着，不如再回祖家去，让你祖母帮忙管着，或者她支应了你二伯母或是五伯母看着，你也能轻松一点。"

父亲竟然打的是这个主意，顾锦朝心里一惊，相比父亲娶继室，她更不愿意的是回祖家去。别的不说，顾德昭的几个孩子都不是在冯氏跟前长大的，回了顾家难免不如其他房的孩子。而且回去之后，冯氏肯定要干涉他们家的事，自己要做什么也会束手束脚的。而且迁家是小事吗？

锦朝看一眼父亲，他的神色很坚定，她就知道父亲想这件事已经很久了，自己恐怕不能轻易打消他的念头。锦朝便说道："父亲，咱们这样回去，祖母欢迎吗？而且迁家事大，又是在守制期间，锦荣还在余家族学进学，实在不是时候啊。"

这些顾德昭都想过，他跟锦朝说："这些你不用担心，年前我们去祖家的时候，你祖母就跟我商量过这事，都是一家人哪里还有化不开的仇。你祖母和二伯母家住东跨院，西跨院还留着好几处院子，住下咱们那是绰绰有余。至于锦荣进学，他仍旧可以留在适安，这所府宅咱们又不卖。"

顾德昭犹豫了一下，才和她说："父亲本不想和你说这些，但是你如今这么懂事，和你说了也没什么。如今朝廷动荡，皇上卧病在床，张大人又把持朝政。父亲的恩师林贤重林大人你知道吗？"

锦朝点了点头。

顾德昭叹了口气道："内阁辅臣东阁大学士范大人因为税银案入狱，林大人被牵连贬职，如今贬黜为陕西参政。和林大人有牵连的人人自危，父亲又恰巧和延平王长子被害扯上关系……"

顾锦朝瞬间就明白了父亲的意思，如今父亲的恩师倒台了，纪家在官场上不能帮他，他迫切需要依靠一股势力来挽救他的官位。顾家祖家无论怎么说都是最好的选择，他们只要回顾家，不怕顾家不护着他们。

但是她心里也很惊讶，本来林贤重是要明升暗贬，虽然升任正二品浙江巡抚，势力却变小了。可现在是明贬啊。

究竟什么地方出错了？锦朝问父亲："父亲说到税银案……这税银案究竟是怎么回事？"

顾德昭却不想女儿多想这些，他只说："总之，朝姐儿你要明白父亲的苦心，父亲也是为你们好，要是我也被牵连了，咱们家也就岌岌可危了。"

他觉得自己今天和长女说太多了，官场上的事一个女儿家知道来做什么，他最后说："你好生休息着，迁家的事可以和你弟弟、二妹商量一番，要是都同意了，咱们就去大兴。"

锦朝想了一会儿，朝堂上的事，父亲不愿意和她多说，她就要想办法自己打听。她让佟妈妈去找罗永平过来。

罗永平这几日忙着铺子转租的事，脚不能沾地的，急急忙忙赶过来，听了锦朝的话就苦笑："您让小的打听生意、世家的事还行，这事小的可做不好，怕坏了大小姐的事。不如找曹子衡过来，他原先是做过人家幕僚的，让他帮衬着您做这些也好。"

锦朝倒是还记得这个曹子衡，父亲生辰的时候，他帮着选了一副松柏图，人倒还不错。

她让人请曹子衡过来。

曹子衡来的时候，依旧是一身青布道袍，皂色布鞋干净无尘。

锦朝请他在院子的凉亭下坐，曹子衡不想失了礼节，拱手站在一边。

锦朝也不在意，笑着问他："听说曹先生曾做过幕僚，不知是燕京的哪家大人？"

曹子衡也不隐瞒，大方道："罗掌柜说得好听罢了，老朽不过是在尚宝寺卿曹家混过几年饭而已，谈不上做幕僚的。"他没有功名在身，想做幕僚不是这么容易的事。不过是曹家看他落魄，给口饭吃而已，他又生性骄傲，不想食嗟来之食，才辞了这个差事去给罗永平算账。

锦朝见多了有才华还郁郁不得志的人，陈三爷的幕僚就有十多人，个个都有非凡才华，但是陈三爷真正信任的不过一两个而已。

她笑笑道："曹先生客气，做不做幕僚也没什么打紧的。只是如今官场动荡，我父亲的恩师户部左侍郎林大人刚遭贬黜，我想让先生打听一下这件事。不知先生能否帮忙？"

曹子衡却是犹豫了一下，才道："实不相瞒，老朽倒是一直关注这些事。大小姐要是想听，老朽现在就能说个七七八八。"

他说到税银案的事。户部司金郎中是范大人的独子，趁着如今户部官员关系混乱，私吞了十万的税银，不想被司金主事发现要上告皇上。范川为了包庇独子，杀司金主事三人，最后还是被查清，范川与其独子锒铛入狱。林大人作为户部侍郎也被清理。

曹子衡说完之后，锦朝就问道："那范川独子出了名的跛扈，家里千金万金

都不够挥霍,但是贪污税银一事,我却觉得他做不出来。"这样的子弟,没钱就会想着向父亲伸手,绝对不会自己打主意去弄。

曹子衡笑笑:"大小姐聪明,不过是张大人在为陈大人上位扫清障碍罢了。内阁几位大臣中,范大人势力深植户部,又一向和张大人作对,这被整下台是早晚的事。"

锦朝心中也猜测是张居廉动的手,这个曹子衡看问题倒是难得的透彻,也是被耽搁了。锦朝便道:"曹先生若是不嫌弃,以后可以来帮我做事,却也算不上幕僚,不过是整理账务,处理一些罗掌柜不便处理的事,不知道曹先生是否愿意?"

曹子衡忙拱手道:"大小姐赏脸,我自然是愿意的。"他心里也清楚,一个账房先生工钱哪有这么高,肯定是顾家小姐暗中授意了。反正他是不想再去考取功名了,帮顾家小姐做事也是报答了。

锦朝让佟妈妈送他出去,她私底下又问了曹子衡的事。

他现在寄住在古井胡同的一个穷秀才家里,每月的工钱多于一般账房,多半是用来买笔墨纸砚的东西,或者支应穷秀才一家的用度,算是报偿。锦朝让佟妈妈帮他找一处独立清净的院子,以后各处来的账目先给曹子衡看过清理一遍,再送到她这儿来。

她早就有想找个账房先生专门帮她看账目的想法,曹子衡为人正直,又有学识,倒是很合适。

第二天就传来延庆观被官府查封的消息。

叶限在房里饮了杯茶,热热的水雾让他如玉淬般的脸呈现朦胧的光晕。窗外秋雨淅淅沥沥,他看着摊开的卷宗沉思。

母亲高氏过来看他。高氏看他吃完了一块榴槌酥,掏出锦帕擦手指的时候,才问他:"我听说,你前日带侍卫去了适安顾郎中家。"

叶限"嗯"了声:"害延平王长子的凶手藏匿顾家,我去捉拿他的。"

高氏抿唇一笑:"不过是个道士,你随便派个人都能捉拿回来了,却要亲自去一趟。我记得你请萧先生回来,就是为顾家原来的夫人医治吧。"

"母亲想说什么?"叶限问。

高氏悠悠地道:"适安顾家有两个女儿,长女顾锦朝容貌绝艳,但是声名狼藉。次女顾澜样貌清秀,却是庶出。你在顾家应该见过她们吧,觉得她们二人谁更好些?"

叶限这才听出高氏的意思,要说顾锦朝,刚开始他对她比旁人好些,不过是觉得她这人奇怪,和传闻大有出入。到后来是觉得这人性格很舒服,和她相处很自在，才多关照了些。顾澜他只见过一两次，话都没说过，更是不熟了。"

叶限皱了皱眉道："母亲不要多想了，我帮顾家只是举手之劳而已。"

高氏更觉得好笑了："你小时候看到你外祖父的鸟儿掉水缸里快被淹死了，都不会救它。现在你心肠变得这么好了？还懂得举手之劳帮助别人了？"

叶限没想过这个问题，他也不想去想。恰好这时候父亲派人来找他，他就和母亲告辞了。

长兴侯在书房等着叶限过来，脸色十分难看。叶限看着父亲的样子，就知道肯定是什么大事。

"你过来得正好。"长兴侯咬牙道，"猜猜看，那延平王做了些什么事？"

不等叶限说话，长兴侯继续道："他们家王长子出事，我们长兴侯家帮着他做了这么多，最后竟然倒打一耙，说毒是我们下的，要向御史参一本。"

叶限一惊，究竟是怎么回事？

等他听完父亲的话，却觉得心中冰凉，好久都回不过神来。

长兴侯嘱咐他先安定好府内，便带了两个幕僚出门，去找御史处理这件事。

叶限想了一会儿，立刻出门让侍卫帮他套了马，他要去适安。

锦朝也听说延庆观被查封的消息。

她去翠渲院和顾澜商量了迁家的事，顾澜不免有些失神。她想问问宋姨娘怎么办，是不是也跟着她们一起迁居。

锦朝知道她在想什么，便说："宋姨娘就留在适安，她现在也不适合迁居。"

既然她说要迁居，自己还能怕了她不成？顾澜便微笑道："长姐说什么便是什么，妹妹都听您的。"

她说完就唤过木槿，让她抱了一个红琉璃瓶过来："给长姐做的桂花蜜，您可不要嫌弃妹妹的手艺。"

锦朝看了一眼那瓶桂花蜜，笑着道："自然不会。"

她自然不会以为顾澜是想毒死她，不过她也不会吃就是了。

锦朝又找了顾锦荣、顾漪和顾汐说话，几人自然没有异议。

顾锦朝回到清桐院后想了许久。

要说迁家，其实锦朝心里是最不愿意的，冯氏是个什么性子她最清楚。嫡庶尊卑，没有一个能比她老人家拿捏得当了，要是有什么利益牵扯还好，要是没有，她们在顾家祖家恐怕不会比在适安好，而且她处处会受到限制。

锦朝正想着，青蒲进来通传说顾德昭请她去鞠柳阁。

鞠柳阁的花厅里不仅有顾德昭，还端坐着一个叶限，顾德昭面色难看，叶限则看不出喜怒。

锦朝心里一个"咯噔"，她了解叶限这种人，要是没什么大事，他就是懒洋洋的，真要是碰上事情，看上去比谁都沉着。现在从他的面上来看，事情已经坏到一定地步了。

叶限对顾德昭道："我想问表侄女兰花饲养的事，顾大人不介意吧？"

顾德昭看了锦朝一眼，出了花厅。

叶限让顾锦朝坐下来，却什么话都没说。他盯着远处一团树影，一动不动。

他不说话，顾锦朝自然也不说，也不知道过了多久，叶限才说："今日早上我父亲跟我说，延平王在我们送的药材里又发现了砒霜，那才是害死王长子的真东西。"

他显得格外平静，收回目光看着顾锦朝："药材是萧岐山准备的，检查东西是他检查的。如今延平王和我们长兴侯家决裂，我父亲、祖父却没有一个人疑心萧先生，反倒怀疑是延平王自己使的计谋。"

"我现在相信你的话了，你能不能把你知道的，一字不漏全部告诉我？"

顾锦朝也不知道该怎么和叶限说，她想了想道："我只听到兵器的事，还有萧先生似乎是通过流寇与睿亲王通信。您若是想查明，可以查查贵州这批流寇的踪迹。我只知道萧先生不可信，别的却也不清楚。"

叶限比她想的要平静很多，锦朝心里松了口气。她相信只要自己略微提点，叶限就能明白过来。

叶限低声说了句多谢，站起身准备走，又顿住步最后和她说："原先延平王不追究你父亲，是我一手压下来的。如今长兴侯府与延平王决裂，他肯定是要闹出一番动静的，你要小心些。"

他刚才就是和父亲说这些吧。

顾锦朝点了点头。如此一来，搬家就势在必行了。

锦朝回到清桐院后叫徐妈妈过来，让她把如今府上卖身、不卖身的仆人都整理一份过来。如果要迁家的话，那就不是所有仆人都能迁走的。几位妹妹、姨娘那儿也叫人去传一声话，总要人先准备着。

幸而如今母亲的铺子该转租的都转租了，转租楔子在她手上。田庄、铺子的地契也在，她只要将这些东西握在手里，每年就是万多银子的收益，也不是谁都能拿走的。

以后她不过多了晨昏定省罢了。

锦朝想了想，其实迁家也不全是坏处，至少有祖母管着，父亲就不会出什么问题。她毕竟是晚辈，很多事是不好说父亲的。二伯母和五伯母也都是脾性十分好的人。这些大家族的宗妇，只要你不触犯到她们的利益，个个都是好相处的。

也不知道长兴侯家能不能躲过这场劫难。

顾德昭从祖家回来的时候，二夫人也随行而来。

她穿了件茄花色妆花缎褙子，梳了十分整齐的圆髻，戴了一对福字鬓花，满池娇分心的金簪子，白净的鹅蛋脸上一双凤眸满含笑意，拉着锦朝的手，笑道："听说你们要搬回来，我可是十分高兴的。你祖母特地嘱咐了，怕你操持不过来，让我来帮衬着。"

锦朝闻到她身上一股玫瑰的香露味。

她笑了笑："二伯母来帮忙，我自然是高兴的。"

二夫人拉了锦朝的手，温和地跟她道："我们朝姐儿呢，就由祖母亲自教着，以后嫁出去说是顾家出来的小姐，别人可都是不敢小瞧的。"

冯氏要亲自教导自己？锦朝心里有些想苦笑，看顾澜面色一冷的样子，她肯定觉得冯氏教养有脸多了，她可不这么觉得。而且在冯氏面前侍奉，难免更要事事慎重，不能行差踏错。

锦朝不由得暗自庆幸她先找了曹子衡帮着管账，不然以冯氏教导的严格程度，必定是不会要未出阁的女子管这些的。

二夫人又叫了三个姨娘过来说话。除了帮衬顾德昭迁家，就是看看他这几房侍妾如何。看罗姨娘胆小，她更是满意了。侍妾最要紧的除了伺候人，那就是乖顺听话了。等人都走了，她就问顾锦朝："你父亲见那杜姨娘和郭姨娘多吗？"

锦朝揣测周氏这话是什么意思，杜姨娘和郭姨娘是伺候父亲的老人了，如今色衰爱弛，又不热衷于争宠。恐怕是祖母有意想肃清父亲身边的人，她想重新给父亲选侍妾？

还没迁家，锦朝就能处处感觉到冯氏的强势作风。

她想了想，才答道："父亲原先就不多见，如今母亲逝世，父亲伤心，已经一两月没去过姨娘那里。"

父亲还在给母亲守制，冯氏总不会这个时候给他纳妾吧？

周氏听了就点点头："你父亲是长情之人。"她看着锦朝许久，又叹了口气道，"你母亲……这样的年纪就去了，也难为你们姐妹几个了。"

有了长兴侯家和任右金督御史顾二爷帮忙，顾德昭的官职也算是稳固下来。户部又一轮肃清，右侍郎沧州许炳坤也被牵连下台，陈大人亲自带人抓捕的，后被判流放伊犁。至此后户部范川的势力全部清除，陈大人在九月六日正式进入内阁，封东阁大学士兼户部尚书。

此时户部受牵连的官员已多达二十余人，范川别的势力更是被连番打击。

顾德昭和幕僚说话的时候，不由得唏嘘感叹："这也真是大鬼打架，小鬼遭殃。"

幕僚也很感慨："陈大人不过而立，已经进入内阁拜了尚书。放眼大明也找不出几个这样的来……不过也是陈大人手段高，这边长兴侯被延平王长子被害的事缠得脱不开身，好不容易腾出手来，那边范川人头都落地了，再也没有回旋的余地。如今文臣中张大人一脉独大，长兴侯恐怕要头疼了。"朝中张大人把持内阁，长兴侯手握兵权，一向是最为对立的，如今张大人隐隐占了上风。

顾德昭叹了口气："趁着圣上病重不理朝纲，他们为了权势阴谋阳谋的算计够了。"

这时候锦朝才从外面进来。她刚才站在竹帘外面，把里面说的话听了个七七八八，心知如今时机已经差不多，只等着皇上一驾崩，睿亲王发难，长兴侯家就此没落。

小厮请她进去的时候，她还在想宫变的事情。

顾德昭见她出神，才笑道："朝姐儿想什么呢，竟然如此认真。"

锦朝回过神来，屈身行礼道："这几日二伯母帮衬着，该提前搬去的东西已经准备好，都用梨花木箱笼装了送去大兴。原先一些没有卖身契的愿意跟着去，我让人套了马车送他们到大兴，先清理着院落。只是，二伯母似乎有意让杜姨娘和郭姨娘留在适安，东西都少收拾他们的。我先和父亲说一声，二伯母应该会找您细说。"

顾德昭听后沉默了一会儿，他已经接连几月没去过姨娘那里了，而且如今他见郭姨娘和杜姨娘也不多。杜姨娘又做了那样的事。他和锦朝淡淡地说："那就把她们留在适安吧，以后每月送东西和月例银子过来，留下一些仆从照看着。"

父亲肯定是厌弃杜姨娘了，锦朝心中想着。

锦朝从鞠柳阁回来，她屋子里的丫头已经在收拾厢房的东西了。厢房和正房的东西倒也罢了，最多的还是她和纪氏的私库。锦朝觉得带这么多好东西去顾家祖家实在不好，便让佟妈妈帮她整理了些用不住的，先送去了通州宝坻，让外祖母帮她收着。

锦朝的考虑其实也很简单，纪吴氏给锦朝和纪氏的东西有些是未上册的，算不得嫁妆，以后要是冯氏突发奇想，想帮她接管母亲的嫁妆，又私吞了这些东西，她该怎么办？能找谁哭去？

她站在清桐院看了又看，深深地吸了口气，以后恐怕是不会回来了。